教育部人文社会科学研究一般项目资助
本书由人文在线出版基金资助出版

王福和◎著

民国比较文学研究

中国国际广播出版社

图书在版编目（CIP）数据

民国比较文学研究 / 王福和著 .—北京：中国国
际广播出版社，2018.6
ISBN 978−7−5078−4327−9

Ⅰ.①民… Ⅱ.①王… Ⅲ.①比较文学—文学研究—
中国—民国 Ⅳ.① I206.6

中国版本图书馆 CIP 数据核字（2018）第 143788 号

民国比较文学研究

作　　者	王福和
责任编辑	杜春梅
装帧设计	人文在线
责任校对	有　森

出版发行	中国国际广播出版社［010-83139469 010-83139489（传真）］
社　　址	北京市西城区天宁寺前街 2 号北院 A 座一层
	邮编：100055
网　　址	www.chirp.com.cn
经　　销	新华书店
印　　刷	北京市金星印务有限公司

开　　本	710×1000　1/16
字　　数	247 千字
印　　张	16.75
版　　次	2018 年 9 月　北京第一版
印　　次	2018 年 9 月　第 1 次印刷
定　　价	60.00 元

CRI
中国国际广播出版社
欢迎关注本社新浪官方微博
官方网站 www.chirp.cn

目 录

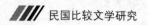

导　论
中国比较文学的第一缕霞光

迄今为止，中国比较文学共出现过两次高峰，一次是 20 世纪前期，一次是 20 世纪后期。前者为民国时期，后者为改革开放时期。民国比较文学是中国比较文学的孕育、萌芽和发展期。这期间，以文学翻译起步的中国比较文学，既涌现出一大批集思想家、作家、翻译家和理论家为一身的先驱者，又随比较文学学科在高校的建立，涌现出一大批"学院派"的学人。他们在文学翻译、文学创作和理论研究领域的贡献，是民国时期比较文学的亮点。不但成就了中国比较文学第一阶段的辉煌，而且对当下中国比较文学仍有示范意义和启迪意义，并产生可持续影响。

第一节　睁眼看世界

1818 年，落魄中的法国皇帝拿破仑在被流放的圣赫勒拿岛，对刚刚从中国铩羽而归的英国特使阿美士德说，中国并不软弱，它不过是一只睡眠中的狮子。狮子睡着了连苍蝇都敢落到它的脸上叫几声。然而，中国一旦被惊醒，世界都会为之震动。

1840 年，英帝国主义发动的鸦片战争，以不平等条约的签订、通商口岸

1

的开放以及基督教文化的肆虐，打破了中华帝国的古老神话，消解了中华帝国的天朝神威。不但引爆了中西文化碰撞的导火索，也把中国拖上了近代历史的轨道。在洋枪洋炮的轰鸣声中，"清王朝的声威……扫地以尽，天朝帝国万世长存的迷信受到了致命的打击，野蛮的、闭关自守的、与文明世界隔绝的状态被打破了，开始建立起联系"。①

面对凶悍的西方列强和咄咄逼人的西方文化，中国向何处去？我们的民族不得不开始对自身的命运进行反省和思考，我们的文化不得不在严峻的历史关头作出艰难的抉择。这时。一批新人在鸦片战争的炮火声中惊醒和成长起来。他们在西方入侵所带来的白银外流和经济枯竭的情况下，在通商的社会背景中接触西学，走上了一条有别于读书应试的生活道路。他们的文化思考和判断开辟了中国近代文化选择的一条新路，构成了中国走向世界的前奏曲。他们是醒来的中国人，是睁开眼睛看世界的先驱者，是中国自古以来首次以比较视野从世界范围反视中国文化的一代新人。

在这股"睁眼看世界"的浪潮中，这批觉醒了的新人在痛定思痛之余，开始用惊奇的目光审视着外面的世界，开始用不同于传统的思维撰写介绍域外历史、地理和风情的著作，开始用比较的视角剖析域外文化和中国的现实，进而开了国人"睁眼看世界"的先河。这其中，魏源及其《海国图志》、徐继畬及其《瀛环志略》、郭嵩焘及其《使西纪程》、郑观应及其《盛世危言》和黄遵宪及其《日本国志》等最具代表意义。

魏源（1794—1857年），中国近代史上著名的思想家、政治家、文学家，"近代中国率先放眼看世界的第一批先进人物之一"和"资产阶级维新思想的先驱"。②魏源一生著述颇丰，留有《书古微》《诗古微》《古微堂集》《古微堂诗集》《圣武记》《元史新编》和《海国图志》等诗文和著作。

---

① 马克思：《中国革命与欧洲革命》，见《马克思恩格斯选集》第 2 卷，人民出版社，1972 年版，第 2 页。

② 李巨澜：《魏源与〈海国图志〉》，见魏源著《海国图志》，中州古籍出版社，1999 年版，第 10 页。

《海国图志》受另一位"睁眼看世界"的先驱者林则徐嘱托而作。魏源曰："一据前两广总督林尚书所译西夷之《四洲志》，再据历代史志及明以来岛志，及近日夷图、夷语。钩稽贯串，创榛辟莽，前驱先路，"①于1842年完成。初刊50卷，57万字。日后10年间两次增补，1847年再刊60卷，60余万字；1852年又刊时达100卷，88万余字。"大都东南洋、西南洋增于原书者十之八，大小西洋、北洋、外大洋增于原书者十之六。又图以经之，表以纬之，博参群议以发挥之。"②随着两次增补，《海国图志》的内容不断丰富，影响逐年扩大，进而成为当时"中国乃至亚洲的最完备的一部介绍世界各国史地知识的巨著"③和当时中国"最丰富完备的世界知识百科全书",④对中国的近代化历程产生了重大影响。

魏源认为，他的《海国图志》与昔人所作海图之书的差异，在于"彼皆以中土人谭西洋，此则以西洋人谭西洋也。"而他作《海国图志》的宗旨则是"为以夷攻夷而作，为以夷款夷而作，为师夷长技以制夷而作。"因为"同一御敌，而知其形与不知共形，利害相百焉；同一款敌，而知其情与不知其情，利害相百焉。"⑤鸦片战争的失败，除了清王朝的腐败无能外，闭关自守、对外界的一无所知以及夜郎自大的闭塞心理同样是不可无视的原因。正是基于这样一种沉痛的反思，魏源主张"师夷长技以制夷"，从而在"中国近代史上第一次明确地提出了向西方学习的思想和口号"。因为只有了解西方，方能看到西方之优，我方之劣。只有看到我方之劣，方能懂得如何学习西方之优，

① （清）魏源：《〈海国图志〉原叙》，见魏源著《海国图志》，中州古籍出版社，1999年版，第67页。

② （清）魏源：《〈海国图志〉原叙》，见魏源著《海国图志》，中州古籍出版社，1999年版，第67页。

③ 李巨澜：《魏源与〈海国图志〉》，见魏源著《海国图志》，中州古籍出版社，1999年版，第23页。

④ 梁通：《从魏源到黄遵宪》，见《复旦学报》（社会科学版），1993年第2期，第70页。

⑤ （清）魏源：《〈海国图志〉原叙》，见魏源著《海国图志》，中州古籍出版社，1999年版，第67页。

强我中华。这种比较中看优劣，比较中求发展的思想，"具有划时代的启蒙意义"。①当时，不知道有多少麻木不仁之士，在《海国图志》的启迪下，睁开了沉睡之眼看世界。

从比较文学的角度上看，《海国图志》的价值在于对西方文化教育的关注。在《大西洋各国总沿革》中，魏源指出："欧罗巴诸国，皆尚文学。国王广设学校，一国一郡有大学、中学，一邑一乡有小学。小学选学行之士为师，中学、大学又选学行最优之士为师，生徒多者至数万人。其小学曰文科，有四种：一古贤名训，一各国史书，一各种诗文，一文章议论。学者自七八岁至十七八岁学成，而本学之师儒试之，优者进于中学，曰理科……学成，而本学之师儒又试之。优者进于大学。……皆学数年而后成。学成而师儒又严考阅之。"在对欧洲的地理、历史和文化进行论述后，魏源得出结论："五洲之内皆有文学，其技艺至备至精者，惟欧罗巴一州也。其外各州亦皆有之，但未能造至其极。"魏源认为，一个"古为卤莽之州"的欧罗巴，之所以能取得如此辉煌的文学成就，就在于"其地因近于厄日度，又连于亚细亚，故额力西国始得离暗就明，弃鄙归雅。且其民人才能敏慧，文艺、理学、政治、彝伦，靡弗攻修，以臻其至。"②关于语言文化上的差异，魏源通过比较后指出英语"其语音与汉语大不相同，其音长，切字多，正字少，只二十六个字母，是以读书容易，数日间即可学之。故此学者无不通习文艺，如国史、天文、地理、算法，不晓者则不齿于人"。③在一个多世纪以前，就能有这样宽广的世界视野和比较的意识，弥足珍贵。

徐继畬（1795—1873），清末高官，近代中国睁眼看世界的先驱者之一，"近代中国'发现'世界和西方的第一人"，④在地理学、文学、历史和书法等

---

①　李巨澜：《魏源与〈海国图志〉》，见魏源著《海国图志》，中州古籍出版社，1999 年版，第 17 页。

②　（清）魏源：《海国图志》，中州古籍出版社，1999 年版，第 270、271、289 页。

③　（清）魏源：《海国图志》，中州古籍出版社，1999 年版，第 327 页。

④　王振峰：《近代中国发现世界的第一人——徐继畬再论》，见《城市研究》，1994 年第 2 期，第 52 页。

方面多有成就。著有《瀛寰志略》《古诗源评注》《退密斋时文》《退密斋时文补编》等著作。其中《瀛寰志略》是"中国人研究世界地理历史的拓荒之作"，①是中国人睁眼看世界，走向现代化的启蒙作品，是"近代国人自著的开创性世界史地专书"，②其地位和影响可以与魏源的《海图国志》相比肩。

《瀛寰志略》（1848）是徐继畬在遍访外国友人、传教士、领事，大量阅读外国地理和基督教书籍，广泛搜集外国历史资料以及中国文献，在经过缜密的考证、研究和整理的基础上完成的一部世界地理历史名著。为了完成此书，他广种博收，采多家之长，"泰西诸国疆域、形势、沿革、物产、时事，皆取之泰西人杂书，……事实则多有可据，……亦有晤泰西人时得之口述者"。③在撰写过程中，他"每得一书，或有新闻，辄窜改增补，稿凡数十易。……五阅寒暑，未尝一日辍也。……久之积成卷帙"。④作者站在世界高度，用寰宇视野，全画幅地向读者介绍了亚洲、大洋洲、欧洲和美洲各个国家的历史、地理、风土、人情、政治、经济以及当时的社会现状，用当时国内外地理学上的最新成果和独特视角，为中华大地开启了一扇天窗，"使长期处于封闭、混沌状态中的中国人，通过这扇天窗开始把目光投向全世界"。⑤

开阔的全球视野，是《瀛寰志略》带给中国比较文学的宝贵启示。徐继畬指出："地形如球，以周天度数分经、纬线，纵横画之，每一周得三百六十度，每一度得中国之二百五十里。海得十之六有奇，土不及十之四。地球从东西直剖之，北极在上，南极在下，赤道横绕地球之中，日驭之所正照也"，而"中国在赤道之北，即最南滨海之闽、广，尚在北黄道限内外，……"⑥这些在今人看来最起码的地理常识，当时却极具颠覆意义。他使人们明白，"古

① 殷俊玲：《徐继畬和他的〈瀛寰志略〉》，山西人民出版社，2001年版，第1页。

② 吴家勋：《近代睁眼看世又一人——论徐继畬与其〈瀛环志略〉》，见《社会科学》，1986年第1期，第40页。

③ （清）徐继畬：《瀛寰志略·凡例》，上海书店出版社，2001年版，第8页。

④ （清）徐继畬：《瀛寰志略·自序》，上海书店出版社，2001年版，第6页。

⑤ 殷俊玲：《徐继畬和他的〈瀛寰志略〉》，山西人民出版社，2001年版，第15页。

⑥ （清）徐继畬：《瀛寰志略·卷一》，上海书店出版社，2001年版，第1页。

之言地球者，海外更有九州，今以图考，则不止九州"。他还使人们明白，
"'九州，天下八十一州之一'。今以图考，则无八十一州"。①换言之，世界之
大，国人并不知；天地之广，国人也不知。而中国亦并非地球的中心，只是
亚细亚之一大国也。这种立足全球，鸟瞰中国的视野，这种站得高，看得远
的情怀，无论对中国近代化的历程，还是对中国比较文学的诞生，均有举足
轻重的影响。

自觉的"比较"意识，是《瀛寰志略》带给中国比较文学的又一宝贵启
示。在论述欧罗巴的历史时，徐继畬多以中国历史为坐标横向比较之：

> 其地自夏以前，土人游猎为生，食肉寝皮，如北方蒙古之俗。
> 有夏中叶，希腊各国初被东方之化，耕田造器，百务乃兴。汉初，
> 意大里亚之罗马国，创业垂统，疆土四辟，成泰西一统之势，汉史
> 所谓太秦国也。前五代之末，罗马衰乱，欧罗巴遂散为战国。唐、
> 宋之间，西域回部方强，时侵扰欧罗巴诸国，苍黄自救，奔命不暇。
> 先是，火炮之法创于中国，欧罗巴人不习也，元末有日耳曼人苏尔
> 的斯始仿为之，犹未得运用之法。明洪武年间，元驸马帖木儿王撒
> 马儿罕威行西域，欧罗巴人有投部下为兵弁者，携火药炮位以归，
> 诸国讲求练习，尽得其秒，又变通其法，创为鸟枪，用以攻敌，百
> 战百胜，以巨舰涉海巡行，西辟亚墨利加全土，东得印度、南洋诸
> 岛国，声势遂从横于四海。②

这样的横向"比较"，在《瀛寰志略》中多有出现。它使读者透过中国的
历史年代划分，在"比较"的坐标上对外国的历史发展脉络有了更为清晰的
认识，对中国文化与世界各国的交流有了更为具体的了解，令人耳目一新。

自觉的"比较"意识，在对外国历史人物的介绍中也有精彩的表现。在

---

① （清）徐继畬：《瀛寰志略·序》，上海书店出版社，2001 年版，第 2 页。
② （清）徐继畬：《瀛寰志略·卷四》，上海书店出版社，2001 年版，第 106—107 页。

论及美国时，徐继畬除了指出其"袤延数万里，精华在米利坚一土，天时之正、土脉之腴，几与中国无异"外，还发出了"泰西古今人物能不以华盛顿为称首哉"①的感叹：

华盛顿，异人也。起事勇于胜、广，割据雄于曹、刘，既已提三尺剑，开疆万里，乃不僭位号，不传子孙，而创为推举之法，几于天下为公，骎骎乎三代之遗意。其治国崇让善俗，不尚武功，亦迥与诸国异。余尝见其画像，气貌雄毅绝伦。呜呼！可不谓人杰矣哉。②

《瀛寰志略》中，徐继畬在介绍论述各国的历史地理时，也不时对所介绍国家的文学沿革和国事兴衰抒发自己的所感所思。如论及希腊时，指出"欧罗巴之开淳闷、通文学，实自希腊始"。③因为"雅典最讲文学，肄习之精，为泰西之邹鲁，凡西国文士，未游学于额里士，则以为未登大雅之堂也"。④论及瑞典时，作者写道："瑞国处穷发之北，在欧罗巴诸国中最为贫瘠，而能发奋自保，不为强邻所并兼。'安乐者祸之萌，忧患者福之基'，虽荒裔亦如是也"。⑤论及丹麦时，作者认为该国在欧罗巴"壤地甚褊，未堪与诸大国比权量力也。而加的牙一港，扼波罗的海数千里之喉，……遂翘然为一方之杰。国之强弱，岂尽在乎疆土之广袤哉"。⑥

郭嵩焘（1818—1891），清末外交官，清政府派往西欧的第一任公使，近代洋务思想家，"近代中国较早跨出国门、走向世界的先进士大夫"⑦和中国职业外交家的先驱。曾出任驻英公使，兼任驻法使臣，主张学习西方科学技术。

① （清）徐继畬：《瀛寰志略·卷九》，上海书店出版社，2001 年版，第 290—291 页。

② （清）徐继畬：《瀛寰志略·卷九》，上海书店出版社，2001 年版，第 277 页。

③ （清）徐继畬：《瀛寰志略·卷六》，上海书店出版社，2001 年版，第 174 页。

④ （清）徐继畬：《瀛寰志略·卷九》，上海书店出版社，2001 年版，第 182 页。

⑤ （清）徐继畬：《瀛寰志略·卷四》，上海书店出版社，2001 年版，第 133 页。

⑥ （清）徐继畬：《瀛寰志略·卷四》，上海书店出版社，2001 年版，第 135 页。

⑦ 刘国军：《郭嵩焘与〈使西纪程〉》，见《求是》，1996 年第 6 期，第 120 页。

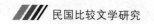

郭嵩焘一生著述颇多，主要有《养知书屋遗集》《史记札记》《礼记质疑》《中庸质疑》《使西纪程》《郭侍郎奏疏》《养知书屋文集》等，对近代中国历史产生过较大影响。

《使西纪程》是郭嵩焘出使英国途中撰写的从上海到伦敦共 50 天的日记。在日记中，郭嵩焘不但记述了沿途的所见所闻、天文地理和风土人情，而且对所见之事，所闻之情抒发了自己的感受。在比较的视野中，既充分肯定了西方文明的长处，也一针见血地指出了中国社会的诟病，进而表达了向西方学习的思想。郭嵩焘的直言快语和肺腑之言，饱受迂腐顽固派的诋毁，《使西纪程》也屡遭厄运。这也从另一方面印证了中国近代化历程的困苦与艰辛。

从比较的角度上看，郭嵩焘对沿途的其景、其情、其事的描写和议论，都是在"比较"的视野中展开的。在中国香港，他考察了当地的学馆后，感觉那里的学校"规条整齐严肃，而所见宏远，犹得古人陶养人才之遗意"。相比之下，"中国师儒之失教，有愧多矣，为之慨然"。① 在行进途中，他与随行人员谈及英国与荷兰在殖民地的赋税时，指出荷兰"专事苛敛，以济国用"，而英国则"地租税课取之其地，即于其地用之"。因此，"苏门答腊各小国，乐以其地献之英人，而不愿附属荷兰，亦以此故"。② 行至赤道，论及宗教在世界各地的流传，郭嵩焘指出："西洋主教，或君民共守之，或君民异教，各有所崇尚，不相越"。相比之下，"独中国圣人之教，广大精微，不立疆域；是以佛教、天主教、回教流行中国，礼信奉行，皆所不禁"。③ 行至埃及，论及不同民族的文字特征时，郭嵩焘指出："文字之始，不越象形、会意。麦西始制之文字，与中国正同。中国正文行而六书之意隐。西洋二十六字母立，但知有谐声，而象形、会意之学亡矣"。④

除了以"比较"的思维对所见所闻进行评述外，郭嵩焘还在《使西纪程》

---

① （清）郭嵩焘：《使西纪程》，辽宁人民出版社，1994 年版，第 3 页。

② （清）郭嵩焘：《使西纪程》，辽宁人民出版社，1994 年版，第 15 页。

③ （清）郭嵩焘：《使西纪程》，辽宁人民出版社，1994 年版，第 17 页。

④ （清）郭嵩焘：《使西纪程》，辽宁人民出版社，1994 年版，第 31 页。

强烈地表达了对西方文明的赞誉。如："西洋以行商为治国之本，其经理商政，整齐严肃，条理秩然。即在中国往来（内江），船主皆能举其职，而权亦重。所以能致富强，非无本也"。① 再如："西洋立国二千年，政教修明，具有本末；与辽、金崛起一时，倏盛倏衰，情形绝异"。② 又如："西洋以智力相胜，垂两千年。……西洋立国自有本末，诚得其道，则相辅以致富强，由此而保国千年可也。不得其道，其祸亦反是"。③ 言外之意，所表露的还是对当时中国社会落后现状的"比较"中的反思。

郑观应（1842—1921），中国近代改良主义者，"中国近代最早具有完整维新思想体系的理论家，揭开民主与科学序幕的启蒙思想家"，④ 在实业、教育、文学和慈善等领域均有建树，著有《易言》和《盛世危言》等著作。

《盛世危言》（1894）是一部集中反映郑观应"富强救国"思想的著作，内容广泛涉及"哲学"、"教育"、"西学"、"藏书"、"政体"、"吏治"、"宗教"、"刑法"、"税负"、"财政"和"商务"等领域，"全面而系统地谈及几乎所有领域的改革主张，是一部当时中国变法思想的集大成之作"和"维新变法大典"，⑤ 在"中国的启蒙史中占有极其重要的一席地位，起到使国人由改良进到维新再到变革的中介作用，至今仍映现着它的现实意义"。⑥ 时任清粤东防务大臣彭玉麟称此书"皆时务切要之言"，阅后感觉书中"所说中西利病情形了如指掌。其忠义之气，溢于行间字里，实获我心"。⑦ 早期改良主义者陈炽称此书"综贯中西，权量古今，……淹雅翔实，先得我心。世有此书，而

① （清）郭嵩焘：《使西纪程》，辽宁人民出版社，1994 年版，第 19 页。

② （清）郭嵩焘：《使西纪程》，辽宁人民出版社，1994 年版，第 23 页。

③ （清）郭嵩焘：《使西纪程》，辽宁人民出版社，1994 年版，第 39 页。

④ 《郑观应》，见《百度百科》，http://baike.baidu.com/view/27622.htm?fr=aladdin。

⑤ 苏全有：《〈盛世危言〉述略》，见《兰台世界》，2008 年第 4 期，第 52 页。

⑥ 陈志良：《〈盛世危言〉·编序》，见（清）郑观应著《盛世危言》，辽宁人民出版社，1994 年版，第 1 页。

⑦ （清）彭玉麟：《〈盛世危言〉·彭序》，见（清）郑观应著《盛世危言》，辽宁人民出版社，1994 年版，第 4 页。

余亦可以无作矣"。① 而郑观应则自谦"尝读史盱衡千古，穷究得失盛衰之故。方其厝火未燃，履霜始至，未尝无人焉。识微于未著，见机于将蒙，不惮大声疾呼，痛哭流涕而言之"。②

从比较文学的角度上看，《盛世危言》的价值在于对"西学"的独特理解。他认为，"国于天地，必有与立，究其盛衰兴废，固各有所以致此之由"，而"西学之强"的根本就在于其"强于学"，而不是"强于人"。因此，中国要与西方一样强大，重要的不仅仅是"枪炮战舰"的强大，而是强大中国的文化。而现实是"今之学其学者，不过粗通文字语言，为一己谋衣食，彼自有其精微广大之处，何尝稍涉藩篱？"基于这种现状，他指出，一个真正的学者，必须要分清事情的本末，切不能本末倒置。对中国人而言，中学为本，西学为末，应该"主以中学，辅以西学。知其缓急，审其变通，操纵刚柔，洞达政体"。③ 换言之，一个睁眼看世界的人，必须要先知此，方能知彼。必须要脚踏民族文化的土壤放眼世界，方能准确洞世界之变幻，察本土之优劣。这也是日后比较文学工作者首先应该作出的选择。

就比较文学的意义而言，《盛世危言》的价值还在于对教养的关注。而一个人的教养就来自教育，来自人才的培养。在这一点上，郑观应表现出广阔的国际视野和"比较"的意识。他指出："横览环球各邦，其国运之隆替，莫不系乎人材，而人材之盛衰，莫不关乎教化。其教养有道者，勃然以兴；教养失道者，忽然以亡"。为了佐证自己的观点，他不但强调了读书的重要性，认为"读书则智，不读书则愚；智则强，愚则弱"，而且以德国、美国和阿州为例，指出德国和美国之所以迅速富强起来，是因为"德国之民读书者百之九十五，美国之民无不读书"，而"阿州之民未闻读书，宜其全州为各国所分裂也"。在强调教育和读书重要性的同时，作者列举中国现状加以"比较"，

---

① （清）陈炽：《〈盛世危言〉·陈序》，见（清）郑观应著《盛世危言》，辽宁人民出版社，1994年版，第10页。

② （清）郑观应：《〈盛世危言〉·郑序》，见（清）郑观应著《盛世危言》，辽宁人民出版社，1994年版，第6页。

③ （清）郑观应：《盛世危言·西学》，辽宁人民出版社，1994年版，第30页。

指出"降及春秋，群雄竞伯，人各自私，生民涂炭，教养之道荡然无余。……暴秦崛兴，焚书坑儒，务愚黔首。明季制艺之科，专图锢蔽天下之人材。后世因之，则民之自教自养亦有所扰累矣"。①

黄遵宪（1848—1905），清末诗人，外交家，政治家，教育家，享有"诗界革新导师"的美誉，被有的学者称之为"近代中国走向世界第一人"，②留有《人境庐诗草》《日本国志》和《日本杂事诗》等作品和著作。

黄遵宪的一生，历经第二次鸦片战争、中日甲午战争、八国联军入侵中华等重大历史事件，亲眼目睹了太平天国和义和团运动等起义浪潮。动荡的社会现实，出使国外的切身体验，强烈的国是反差，令他痛心疾首，忧患顿生。于是，便"习其文，读其书，与其士大夫交游，……朝夕编辑，甫创稿本，……家居有暇，乃闭门发箧，重事编纂，又几阅两载，而后成书。"这就是"凡为类十二，为卷四十"③的《日本国志》。正所谓"湖海归来气未除，忧天热血几时摅？《千秋鉴》借《吾妻镜》，四壁图悬人境庐。改制世方尊白统，《罪言》我窃比《黄书》。频年风雨鸡鸣夕，洒泪挑灯自卷舒"。④

《日本国志》是一部"内容丰富、体系完善"、"在当时的时代，堪称是质量最上乘的日本史著作"。⑤全书共40卷，12志，分别为国统志、邻交志、天文志、地理志、职官志、食货志、兵志、刑法志、学术志、礼俗志、物产志和工艺志、共50多万字。"作者采用中国传统史书中专门叙述典章制度的典志体裁，从各个角度对日本的历史和现状进行系统而深入的介绍和研究，称得上是一部研究日本的百科全书"。尤其可贵的是，"在介绍总结明治维新经

---

① （清）郑观应：《盛世危言·教养》，辽宁人民出版社，1994年版，第169页。

② 《黄遵宪》，见《百度百科》，http://baike.baidu.com/view/68714.htm?fr=aladdin。

③ （清）黄遵宪：《日本国志·叙》，见《黄遵宪集》（下卷），天津人民出版社，2003年版，第383页。

④ （清）黄遵宪：《日本国志书成志感》，见《黄遵宪集》（上卷），天津人民出版社，2003年版，第170页。

⑤ 吴振清：《黄遵宪集·前言》，见《黄遵宪集》（上卷），天津人民出版社，2003年版，第6页。

验的同时，黄遵宪还史论结合，与中国的现状进行多角度对照比较，提出一系列先进的改革主张"。①

《日本国志》是一部忧患之作，忧患之一就是国门的紧闭，国人视野的狭隘。这狭隘不仅表现在"昔契丹主有言，我于宋国之事，纤悉皆知；而宋人视我国事，如隔十重云雾"，更严重地表现在"余观日本士夫，类能读中国之书，考中国之事，而中国士夫好谈古义，足以自封，于外事不屑措意。无论泰西，即日本与我仅隔一衣带水，击柝相闻，朝发可以夕至，亦视之若海外三神山，可望而不可即，若邹衍之谈九州，一似六合之外，荒诞不足论议也者，可不谓狭隘欤"。因此，他便以此书"质之当世士夫之留心时务者"，② 既要唤醒陶醉在夜郎自大中的士大夫，也要促使国人睁眼看世界，培养对国家和民族的忧患意识。

《日本国志》对比较文学的启示表现在黄遵宪对中学与西学不同命运的思考上。他指出："日本之习汉学萌于魏，盛于唐中，衰于宋元，复起于明季，迨乎近日几废。"③ 而与此同时，则是日本的"西学有蒸蒸日上之势"。④ 这一衰一荣，究其缘由，就在于"中土开国最先，数千年前，环四海而居者，类皆蛮夷、戎狄、鹑居、蛾伏、混沌、芒昧。而吾中土既圣智辈出，凡所以厚生利用者，固已无不备其时儒者，能通天地、人、农夫、戍卒，能知天文、工执、艺事，得与坐而论其道，居六职之一。西人之学术未有能出入吾书之范围者也，西人每谓中土泥古不变，吾独以为变古太骤，三代以还。一坏于秦人之焚书；再坏于魏晋之清谈；三坏于宋明之性命至诋，工艺之末为卑无足道，而古人之实学益荒矣"。⑤

---

① 刘雨珍：《日本国志·前言》，见（清）黄遵宪著《日本国志》，上海古籍出版社，2001 年版，第 5 页。

② （清）黄遵宪：《日本国志·叙》，见《黄遵宪集》（下卷），天津人民出版社，2003 年版，第 383 页。

③ （清）黄遵宪：《日本国志》，上海古籍出版社，2001 年版，第 338 页。

④ （清）黄遵宪：《日本国志》，上海古籍出版社，2001 年版，第 341 页。

⑤ （清）黄遵宪：《日本国志》，上海古籍出版社，2001 年版，第 342 页。

睁眼看世界，是中国这头熟睡的雄狮苏醒的开始，也是中国文学、中国文化认知世界、了解世界、学习世界，进而尝试走向世界的开端。睁眼看世界的先驱者们在其著作中，虽然没有直接触及比较文学，但他们广阔的环球视野，站在世界高度反思中国文化的情怀，为民族强盛而学习西方的欲望，以及无处不在的"比较"意识等，几乎都与欧洲比较文学的孕育在时间上相同步，对比较文学在中国的诞生具有不容忽视的启蒙意义和举足轻重的影响。

第二节　欲新民，必自新小说始

中国比较文学的孕育和萌芽，与发端于晚晴时期的"诗界革命"和"小说界革命"有着不可分割的联系。1899 年，梁启超的文章《夏威夷游记》的发表，被公认为"诗界革命"的滥觞。文中这样写道：

余虽不能诗，然尝好论诗。以为诗之境界，被千余年来鹦鹉名士占尽矣，虽有佳章佳句，一读之，似在某集中曾相见者，是最可恨也。故今日不作诗则以，若作诗，必为诗界之哥仑布、玛赛郎然后可。犹欧洲之地力已尽，生产过度，不能不求新地于阿米利加及太平洋沿岸也。欲为诗界之哥仑布、玛赛郎，不可不备三长：第一要新意境，第二要新语句，而又须以古人之风格入之，然后成其为诗。①

然而，中国的"诗界革命"又离不开当时的学界对"言文合一"的求索，离不开日渐涌起的白话文对文言文的悖逆。虽然"诗界革命"的口号最先由梁启超提出，但在这之前，诸多有识之士已经在自己的文学创作和理论研究

---

① （清）梁启超：《夏威夷游记》，见黄霖、蒋凡主编，周兴陆、魏春吉等编著《中国历代文论选·晚清卷》，上海教育出版社，2008 年版，第 178 页。

中提出了见解，开始了实践。早在 1868 年，年仅 21 岁的黄遵宪就发出了"我手写吾口，古岂能拘牵。即今流俗语，我若登简编。五千年后人，惊为古斑斓"[①] 的呐喊，明确表达了与文言文决裂的思想，流露出对白话文的强烈企盼。日后，他又在《日本国志》中指出：

> 外史氏曰：文字者，语言之所从出也。虽然语言有随地而异者焉，有随时而异者焉，而文字不能随时而增益，画地而施行。言有万变而文止一种，则语言与文字离矣。[②]

为了进一步佐证自己的论点，他列举了中西语言上的现象加以比较：

> 余闻罗马古时，仅用拉丁语，各国以语言殊异，病其难用。自法国易以法音，英国易以英音，而英、法诸国文学始盛。耶稣教之盛，亦在举《旧约》、《新约》就各国文辞普译其书，故行之弥广。盖语言与文字离，则通文者少；语言与文字合，则通文者多，其势然也。然则日本之假名有裨于东方文教者多矣，庸可废乎。泰西论者，谓五部洲中以中国文字为最古，学中国文字为最难，亦谓语言文字之不相合也。[③]

这是我们所能见到的较早带有"比较文学"内涵的文字。虽然文中的"比较"所"跨越"的界限是语言，但文章所旁及的却是中西文学和文学翻译，是"中西语言文学综合比较的滥觞"，[④] 不但初露中国比较文学"起步的明

---

① （清）黄遵宪：《杂感》，见《黄遵宪集》（上卷），天津人民出版社，2003 年版，第 90 页。

② （清）黄遵宪：《日本国志》，上海古籍出版社，2001 年版，第 346 页。

③ （清）黄遵宪：《日本国志》，上海古籍出版社，2001 年版，第 346 页。

④ 徐志啸：《中国比较文学简史》，湖北教育出版社，1996 年版，第 18 页。

显征象"①，而且在中国比较文学史上尤显珍贵。日后，很多学者也对"言文合一"表达了类似的观点。

马建忠（1845—1900），清末语言学家，汉语语法的奠基人，曾留学法国，游历欧洲，精通英、法、希腊、拉丁文，是学贯中西的新潮之士。他所著的《马氏文通》（1898）是中国第一部全面系统的语法书，"是运用英文、法文、拉丁文、希腊文等西方语言文法考求中国古文字，对比创新"，编撰而成的"破天荒的语言文法"②著作。该著作以古汉语为研究对象，参照拉丁语法，在"比较"的视域中研究古代汉语的结构规律，以汉语传统和外来理论方法研究汉语，运用"比较借鉴的方法创立了独立的汉语语法学"，③在学习外来理论和方法上树立了一个典范，对中国现代语法有奠基性贡献，对日后的汉语语法研究产生了深远影响。

关于中西语言上的差异，马建忠从句法结构上进行了深刻的"比较"性论述：

> 余观泰西，童子入学，循序而进，未及志学之年，而观书为文无不明智；而后视其性之所近，肆力於数度、格致、法律、性理诸学而专精焉，故其国无不学之人，而人各学有用之学。计吾国童年能读书者固少，读书而能文者又加少焉，能及时为文而以其余年讲明道理以备他日之用者，盖万无一焉。夫华文之点画结构，视西学之切音虽难，而华文之字法句法，视西文之部分类别，且可以先后倒置以达其意度波澜者则易。西文本难也而易学如彼，华文本易也而难学如此者，则以西文有一定之规矩，学者可循序渐进而知所止境，华文经籍虽亦有规矩隐寓其中，特无有为之比儗而揭示之。遂

---

① 徐志啸：《中国比较文学简史》，湖北教育出版社，1996年版，第18页。

② 李喜所：《马建忠与中西文化交流》，见《中州学刊》，1987年第4期，第112页。

③ 亢世勇、刘艳：《马建忠及〈马氏文通〉的开拓创新精神》，见《唐都学刊》，1998年第4期，第67页。

使结绳而后，积四千余载之智慧材力，无不一一消磨於所以载道所以明理之文，而道无由载，理不暇明，以与夫达道明理之西人相角逐焉，其贤愚优劣有不待言矣。①

马建忠对中西语言的比较研究，开了中国比较语言学的先河，对中国比较文学的诞生具有不可忽略的影响。而他在中西文化的视野中对文言文之弊端的批驳，也应和了晚晴时期中国学界对白话文运用的吁求，具有深远的前瞻意义。

裘廷梁（1857—1943），倡导白话文运动的先驱，提倡白话文，践行文体改革，为《无锡白话报》的创立者，《白话丛书》的编辑者，有遗著《可桴文存》留世。

在白话文运动中，裘廷梁发表于 1898 年的文章《论白话为维新之本》是一篇"颇有说服力的比较文体学"②论文。文中，他一阵见血地指出了文字对一个国家和一个民族的作用，认为"有文字为智国，无文字为愚国；识字为智民，不认字为愚民"。③然后，他笔锋一转，直指中国文字的弊端："地球万国之所同也。独吾中国有文字而不得为智国，民识字而不得为智民，何哉？裘廷梁曰：此文言之为害矣"，④进而把批评的矛头对准已经落伍于时代的文言文。他指出："人类初生，匪直无文字，亦且无话，咿咿哑哑，啁啁啾啾，与鸟兽等，而其音较鸟兽为繁。于是因音生话，因话生文字。文字者，天下人公用之留声器也。文字之始，白话而已矣"。⑤为求证自己的论点，他特举三

---

① （清）马建忠：《马氏文通·后序》，商务印书馆，1983 年版，第 13 页。

② 徐志啸：《中国比较文学简史》，湖北教育出版社，1996 年版，第 20 页。

③ （清）裘廷梁：《论白话为维新之本》，见郭绍虞主编：《中国历代文论选》，第 4 册，上海古籍出版社，1980 年版，第 168 页。

④ （清）裘廷梁：《论白话为维新之本》，见郭绍虞主编：《中国历代文论选》，第 4 册，上海古籍出版社，1980 年版，第 168 页。

⑤ （清）裘廷梁：《论白话为维新之本》，见郭绍虞主编：《中国历代文论选》，第 4 册，上海古籍出版社，1980 年版，第 168 页。

例加以诠释：第一，五帝时，"凡精通制造之圣人必著书，著书必白话"。① 第二，三王时，"朝廷一二非常举动，……彼其意惟恐不大白于天下，故文告皆白话"。② 第三，春秋时，"《诗》、《春秋》、《论语》、《孝经》皆杂用方言"。只是因为"后人不明斯义，必取古人言语与今人不相肖者而摹仿之，于是文与言判然为二，一人之身，而手口异国，实为二千年来文字一大厄"。③

　　由于"朝廷不以实学取士，父师不以实学教子弟，普天下无实学，……乃至日操笔言文，而示以文义之稍古者，辄惊愕或笑置之，托他辞自解"，才造成"文言之害，靡独商受之，农受之，工受之，童子受之，……二千年来，海内重望，耗精敝神，穷岁月为之不知止"④ 的后果。为此，他大声疾呼"崇白话而废文言"，⑤ 不做文字的奴隶。因为读白话文有"省日力"、"除骄气"、"免枉读"、"保圣教"、"便幼学"、"鍊心力"、"少弃才"和"便贫民"八大好处。因为"成周之时"，由于"文字与语言合，聆之于耳，按之于书，殆无以异"，所以"童子始入小学，即以离经断句，为第一年之课程，读书之效如是其速也"。⑥ 而"观吾今日之中国，举天下如坐智井，以视古人智愚悬绝，乃至不可以道里计。岂今人果不古苦哉？抑亦读书之难易为之矣。读书难故成就者寡，今日是也；读书易故成就者多，成周是也。此中国古时用白话之效"。⑦

――――――

　　① （清）裘廷梁：《论白话为维新之本》，见郭绍虞主编：《中国历代文论选》，第4册，上海古籍出版社，1980年版，第168页。

　　② （清）裘廷梁：《论白话为维新之本》，见郭绍虞主编：《中国历代文论选》，第4册，上海古籍出版社，1980年版，第168—169页。

　　③ （清）裘廷梁：《论白话为维新之本》，见郭绍虞主编：《中国历代文论选》，第4册，上海古籍出版社，1980年版，第169页。

　　④ （清）裘廷梁：《论白话为维新之本》，见郭绍虞主编：《中国历代文论选》，第4册，上海古籍出版社，1980年版，第169页。

　　⑤ （清）裘廷梁：《论白话为维新之本》，见郭绍虞主编：《中国历代文论选》，第4册，上海古籍出版社，1980年版，第169页。

　　⑥ （清）裘廷梁：《论白话为维新之本》，见郭绍虞主编：《中国历代文论选》，第4册，上海古籍出版社，1980年版，第170页。

　　⑦ （清）裘廷梁：《论白话为维新之本》，见郭绍虞主编：《中国历代文论选》，第4册，上海古籍出版社，1980年版，第171页。

在对文言文之害和白话文之益进行了历史与现实的"比较"阐释后，裘廷梁留下了对比较文学的诞生具有启蒙意义的文字：

> 耶氏之传教也，不用希语，而用阿拉密克之盖立里土白。以希腊古雅，非文学士不晓也。后世传耶教者，皆深明此意，所至辄以其地俗语，译《旧约》、《新约》。吴拉非氏至戈陀大族也，美陀的无士、施里无士之至司拉弗也，摹法、司喀、贲特三人之至非洲也，皆先学其土语，然后为之造字著书以教之。千余年来，彼教寖昌寖炽。而吾中国政治艺术，靡一事不恧於西人，仅仅以礼教自雄，犹且一夺於老，再夺於佛，三夺於回回，四夺於白莲、天理诸邪教，五夺於耶氏之徒。彼耶教之广也，於全地球占十之八。儒教於全地球仅十之一，而犹有他教杂其中。然则文言之光力，不如白话之普照也，昭昭然矣。泰西人士，既悟斯义，始用埃及象形字，一变为罗马新字，再变为各国方言，尽译希腊、罗马之古籍，立於学宫，列於科目。而新书新报之日出不穷者，无愚智者皆读之。是以人才之盛，横绝地球。则泰西用白话之效。①

从对"言文合一"的求索，到对中西语言文学的比较；从对比较语言学的尝试，再到比较文体学的探究，日益渐盛的白话吁求也对文学创作提出了新的要求，而在各类文体当中，最能体现白话文的载体就是小说。虽然"小说界革命"的口号正式出现于 20 世纪初，但"戊戌前后文学界对西洋小说的介绍、对小说社会价值的强调，以及对别具特色的'新小说'的呼唤，都是'小说界革命'的前奏"。② 早在 1887 年，黄遵宪就在《日本国志》中对小说的白话性和通俗性赞誉有加：

---

① （清）裘廷梁：《论白话为维新之本》，见郭绍虞主编：《中国历代文论选》，第 4 册，上海古籍出版社，1980 年版，第 171 页。

② 陈平原：《〈二十世纪中国小说理论资料〉前言》，见陈平原、夏晓红编《二十世纪中国小说理论资料》第 1 卷，北京大学出版社，1989 年版，第 1 页。

若小说家言，更有直用方言以笔之于书者，则语言文字几几复合矣。余又乌知夫他日者不变更一文体为适用于今、通行于俗者乎？嗟乎，欲令天下之农工、商贾、妇女、幼稚，皆能通文字之用，其不得不于此求一简易之法哉！①

对小说的社会价值极力提倡的还有英国传教士傅兰雅（1839—1928），这位"传科学之教的教士"和翻译家，"半生心血，惟望中国多兴西法，推广格致，自强自富"，②在中国近代化进程中作出了不小贡献。

1895年5月到6月，傅兰雅先后5次刊登题为《求著时新小说启》的广告，用以宣传小说，推广小说，不但提出了"时新小说"的概念，而且力陈小说对"革除积弊、富强中国"所发挥的作用，"对以后梁启超提出'小说界革命'具有直接的影响"。③

在这则广告中，傅兰雅写道：

窃以感动人心，变易风俗，莫如小说。推行广速，传之不久，辄能家喻户晓，气息不难为之一变。今中华积弊最重大者，计有三端：一鸦片，一时文，一缠足。若不设法更改，终非富强之兆。兹欲请中华人士愿本国兴盛者，撰著新趣小说，合显此三事之大害，并祛各弊之妙法，立案演说，结构成编，贯穿为部，使人阅之，心为感动，力为革除。辞句以浅明为要，语意以趣雅为综，虽妇人幼子皆能得而明之。④

① （清）黄遵宪：《日本国志》，上海古籍出版社，2001年版，第347页。

② 傅兰雅语，见《百度百科·傅兰雅》，http://baike.baidu.com/view/865804.htm?fr=aladdin。

③ 黄霖、蒋凡主编，周兴陆、魏春吉等编著《中国历代文论选·晚清卷》，上海教育出版社，2008年版，第157页。

④ （英）傅兰雅：《求著时新小说启》，见（美）韩南著《中国近代小说的兴起》，徐侠译，上海教育出版社，2010年版，第138页。

　　同年 6 月，傅兰雅曾举办过一次"时新小说"征文比赛。然而，在所收到的 162 篇作品中，不是"立意偏畸，述烟弊太重，说文弊过轻"，就是"演案希奇，事多不近情理"；不是"述事虚幻，情景每取梦寐"，就是"出语浅俗，言多土白，甚至词尚淫污，事涉狎秽，曰妓寮，动曰婢妾，仍不失淫词小说之故套"，①与他所主张的"辞句浅明"、"语意趣雅"和"妇幼皆明"的艺术见解存有相当大的距离。所征集的小说最后虽未出版，但他为这次小说征文比赛所撰写的广告《求著时新小说启》却成为一篇倡导"小说革命"的檄文，傅兰雅本人也因此被誉为"晚清'小说界革命'的先知先驱者"。②

　　中国小说近代化发端的标志，是 1897 年《国闻报》上刊载的《本馆附印说部缘起》。③文章的作者是严复和夏曾佑。严复（1854—1921）是清末启蒙思想家、翻译家和教育家，中国近代向西方寻找真理的先进的中国人之一。康有为赞其为精通西学第一人，梁启超赞其为中学西学第一流人物，胡适赞其为介绍近世思想第一人。④夏曾佑（1863—1924）是近代诗人、历史学家、学者。1897 年在天津与严复等创办《国闻报》，宣传新学，鼓吹变法，是"诗界革命"的倡导者之一。⑤

　　《本馆附印说部缘起》论及了小说的传播力、影响力和社会功用，指出"曹、刘、诸葛，传于罗贯中之演义，而不传于陈寿之志。宋、吴、杨、武，传于施耐庵之《水浒传》，而不传于宋史。玄宗、杨妃，传于洪昉思之《长生殿传奇》，而不传于新旧两书。推之张生、双文、梦梅、丽娘，或则依托

---

　　①　（英）傅兰雅：《时新小说出案启》，见黄霖、将凡主编，周兴陆、魏春吉等编著《中国历代文论选·晚清卷》，上海教育出版社，2008 年版，第 157 页。

　　②　黄霖、蒋凡主编，周兴陆、魏春吉等编著：《中国历代文论选·晚清卷》，上海教育出版社，2008 年版，第 158 页。

　　③　范伯群、朱栋霖主编：《1898—1949 中外文学比较史》，江苏教育出版社，2007 年版，第 4 页。

　　④　《严复》，见《百度百科》，http://baike.baidu.com/view/1995.htm?fr=aladdin。

　　⑤　《夏曾佑》，见《百度百科》，http://baike.baidu.com/view/144786.htm?fr=aladdin。

姓名，或则附会事实，凿空而出，称心而言，更能曲合乎人心者也"。[①]正由于此，他们才提出"夫说部之兴，其入人之深、行世之远，几几出于经史上，而天下之人心风俗，遂不免为说部之所持"的全新理念。究其缘由，就在于"欧、美、东瀛，其开化之时，往往得小说之助"。所以，他俩"附印说部"的"宗旨所存，则在乎使民开化"。因为"有人身所作之史，有人心所构之史，而今日人心之营构，即为他日人身之所作。则小说者，又为正史之根矣"。[②]

《本馆附印说部缘起》只是刊登在《国闻报》上的一份"出版说明"，作者意在说明在《国闻报》上发表小说并没有违背这家报纸的办报宗旨。然而，"出版说明"一经面世，就以其"深厚的学养和独到的见解"为"小说'雅化'为文坛正宗提供了理论依据"，在理论上"开启了'小说'变革的大门，也是实际上引发后来文坛具有'燎原'之势的'小说界革命'的星星之火，在学术界发挥着深远的影响"。[③]

中国"小说界革命"的口号于1902年由梁启超提出，那年《新小说》第一号上发表的梁启超的论文《论小说与群治之关系》，被看作"小说界革命"的开始。梁启超（1873—1929），号饮冰室主人，中国近代思想家、政治家、教育家、史学家、文学家，中国近代维新派的代表，是"戊戌变法"的领导者之一，"诗界革命"和"小说界革命"的发起者，留有《饮冰室合集》等著作。

在《论小说与群治之关系》一文中，梁启超开篇就指出：

　　欲新一国之民，不可不先新一国之小说。故欲新道德，必新小

---

① （清）严复、夏曾佑：《本馆附印说部缘起》，见郭绍虞主编《中国历代文论选》第4册，上海古籍出版社，1980年版，第204—205页。

② （清）严复、夏曾佑：《本馆附印说部缘起》，见郭绍虞主编《中国历代文论选》第4册，上海古籍出版社，1980年版，第205页。

③ 惠萍：《〈本馆附印说部缘起〉：一份独特"出版说明"》，见《中国出版》，2013年第20期，第56页。

说；欲新宗教，必新小说；欲新政治，必新小说；欲新风俗，必新
小说；欲新学艺，必新小说；乃至欲新人心，欲新人格，必新小说。
何以故？小说有不可思议之力支配人道故。①

关于人们"何以嗜他书不如其嗜小说"，梁启超认为："小说者，常导人
游于他境界，而变换其常触常受之空气者也"。人生在世，往往不满足于对
眼前世界的认识，而自身的能力和视野的局限，又使人无法感受"身外之身，
世界外之世界"。小说则能满足人的欲望，开拓人的视野，引导人们摆脱眼下
的世俗生活，进入到一个以往不曾感触过的新世界，给人以焕然一新之感。
梁启超还认为：小说能将人的所思、所想、所感、所知、所经、所历"和盘
托出，彻底而发露之"。人生在世，"无论为哀为乐，为怨为怒，为恋为骇，
为忧为惭"，经常"行之不知、习矣不察"，经常"欲摹写其情状，而心不能
自喻，口不能自宣，笔不能自传"，而小说则启发人的心智，使人既知其然又
知其所以然，"感人之深，莫此为甚"。所以"诸文之中能极其妙而神其技者，
莫小说若"。至此，他得出"小说为文学之最上乘也"的结论，将小说的艺
术感染力推崇到极致。应当指出的是，梁启超将小说分为"理想派"和"写实
派"，认为"小说种目虽多，未有能出此两派范围之外也"。②这种用西方的
"浪漫主义"和"现实主义"的理论阐释中国文学的方法，日后被中国学者衍
生为"阐发研究"，③对中国比较文学的诞生有着宝贵的启示。

关于小说"不可思议之力支配人道故"，梁启超列举四点加以论证：一

---

① （清）梁启超：《论小说与群治之关系》，见黄霖、蒋凡主编，周兴陆、魏春吉等编著
《中国历代文论选·晚清卷》，上海教育出版社，2008 年版，第 181 页。

② 此段对梁启超《论小说与群治之关系》的引文均见黄霖、蒋凡主编，周兴陆、魏春
吉等编著《中国历代文论选·晚清卷》，上海教育出版社，2008 年版，第 181 页。

③ "阐发研究"也叫"阐发法"，最先由中国台湾学者提出，即"利用西方有系统的文
学批评来阐发中国文学及中国文学理论"，后经中国大陆学者完善为"双向阐发法"，即"阐
发研究决不是仅仅用西方的理论来阐发中国的文学，或者仅仅用中国的模式去解释西方的文
学，而应该是两种或多种民族的文学互相阐发、互相印证"。——笔者注。

为熏，即小说对读者的感染"如入云烟中而为其所烘，如近墨朱处而为其所染"；二为浸，即小说对读者心灵的净化，所谓"浸也者，入而与之俱化者也"，"如酒焉，作十日饮，则作百日醉"；三为刺，即小说对读者的激励，使"感受者骤觉"，"能使人于一刹那顷，忽起异感而不能自制"；四为提，即小说与读者的共鸣，"凡读小说者，必常若自化其身焉，入于书中，而为其书之主人翁"。梁启超认为，以上四点，"文家能得其一，则为文豪；能兼其四，则为文圣"。①

在论证小说"支配人道"之四的过程中，梁启超广征博引，出神入化，显示出一位学者宽阔的知识视野、学术视野和"比较"视野：

> 所谓华严楼阁，帝网重重，一毛孔中，万亿莲花，一弹指顷，百千浩劫，文字移人，至此而极。然则吾书中主人翁而华盛顿，则读者将化身为华盛顿；主人翁而拿破仑，则读者将化身为拿破仑；主人翁而释迦、孔子，则读者将化身为释迦、孔子，有断然也。②

梁启超发起的"小说界革命"，与变法维新运动相呼应，与文学变革的吁求相吻合，顺应了时代的节拍，"改变了中国小说的走向，扭转了中国小说从乾隆以后走向低谷的不景气而走向繁荣，走向近代化，也为'五四'新小说的产生打下了良好的基础"。③他所提出的"今日欲改良群治，必自小说界革命始；欲新民，必自新小说始"④的主张，在当时得到了广泛的回应，"真可谓

---

① 此段对梁启超《论小说与群治之关系》引文均见黄霖、蒋凡主编，周兴陆、魏春吉等编著《中国历代文论选·晚清卷》，上海教育出版社，2008年版，第181—182页。

② （清）梁启超：《论小说与群治之关系》，见黄霖、蒋凡主编，周兴陆、魏春吉等编著《中国历代文论选·晚清卷》，上海教育出版社，2008年版，第182页。

③ 钟贤培：《梁启超对中国近代小说革新的贡献——梁启超与晚清"小说界革命"》，见《广东社会科学》，1996年第2期，第115页。

④ （清）梁启超：《论小说与群治之关系》，见黄霖、蒋凡主编，周兴陆、魏春吉等编著《中国历代文论选·晚清卷》，上海教育出版社，2008年版，第183页。

登高一呼应者云集"。①

梁启超文中所谈之"新小说",是相对于中国的"旧小说"而言。而当时的"旧小说"已成为"中国群治腐败之总根原",②无力担当起"新国民"、"新道德"、"新宗教"、"新政治"、"新风俗"、"新学艺"、"新人心"和"新人格"的时代重任。当时的中国文坛,距新小说的诞生尚有一段时日。既然"欧、美、东瀛,其开化之时,往往得小说之助",那么向域外文学求助,就成为"小说界革命"之"新小说"的首选。因为"欲求输入文化,除小说更无他途"。③于是,对域外小说的译介就成雨后春笋之势,中国比较文学也从小说的翻译和研究开始拉起了帷幕。④

第三节　学无新旧,无中西

中国比较文学从译介开始萌芽,而晚清时期中国学界的译介之潮亦是时代之需,大势之驱。当时,很多学人都纷纷从不同的角度,以不同的身份,通过不同的途径表达了译介西书的急切之声。

1894 年冬,甲午战争的硝烟将熄,马建忠就向清政府上书《拟设翻译书院议》,文中"明确指出翻译对中国反抗外国欺侮并最后战胜外敌的重大意义,力陈创设翻译书院、开展翻译活动和培养翻译人才的重要性与紧迫性"。⑤

---

① 陈平原:《〈二十世纪中国小说理论资料〉前言》,见陈平原、夏晓红编《二十世纪中国小说理论资料》第 1 卷,北京大学出版社,1989 年版,第 4 页。

② (清)梁启超:《论小说与群治之关系》,见黄霖、蒋凡主编,周兴陆、魏春吉等编著《中国历代文论选·晚清卷》,上海教育出版社,2008 年版,第 182 页。

③ (清)夏曾佑:《小说原理》,见陈平原、夏晓红编《二十世纪中国小说理论资料》第 1 卷,北京大学出版社,1989 年版,第 61 页。

④ 乐黛云、王向远:《比较文学研究》,福建人民出版社,2006 年版,第 1 页。

⑤ 辛红娟、马孝幸:《马建忠翻译思想之文化阐释》,见《南京农业大学学报》(社会科学版),2011 年第 3 期,第 114 页。

文章开篇，马建忠就对西方列强在我国土上的横行霸道进行了愤怒的控诉："窃谓今日之中国，其见欺于外人也甚矣！道光季年以来，彼与我所立约款税则，则以向欺东方诸国者转而欺我。于是其公使傲睨于京师，以凌我政府；其领事强梁于口岸，以抗我官长；其大小商贾盘踞于租界，以剥我工商；其诸色教士散布于腹地，以惑我子民"。然后，马建忠对西方列强之所以敢于在我国土上肆意骄横、胆大妄为的原因进行了痛心疾首的分析，指出"夫彼之所以悍然不顾，敢于为此者"，就在于"欺我不知其情伪，不知其虚实也"。接下来，他便对"不知情伪"和"不知虚实"进行了比较语言意义上的分析，认为"外洋各国，其政令之张弛，国势之强弱，民情之顺逆，与其上下一心，相维相系，有以成风俗而御外侮者，率皆以本国语言文字不惮繁琐而笔之于书，彼国人人得而知之，并无一毫隐匿于其间。中国士大夫，其泥古守旧者无论已，而一二在位有志之士，又苦于语言不达，文字不通，不能遍览其书，遂不能遍知其风尚，欲其不受欺也得乎！"①

在对上述现象和原因进行了深入分析的基础上，马建忠将该文章的重点转向西方和中国翻译现状，指出"泰西各国，自有明通市以来，其教士已将中国之经传《纲鉴》译以拉丁、法、英文字。康熙间于巴黎斯设一汉文书馆，近则各国都会，不惜重资，皆设有汉文馆。有能将汉文古今书籍，下至稗官小说，译成其本国语言者，则厚廪之。其使臣至中国，署中皆以重金另聘汉文教习学习汉文，不尽通其底蕴不止。各国之求知汉文也如此，而于译书一事，其重且久也又如此"。②相比之下，中国的翻译很不乐观。虽然也有"上海制造局"、"福州船政局"和"京师译署"等机构，虽然也设有"同文书馆"，并"罗致学生"学习外国语言文字，但这些机构和所培养人才的目的却不是为了专门译书。有时即便翻译了几本外国的书，不是"仅为一事一艺之

---

①　此段对马建忠《拟设翻译书院议》的引文均见《翻译研究论文集：1894—1948》，外语教学与研究出版社，1984 年版，第 1 页。

②　（清）马建忠：《拟设翻译书院议》，见《翻译研究论文集：1894—1948》，外语教学与研究出版社，1984 年版，第 1 页。

用"，就是"文辞艰涩"，或是"挂一漏万，割裂重复，未足资为考订之助"。①
而当时的一些译者，"大抵于外国之语言或稍涉其藩篱，而其文字之微辞奥旨
与夫各国之所谓古文词者，率茫然而未识其名称，或仅通外国文字言语，而
汉文则粗陋鄙俚，未窥门径。使之从事译书，阅者展卷未终，俗恶之气触人
欲呕。又或转请西人之稍通华语者为之口述，而旁听者乃为仿佛摹写其词中
所欲达之意，其未能达者，则又参以己意而武断其间。盖通洋文者不达汉文，
通汉文者又不达洋文，亦何怪夫所译之书皆驳杂迁讹，为天下识者所鄙夷而
讪笑也"！其结果是"中国于应译之书既未全译，所译一二种又皆驳杂迁讹"。
只有那些"精通洋语洋文，兼善华文……横览中西，同心盖寡"者方能"足
当译书之任"。② 正由于此，他才发出了"译书之不容少缓，而译书之才不得
不及时造就也"③ 的呼吁。

在《拟设翻译书院议》中，马建忠还流露出强烈的忧患心绪，指出"余
生也晚，外患方兴，内讧洊至，东南沦陷，考试无由，于汉子之外，乃肆意
于拉丁文字，上及希腊并英、法语言。盖拉丁乃欧洲语言文字之祖，不知拉
丁文字，犹汉文之昧于小学而字义未能尽通，故英、法通儒日课拉丁古文词，
转译为本国之文者此也。……今也倭氛不靖而外御无策，盖无人不追悔海禁
初开之后，士大夫中能有一二人深知外洋之情实而早为之变计者，当不至有
今日也。余也蒿目时艰，窃谓中国急宜创设翻译书院，爰不惜笔墨，既缕陈
译书之难易得失于左，复将书院条目与书院课程胪陈于右。倘士大夫有志世
道者见而心许，采择而行之，则中国幸甚"。④ 进而表达了一个正义之士的拳
拳爱国之心。

---

① （清）马建忠：《拟设翻译书院议》，见《翻译研究论文集：1894—1948》，外语教学
与研究出版社，1984 年版，第 2 页。

② （清）马建忠：《拟设翻译书院议》，见《翻译研究论文集：1894—1948》，外语教学
与研究出版社，1984 年版，第 2 页。

③ （清）马建忠：《拟设翻译书院议》，见《翻译研究论文集：1894—1948》，外语教学
与研究出版社，1984 年版，第 2 页。

④ （清）马建忠：《拟设翻译书院议》，见《翻译研究论文集：1894—1948》，外语教学
与研究出版社，1984 年版，第 2—3 页。

在这股"翻译西学"的浪潮中，梁启超不但表现出极大的热情，而且一直走在前列。

1896 年，他在《论译书》一文中写道："西国自有明互市以来，其教士已将中国经史记载，译以拉丁、英、法各文。康熙间，法人于巴黎都城设汉文馆，爰及近岁，诸国继踵，都会之地，咸建一区，庋藏汉文之书，无虑千数百种，其译成西文者，浩博如全史三通，繁缛如国朝经说，猥陋如稗官小说，莫不以其本国语言，翻行流布，其他种无论矣"。他认为，西国之所以强盛于东国，就在于"泰西格致、性理之学，原于希腊，法律政治之学，原于罗马，欧洲诸国各以其国之今文，译希腊罗马之古籍。译成各书，立于学官。列于科目，举国学之，得以神明其法，而损益其制。故文明之效，极于今日"。由此他认为"译书实本原之本原……今日之天下，则必以译书为强国第一义"。①同一年，他在《论报馆有益于国事》一文中说："无耳目，无喉舌，是曰废疾。今夫万国并立，犹比邻也。齐州以内，犹同室也。比邻之事，而吾不知，甚乃同室所为，不相闻问，则有耳目而无耳目，上有所措置，不能喻之民，下有所苦患，不能告之君，则有喉舌而无喉舌"，因此，他提倡"广译五洲近事"，使"阅者知全地大局"，以"奋厉新学，思洗前耻"，②再不能夜郎自大，坐井观天。还是在同一年，他在《〈西学书目表〉序例》中说："海禁既开，外侮日亟，会文正开府江南，创制造局"，应该"首以译西书为第一义"。因为"今夫五洲万国之名，太阳、地球之位。西人五尺童子，皆能知之，若两公固近今之通人也，而其智反出西人学童之下，何也？则书之备与不备也"。所以，他提出"国家欲自强，以多译西书为本，学者欲自立，以多译西书为功"。③

①（清）梁启超：《论译书》，见《梁启超全集》第 1 册，北京出版社，1999 年版，第 45 页。

②（清）梁启超：《论报馆有益于国事》，见《梁启超全集》第 1 册，北京出版社，1999 年版，第 66、67 页。

③（清）梁启超：《〈西学书目表〉序例》，见《梁启超全集》第 1 册，北京出版社，1999 年版，第 82 页。

1897 年，梁启超在《读〈日本书目志〉书后》一文中说："今吾中国之于大地万国也，譬犹泛万石之木航，与群铁舰争胜于沧海也，而舵工榜人，皆盲人聋者，黑夜无火，昧昧然而操柂于烟雾中，即无敌船之攻，其遭风涛沙石之破可必也"。严峻的现实是，"泰西百年来诸业之书，万百亿千，吾中人识西文者寡，待吾数百万吏士，识西文而后读之，是待百年而后可。则吾终无张灯之一日也"。所以，他主张"故今日欲自强，惟有译书而已。今日公卿明达者，亦有知译书者矣"。[①] 文中，他不但一再强调"译书"的意义，指出"识泰西文字而通其学，非译书不可""译书以开四万万人之智，以为百度之本"，而且还表达了对国人阅读译书后的美好憧憬："愿我农夫，考其农学书，精择试用，而肥我树艺；愿我工人，读制造美术书，而精其器用；愿我商贾，读商业学。而作新其货宝贸迁；愿我人士，读生理、心理、伦理、物理、哲学、社会、神教诸书，博观而约取，深思而研精，以保我孔子之教；愿我公卿，读政治、宪法、行政学之书，习三条氏之政议，择究以返观，发愤以改政，以保我四万万神明之胄；愿我君后，读明治之维新书。借观于寇仇，而悚厉其新政，以保我万万里之疆域"。[②] 同一年，他在《大同译书局叙例》一文中，再次强调若"今不速译书，则所谓变法者，尽成空言，而国家将不能收一法之效"。[③] 而他在《续译〈列国岁计政要〉叙》一文中所表白的"读断代史，不如读通史，读古史，不如读近史、读追述之史，不如读随记之史。读一国之史，不如读万国之史"，[④] 则展现出广阔的全球视野。

除了在理论上大力提倡翻译外，梁启超还身体力行，亲力所为。他觉得

---

① （清）梁启超：《读〈日本书目志〉书后》，见《梁启超全集》第 1 册，北京出版社，1999 年版，第 128 页。

② （清）梁启超：《读〈日本书目志〉书后》，见《梁启超全集》第 1 册，北京出版社，1999 年版，第 129 页。

③ （清）梁启超：《大同译书局叙例》，见《梁启超全集》第 1 册，北京出版社，1999 年版，第 132 页。

④ （清）梁启超：《续译〈列国岁计政要〉叙》，见《梁启超全集》第 1 册，北京出版社，1999 年版，第 134 页。

小说具有感人至深的力量，西方文学之所以将小说置于"首屈一指"的地位，就在于"此种文体曲折透达，淋漓尽致，描人群之情状，批天地之窈奥，……非寻常文学家所能及"。① 因此，他便集中精力从事小说的传播与出版，在自己创办的"中国唯一之文学报"——《新小说》杂志上连续发表多篇翻译小说，"专在借小说家言，以发起国民政治思想，激励其爱国精神"。② 据杨义主编，连燕堂著《二十世纪中国翻译文学史·近代卷》的统计，《新小说》杂志所刊登的翻译作品有：科学小说《海底旅行》、哲理小说《世界末日记》、冒险小说《二勇少年》《水底度节》、语怪小说《俄皇宫中之人鬼》、法律小说《宜春苑》、写情小说《电术奇谈》、奇情小说《神女再世奇缘》、侦探小说《离魂病》《毒药案》《毒蛇圈》《失女案》《双公使》等。这些小说"不但在翻译史上占一定地位，"而且"对中国人了解外国文学、亲近外国作家起了一定的作用"。③ 值得一提的是，其中的《世界末日记》和《俄皇宫中之人鬼》两个短篇译自梁启超笔下。这两部作品被视为"中国出现最早的短篇小说翻译之一"，梁启超也被誉为中国"率先翻译短篇小说的带头人之一"。④

梁启超还是跨越中西文化的界限研究中西文学的实践者。自 1897 年在《〈西政丛书〉叙》中提出"政无所谓中西也，……古今中外之所同，有国者之通义也"⑤ 之后，他便开始在文学研究中进行跨越中西的尝试，试图站在中西文化的边界，在跨文化的视野中审视中西文学，用西方的文学理论阐释中国文学，用世界文学的视野阐释西方文学。1898 年，在《译印政治小说序》中，

①　新小说报社：《中国唯一之文学报〈新小说〉》，见黄霖、蒋凡主编，周兴陆、魏春吉等编著《中国历代文论选·晚清卷》，上海教育出版社，2008 年版，第 201 页。

②　新小说报社：《中国唯一之文学报〈新小说〉》，见黄霖、蒋凡主编，周兴陆、魏春吉等编著《中国历代文论选·晚清卷》，上海教育出版社，2008 年版，第 201 页。

③　杨义主编，连燕堂著：《二十世纪中国翻译文学史·近代卷》，百花文艺出版社，2009 年版，第 133 页。

④　杨义主编，连燕堂著：《二十世纪中国翻译文学史·近代卷》，百花文艺出版社，2009 年版，第 142 页。

⑤　（清）梁启超：《〈西政丛书〉叙》，见《梁启超全集》第 1 册，北京出版社，1999 年版，第 137 页。

他指出："在昔欧洲各国变革之始，其魁儒硕学，仁人志士，往往以其身之所经历，及胸中所怀政治之议论，一寄之于小说，……往往每一出书，而全国之议论为之一变。彼美、英、德、法、奥、意、日本各国政界之日进，则政治小说，为功最高焉。英名士某君曰：小说为国民之魂，岂不然哉"？① 1899年，在《传播文明三利器》中，他指出："于日本维新之运动有大功者，小说亦其一端也，明治十五六年间，民权自由之声，遍满国中，于是西洋小说中，言法国、罗马革命之事者，陆续译出，……其原书多英国近代历史小说家之作也"。② 1902年，在《论学术之势力左右世界》中，他称赞法国作家伏尔泰不但以"诚恳之气，清高之思，美妙之文，能运用他国文明新思想，移植于本国，以造福于其同胞"，而且以"极流利之笔，写极伟大之思，……卒乃为法国革命之先锋，与孟德斯鸠、卢梭齐名，盖其有造于法国民者，功不在两人下也"。③ 还称赞俄国作家托尔斯泰"思想高彻，文笔豪宕，故俄国全国之学界为之一变"。而"各地学生咸不满于专制之政，屡屡结集，有所要求，……皆托尔斯泰之精神所鼓铸者也"。梁启超认为：伏尔泰和托尔斯泰均法、俄两国"必不可少之人也。苟无此人，则其国或不得进步，即进步亦未必如是其骤也"。④ 为此，他对中国学者发出忠告："公等皆有左右世界之力，而不用之，何也？公等即不能为培根、笛卡儿、达尔文，岂不能为福禄特尔（伏尔泰）……托尔斯泰？即不能左右世界，岂不能左右一国？苟能左右我国者，是所以使我国左右世界也"。⑤

① （清）梁启超：《译印政治小说序》，见《梁启超全集》第1册，北京出版社，1999年版，第172页。

② （清）梁启超：《传播文明三利器》，见《梁启超全集》第1册，北京出版社，1999年版，第359页。

③ （清）梁启超：《论学术之势力左右世界》，见《梁启超全集》第2册，北京出版社，1999年版，第559页。

④ （清）梁启超：《论学术之势力左右世界》，见《梁启超全集》第2册，北京出版社，1999年版，第559页。

⑤ （清）梁启超：《论学术之势力左右世界》，见《梁启超全集》第2册，北京出版社，1999年版，第560页。

梁启超还在多篇文章中对中西诗歌进行了比较视域中的论述，认为"近世诗家，如莎士比亚、弥儿敦、田尼逊等，其诗动亦数万言。伟哉！勿论文藻，即其气魄固已夺人矣"。虽然"中国事事落他人后，惟文学似差可颉颃西域"，但是"长篇之诗，最传颂者，惟杜之《北征》，韩之《南山》，宋人至称为日月争光；然其精深盘灂雄伟博丽之气，尚未足也。古诗《孔雀东南飞》一篇，千七百余字，号称古今第一长篇诗。诗虽奇绝，亦只儿女子语，于世运无影响也"。① 关于诗歌对国民的影响，他认为"读泰西文明史，无论何代，无论何国，无不食文学家之赐；其国民于诸文豪，亦顶礼而尸祝之"。② 因为"欧洲之意境、语句，甚繁富而玮异，得之可以陵轹千古，涵盖一切"。③ 而"中国之词章家，则于国民岂有丝毫之影响耶？推原其故，不得不谓诗与乐分之所致也"。④ 究其缘由，是"欧洲之真精神、真思想、尚且未输入中国"，⑤ 为此，他寄语文学人士"自今以往，更委身于祖国文学，据今所学，而调和之以渊懿之风格，微妙之辞藻，苟能为索士比亚、弥儿顿，其报国民之恩者，不已多乎"？⑥

　　在中国比较文学的历史上，真正拆除了学科之间的界墙，打破了文学研究中的"中西"界限的是王国维（1877—1927）。他不但是汇通古今中西文化的先行者，也是中国比较文学的开创者，亦是"把东西方美学思想融合并形

　　① （清）梁启超：《饮冰室诗话》，见郭绍虞主编《中国历代文论选》第 4 册，上海古籍出版社，1980 年版，第 134 页。

　　② （清）梁启超：《饮冰室诗话》，见郭绍虞主编《中国历代文论选》第 4 册，上海古籍出版社，1980 年版，第 137 页。

　　③ （清）梁启超：《夏威夷游记》，见黄霖、蒋凡主编，周兴陆、魏春吉等编著《中国历代文论选·晚清卷》，上海教育出版社，2008 年版，第 178 页。

　　④ （清）梁启超：《饮冰室诗话》，见郭绍虞主编《中国历代文论选》第 4 册，上海古籍出版社，1980 年版，第 137 页。

　　⑤ （清）梁启超：《夏威夷游记》，见黄霖、蒋凡主编，周兴陆、魏春吉等编著《中国历代文论选·晚清卷》，上海教育出版社，2008 年版，第 178 页。

　　⑥ （清）梁启超：《饮冰室诗话》，见郭绍虞主编《中国历代文论选》第 4 册，上海古籍出版社，1980 年版，第 137 页。

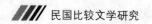

成自己独特的美学思想体系的杰出学者"。①

在《论近年之学术界》一文中，王国维指出，人类不但"同此宇宙"，而且"同此人生"，只是在"观宇宙人生"方面表现出各自的差异。"学术之所争，只有是非真伪之别耳。……学术之发达，存于其独立而已"。因此，他认为"吾国今日之学术界"的首要任务是"当破中外之见"，②迫切地流露出早日破除国别的界限，在全球背景下开展学术研究的愿望。在《译本琵琶记序》中，他对中西戏曲文学的交流进行了论述："戏曲之作，于我国文学中为最晚，而其流传于他国也，则颇早。法人赫特之译《赵氏孤儿》也，距今百五十年。英人大维斯之译《老生儿》亦垂百年。……讫于今，元剧之有译本者，几居三之一焉"。③王国维在文中所论及的中国戏曲在域外的"流传"与"翻译"等，与日后比较文学"影响研究"中的"流传学"和"译介学"相吻合，可看做这两种研究图景的雏形。在《奏定经学科大学文学科大学章程书后》一文中，王国维对文学与哲学的关系进行了精彩的论述："文学与哲学之关系，其密切亦不下于经学。今夫吾国文学上最可宝贵者，孰过于周秦以前之古典乎？《系辞》上下传实与《孟子》、《戴记》等为儒家最粹之文学，若自其思想言之，则又纯粹之哲学也"。他认为，"凡此诸子之书，亦哲学亦文学，今舍其哲学而徒研究其文学，欲其完全解释，安可得也"？说到此，他将论述的视野转向西方，指出"西方之文学亦然。柏拉图之《问答篇》、鲁克来谑斯之《物性赋》，皆具哲学文学二者之资格"。此外，他还以诗歌为例，指出诗歌"尤与哲学有同一之性质，其所欲解释者，皆宇宙人生上根本之问题。不过其解释之方法，一直观的，一思考的，一顿悟的，一合理的耳"。而"今文学科大学中，既授外国文学矣，不解外国哲学之大意，而欲全解其文学，

① 尹建民主编：《比较文学术语汇释》，北京师范大学出版社，2011年版，第318页。

② （清）王国维：《论近年之学术界》，见王国维著《静庵文集》，辽宁教育出版社，1997年版，第115页。

③ （清）王国维：《译本琵琶记序》，见王国维著《静庵文集》，辽宁教育出版社，1997年版，第174页。

是犹却行而求前，南辕而北辙，必不可得之数也"。① 王国维对文学与哲学关系的研究，既跨越了中西文化的界限，也跨越了不同学科之间的界限，对日后比较文学领域的"跨学科研究"具有直接的启发意义。

关于文学研究中对"中西"界墙的跨越，王国维最具影响的文章还是《〈国学丛刊〉序》。文章开篇，他就一阵见血地指出：

> 学之义不明于天下久矣！今之言学者，有新旧之争，有中西之争，有有用之学与无用之学之争。余正告天下曰：学无新旧，无中西也，无有用无用也。②

关于"何以言学无新旧"，王国维指出："夫天下之事物，自科学上观之，与自史学上观之，其立论各不同"。如果从科学的角度看，"则事物必尽其真，而道理必求其是"。因此，"虽圣贤言之，有所不信焉；虽圣贤行之，有所不慊焉"。如果从史学的角度看，"则不独事理之真与是者，足资研究而已"。他认为："治科学者，必有待于史学上之材料，而治史学者，亦不可无科学上之知识"。针对当时的学界不是"蔑古"就是"尚古"之风，他指出："蔑古者出于科学上之见地，而不知有史学；尚古者出于史学上之见地，而不知有科学"。因此他认为，研究事物，既要有当今之科学精神，也要有传统之史学精神，"此所以有古今新旧之说也"。③

关于"何以言学无中西"，王国维指出："世界学问，不出科学、史学、文学。故中国之学，西国类皆有之，西国之学，我国亦类皆有之；所异者，

---

① （清）王国维：《奏定经学科大学文学科大学章程书后》，见王国维著《静庵文集》，辽宁教育出版社，1997年版，第178、179页。

② 王国维：《〈国学丛刊〉序》，见徐洪兴编选《王国维文选》，上海远东出版社，2011年版，第110页。

③ （清）王国维：《〈国学丛刊〉序》，见徐洪兴编选《王国维文选》，上海远东出版社，2011年版，第111页。

广狭疏密耳"。^①因为世界各国文学都是相影响而存在，相渗透而发展繁荣的，所以"中西二学，盛则俱盛，衰则俱衰，风气既开，互相推助"，不可能有"西学不兴，而中学能兴者"，也不会有"中学不兴，而西学能兴者"。因为"所谓中学，非世之君子所谓中学；所谓西学，非今日学校所授之西学而已"。文学与其他学科之间，往往是相互影响、互为促进的，"治《毛诗》《尔雅》者，不能不通天文、博物诸学，而治博物学者，苟质以《诗》《骚》草木之名状而不知焉，则于此学固未为善"。由此，他得出了"一学既兴，他学自从之，此由学问之事，本无中西"^②的结论。

从睁眼看世界，到文界革命的兴起；从译介西书的热潮，到学无中西的学术研究，中华民族这头熟睡的雄狮终于在历史的硝烟中醒来，中国比较文学也在这块苏醒的土壤中开始萌芽。直到鲁迅的《摩罗诗力说》问世，才为"晨光熹微的中国比较文学带来了黎明"，才"宣告具有中国特色的比较文学已降临于世"。^③这同时也印证了新时期中国学者的论断："中国比较文学不是古已有之，也不是舶来之物，它是立足于本土文学发展的内在需要，在全球交往的语境下产生的、崭新的、有中国特色的人文现象"。^④

---

① （清）王国维：《〈国学丛刊〉序》，见徐洪兴编选《王国维文选》，上海远东出版社，2011 年版，第 111 页。

② （清）王国维：《〈国学丛刊〉序》，见徐洪兴编选《王国维文选》，上海远东出版社，2011 年版，第 112 页。

③ 卢康华、孙景尧：《比较文学导论》，黑龙江人民出版社，1984 年版，第 71 页。

④ 乐黛云：《比较文学发展的第三阶段》，见乐黛云、陈惇主编《中外比较文学名著导读》，浙江大学出版社，2006 年版，第 1 页。

第一章
对域外文学作品的译介

中国比较文学的帷幕，是由文学翻译拉起的。关于中国文学翻译"第一"桂冠的归属，有学者认为，1864 年董恂改译的美国诗人朗费罗的《人生颂》，被看做"国人翻译的第一篇外国诗歌"。1873 年，蠡勺居士翻译的英国长篇小说《昕夕闲谈》，被视为"国人翻译的第一部外国小说"。① 也有学者认为中国翻译文学，"是指中国人在国内或国外用中文（主要指汉语）译的外国文学的文本。"用这个标准衡量，中国近代翻译文学始于 19 世纪 70 年代，翻译的诗歌以 1871 年王韬和张芝轩合译的《马赛曲》和德国诗人阿恩特的《祖国颂》为代表。② 而 1899 年，林纾和王寿昌翻译的《巴黎茶花女遗事》，则"揭开了中国翻译文学的新纪元"。③ 自此，在世纪之交起步的中国对域外文学的翻译便在 20 世纪初掀起高潮，进而成为民国时期比较文学的一大亮点。

---

① 杨义主编：《二十世纪中国翻译文学史·近代卷》，连燕堂著，百花文艺出版社，2009年版，第 19 页。

② 郭廷礼：《中国近代翻译文学概论》，湖北教育出版社，2005 年版，第 18 页。

③ 孟昭毅、李载道主编：《中国翻译文学史》，北京大学出版社，2005 年版，第 32 页。

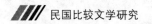

第一节　从域外小说的翻译起步

　　世纪之交的中国，第一批觉醒过来的有识之士之所以将翻译或文学翻译作为首选，是因为闭关锁国的局面被打破后西方文化所带来的冲击，是因为破门而入的西方文化带给国人的震撼，是因为在强权的西方文化的比照下所看到的自身文化的孱弱。于是，打开门窗，放眼世界，向域外求索的欲望便逐渐汇成一股声势浩大的吁求，而满足国人这一吁求的当务之急就是翻译。从 1862 年成立同文馆，到 1867 年江南制造局设立翻译馆；从 1895 年文廷式、康有为等创立强学会，到 1896 年张元济建立南洋公学译书院；从 1896 年罗振玉、徐树兰等创立农务公会，到 1897 年梁启超创办大同译书局。直至商务印书馆（1897）和中华书局（1912）两家全国最大的出版机构的成立，中国的翻译事业由翻译机构的成立，到翻译人才的培养；由具体的翻译实践，到翻译图书的出版；由政治、经济、军事、科技图书的翻译，到雨后春笋般的文学翻译，形成一股较成规模的声势，对国人"睁眼看世界"，对中国文学走向世界产生了巨大影响。

　　晚清时期国人对小说，尤其对域外小说的关注，与梁启超的大声疾呼和身体力行息息相关。1898 年，他在《译印政治小说序》一文中，结合对"仅识字之人，有不读经，无有不读小说者"的理解，对小说的通俗性、在民间的普及性以及对国民影响的重要性进行了深刻阐述：

　　　　六经不能教，当以小说教之。正史不能入，当以小说入之；语录不能谕，当以小说谕之。律例不能治，当以小说治之；天下通人少而愚人多，深于文学之人少，而粗识之无之人多。六经虽美，不通其义，不识其字，则如明珠夜投，按剑而怒矣。……今中国识字人寡，深通文学之人尤寡。然则小说学之在中国，殆可增七略而为八，蔚四部而为五者矣。①

----

① （清）梁启超：《译印政治小说序》，见《梁启超全集》第 1 册，北京出版社，1999 年版，第 172 页。

在此基础上，他将视角转向西方，认为欧洲各国在社会变革时，学人们都将自己的政治情怀和政治理想寄托在小说之中，并通过小说这个途径将自己的政治思想传递给兵丁、市侩、农氓、工匠、车夫、马卒、妇女和童孺，进而形成全国性浪潮，"收到启发民智、发扬爱国精神的社会效果"。[①]为此，他借用英国人"小说为国民之魂"的名言，大力提倡、大声疾呼翻译外国小说。在中国翻译文学史上，《译印政治小说序》无异于一篇宣言书，正是在它的鼓动下，对域外小说的翻译开始呈兴盛之势，来自域外的政治小说、教育小说、科学小说、侦探小说等很快就成为当时中国文坛的主力军，在读者中引起强烈反响。关于梁启超的翻译思想、翻译实践以及对域外小说翻译的贡献，笔者在《导论》已有论及，这里不再多言。

清末民初的文坛，"翻译多于创作"。据统计，期间"翻译书的数量，总有全数量的三分之二"，[②]而中国的文学创作就是在这种"汹涌的输入情形"的影响下，迎来了一个新的阶段。据阿英所编《晚清戏曲小说目》统计，从1882年到1913年，共出版、发表域外小说609种。其中除掉1882、1884、1889和1899年的5种，以及尚无年代记载的26种外，其余的均出现在20世纪前10年。[③]尽管这并非最精确的数字，却足以看出清末民初之际文学界和读者对域外小说的渴求以及翻译的兴盛之势。

这一时期所译的域外小说，从国度上看，多来自英国、法国、俄国和美国，此外，也有数量不等的意大利、荷兰、匈牙利、印度和日本小说。从文体上看，多为推理小说和科幻小说，如英国作家柯南道尔的侦探作品、法国作家儒尔盖·凡尔纳《八十天环游记》《地心旅行》、英国作家史蒂文生的《新天方夜谭》等，但其中也不乏《希腊神话》《天方夜谈》等经典，以及俄国作家契诃夫的《六号室》（《第六病室》）、英国作家笛福的《鲁滨孙漂流记》、法国作家小仲马的《茶花女遗事》（《茶花女》）、英国作家狄更斯的《孝

---

① 陈玉刚主编：《中国翻译文学史稿》，中国对外翻译出版公司。1989年版，第42页。

② 阿英：《晚清小说史》，江苏文艺出版社，2009年版，第184页。

③ 阿英：《晚清戏曲小说目》，上海文艺联合出版社，1954年版，第109—172页。

女耐儿传》(《老古玩店》)、法国作家大仲马的《幾道山恩仇记》(《基督山伯爵》)、美国作家斯托夫人的《黑奴吁天录》(《汤姆叔叔的小屋》) 以及英国作家兰姆姐弟的《吟边燕语》(《莎士比亚戏剧故事集》) 等名著。除上面提及的几位著名作家外,所翻译的文学作品所涉及的一流作家还有俄国文豪托尔斯泰、俄国大诗人普希金、苏联大作家高尔基、美国文学之父华盛顿·欧文、以及英国历史小说之父司各特等。

最早从事域外小说翻译的既有政治家,也有思想家;既有理论家,也有文字工作者;既有翻译家,也有作家。他们的名字大多湮没在时光的尘埃中,为今人所陌生。或为笔名,今人因时光的久远已无从查证;或只是在译坛上短瞬一过,永久为今人所遗忘。然而,我们还是在这支庞大庞杂的翻译队伍中,看到了梁启超、林纾、鲁迅、周作人等日后享誉中国文坛的大家的名字。他们是近代到民国时期中国文学翻译事业的开创者,是域外小说落户中国的传递者,是中国文学翻译理论的探路者,是将域外小说介绍给中国读者的实践者。虽然在时光的流逝中他们其中很多人的名字、很多人的译作因时代和语言等诸多因素已被遗忘在角落,但依旧有很多人的译作和理论经历史长河的冲刷和检验而成为经典,不但深受读者的青睐,而且至今还以不朽的艺术魅力而成为中国文学翻译史上的典范。至于这些域外小说的载体,或会社、或报馆;或书局,或杂志,也在一个世纪的风雨中消失殆尽,所留下来的恐怕只有至今依旧名气不小的商务印书馆。

阿英在《晚清小说史》中说:译印西洋长篇小说,"最初的一种,是《瀛寰琐记》(申报馆版) 里的《昕夕闲谈》(上卷三十一回,下卷二十四回)。译者署蠡勺居士。到光绪三十年 (一九〇四),经译者删改重定,印成单本 (文宝书局),署名易为吴县藜床卧读生。"[①]

那么,这部"被认为是中国人翻译的第一部相对完整的外国长篇小说"[②]

---

① 阿英:《晚清小说史》,江苏文艺出版社,2009 年版,第 184 页。

② 杨义主编:《二十世纪中国翻译文学史·近代卷》,连燕堂著,百花文艺出版社,2009 年版,第 93 页。

出现在哪一年呢？有学者考证，《瀛寰琐记》是《申报》的文艺副刊，也是近代第一个文艺杂志。蠡勺居士翻译的这部长篇小说从1873年1月起，到1875年1月止，用了第三卷到第二十八卷的版面，将总共五十五回的小说刊载完毕。[①] 如此看来，蠡勺居士的译作早于林纾的译作26年，是中国当之无愧的翻译西方小说的第一人，[②] 目前已得到学界的广泛认可。

蠡勺居士何许人也？一个世纪以来，学者们进行了不同角度的考证，也得出了各自不同的结果，目前依旧没有统一的定论。1905年6月1日，上海的《新闻报》刊登了一个图书广告，便成为学者们解开蠡勺居士真实身份之谜的主要线索：

重译《昕夕闲谈》英国第一小说出书

是书乃外国章回小说也，原名英国小说，计五十余回。光怪陆离，千变万化。所载事迹，由于泰西拿破仑变政，俄土奥三国分波兰之后，人民散叛，国事纷更，从自由平权，遂致败俗伤风。其中如绅官之零替，妇女之恣肆，以及赌局妓馆陷人坑，非几于各国相同。不料数十年来，一切扫除净尽，竟成文明之俗，真洋洋乎奇观也。原本为蒋子让大令所译。尚文转折，不尽善处，阅者每以未能通畅为憾。兹觅得原文英书，更请中西兼贯之儒，重加译印，凡脱节累赘之语，一扫而空。排印成书，装订西式两厚册，价洋九角，托上海棋盘街文明书局，飞鸿阁，四马路文宝书局发兑。[③]

---

① 参见张政、张卫晴《近代翻译文学之始——蠡勺居士及其〈昕夕闲谈〉》，见《外语教学与研究》，2007年第6期，第463页，杨义主编《二十世纪中国翻译文学史·近代卷》，连燕堂著，百花文艺出版社，2009年版，第93页。

② 张政、张卫晴：《近代翻译文学之始——蠡勺居士及其〈昕夕闲谈〉》，见《外语教学与研究》，2007年第6期，第463页。

③ 转引自郭长海：《蠡勺居士和藜床卧读生——〈昕夕闲谈〉的两位译者》，见《明清小说研究》，1992年第4期，第458页。

对考证者而言，这则广告最有价值的一句话就是"原本为蒋子让大令所译"。于是，蠡勺居士的真实姓名就水落石出。有学者据此进一步考证后，认为他生于 1842 年，浙江杭州人，是清朝末年的一位词人。1870 年浙江乡试中举，1872 年任申馆的高级编辑，常用蠡勺居士、小吉罗庵主和蘅梦庵主等笔名发表作品。1877 年考中进士后离开了报馆，赴甘肃省敦煌县任县令，子相、芷湘和子让是他先后使用过的表字，其真实姓名是蒋其章。①

如果将《昕夕闲谈》的英文名字直译过来，应该是《夜与晨》（*Night and Morning*），而且只是作品的一半。小说的作者是英国 19 世纪小说家爱德华·布尔沃·利顿（1803—1873）。《简明不列颠百科全书》称他为"英国政治家、诗人、评论家，主要以多产小说家闻名"。②

在《夜与晨》的序言中，利顿对小说创作中审美愉悦与道德追求的一致性作如下阐述：

> 小说的目的是愉悦还是教育，即道德的目的与高雅文学作品中的非说教精神是否一致？批评家们，尤其是德国的批评家们（德国是批评的发源地）对这个重要问题已经有过很多论述。这场讨论的总的结果是那些反对道德说教的人占了上风，他们认为道德模式应该从诗人的目标中排除；艺术只应该考虑审美，应该满足于间接的道德倾向，但永远不能舍弃美的创造。的确，在小说中，引发兴趣，使人愉悦，轻松地提升——即把人从低俗情感与悲惨生活的烦恼中提升到一个更高的境界，排遣疲惫与自私之痛苦，激起对人生无常的真情悲伤，唤起对英雄斗争的同情——让灵魂进入那更安详的氛围，使之很少回到日常生存，不让记忆或联想来侵占思想的领地，

---

① 参见（1）韩南《谈第一部汉译小说》，见《文学评论》2011 年第 3 期，第 133 页。（2）杨义主编《二十世纪中国翻译文学史·近代卷》，连燕堂著，百花文艺出版社，2009 年版，第 94 页。（3）刘镇清《试探〈昕夕闲谈〉的译者身份》，见《华侨大学学报》（哲学社会科学版），2009 年第 1 期，第 115 页。

② 《简明不列颠百科全书》（5），中国大百科全书出版社，1986 年版，第 257 页。

或颂扬行为的动机——凡此种种目标，而不是其他道德追求，更有可能让诗人感到心满意足。这些目标构成了诗人们最高与最普遍的道德。①

虽然我们无据可考蒋其章在翻译利顿的《夜与晨》时是否读过其序言，却在其撰写的《〈昕夕闲谈〉小叙》中发现了十分相近的话语：

> 予则谓小说者，当以怡神悦魄为主，使人之碌碌此世者，咸弃其焦思繁虑，而暂迁其心于恬适之境者也。又令人之闻义侠之风，则激其慷慨之气；闻忧愁之事，则动其凄宛之情；闻恶则深恶，闻善则深善，斯则又古人启发良心惩创逸志之微旨。且又为明于庶物、察于人伦之大助也。②

文中，作者用"怡神悦魄"和"迁其心于恬适之境"等文字，阐明了小说对读者的"愉情"作用，使读者在"闻义侠之风"而激发"慷慨之气"，"闻忧愁之事"而产生"凄宛之情"的同时，生发出"闻恶则深恶，闻善则深善"的道德情感。而他翻译此小说的目的就在于"务使富者不得沽名，善者不必钓誉，真君子神彩如生，伪君子神情毕露，此则所谓铸鼎像物者也，此则所谓照渚然犀者也。"③倘若蒋其章的《小叙》是在利顿序言的影响下有感而发的话，那将是中西小说观念的"一次（有可能是第一次）非常重要的亲密接触"。④

---

① 转引自张和龙《论〈昕夕闲谈〉小序的外来影响》，见《中国比较文学》，2008年第1期，第93页。

② 蠡勺居士：《〈昕夕闲谈〉小叙》，见陈平原、夏晓虹编《二十世纪中国小说理论资料》，北京大学出版社，1989年版，第541页。

③ 蠡勺居士：《〈昕夕闲谈〉小叙》，见陈平原、夏晓虹编《二十世纪中国小说理论资料》，北京大学出版社，1989年版，第542页。

④ 张和龙：《论〈昕夕闲谈〉小序的外来影响》，见《中国比较文学》，2008年第1期，第94页。

清末民初的翻译家行列中，有一位"比林纾更早，可是现在已不复为人所记忆"，却拥有很多"最早"殊荣头衔的人：最早虚心接受西洋文学特长，爽直承认欧美文学优点；最早用白话文介绍西洋文学；最早创立侦探小说一词，并将西方侦探小说输入到中国。[①] 他组织发起的"译书交通公会"被视为中国历史上第一个翻译工作者社团。[②] 他就是周桂笙（1873—1936）。由于较早受到西学的影响，又由于在《月月小说》担任译述编辑，从而获得了专心从事小说翻译的机缘。正如他自己所言："余平生喜读中外小说，压线余闲，辄好染翰作小说译小说，此知我者所共知也。顾读书十年，未能有所供献于社会，而谨为稗贩小说，我负学欤？学负我欤？当亦知我者所同声一叹者矣"。[③] 在西学的影响下，他渴望通过译介域外的文学和文化强国富民，使自己的祖国屹立于世界民族之林。在"译书交通公会"的《宣言》中，周桂笙指出：

> 中国文学，素称极盛，降至晚近，日即凌替。好古之士怃焉忧之，乃亟亟谋所以保存国粹之道，惟恐失坠，蒙窃惑焉！方今人类，日益进化，全球各国，交通便利，大抵竞争愈烈，则智慧愈出，国亦日强，彰彰不可掩也。吾国开化虽早，闭塞已久，当今之世，苟非取人之长，何足补我之短！然而环球诸国，文字不同，语言互异，非广译其书不为功！顾先识之士，不新之是保，抑独何也？夫旧者有尽，新者无穷，与其保守，无宁进取！而况新之于旧，相反而适相成！苟能以新思想新学术源源输入，俾跻我国于强盛之域，则旧

---

① 《杨士骧论周桂笙》，见周桂笙旧译《毒蛇圈》，伍国庆选编，岳麓书社，1991 年版，第 1、2 页。

② 魏望东：《清末民初时代背景下的周桂笙翻译研究》，见《语文学刊》，2008 年第 3 期，第 66 页。

③ 周桂笙：《新庵译屑》，见周桂笙旧译《毒蛇圈》，伍国庆选编，岳麓书社，1991 年版，第 544 页。

学亦必因之昌大，卒受互相发明之效，此非译书者所当有之事欤！①

《宣言》以环球视野，对闭塞中的国粹表露出强烈的忧患意识，对日益加剧的全球化趋势表现出极大的兴趣，《宣言》中所强调的"环球诸国，文字不同，语言互异，非广译其书不为功"，对通过翻译这个途径引进西学表现出极大的热情，因为"不新之是保"，因为"旧者有尽，新者无穷，与其保守，无宁进取"。所以，只有引进西学，才能使"我国于强盛之域"才能使旧学"因之昌大"。这种在一个多世纪前就有，在当今仍具有启迪意义的环宇胸襟和比较视域，实属弥足珍贵。

周桂笙不仅是输入西学的提倡者，还是输入西学的实践者。他翻译"英法两国小说各三百余种，美国小说近一百种，另有短篇译作数百种，合在一起达千余种。……他的《新庵谐译》（1901）……中有《一千零一夜》、《伊索寓言》等。据杨之华文章，林纾翻译《茶花女遗事》在1903年。因之，对于向不为多数人所知，而默默地对中国近代文化有功的人，不要只重'正宗'使之湮灭无闻"。②

除了多译侦探小说外，他还翻译了很多科学小说、冒险小说、言情小说、政治小说、教育小说、滑稽小说、札记小说等。既有长、中、短篇小说，亦有童话、寓言和民间故事，可谓内容繁多，品种丰富，堪称多产翻译家。

在对域外小说的翻译中，周桂笙最大的贡献是"他译的作品大抵都是以当时流行的报章体，即浅近的文言文以及白话文为工具，采用直译法"。因此，不但"早期介绍西洋文学到中国来的最早的人，当属周桂笙"，而且"直译西洋文学作品，特别是使用白话翻译，也以周桂笙开其先河"。③

如《毒蛇圈》第一回的开头：

---

①　转引自《中国翻译家辞典》，中国对外翻译出版公司，1988年版，第100页。

②　林之满：《最早翻译西方到中国来的当有周桂笙》，见《社会科学战线》，1987年第4期，第56页。

③　《中国翻译家辞典》，中国对外翻译出版公司，1988年版，第101页。

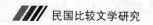

"爹爹，你的领子怎么穿得全是歪的？"

"儿呀，这都是你的不是呢。你知道没有人帮忙，我是从来穿不好的。"

"话虽如此，然而今天晚上，是你自己不要我帮的。你的神气慌慌忙忙，好象我一动手，就要耽搁你的好时候似的。"

"没有的话。这都因为你不愿意我去赴这回席，所以努起了嘴，什么都不高兴了。"

"请教我怎么还会高兴呢？你去赴席，把我一个人丢在家里，所为的不过是几个老同窗，吃一顿酒。你今年年纪已经五十二了，这些人已有三十多年没有见了，还有什么意思呢？①"

如此简洁、通俗、易懂的白话语言，将父女俩当时的心绪直白晓畅地呈现出来。倘若没有标明年代，很少人会想到这是 100 多年前的文字，而且是翻译西方小说时所使用的、真正的、纯粹生活化了的文字。译者的勇气、智慧和前瞻性的尝试令人肃然起敬。这种白话行文，不但"具有开拓性质"，而且"为后来的新文化运动起到了某些铺垫之功"。②

周桂笙不仅是西方侦探小说的输入者，也是西方侦探小说中国本土化的积极尝试者。对此，有学者指出：他"从 1903 年开始翻译法国作家鲍福的侦探小说《毒蛇圈》，到 1907 年自创《上海侦探案》，自觉将外国侦探小说的思想和艺术观念融进中国的谴责与公案等小说类型之中，探索了侦探小说本土化之路，为推动中国小说的现代转型作出了显著贡献。周桂笙从翻译侦探小说到本土化创作的探索，正是中国小说现代化必经中西新旧融合之路的一个试验。"③

---

① （法）鲍福：《毒蛇圈》，周桂笙译，见伍国庆选编《毒蛇圈》，岳麓书社，1991 年版，第 9 页。

② 魏望东：《清末民初时代背景下的周桂笙翻译研究》，见《语文学刊》，2008 年第 3 期，第 67 页。

③ 杨绪容：《周桂笙与清末侦探小说的本土化》，见《文学评论》，2009 年第 5 期，第 184 页。

应当指出的是，周桂笙的西方小说本土化，不仅体现在他侦探小说的本土化创作中，也体现在他西方侦探小说的本土化翻译中。如《毒蛇圈》第二回的开头：

> 却说叫来的马车本来早已停在门前。瑞福出门，即便上车，当命马夫加上几鞭，不多一刻，即离了他所居的白帝诺街往"大客店"而去。这座大客店是著名的酒馆，他们今日纪念会就在那里设席。离白帝诺街虽是甚远，瑞福虽是独自一人坐在车上，却还不甚寂寞。只因他方才听了女儿一番言语，实出意料之外。故在车上翻来覆去寻味他女儿的那番说话。原来瑞福初与他妻子十分恩爱，讵料不到十年间，他妻子就去世了，只剩下妙儿一个闺女，所以瑞福十分疼爱妙儿，差不多竟是单看看女儿过日子的了。①

除却译作的"第二回《掉笔瑞补提往事，避筵席忽得奇逢》"这种中国小说的章回体处理外，译作的文字、文笔、文风等均为中国小说的特征显现。假如不做外国作家的标注，读者定不会想到这是一部来自域外的、描写外国风土人情的小说。这种本土化的翻译风格不但拉近了中国读者与外国文学的距离，也增加了小说的可读性和理解性。

周桂笙还是中外小说比较的探险者。在译介域外小说的过程中，他大胆地对中外小说的相同和相异进行比较，尝试在比较的视野中冷静客观地分析中外文学现象，进而取他者之长，补己者之短，既不盲目媚外，也不妄自菲薄。虽然他谦虚地觉得"以吾二十年中所睹，仅得此区区者"，就想对"日新月异，浩如烟海"的中外小说评出优劣，"判别高下，不其难哉，"②但还是借

① （法）鲍福：《毒蛇圈》，周桂笙译，见伍国庆选编《毒蛇圈》，岳麓书社，1991年版，第17页。

② 周桂笙：《论小说》，见张正吾、陈铭选注：《中国历代文学作品系列·文论卷》，海峡文艺出版社，1992年版，第231页。据选注者言：此文发表时，并无题目。以下同。——笔者注。

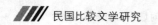

友人之口，对中外小说进行了比较文学意义上归纳：

> 每谓读中国小说，如游西式花园，一入门，则园中全景，尽在目前矣；读外国小说，如游中国名园，非遍历其境，不能领略个中况味也。盖中国小说，往往开宗明义，先定宗旨，或叙明主人翁来历，使阅者不必遍读其书，已能料其事迹之半；而外国小说，则往往一个闷葫芦，曲曲折折，直须阅至末页，方能打破也。……亦谓外国小说，虽极冗长者，往往一个海底翻身，不至终篇，不能知其究竟；中国从无此等章法，虽有疑团，数回之后，亦必叙明其故，而使数回以后，另起波澜云云。……总之，吾国小说，劣者固多，佳者亦不少，与外国相角逐，则比例多寡，万不逮一。至谓无一二绝作，以与他相颉顽，则岂敢言？①

在形象生动地"从作品的思想内容、写作目的、写作手法和小说出版设计等方面总结了中外小说的不同"②的基础上，周桂笙又从"身分"、"辱骂"、"诲淫"、"公德"和"图画"等几个方面，对中国小说所存在的弊病进行了比较意义上的批评。首先，"外国小说中，无论一极下流之人，而举动一切，身分自在，总不失其国民之资格。中国小说，於著一人之恶，则酣畅淋漓，不留余地"，表现出"一种卑鄙龌龊之状态"。其次，"外国小说中，从未见有辱骂之辞，……吾国小说中，则无论上中下三等社会，举各自有其骂人之辞，大书特书，恬不为怪"。再次，"外国风俗极尊重女权，而妇女之教育，亦极发达，……中国女子，殆视为男子之普通玩具。"第四，"外国人极重公德，……吾国旧小说界，几不辨此为何物"。第五，"外国小说中，图画极精，而且极

---

① 周桂笙：《论小说》，见张正吾、陈铭选注：《中国历代文学作品系列·文论卷》，海峡文艺出版社，1992年版，第231—232页。

② 禹玲：《周桂笙：中国近代翻译史上的先驱者》，见《苏州教育学院学报》，2014年第4期，第20页。

多，……中国虽有绣像小说，惜画法至旧，较之彼用摄影法者，不可同日而语"。应当指出的是，周桂笙对中国小说中存在的弊病所进行的剖析，是客观的、深刻的、准确的，而这些都是通过与外国小说的"比较"得出的。更值得肯定的是，周桂笙并非就小说论小说，就弊病论弊病，而是在比较剖析的同时，将其上升到改造社会的层面，指出"社会与小说，实相为因果者也。必先有高尚之社会，而后有高尚之小说；亦必先有高尚之小说，而后有高尚之社会"。①

周桂笙在翻译界的名气不如林纾，在文学翻译上的成就也不如林纾，但其翻译思想和翻译活动以及在翻译事业上的勇气和毅力等，则对中国的文学翻译产生了不小的影响。日后出现的翻译家中，不但陈鸿璧、伍光建、方庆周、罗秀方、包笑天等从他那里深受启发，其直译的风格也深深影响了鲁迅和周作人。② 作为开一代风气之先的翻译家，周桂笙对中国翻译事业和比较文学的贡献是应该载入史册的。

由先驱者开启的域外文学翻译的帷幕，也在翻译理论领域得到了延伸，而开创中国文学翻译理论之先河者，便是"中国旧民主主义革命时期，向西方寻求救国救民真理的代表人物之一"③ 的严复（1854—1921）。《中国翻译家辞典》对他的评价是："他结合自己的翻译实践经验，借鉴我国古代译学的优秀遗产，所提出的著名的'信、达、雅'翻译标准，在我国翻译史上独具意义，给后代的译界以有益的启发，甚至今天也没有失去其生命力。"④

1898 年，严复翻译的英国学人赫胥黎的著名《天演论》出版，在《译例言》这篇长文中，严复首次提出了"信、达、雅"一说：

译事三难：信、达、雅。求其信已大难矣，顾信矣不达，虽译

---

① 周桂笙：《论小说》，见张正吾、陈铭选注：《中国历代文学作品系列·文论卷》，海峡文艺出版社，1992 年版，第 232—233 页。

② 《中国翻译家辞典》，中国对外翻译出版公司，1988 年版，第 101 页。

③ 《重印"严译名著丛刊"前言》，见《天演论》，商务印书馆，1981 年版。

④ 《中国翻译家辞典》，中国对外翻译出版公司，1988 年版，第 89 页。

犹不译也，则达尚焉。

译者将全文神理融会于心，则下笔抒词，自善互备。至原文词里本深，难于共喻，则当前后引衬，以显其意。凡此经营，皆以为达，为达即所以为信也。

《易》曰：修辞立诚。子曰：辞达而已。又曰：言之无文，行之不远。三者乃文章正规，亦即为译事楷模。故信、达而外，求其尔雅。①

用今日的文字诠释，"信"就是要忠实于原著，如若背离原著精神，则"虽译犹不译也"，翻译就失去了意义。因此，"求其信"，便是翻译过程中之"大难"。"达"就是翻译出来的东西要文字流畅，前后通达。因为"西文句中名物字，多随举随释，……西文句法，少者二三字，多者数十百言。假令仿此为译，则恐必不可通，而删削取径，又恐意义有漏。"为此，严复才建议译者"将全文神理融会于心，……下笔抒词，自善互备。"以达到"前后引衬，以显其意"的效果。所谓"雅"指的就是文采。因为"言之无文，行之不远"，如果"用汉以前字法、句法，则为达易"。如果"用近世利俗文字，则求达难"。从而在"信""达"赢得赞誉的同时，又在"雅"的保守上招致了批评。

尽管如此，严复所提出的"信、达、雅"的翻译标准，在中国翻译文学史上不但具有重要的里程碑意义，而且产生了持续至今的深远影响。有学者将其归纳为以下几点：（1）它符合举世公认的翻译工作的基本规律和通行原则。（2）它具有明显的中国文化色彩。（3）有极强的针对性和实用性。（4）用自己的亲身体会，使"信、达、雅"具备了可行性。②

从域外小说的翻译起步的中国比较文学，经清末民初时期一批小说翻译的先驱者和翻译理论的先驱者的努力、实践和探索后，为民国时期的文学翻

---

① 严复：《译例言》，见《天演论》，商务印书馆，1981 年版。

② 杨义主编：《二十世纪中国翻译文学史·近代卷》，连燕堂著，百花文艺出版社，2009 年版，第 159—161 页。

译奠定了坚实的基础，创造了良好的氛围。时至 20 世纪的脚步到来，翻译文学也迎来一个前所未有的高峰。

第二节 林纾的先驱者意义

清末民初的中国翻译界，出现了一位不懂外文的翻译家。虽然他身兼文学家、文论家、诗人、画家等头衔，也因"五四"运动期间与新文化运动为敌而饱受诟病，但其留给后人印象最深的还是文学翻译。虽然他的译著均为听友人根据原文口述后的"三度创作"，多因删节、误译、漏译而留有遗憾，但很多译作却非但没有违背原著的"内容宗旨"，保持了原著的"风格情调"，而且还能把原著的"幽默风趣和巧妙用字都能表达出来"。除此之外，有些"在世界文学史上并没有什么地位"的作品，"经他的译笔却增添了不少风彩"。① 这位古文基础扎实、文笔娴熟、翻译速度快、译作数量大的翻译家就是林纾（1852—1924）。在 20 世纪初的中国文坛上，他与梁启超和严复"各自独树一帜，鼎足而三；……又互为补充，相辅相成，共同为推动翻译事业的繁荣、发展，做出了不可磨灭的贡献"。②

林纾的先驱者意义，在于他是"第一位将大量西方文学作品介绍到中国的卓越而又独特的翻译家"。③ 数量之大，范围之广，在他之前，甚至在之后很长时间内，还没有哪个翻译家像林纾这样大面积、全方位地向中国读者广泛译介外国文学。一个根本不懂外文的人，能在有限的时间内，将如此丰厚的外国文学作品翻译过来，"实为中国近代译界别人所难望其项背"。④

① 《中国翻译家辞典》，中国对外翻译出版公司，1988 年版，第 49 页。

② 杨义主编：《二十世纪中国翻译文学史·近代卷》，连燕堂著，百花文艺出版社，2009 年版，第 169 页。

③ 《林纾文选·内容摘要》，见《林纾文选》，百花文艺出版社，2006 年版。

④ 《中国翻译家辞典》，中国对外翻译出版公司，1988 年版，第 50 页。

那么，林纾一生共翻译了多少外国小说呢？学界说法不一，但随着时间的推移，文献的不断发现，研究的深入，其数量呈递增态势。郑振铎认为："据我所知道的，自他的巴黎茶花女遗事起，至最近的翻译止，成书的共有一百五十六种；其中有一百三十二种是已经出版的，有十种则散见于第六卷至第十一卷的小说月报而未有单刻本，尚有十四种则为原稿，还存于商务印书馆未付印。"在此基础上，郑振铎对林译小说所涉及到的国家进行了初步分类，指出"在这一百五十六种的翻译中，最多者为英国作家的作品，共得九十三种，其次为法国，共得二十五种，再次为美国，共得十九种，再次为俄国，共得六种，此外则希腊、挪威、比利时、瑞士、西班牙、日本诸国各得一二种。尚有不明注何国及何人所作者，共五种。"[1]

俞久洪认为"林纾共翻译了英、美、法、俄、德、日、比利时、瑞士、希腊、西班牙、挪威等十一个国家九十八个作家的一百六十三种作品（不包括未刊印的十八种）"。[2]在一百六十三种作品中，有英国五十九位作家的作品一百种，美国十三位作家的作品十七种，法国十八位作家的作品二十四种，俄国一位作家的作品十种，希腊、德国、比利时、西班牙、挪威、瑞士和日本各一位作家的作品各一种。此外，还有佚名作品五种以及来自英、美、法、俄等国的未刊作品十八种。俞久洪在考索中还做了如下工作：（1）对原作者的名字按照目前通用的译法重新加以翻译。（2）对许多作品的名字也重新加以翻译。（3）对一些作品的细目尽量加以重译。（4）对托尔斯泰的作品注上了俄文原名。[3]上述工作无论对林译小说的读者还是对林译小说的研究者而言，都提供了很大的便利。

马泰来认为林纾的翻译作品共有一百七十九种，其中"单行本一三七种，

① 郑振铎：《林琴南先生》，见钱钟书等著《林纾的翻译》，商务印书馆，1981年版，第9页。

② 俞久洪：《林纾翻译作品考索》，见薛绥之、张俊才编《林纾研究资料》，福建人民出版社，1982年版，第403页。

③ 俞久洪：《林纾翻译作品考索》，见薛绥之、张俊才编《林纾研究资料》，福建人民出版社，1982年版，第403页。

未刊十八种"。① 这一百七十九种译作中，以英美文学最多，为一百一十六种。法国文学其次，为二十三种。俄国文学再次，为十种。希腊、德国、日本、比利时、瑞士、挪威、西班牙文学各一种。此外，还有佚名作品五种。未刊的十八种作品分别来自英国、美国、法国和俄国。马泰来的目录不但按照译作的国别进行分类，而且按照出版年代的顺序，将每一部译作的书名、原作者、同译者、出版单位、出版年月等一一标出，很多也标有作品的外文，对后人阅读和研究林译小说也提供了很大的便利。

对郑振铎的看法持相同态度的有乐黛云，她在《比较文学研究》中说："林纾的翻译活动一发而不可收，他翻译的欧美小说共 156 种，其中 132 种已出版单行本，10 种散见于第 6—11 卷《小说月报》，14 种未付印"。② 对俞久洪的看法表示认同的有郝岚，她在《中国翻译文学史》中转述了俞久洪的数字，认为在"短短 25 年时间里，林纾翻译了英、法、俄、美、德、日、瑞士、希腊、挪威、比利时、西班牙等 11 个国家 98 位作家的 163 中作品（不包括未刊印的 18 种），总字数在一千万字以上"。③ 其实，早在 1937 年，阿英就说过林纾"共译书约一百六十余种"④ 的话。对马泰来的看法持相同态度的有三：（1）钱钟书说："林纾四十四五岁，……开始翻译，他不断译书，直到逝世，共译一百七十余种作品，几乎全是小说"。⑤（2）《中国翻译家辞典》说："由于他数十年的辛勤劳作，共翻译了 170 余部（271 册），……他的译作，出自英、美、法、比、俄、西班牙、挪威、瑞士、希腊和日本等十几个国家的几十个作家"。⑥（3）《中国翻译文学史稿》说："在长达二十六年的岁月中，

①　马泰来：《林纾翻译作品全目》，见钱钟书等著《林纾的翻译》，商务印书馆，1981 年版，第 98 页。

②　乐黛云、王向远：《比较文学研究》，福建人民出版社，2006 年版，第 11 页。

③　孟昭毅、李载道主编：《中国翻译文学史》，北京大学出版社，2005 年版，第 50 页。

④　阿英：《晚清小说史》，江苏文艺出版社，2009 年版，第 186 页。

⑤　钱钟书等：《林纾的翻译》，商务印书馆，1981 年版，第 34 页。

⑥　《中国翻译家辞典》，中国对外翻译出版公司，1988 年版，第 49—50 页。

他一共译出一百七十余部作品，总字数在一千万字以上"。①

除了150余种说、160余种说和170余种说外，还有180余种说出现。《林纾的翻译·后记二》中认为："林译作品今日可知者，凡一八四种，单行本一三七种，未刊二十三种，八种存稿本"。②《中国近代翻译文学概论》中说：林纾"翻译了外国文学作品180余种，……囊括了英、法、美、俄、希腊、日本、比利时、瑞士、挪威、西班牙等11个国家的98个作家的作品"。③《二十世纪中国翻译文学史》中说："林纾不懂外文，但是与人合作，翻译外国文学类著作一百八十余种，为中国打开了中西文化和文学交流的大门"。④

关于林纾译作的数量，经张俊才的统计后达到了246种。其中英国作家60名，作品101种。法国作家17名，作品24种。美国作家12名，作品16种。俄国作家2名，作品11种。希腊、德国、日本、比利时、瑞士、挪威、西班牙等国作家各1名，作品各1种。除此之外，原著者不详的作品有63种。未刊作品24种。虽然张俊才认为由于"年代较远，史料湮没"，对林纾一生究竟翻译了多少外国文学作品，是一件"大约也不可能搞得很清楚"⑤的事情，但246种的数量已经是"迄今为止最为详尽的统计"⑥了。

林译小说数量之大，得益于译者扎实的文字功底、勤奋的工作态度和极快的翻译速度。尽管他谦虚地说"予不审西文，其勉强厕身于译界者，恃二三君子，为余口述其词"，却往往"耳受而手追之，声已笔止，日区四小时，得文字六千言"。这样一个"不审西文"者，却能"闻其口译，亦能区别其文章之流派，如辨家人之足音。其间有高厉者、清虚者、绵婉者、雄伟者、

---

① 陈玉刚主编：《中国翻译文学史稿》，中国对外翻译出版公司，1989年版，第67页。

② 钱钟书等著：《林纾的翻译》，商务印书馆，1981年版，第103页。

③ 郭廷礼主编：《中国近代翻译文学概论》，湖北教育出版社，2005年版，第209页。

④ 杨义主编：《二十世纪中国翻译文学史·近代卷》，连燕堂著，百花文艺出版社，2009年版，第174页。

⑤ 张俊才：《林纾评传》，南开大学出版社，1992年版，第86页。

⑥ 刘宏照：《林纾小说翻译研究》，上海译文出版社，2011年版，第2页。

悲梗者、淫冶者，要皆归本于性情之正，彰瘅之严"。① 勤奋与天赋的有机结合，催生了中国翻译文学史上极为独特的"林译小说"。

林译小说的价值不仅在于其量之大，而且还在于品之精。虽然其中多有二三流作家作品，但不乏莎士比亚、笛福、斯威夫特、菲尔丁、兰姆、司各特、狄更斯、史蒂文生、柯南道尔、华盛顿·欧文、斯托夫人、欧·亨利、孟德斯鸠、巴尔扎克、雨果、大仲马、小仲马、托尔斯泰、伊索、塞万提斯、易卜生等欧美文学史上的一流作家，以及《亨利四世》《亨利五世》《鲁滨孙漂流记》《格列佛游记》《莎士比亚戏剧故事集》《艾凡赫》《老古玩店》《大卫·科波菲尔》《雾都孤儿》《董贝父子》《新天方夜谭》《血字的研究》《瑞普·凡·温克尔》《睡谷的传说》《汤姆叔叔的小屋》《黄雀在后》《波斯人信札》《九三年》《茶花女》《幼年·少年·青年》《高加索的俘虏》《伊索寓言》《堂吉诃德》和《群鬼》等欧美文学史上的经典作品。

林译小说的影响是巨大而深远的。它不但带领读者走进"一个在《水浒》、《西游记》、《聊斋志异》以外另辟的世界"里，② 而且"使中国知识阶级，接近了外国文学，认识了不少的第一流作家，使他们从外国文学里去学习，以促进本国文学的发展"。③ "林译小说"不但对清末民初觉醒起来的中国新一代作家产生了重要影响，"就是对'五四'新文化运动也起过积极的作用"，④ 对20世纪初叶中国文学的繁荣和发展作出了积极的贡献。

林纾的先驱者意义，还体现在他是"中国以古文笔法译西洋小说的第一人"。⑤ 由于身为清末民初中国文坛的古文大家，由于在"五四"运动中强烈反对白话文运动，林纾背上了顽固不化维护古文的罪名。然而，林纾用古文所翻译的外国小说，又使其在清末民初的文坛大放异彩：

---

① 林纾：《孝女耐儿传·序》，见《林纾文选》，百花文艺出版，2006年版，第62页。

② 钱钟书：《林纾的翻译》，见薛绥之、张俊才编《林纾研究资料》，福建人民出版社，1982年版，第295页。

③ 阿英：《晚清小说史》，江苏文艺出版社，2009年版，第186页。

④ 《中国翻译家辞典》，中国对外翻译出版公司，1988年版，第50页。

⑤ 阿英：《晚清小说史》，江苏文艺出版社，2009年版，第186页。

平心而论，林纾用古文做翻译小说的试验，总算是很有成绩的了。古文不曾做过长篇的小说，林纾居然用古文译了一百多种长篇小说，还使许多学他的人也用古文译了许多长篇小说，古文里很少滑稽的风味，林纾居然用古文译了欧文与迭更司的作品。古文不长于写情，林纾居然用古文译了《茶花女》与《迦茵小传》等书。古文的应用，自司马迁以来，从没有这样大的成绩。[1]

胡适的这段话，应该是对"林译小说"的客观评价。由于深谙古文，不懂外文，因而在听友人讲述外国小说的情节时，林纾往往对原著的"神"有深刻的领会，他对原著中的文学风格的理解甚至比当时许多有能力读懂原著的人还要深刻。良好的古文底蕴，扎实的古文功底，使林纾在"三度创作"中往往下笔自如，用笔流畅，简洁生动，准确传神。

如《巴黎茶花女遗事》中，介绍女主人公出场时，林纾有如下生动的译笔：

马克常好为园游，油壁车驾二骡，华妆照眼，遇所欢于道，虽目送之而容甚妆，行客不知其为夜度娘也。既至园，偶涉即返，不为妖态以惑游子。余犹能忆之，颇惜其死。马克长身玉立，御长裙，仙仙然描画不能肖，虽欲故状其丑，亦莫知为辞。修眉媚眼，脸犹朝霞，发黑如漆覆额，而仰盘于顶上，结为巨髻。耳上饰二钻，光明射月。余念马克操业如此，宜有沉忧之色，乃观马克之容，若甚整暇。余于其死后，得乌丹所绘像，长日辄出展玩；余作书困时，亦恒取观之。马克性嗜剧，场中人恒见有丽人拈茶花一丛，即马克至矣。而茶花之色不一，一月之中，拈白者二十五日，红者五日，不知其何所取。然马克每至巴逊取花，花媪之曰"茶花女"，时人遂亦称之曰"茶花女"。[2]

———————

① 胡适：《五十年来中国之文学》，见《五十年来中国之文学·论文杂记》，胡适、刘师培著，上海科学技术文献出版社，2014 年版，第 24 页。

② 《林纾译著经典》（1），上海辞书出版社，2013 年版，第 4 页。

这段精彩的描写，倘若按照原文逐字用白话译出，会有很大的篇幅。而林纾则用不多的文字，将玛格丽特的出场描述得清新靓丽。她的喜好，她的服饰，她的容貌，她的气质，乃至"茶花女"称谓的由来，都在传神的文字中准确地烘托出来。这一切，均得力于古文。

再如《黑奴吁天录》中，在刻画老黑奴汤姆的心理时，林纾有如下梦幻般译笔：

> 汤姆生平，笃信教门，至此备极苦恼，几将涣其把握，更得李格里昼夜煎逼，此时叛道之心，几发发矣。汤姆自李格里去后，脑中如受巨棒，昏然默坐不语。忽觉神魂出壳，恍惚如梦，瞥睹一异象，首戴刺树之冠，额际隐隐见血迹。然玉容肃穆，毫无痛楚之色。汤姆心滋感动，而灵魂忽复清爽，长跽此巨人之前。巨人以手扶之，慈祥之气，扑人眉宇，语汤姆曰："凡人于痛楚流血之时，能坚其道力，此人弥足有为"。汤姆惊醒，而炉中余火已熄，衣上露光莹莹矣。汤姆此时，畏葸之状，一扫而空。天甫辨色，即闻吹号之声，逼令赴工。汤姆昂然上道。畏葸之情即除，冤抑之念亦息。觉人世欣慕之事，既等云烟，苦恼之情，亦同安乐，似己之躯壳，与己之灵魂，判然不相附丽。大众见其愉快安乐之状，深以为异。[1]

这是一段颇有《聊斋志异》风格的文字。林纾用简短的文字，身临其境般的描述，准确地描写黑奴汤姆从试图反抗到最终妥协的心路历程，活灵活现地将梦境前后汤姆的心绪传达给读者。小说的这段情节，是汤姆性格和命运的转折点。当一个准备反抗的汤姆消逝，当一个将苦痛视为安乐的汤姆出现，就注定了这个安于命运的黑奴悲惨命运的结局。林纾古文译法之魅力曾使钱钟书先生觉得"宁可读林纾的译文"，也曾使有的学者读了林纾的翻译

---

① （美）斯土活：《黑奴吁天录》，林纾，魏易译，商务印书馆，1981年版，第187页。

后，觉得"应该进而学他的古文"。① 日后的发展也正如胡适所言，许多人跟随林纾，开始用古文翻译外国文学作品。1909 年，鲁迅与周作人用文言翻译的《域外小说集》，不但水平比林译小说"高的多"，而且还做到了"信、达、雅"。②1929 年，"左联五烈士"之一的诗人殷夫用中国古典格律诗翻译了匈牙利诗人裴多菲的诗作《自由与爱情》，即刻在中国已家喻户晓，深入人心，而按照诗歌原作翻译过来的译本则少人问津。1940 年，翻译家王了一用中国旧诗体裁翻译的法国诗人波德莱尔的《恶之花》，对中国诗歌如何借鉴古诗和西洋诗歌留下很大的启发。③

关于文学翻译中文字的转换与文化的传承，钱钟书先生曾有如下妙言："文学翻译的最高标准是'化'。把作品从一国文字转变成另一国文字，既能不因语文习惯的差异而露出生硬牵强的痕迹，又能完全保存原有的风味，那就算得入于'化境'。十七世纪有人赞美这种造诣的翻译，比为原作的'投胎转世'，躯壳换了一个，而精神姿致依然故我"。④

当我们循着这一思路徜徉林译小说的世界时，大有阅读中国古代白话小说之感，发现其文字已经不像"自韩愈至曾国藩以下的古文"，⑤ 不但与传统意义上的古文有较大的距离，而且多有非传统古文的元素夹杂其中。换言之，"林纾译书所用文体是他心目中认为较通俗、较随便、富于弹性的文言。它虽然保留若干'古文'成分，但比'古文'自由得多；在词汇和句法上，规矩

---

① 钱钟书：《林纾的翻译》，见薛绥之、张俊才编《林纾研究资料》，福建人民出版社，1982 年版，第 317、319 页。

② 胡适：《五十年来中国之文学》，见《五十年来中国之文学·论文杂记》，胡适、刘师培著，上海科学技术文献出版社，2014 年版，第 24、25 页。

③ 刘自强：《〈恶之花〉和它的作者》，见（法）波德莱尔《恶之花》，王了一译，外国文学出版社，1980 年版，第 11 页。

④ 钱钟书：《林纾的翻译》，见薛绥之、张俊才编《林纾研究资料》，福建人民出版社，1982 年版，第 292 页。

⑤ 胡适：《五十年来中国之文学》，见《五十年来中国之文学·论文杂记》，胡适、刘师培著，上海科学技术文献出版社，2014 年版，第 9 页。

不严密，收容量很宽大"。①与此同时，林纾又结合当时广大读者的喜好，将当时流行的报纸杂志文章的文字风格融入其中。于是，其译作中就出现了传统文言中不曾出现的"小宝贝""爸爸""妈妈""畜生""老伴""纸条""抹布""阿姨""妮子"等白话性口语，还有"普通""程度""幸福""社会""个人""团体""脑筋"等新名词，以及"安琪儿""俱乐部""蜜月""自由"等带有相当"欧化"成分的外来语，进而形成了简洁而不聱牙，古雅又不失前卫的文字风格，一定程度上较好地解决了翻译过程中"化"的问题，使西方文学在中国文化的土壤上"投胎转世"，深受学界的赞誉和读者的欢迎。

林纾的先驱者意义，更体现在他是"中国比较文学研究的开创者之一"。②在中外文学的交流中，林纾是一座桥梁，一个媒介，一个精神食粮航道上的运输者。用今日比较文学——影响研究——媒介学的理论术语概括，林纾是一个将域外文学输送到中国来的"传递者"，一个使外国文学与中国文学产生姻缘的"媒婆"。换言之，外国文学对中国作家和中国文学的影响，是通过林纾这个"中介"，这个"媒婆"的牵线搭桥得以间接实现的。即外国文学首先影响了林纾，林纾又用自己的译著影响了别人。因为林纾在翻译的过程中，已经将自己的民族心理、文化心理、审美心理等自觉不自觉"掺和"到译作之中了。对此，当代作家莫言曾经不无幽默地说："像我们这样一批不懂外语的作家，看了赵德明、赵振江、林一安等先生翻译的拉美作品，自己的小说语言也发生了变化，我们的语言是受了拉美文学的影响，还是受了赵德明等先生的影响？……我的语言受了赵德明等先生的影响，而不是受了拉美作家的影响，那么谁的语言受了拉美作家的影响呢？是赵德明等先生。"③还应当指出的是，正是站在中西文学相交织的桥梁上，林纾得天独厚地形成了只属于自

---

① 钱钟书：《林纾的翻译》，见薛绥之、张俊才编《林纾研究资料》，福建人民出版社，1982年版，第311页。

② 杨义主编：《二十世纪中国翻译文学史·近代卷》，连燕堂著，百花文艺出版社，2009年版，第186页。

③ 转引自余中先：《名著还得名译名编》，见《中华读书报》，2003年3月12日。

己的"比较"视域，并且在宝贵的"比较"视域中，看到了中西文学的"异"与"同"，"优"与"劣"，看到了之所以产生异同优劣的深层缘由，找到了中西文学创作的规律和特点。他为译著所撰写的"序"和"跋"等文章，开了中国早期比较文学研究的一代新风，"堪称中国早期比较文学研究的代表性著作"。①

论及《伊索寓言》时，林纾指出："伊索氏之书，阅历有得之书也，言多诡托草木禽兽之相酬答，味之弥有至理。欧人启蒙，类多掇拾其说，以益童慧"。而中国志怪小说，"无若刘纳言之《谐谑录》、徐𢛵之《谈笑录》、吕居仁之《轩渠录》、元怀之《拊掌录》、东坡之《艾子杂说》，然专尚风趣，适资以侑酒，任为发蒙，则莫逮也"。在比较了伊索寓言和中国志怪小说不同之后，林纾尤其强调，自己之所以这样说，绝非"黜华伸欧"，因为"欲求寓言之专作，能使童蒙闻而笑乐，渐悟乎人心之变幻、物理之歧出，实未有如伊索氏者也"。②

论及"吾国少年强济之士"的"一力求新"和"惟新之从"等"放弃其前载"之不良现象时，林纾用英国大诗人莎士比亚及其作品在英国的待遇比较之，指出自己在翻译莎士比亚作品时，发现其中的迷信行为"累累而见"，"立义遣词，往往托象于神怪"。可英人在观看莎士比亚戏剧时，"竟无一斥为思想之旧、而怒其好言神怪者"。究其原因，就在于"西人惟政教是务，瞻国利兵，外侮不乘，始以馀闲用文章家娱悦其心目。虽哈氏、莎氏思想之旧，神怪之托，而文明之士，坦然不以为病也"。在论述的过程中，林纾还以莎士比亚与杜甫相比较，认为"莎士之诗，直抗吾国之杜甫"，③表现出较强的比较意识。

论及英国作家哈格德的小说《斐洲烟水愁城录》时，林纾将中国作家司

---

① 杨义主编：《二十世纪中国翻译文学史·近代卷》，连燕堂著，百花文艺出版社，2009 年版，第 186 页。

② 林纾：《〈伊索寓言〉叙》，见《林纾文选》，百花文艺出版社，2006 年版，第 6、7 页。

③ 林纾：《〈吟边燕语〉序》，见《林纾文选》，百花文艺出版社，2006 年版，第 13、14 页。

马迁《史记》中的《大宛列传》与之比较，指出："《大宛传》固极绵褫，然前半用博望侯为之引线，随处均着一张骞，则随处均联络。至半道张骞卒，则直接入汗血马。可见汉之通大宛诸国，一意专在马；而绵褫之局，又用马以联络矣。哈氏此书，写白人一身胆勇，百险无惮，而与野蛮并命之事，则仍委诸黑人，白人则居中调度之，可谓自占胜着矣。然观其着眼，必描写洛巴革为全篇之枢纽！此即史迁联络法也"。虽然林纾肯定了"西人之书，必稍有根据，始肯立言。……欧人志在维新，非新不学，即区区小说之微，亦必从新世界中着想，斥去陈旧不言"，但还是在中西比较的基础上得出了"西人文体，何乃甚类我史迁也"[1]的结论，对转变清末文人的小说观念产生了积极影响。[2]

论及英国作家哈格德的小说《洪罕女郎传》时，林纾将中国作家司马迁和韩愈的作品与之进行比较，认为"大抵西人之为小说，多半叙其风俗，后杂入以实事。风俗者，不同者也。因其不同，而加以点染之方，出以运动之法，等一事也，赫然观听异矣"。再看中国作家，"试观马迁所作，曾有一篇自袭其窠臼否？……每人传中，或领之以官，或数之以首房，人人之功，划然同而不同，此史公之因事设权者也。若韩愈氏者，匠心尤奇。序事之作，少于史公。……由其文章巧于内转，故百变不穷其技。盖着纸之先，先有伏线，故往往用绕笔醒之，此昌黎绝技也"。通过以上比较，林纾得出了"哈氏文章，亦恒有伏线处，用法颇同于《史记》"的结论。此外，林纾不但号召青年学人"恣肆西学，以彼新理，助我行文"，还对"合中西二文为一片"[3]给予了憧憬，表现出较强的前卫意识。

在《〈红礁画桨录〉译馀剩语》中，林纾从小说创作与社会现实的关系出

---

①　林纾：《〈斐洲烟水愁城录〉序》，见《林纾文选》，百花文艺出版社，2006 年版，第24 页。

②　《〈斐洲烟水愁城录〉序·题解》，见《林纾文选》，百花文艺出版社，2006 年版，第24—25 页。

③　林纾：《〈洪罕女郎传〉跋语》，见《林纾文选》，百花文艺出版社，2006 年版，第26—27 页。

发，对中西小说再做比较："西人小说，即奇恣荒渺，其中非寓以哲理，即参以阅历，无苟然之作。西人小说之荒渺无稽，至《葛利佛》极矣，然其言小人国、大人国之风土，亦必兼言其政治之得失，用讽其祖国。此得谓之无关系之书乎？若《封神传》《西游记》者，则其谓之无关系矣"。① 字里行间，强烈地流露出对文学与社会的深层思考。

林纾的比较文学研究，源于一位翻译家特有的视域。正是这特有的视域，使他得以身处两国或多国文学的边缘，注视着两国或多国文学在反映生活，描写风俗，塑造人物，以及表现手法上的异同。由于林纾的"比较"多出于译作的"序"和"跋"，多为只言片语，所流露的只是一位"三度创作"的译者的随感而发，随笔性较强，尚未形成系统的、一定规模的理论体系。但是，一百多年前就能有如此宽阔的视野，敏锐的目光，前沿的意识，实属难能可贵。

在林纾的比较文学研究成果中，在影响最大、最为学界所推崇、最有学术价值的就是《〈孝女耐儿传〉序》。这篇"中国最早论述欧洲批判现实主义特征"的文章，"通过对中西小说的比较，不仅指出欧洲此类小说的社会价值，而且道出它在文学上的重要特征，这大大开拓了当时人们的眼界，对中国小说的近代化，无疑产生了积极推动作用"。②

> 天下文章，莫易于叙悲，其次则叙战，又次则宣述男女之情。等而上之，若忠臣、孝子、义夫、节妇，决胆溅血，生气凛然，苟以雄深雅健之笔施之，亦尚有其人。从未有刻画市井卑污龌龊之事，至于二三十万言之多，不重复，不支厉，如张明镜于空际，收纳五虫万怪，物物皆涵涤清光而出，见者如凭阑之观鱼鳖虾蟹焉；则迭更斯盖以至清之灵府，叙至浊之社会，令我增无数阅历，生无穷感喟矣。

> 中国说部，登峰造极者无若《石头记》。叙人间富贵，感人情

---

① 林纾：《〈红礁画桨录〉译徐剩语》，见《林纾文选》，百花文艺出版社，2006年版，第31—32页。

② 《〈孝女耐儿传〉序·题解》，见《林纾文选》，百花文艺出版社，2006年版，第64页。

盛衰，用笔缜密，著色繁丽，制局精严，观止矣。其间点染以清客，间杂以村姬，牵缀以小人，收束以败子，亦可谓善于体物；终竟雅多俗寡，人意不专属于是。若迭更司者，则扫荡名士美人之局，专为下等社会写照：奸狯驵酷，至于人意所未尝置想之局，幻为空中楼阁，使观者或笑或怒，一时颠倒，至于不能自己，则文心之邃曲宁可及那？

余尝谓古文中叙事，惟叙家常平淡之事为最难着笔。《史记·外戚传》述窦长君之自陈，谓姊与我别逆旅中，丐沐沐我，饭我乃去。其足生人惋怆者，亦只此数语。若《北史》所谓隋之苦桃姑者，亦正仿此；乃百摹不能遽至，正坐无史公笔才，遂不能曲绘家常之恒状。究竟史公于此等笔墨亦不多见，以史公之书，亦不专为家常之事发也。今迭更司则专意为家常之言，而又专写下等社会家常之事，用意着笔为尤难。

吾友魏春叔购得《迭更司全集》，闻其中事实，强半类此。而此书特全集中之一种，精神专注在耐儿之死。读者迹前此耐儿之奇孝，谓死时必有一番死诀悲怆之言，如余所译《茶花女之日记》，乃迭更司则不写耐儿，专写耐儿之大父凄恋耐儿之状，疑睡疑死，由昏愦中露出至情，则又《茶花女日记》外别成一种写法。盖写耐儿，则嫌其近于高雅；惟写其大父一穷促无聊之愚叟，始不背其专意下等社会之宗旨，此足见迭更司之用心矣。[1]

迭更司（现译狄更斯）是19世纪英国批判现实主义文学的杰出代表。他在《雾都孤儿》《老古玩店》《大卫·科波菲尔》《荒凉山庄》《双城记》和《远大前程》等作品中，直接描写社会下层，触及当时社会矛盾，反映现实的生活和斗争，展示出一幅19世纪英国社会的风俗画面，被称为"时代的旗

---

[1] 林纾：《〈孝女耐儿传〉序》，见《林纾文选》，百花文艺出版社，2006年版，第62—63页。

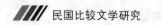

帜"和"出色的小说家"。

在所接触、所翻译的外国作家和作品中,林纾之所以对狄更斯偏爱有加,就在于"迭更斯盖以至清之灵府,叙至浊之社会,令我增无数阅历,生无穷感喟矣"。为佐证自己的观点,林纾先以中国小说《红楼梦》与之比较,指出《红楼梦》"叙人间富贵,感人情盛衰,用笔缜密,著色繁丽,制局精严,观止矣。其间点染以清客,间杂以村姬,牵缀以小人,收束以败子,亦可谓善于体物;"但《红楼梦》"终竟雅多俗寡,人意不专属于是"。而狄更斯则"扫荡名士美人之局,专为下等社会写照:奸狯驵酷,至于人意所未尝置想之局,幻为空中楼阁,使观者或笑或怒,一时颠倒,至于不能自己,……"。接着,林纾又以《史记》与之比较,认为"余尝谓古文中叙事,惟叙家常平淡之事为最难着笔……史公于此等笔墨亦不多见,以史公之书,亦不专为家常之事发也"。相比之下,"迭更司则专意为家常之言,而又专写下等社会家常之事,用意着笔为尤难"。最后,林纾对狄更斯在《老古玩店》中对耐儿之死的处理大加赞赏,认为"读者迹前此耐儿之奇孝,谓死时必有一番死诀悲怆之言,……乃迭更司则不写耐儿,专写耐儿之大父凄恋耐儿之状,疑睡疑死,由昏愦中露出至情,……盖写耐儿,则嫌其近于高雅;惟写其大父一穷促无聊之愚叟,始不背其专意下等社会之宗旨,此足见迭更司之用心矣"。话语之中,足见狄更斯对林纾之影响,足见林纾对西方批判现实主义文学关注人生,关注社会下层之青睐,这与"五四"新文化运动所大力提倡的"为人生而艺术"与"平民文学"已见吻合之处。虽然林纾在那个时代不可能知晓"比较文学"为何物,但已经用自己的文学翻译和文学研究的实践,为萌芽时期的中国比较文学默默耕耘。在西方,首先破土的是"比较文学"的名称,然后才有比较文学的研究实践;在中国,首先破土的是比较文学的研究实践,而后才是"比较文学"名称的引进。中西比较文学,从诞生的那一刻起,就打上了不同学术文化的鲜明烙印。

曾经被誉为"译界之王"[①]的林纾,其风格独特的"林译小说"对清末民

---

① 薛绥之、张俊才编:《林纾研究资料》,福建人民出版社,1982年版,第203页。

初的中国文坛，对那一时期以及之后成长起来的一代作家产生了积极影响。他是"对于鲁迅有很大影响的第三个人"。鲁迅还在南京学堂的时候，就买了《茶花女遗事》。鲁迅"最佩服的"是司各特的《撒克逊劫后英雄略》。当时，只要有林纾翻译的小说出版，鲁迅都要把它买到。① 他对郭沫若"在文学的倾向上有一个决定的影响"。谈及司各特的《撒克逊劫后英雄略》，郭沫若说："这书后来我读过英文，他的误译和省略处虽很不少，但那种浪漫派的精神他是具象地提示给我了。……林琴南译为《英国诗人吟边燕语》的，也是使我感着无上的嗜味，无形之间影响我最深的一种"。② 周作人说："我们几乎都因读了林译才知道外国有小说，引起一点对于外国文学的兴味，我个人还曾经很模仿过他的译文"。③ 钱钟书说："我自己就是读了他的翻译而增加学习外国语文的兴趣的。……《林译小说丛书》是我十一二岁时的大发现，带领我走进了一个新天地……接触了林译，我才知道西洋小说会那么迷人"。④

第三节　灿若星辰的译介大军

中国文学与外国文学交汇，是通过翻译这个中介实现的。中国文学走向世界，是通过翻译家这个传递者完成的。在这支阵容强大的队伍中，既有兼创作和译介于一身的文学家，亦有兼批评和译介于一身的理论家，更有全职

　　① 周启明：《鲁迅与清末文坛》，见薛绥之、张俊才编《林纾研究资料》，福建人民出版社，1982年版，第239页。

　　② 郭沫若：《我的幼年》，见薛绥之、张俊才编《林纾研究资料》，福建人民出版社，1982年版，第211页。

　　③ 周作人：《林琴南与罗振玉》，见薛绥之、张俊才编《林纾研究资料》，福建人民出版社，1982年版，第217页。

　　④ 钱钟书：《林纾的翻译》，见薛绥之、张俊才编《林纾研究资料》，福建人民出版社，1982年版，第295—296页。

译介的翻译家。他们一方面通过翻译，将外国文学理论、思潮和作品介绍到中国来，给中国文学的现代化注入活力和动力。一方面又根据自己的理解，对外国文学进行本土化的解读和阐释，使外国文学一经落户并扎根于中国文学的土壤，便成为新文学不可或缺的养分。中国文学发展史，不能缺失他们。中国文学批评史，不能少了他们。中国翻译文学史，更不能离开他们。他们以辛勤的劳作和不倦的追求，成为世界文学火种传递到中国的光辉使者。

鲁迅（1881—1936），中国新文学的一面光辉的旗帜，在中国现代文学史上留下了一串串不可磨灭的文学脚印：思想家、杂文家、小说家、小说史家……。也留下了一部部传世千古的不朽作品：《狂人日记》《阿Q正传》《祝福》《伤逝》……。然而，当我们从译介的视角观察鲁迅的人生之路时，就会发现这面中国现代文学的旗帜，还是一位当之无愧的翻译家。如果仅从文学创作看鲁迅，那么所看到的也许"只是半个或小半个鲁迅"。因为鲁迅译介域外文学的文字，多于他文学创作的文字。如果忽视了鲁迅的文学翻译，那么将"无法真正理解鲁迅"。[1]因为"没有鲁迅的翻译，决然不会有鲁迅的创作"。[2]所以，我们"要理解鲁迅，首先就得了解他的翻译"。[3]

> 鲁迅的翻译活动，对中国现代翻译文学史的贡献是多方面的。他是中国现代译介外国文学的开拓者。……他在译介弱小民族文学和俄罗斯文学方面，在介绍欧洲新文艺方面，在建立翻译文学与中国新文学的有机联系方面，在继承我国翻译传统和理论方面，在培养和组织翻译人才方面，都是一位突出的先驱者。[4]

---

[1] 顾钧：《鲁迅翻译研究》，福建教育出版社，2009年版，第2页。
[2] 孙迎春：《鲁迅翻译文学研究·序三》，见吴均《鲁迅翻译文学研究》，齐鲁书社，2009年版。
[3] 顾钧：《鲁迅翻译研究》，福建教育出版社，2009年版，第2、6页。
[4] 谢天振、查明建主编：《中国现代翻译文学史》，上海外语教育出版社，2004年版，第85页。

1903 年，23 岁的鲁迅在《浙江潮》第五期发表了他的第一部译作——雨果的随笔《哀尘》。这比他发表的第一部小说整整早了 10 年。[①]1936 年，56 岁的鲁迅刚刚开始翻译俄国作家果戈理的小说《死魂灵》的第二部时就离开了人世。33 年的翻译之路，贯穿于数十年的文学生涯之中。从文学翻译始，以文学翻译终，可以说是对鲁迅一生都在"别求新声于异邦"的客观定论。

有学者统计，鲁迅一生中"共翻译了十五国一百一十人的两百四十四种作品。"[②]也有学者统计，"鲁迅一生的译作，大概总数在 239 万字足左右。"[③]在这规模宏大、内容丰硕的译作中，既有长篇小说，也有中短篇小说；既有戏剧和童话，也有诗歌和散文；既有杂文，也有文艺理论，可谓包罗万象。其中既有俄国现实主义大师果戈理的代表作长篇小说《死魂灵》，也有苏联文学大师高尔基的《恶魔》、法捷耶夫的《毁灭》等经典名著；既有北欧、东欧等弱小民族和国家文学的经典之作，也有法国、德国、日本等民族中进步作家的作品；既有儒勒·凡尔纳的科学幻想小说，也有外国著名理论家的文学理论著作和文章。俨然一座"域外文学"和文学理论的宝库。

应当指出的是："鲁迅一生从事翻译，创下了好些个'第一'。譬如，在现代意义上最早提倡用严格的直译；最先将波兰文学介绍到中国；同周作人、茅盾一道最早将芬兰、荷兰、罗马尼亚等国文学译介到中国；最先将很多域外作家介绍到中国；最早注意翻译域外短篇小说；最早编选域外多国别作家短篇小说合集；最早策划出版翻译丛书；最早将文学翻译高度意识形态化的译家之一，也是早期将文学救国的思想付诸翻译实践的先驱之一，等等。"[④]

鲁迅在译介域外文学作品和文学理论的同时，还在"序、跋"等平台上，结合所译介的作品和文献，有针对性地与中国文学进行了比较。虽然多为只言片语，但依旧显示出这位开拓者自觉的比较意识。在《月界旅行·辨言》

---

① 鲁迅的小说《怀旧》，发表于 1913 年《小说月报》4 卷 1 号。

② 俞元桂、黎舟、李万钧：《鲁迅与中外文学遗产》，海峡文艺出版社，1985 年版，第 201 页。

③ 王友贵：《翻译家鲁迅》，南开大学出版社，2005 年版，第 301 页。

④ 王友贵：《翻译家鲁迅·序》，南开大学出版社，2005 年版。

中，鲁迅从法国科幻小说家凡尔纳谈起，旁及英国作家约翰森、英国诗人弥尔顿、中国典籍《山海经》、史书《三国志》、文学名著《镜花缘》和《三国演义》后，指出："我国说部，若言情谈故刺时志怪者，架栋汗牛，而独于科学小说，乃如麟角。智识荒隘，此实一端。故苟欲弥今日译界之缺点，导中国人群以进行，必自科学小说始"。① 在《杂识·附〈著者事略〉》中，鲁迅用简洁的文字介绍了俄国作家迦尔洵的生平和创作，在评述其"所设人物，皆平凡困顿，多过失而不违人情，故愈益可悯。文体以记事与二人自叙相间，尽其委屈"后，留下了一句画龙点睛之言："中国小说中所未有也"。② 在《域外小说集序》中，鲁迅结合所翻译的域外作品，在比较的视野中谈及不同时代和不同文化背景下的文学差异以及时代和文化对文学的影响："这三十多篇短篇里，所描写的事物，在中国大半免不得很隔膜；至于迦尔洵作中的人物，恐怕几于极无，所以更不容易理会。同是人类，本来决不至于不能互相了解；但时代国土习惯成见，都能够遮蔽人的心思，所以往往不能镜一般明，照见别人的心了"。③ 上述三例中，可以窥见鲁迅的文学翻译大体涵盖了三个方面的价值取向：翻译—介绍—比较。三个取向中，"译"是前提，"介"是延伸，"比较"是升华。先将域外文学的译本呈现给读者，接着对相关作家和作品做一定的介绍，最后对所"译"国家的文学与中国文学作一定层面的比较分析。没有系统的论述，没有长篇大论，却在寥寥数语中为中国比较文学从文本翻译走向比较研究提供了具有启迪意义的借鉴与思考。

鲁迅的文学翻译不仅为中国读者打开了发现外面世界的窗口，也为中国文学开启了走向世界的大门。与此同时，对域外文学的翻译，也使鲁迅自身有了率先接触世界文学的机遇，进而极大地拓宽了他的文学创作视野，丰富了他的文学创作手法，加深了他文学创作的内涵。其中，在俄国作家果戈理的《狂人日记》影响下所创作的同名小说，不但开了中国新文学白话小说的

---

① 《鲁迅全集》第 10 卷，人民文学出版社，2005 年版，第 164 页。
② 《鲁迅全集》第 10 卷，人民文学出版社，2005 年版，第 174 页。
③ 《鲁迅全集》第 10 卷，人民文学出版社，2005 年版，第 178 页。

先河，迈出了 20 世纪中国文学接受他国文学影响的重要一步，也因此成为后世从事比较文学之影响研究的经典范本。

郭沫若（1892—1978），中国"文化战线上又一面光辉的旗帜"，① 在中国现代文学史上既留下了一串串不可磨灭的文学脚印：诗人、剧作家、文学家、历史学家、古文字学家……，也留下了一部部传世千古的不朽作品：诗集《女神》《星空》《瓶》《前茅》《恢复》《蝉蜣集》《战声集》；散文《我的幼年》《反正前后》《创造十年》《北伐途次》《沸羹集》；戏剧《三个叛逆的女性》《屈原》《棠棣之花》《高渐离》《蔡文姬》《武则天》……。然而，当我们从译介的视角观察郭沫若的人生之路时，就会发现这中国现代文学的又一面旗帜，还是一位名声显赫的翻译家。"郭沫若众多而丰硕的翻译成果，是他作为文化巨人的宏伟建树的一个重要组成部分，他的译事活动对于中国新文学的影响，对于后世的影响，除了鲁迅，几乎无人可比。"② 郭沫若自己也觉得："单是说翻译，拿字数的多寡来说，能够超过了我的翻译家，我不相信有好几个。"③

郭沫若的文学翻译活动"是和他的创作活动同时开始的，可以追溯到'五四'运动前夕的 1918 年。"那一年的 3 月，他翻译了德国诗人海涅的诗作《悄静的海滨》，翌年面世。④1921 年 7 月，他又与钱君胥合译出版了德国作家施笃姆的长篇小说《茵梦湖》，自此拉开了文学翻译的帷幕，文学翻译也如同文学创作一样，与他的人生道路相伴一生。在长达数十年的翻译事业中，郭沫若翻译了大量的外国诗歌、戏剧、小说和文学理论，总字数达 300 多万。在所触及的外国文学作家中，不乏歌德、席勒、海涅、霍普特曼、尼采、莎

---

① 邓小平：《在郭沫若同志追悼会上的悼词》，见《郭沫若研究资料》（上），中国社会科学出版社，1986 年版，第 1 页。

② 杨武能：《筚路蓝缕，功不可没：郭沫若与德国文学在中国的译介和接受》，见《郭沫若学刊》，2000 年第 1 期，第 26 页。

③ 郭沫若：《我的作诗的经过》，见《郭沫若研究资料》（上），中国社会科学出版社，1986 年版，第 284 页。

④ 陈玉刚主编：《中国翻译文学史稿》，中国对外翻译出版公司，1989 年版，第 204 页。

士比亚、华兹华斯、彭斯、雪莱、哈代、高尔斯华绥、托尔斯泰、屠格涅夫、马雅可夫斯基、勃洛克、叶赛宁、爱伦堡、厄普顿·辛克莱、迦梨陀娑、泰戈尔、欧玛尔·海亚姆等蜚声世界文坛的诗人、小说家和戏剧家，地域遍及德、英、俄、美、印、波斯、日本等国家。

郭沫若所翻译的德国大诗人歌德的诗剧《浮士德》既是"一部灵魂的发展史"，也是"一部时代精神的发展史"，[①] 亦是郭沫若认为在自己的一生中所做的一件非常有意义的事情。[②] 译者着手翻译这部诗剧之际，正值"五四"运动的高潮。译者不但敏感地发觉中国的"'五四'运动很有点像青年歌德时代的'狂飙突起运动'（Sturm und Drang），同是由封建社会蜕变到现代的一个划时代的历史时期"，[③] 而且在内心深处与青年时代的歌德产生了强烈的共鸣。既从诗剧的主人公浮士德的悲剧中看到了歌德及其社会的局限，看到了诗剧中"所讽刺的德国当时的现实，以及难以巨人式的努力从事反封建，而在强大的封建残余的重压之下，仍不容易拨云雾见青天的那种悲剧情绪，实实在在和我们今天中国人的情绪很相仿佛"，[④] 也在"比较"的视野中悟出了未来中国的前进方向：

> 我们今天的道路是很明瞭的，认真说，不是升天，不是入地。
> 就是"永恒之女性"也须要先求得她的解放。在中国的浮士德，他
> 是永远不会再老，不会盲目，不会死的。他无疑不会满足于填平海
> 边的浅滩，封建诸侯式地去施予民主，而是要全中国成为民主的海

---

① 郭沫若：《"浮士德"简论》，见《浮士德》（第一部），人民文学出版社，1978 年版，第 3 页。

② 郭沫若：《第二部译后记》，见《浮士德》（第二部），人民文学出版社，1978 年版，第 384 页。

③ 郭沫若：《第二部译后记》，见《浮士德》（第二部），人民文学出版社，1978 年版，第 384 页。

④ 郭沫若：《第二部译后记》，见《浮士德》（第二部），人民文学出版社，1978 年版，第 385 页。

洋，真正地由人民来作主。①

　　郭沫若翻译文学的又一佳作，便是问世于新文化运动时期的《少年维特之烦恼》。这部根据歌德亲历的情感一气呵成的书信体小说，在主人公维特的身上寄托了作家"狂飙突进时代"的激情与梦想。正是这种激情与梦想，在处于中国新文学起步阶段的郭沫若的心中激起了强烈的共鸣。他说："我译此书，于歌德思想有种种共鸣之点，此书主人公维特的性格，便是'狂飙突进时代'（Sturm und Drang）少年歌德自己的性格，维特的思想，便是少年歌德自己的思想"。② 而维特的烦恼又以其悲剧性的结局而演绎成歌德所生活的那个时代的烦恼和时代的悲剧，进而在德国掀起一场声势浩大的"维特热"，酿成了一种蔚为壮观的"维特现象"。小说对个性被压抑，情感被窒息的德国现实的控诉，恰当地吻合了 20 世纪初期的中国社会现实。因此，《少年维特之烦恼》的翻译和出版，使这部在德国"建立了一个最伟大的批判的功绩"的小说漂洋过海后，又在中国掀起巨大的轰动。其浓郁的感伤情调，又恰当地吻合了大批身处相同境遇的中国读者的心境，引发了阅读的热潮，进而创造了被当时多家出版机构短时间内争相再版数十次的纪录。

　　郭沫若在谈及对《浮士德》的翻译时曾言："那时的翻译仿佛等于自己在创作的一样"。③ 翻译既影响了郭沫若文学创作的体裁，也影响了郭沫若文学创作的风格。在他充满激情的诗作中，洋溢着反叛精神的戏剧中，无处不流露出歌德的影响、席勒的影响、惠特曼的影响、泰戈尔的影响、雪莱的影响、海涅的影响，而狂飙突进精神、感伤主义情怀和浪漫主义激情等也无处不在地充盈于他的作品之中。郭沫若的翻译也影响了新文化运动时期的中国文学。

　　① 郭沫若:《第二部译后记》,见《浮士德》(第二部),人民文学出版社,1978 年版,第 386 页。

　　② 郭沫若:《〈少年维特之烦恼〉序引》,见《二十世纪中国小说理论资料》第 2 卷,严家炎编,北京大学出版社,1997 年版,第 206 页。

　　③ 郭沫若:《第二部译后记》,见《浮士德》(第二部),人民文学出版社,1978 年版,第 384 页。

正是他的辛勤劳作，方才使来自域外的浪漫主义文学落户中国，扎根中国，浸润了中国文学的土壤。方才使浪漫主义文学与落户中国的现实主义文学一道成为"五四"新文学的靓丽风景线。而他留下的《浮士德》和《少年维特之烦恼》等译本，至今还是中国翻译文学的经典之作。

茅盾（1896—1981），20 世纪中国文学史上又一个闪光的名字，以《幻灭》《动摇》《追求》《虹》《子夜》《林家铺子》《春蚕》等传世之作，在中国现代文学史上奠定了著名小说家的不朽地位。然而，当我们从译介学的领域反观茅盾的文学生涯时，同样会发现，这位以小说创作文明于世的文学家，在中国现代翻译文学史上同样青史留名。

茅盾是外国文学的积极引进者。从 1916 年起到 1948 年止，在 32 年的岁月中，他一共翻译了来自俄国、法国、德国、瑞典、比利时、英国、西班牙、奥地利、美国、爱尔兰、荷兰、南斯拉夫、匈牙利、波兰、捷克、芬兰、罗马尼亚、保加利亚、希腊、丹麦、挪威、秘鲁、智利、巴西、阿根廷、土耳其、印度等国的近二百万字的文学作品，其中不乏海涅、屠格涅夫、左拉、托尔斯泰、赫尔岑、陀思妥耶夫斯基、契诃夫、高尔基、谢德林、莫泊桑、易卜生、斯特林堡、梅特林克、萧伯纳、欧·亨利、显克微支、蒲宁等一代文学大师的作品。所译文本中，既有诗歌、散文，也有小说、戏剧。通过茅盾之笔，外国文学作品源源不断地被译介过来，传递给新文化运动浪潮中的中国，传递给中国读者，进而成为中国作家学习借鉴的榜样。主张个性解放，号召男女平等，抨击黑暗现实，为被侮辱与被损害者呐喊，一时间成为新文化运动中文学创作的主旋律。

茅盾还是外国文学的积极评述者。在翻译外国文学作品的同时，他积极撰写了大量有关外国文学、外国作家及其作品的评论文章，广泛涉及了俄国、英国、德国、爱尔兰、意大利、法国、丹麦、捷克、南斯拉夫、西班牙、匈牙利、印度、波兰、希腊等国的作家和作品，其中不乏托尔斯泰、萧伯纳、尼采、邓南遮、罗曼·罗兰、陀思妥耶夫斯基、大仲马、泰戈尔、莎士比亚、塞万提斯、雨果、易卜生和高尔基等名家，以及《希腊神话》《罗马神话》《北欧神话》《荷马史诗》《堂吉诃德》等文学经典。"数量之大、范围之广、涉及的国家和作家之多，无论是过去抑或是现在，都可以说是名列前茅。"①

茅盾亦是译介弱小民族文学的倡导者和实践者。他关注弱小国家人民的命运，"为介绍世界被压迫民族的文学之热心所驱迫，专找欧洲的小民族的近代作家的短篇小说来翻译"，②在紧张的文学创作的同时，译出并发表了百余篇来自芬兰、智利、犹太、捷克等弱小国家的小说和诗歌，并撰写了《现代捷克文学概略》《南斯拉夫的近代文学》《匈牙利文学史略》《波兰的伟大农民小说家莱芒忒》《匈牙利小说家育珂摩耳》和《乌兹别克文学概略》等文章，全力向中国读者介绍这些国家的作家和作品。茅盾所翻译的弱小国家的文学作品和撰写的理论文章所表露出来的基调——"对人生意义的追寻，及追寻未得或所得太少的幻灭的悲哀"，以及"内中藏着人生的力"，③对于正处转型时期的中国文学，对于"五四"运动觉醒起来的中国读者，对于正在成长起来的新一代中国作家，具有强烈的时代意义、警示意义和启迪意义。

> 茅盾是我国现代翻译文学史上作出过杰出贡献的翻译家。他的大量译作，特别是他的大量研究介绍外国文学的论著，已成为我国文学宝库中的宝贵财富。他在翻译事业上的贡献，不仅表现在翻译实践及理论建设上，而且还表现在他对翻译事业的领导和组织上。他不仅是一位有贡献的翻译家，而且是我国现代翻译文学事业杰出的组织者之一。④

朱生豪（1912—1944），在20世纪的中国翻译文学史上，把自己短暂的一生毫无保留地献给了莎士比亚戏剧的翻译事业。在中国人民抗击日本侵略

① 郭著章等：《翻译名家研究》，湖北教育出版社，1999年版，第148页。
② 茅盾：《雪人·自序》，见《茅盾序跋集》，生活·读书·新知三联书店，1994年版，第280页。
③ 茅盾：《雪人·自序》，见《茅盾序跋集》，生活·读书·新知三联书店，1994年版，第281、282页。
④ 陈玉刚主编：《中国翻译文学史稿》，中国对外翻译出版公司，1989年版，第189页。

者的苦难岁月中，他以坚强的毅力，克服了难以想象的困难，用年轻的生命谱写了中国现代翻译史上译介莎士比亚戏剧的新篇章，开创了 20 世纪中国译介莎士比亚戏剧的新阶段。通过莎士比亚，朱生豪走向了世界，并以其高质量的译作奠定了"译界楷模"的地位。通过朱生豪，中国的广大读者全面地认识了莎士比亚，了解了莎士比亚，懂得了莎士比亚。可以这样讲，如果没有朱生豪，莎士比亚的戏剧不可能这么快、这么全面地走进中国读者的阅读视野。如果没有莎士比亚，朱生豪的名字也许像一个普通人一样消失在人海之中。在 20 世纪中国翻译文学，尤其是中译莎剧中，人们已经习惯于将朱生豪与莎士比亚紧密联系在一起。对中国读者和观众而言，没有朱生豪的莎士比亚和没有莎士比亚的朱生豪都是不可想象的。

从时间上看，中国翻译界对莎士比亚戏剧的翻译，朱生豪不是最早的。[①]从数量上，中国翻译家对莎士比亚戏剧的翻译，朱生豪不是最多的。[②]但朱生豪为莎剧的翻译所付出的代价是最大的，他所翻译的莎剧之地位、之影响也是最大的。从 1935 年开始翻译莎士比亚的《暴风雨》开始，到 1944 年被残酷的病魔无情地吞噬短暂的生命止，在仅仅 10 年的时光中，朱生豪贫穷疾病，交相煎迫，埋头伏案，握笔不辍，坚持在与贫穷和疾病的抗争中，全身投入莎士比亚戏剧的翻译之中，顽强地用生命的代价将莎翁的大部分作品译出。正如本人临终所言："夫以译莎之艰巨，十年之功不可云久，然毕生精力，殆已尽注于兹矣。……幸喜莎剧现已大部分译好，仅剩最后六个史剧……不管几时可以出书，总之已替中国近百年翻译界完成了一件最艰巨的工程"。[③]在诗人、学者、剧作家、表演家和评论家组成的莎剧翻译大军中，在梁实秋、孙大雨、卞之琳、方平等译界强手中，朱生豪近乎悲壮地"以殉

---

① 1903 年，上海达文出版社出版的《澥外奇谭》，被认为是莎士比亚最早的中译本。

② 据段自力《朱生豪莎剧翻译经典化研究》排序，梁实秋第一，翻译了 37 个。朱生豪次之，翻译了 31 个半。方平第三，翻译了 21 个。其次为曹未风翻译了 15 个，孙大雨翻译了 8 个，卞之琳翻译了 4 个。浙江大学出版社，2015 年版，第 2 页。

③ 吴洁敏、朱宏达：《朱生豪传·引言》，上海外语教育出版社，1989 年版，第 2 页。

道者的精神"①从事着莎剧的翻译并为之献身。虽然他"并不像战死疆场的英雄那样轰轰烈烈，也不像英勇就义的壮士那样慷慨激昂，但他和英雄一样伟大坚强。"②

从比较文学的角度上看，朱生豪是在中外文学的"比较"视域中选择翻译莎士比亚戏剧的。对当时中国大都会舞台剧的失望，使他将关注的视角转向域外。丰厚的西方文学阅读视野，使他自觉地拿起"比较"的武器，开始在"比较"中思考自己的翻译方向。在不断深入的比较中，他感觉到："于世界文学史中，足以笼罩一世，凌越千古，卓然为祠坛之宗匠，诗人之冠冕者，其唯希腊之荷马，意大利之但丁，英之莎士比亚，德之歌德乎。此四子者，各于其不同之时代及环境中，发为不朽之歌声。然荷马史诗中之英雄，既与吾人之现实生活相去过远；但丁之天堂地狱，复与近代思想诸多抵牾；歌德去吾人较近，彼实为近代精神之卓越的代表。然以超脱时空限制一点而论，则莎士比亚之成就实远在三子之上。盖莎翁笔下之人物，虽多为古代之贵族阶级，然彼所发掘者，实为古今中外贵贱贫富人人所同具之人性。故虽经三百余年以后，不仅其书为全世界文学之士所耽读，其剧本且在各国舞台与银幕上历久搬演而弗衰，盖由其作品中具有永久性与普遍性，故能深入人心如此耳。"③就是说，朱生豪是站在中西文学的边界上，在中西文学的比较中，在荷马、但丁、歌德和莎士比亚的比较中，看到了莎士比亚在西方文学史上的地位，看到了莎剧的艺术成就以及对世界文学的影响。他的选择是一种源自"比较"的选择，这选择既成全了他，也成全了中国翻译文学史，使之成为20世纪中国第一个立志要将莎士比亚全部戏剧翻译成中文的人，第一个近乎将将莎士比亚戏剧全部译成中文的人，第一个填补了中国莎士比亚戏

①　吴洁敏、朱宏达：《朱生豪传·引言》，上海外语教育出版社，1989年版，第2页。

②　朱宏达、吴洁敏：《朱生豪莎士比亚戏剧的译介思想和成就》，见《嘉兴学院学报》，2009年第5期，第22页。

③　朱生豪：《〈莎士比亚戏剧全集〉译者自序》，转引自朱宏达、吴洁敏：《朱生豪莎士比亚戏剧的译介思想和成就》，见《嘉兴学院学报》，2009年第5期，第18页。

剧翻译空白的人。①

论及朱生豪所翻译的莎剧，读者和学界比较一致的首肯就是文字。有学者说：他"不但以流畅的译笔，华赡的文辞，保持原作的神韵，传达了莎剧的气派，赢得了广泛的声誉，而且他熟练地运用了散文体的形式，再现了莎翁无韵诗体的口语节奏，将莎剧中众多的典型形象介绍到中国文坛，……"②还有学者认为："朱译本的最大特点是文句典雅，译笔流畅，好像是高山飞瀑，一泻千里，读之琅琅上口，决无诘屈聱牙之弊。"③亦有学者指出："他的文字更凝炼、更具美感，更契合诗剧特征，其译笔流畅、词句警人、华光映射，其译文更具哲味、诗味，深化了对世事人生的剖析与表达，更加耐人寻味。"④循着这条线索搜寻下去，还会有太多的赞誉文字出现。那么，朱生豪译本的传神之笔和华贵的辞采来自何方呢？学界一个共同的感觉就是他深厚的中国文学功底和让莎剧落户中国后使其"本土化"的翻译原则。据吴洁敏、朱宏达所著《朱生豪传》所记，他四岁时便在长辈的启蒙下接触《百家姓》和《千字文》，小学时便读过《山海经绘图说》《三国演义》《聊斋志异》，中学时代接触到中国古典经史著作、诗词歌赋和莎士比亚的剧作。⑤无论是国学和英语都是同龄人中的佼佼者。扎实的中国文学和文化底蕴以及厚重的英文功底，铸就了一位学贯中西的翻译家，使其得以站在中西文化的宏大视野中，在中国文化的情怀中，不但"以典雅的、富于中国气派的适当语句传神地表达莎剧原文的精神，"⑥而且"注意语言的平仄、押韵和节奏等音韵上的和

---

① 吴洁敏、朱宏达：《朱生豪和莎士比亚》，见《外国文学研究》，1986 年第 2 期，第 16 页。

② 吴洁敏、朱宏达：《朱生豪传·引言》，上海外语教育出版社，1989 年版，第 2 页。

③ 贺祥麟：《赞赏、质疑和希望——朱译莎剧的若干剧本》，见《英语研究》，2008 年第 3 期，第 3 页。

④ 杨秀波：《莎剧译者朱生豪成就探源》，见《海外英语》，2013 年第 15 期，第 213 页。

⑤ 吴洁敏、朱宏达：《朱生豪传》，上海外语教育出版社，1989 年版，第 8、10、26、31 页。

⑥ 贺祥麟：《赞赏、质疑和希望——朱译莎剧的若干剧本》，见《英语研究》，2008 年第 3 期，第 3 页。

谐。……译文流畅动听，洋溢着美不胜收的盎然诗意。"既"契合诗剧特征"，又"符合中国读者的欣赏习惯。"① 这种用中国文化的审美心理译出的莎剧，拉近了莎士比亚与中国观众和中国读者的距离，不但使莎剧成为中国观众看得懂，中国读者读得懂的艺术经典，而且还使中国读者"在读朱氏译本时，常常不觉得是翻译，而是一个作家在用母语进行独立的创作。"②

在比较文学之影响研究这条路线上，朱生豪是英国作家莎士比亚和中国文学之间的"传递者"。莎士比亚的戏剧影响了朱生豪，朱生豪将莎剧翻译中文后，又影响了中国文学和中国读者。从这个意义上讲，真正接受莎士比亚影响的不是中国文学而是朱生豪。中国文学与其说接受了莎士比亚的影响，不如说是接受了朱生豪的影响。中国读者和中国观众与其说喜欢的是莎士比亚，不如说是喜欢朱生豪。因为莎士比亚对中国文学和中国读者的影响是通过翻译家朱生豪这个"中介"、这座"桥梁"间接实现的。正是由于朱生豪的努力，使其译作拥有了大批读者，进而产生了持续的影响。倘若读者第一次接触的不是朱生豪而是其他译者的莎剧译作，结果可能会是另一个样子。

民国时期的翻译家群体，是一支群星璀璨的大军。在这个群体中，笔者只选取了鲁迅、郭沫若、茅盾和朱生豪等为代表。而笔者未有论及的翻译家及其成果，都有不亚于以上所述代表的辉煌：巴金、老舍、瞿秋白、林语堂、梅益、李健吾、傅雷、戈宝权、方重、萧三、姜椿芳、曹靖华、卞之琳、戴望舒、冯雪峰、耿济之、胡愈之、黄药眠、焦菊隐、李霁野、李青崖、梁宗岱、梁实秋、楼适夷、罗念生、罗玉君、穆木天、潘家洵、柔石、沈宝基、沈泽民、施蛰存、孙大雨、王鲁彦、夏丏尊、徐迟、徐懋庸、徐志摩、许地山、叶君健、叶水夫、郁达夫、赵瑞蕻、郑振铎、周扬、周作人、朱雯……

---

① 杨秀波：《朱译莎学浅论》，见《宁夏大学学报》，2014 年第 3 期，第 122 页。

② 朱骏公：《朱译莎剧得失谈》，见《中国翻译》，1998 年第 5 期，第 24 页。

第二章
对域外文学理论的接受

中国比较文学的起步阶段，正值世纪之交。外来元素的植入，东西方文明的交汇，对自身文学现状的反思，对域外新思想、新思潮、新观念的译介，对文学研究新方法的探索和实践，一时间成为很多先驱者的共鸣。其中，王国维运用西方文学理论阐发中国文学的先河之举，鲁迅所发出的"别求新声于异邦"，茅盾对外国文学理论的积极引进等，成为民国比较文学的一大亮点。

第一节　王国维的先河之举

王国维（1877—1927）在学界享有极高的声誉。除了国学大师这一得到广泛认同的称誉外，还被称为"汇通古今中西文化与文学的先行者"①"比较文学的开创者"②"近代中国最早运用西方哲学、美学、文学观点和方法剖析评论中国古典文学的开风气者""中国史学史上将历史学与考古学相结合的开创

---

① 乐黛云、王向远：《比较文学研究》，福建人民出版社，2006年版，第18页。
② 尹建民主编：《比较文学术语汇释》，北京师范大学出版社，2011年版，第318页。

者"①。上述学术评价清晰地标出了一个关键词：比较文学。虽然身为国学大师，王国维的学术活动很大程度上是自觉地与比较文学紧密相连的，虽然那时"比较文学"一词还未正式落户中国。

一、从研究西方哲学起步

王国维对西方哲学的关注，源于他对当时"海内之士"以"诟病为哲学者"的不满。而那些人士之所以诟病哲学，是因为"自由平等民权之说由哲学出"。如17世纪英国哲学家霍布士所提出的"绝对国权论"，18世纪法国哲学家伏尔泰和卢梭提出的"绝对民权论"等。但王国维认为民权论并非外国人的专利，中国"古之时有倡言民权者矣，孟子是也。"而中国历史上哲学最兴盛时期的"君主之威权"并未"因之而稍替。"因此，把社会上的一些乱象"归狱于哲学"是一种短视的浅薄之举。因为"自由平等说非哲学之原理，乃法学、政治学之原理也。"那些"浅薄之革命家"不提倡废除法学和政治学，却唯独提出废除哲学，实在令人难解。王国维的想法是："不研究哲学则以，苟研究哲学则必博稽众说而唯真理之是从。"②

王国维对西方哲学的关注，也源于他对哲学"无益论"的反拨。针对"无益论"者"哲学之于人生日用之生活无关系"的言论，王国维指出，与人生日用之生活"无关"的不止哲学，"物理学、化学、博物学，凡所谓纯粹科学，皆与吾人日用之生活无丝毫之关系，"对人有实用的只有医疗、工业、农业而已。但是，人不仅仅是饮食男女。如若那样，就与禽兽无异。人之所以不同于禽兽，就在于人有精神需求，人有精神的思考，在于"宇宙之变化，人事之错综，日夜相迫于前，而要求吾人之解释，不得其解，则心不宁。"因此，德国哲学家叔本华才认为人是形而上学之动物，德国哲学家泡尔生才

————

① 《百度百科·王国维》，http://baike.baidu.com。

② 王国维：《哲学辨惑》，见《王国维哲学美学论文辑佚》，佛雏校辑，华东师范大学出版社，1993年版，第3—4页。

说："人心一日存，则哲学一日不亡。"在此基础上，王国维才提出"哲学非无益之学"[①]的观点。

王国维对西方哲学的关注，还源于他对"日日言教育，而不喜言哲学"现象的不解。他认为"言教育，则不得不言教育学，"所谓"教育学者实不过心理学、伦理学、美学之应用。"心理学与哲学分家"仅曩日之事耳。"而"伦理学与美学则尚俨然为哲学中之二大部。"它们所追求的终极目标不外乎真善美，"哲学实综合此三者而论其原理者也。"为了论证自己的观点，王国维将目光转向西方："试读西洋之哲学史、教育学史。哲学者而非教育学者有之矣，未有教育学者而不通哲学者也。"他尖锐地指出：不懂哲学去谈教育，就如同不懂物理化学而谈工学，不懂生理学解剖学而谈医学一样可笑。所以，他才提出"中国现时研究哲学"[②]是十分必要的观点。

王国维对西方哲学的关注，又源于他对"哲学既为中国所固有，则研究中国之哲学足矣，奚以西洋哲学为"一说的批驳。虽然他并不认为西洋哲学"必胜于"中国哲学，但在中西哲学的比较中却发现"吾国古书大率繁散而无纪，残缺而不完，虽有真理，不易寻绎。"反观"西洋哲学"则"系统灿然，步伐严整"，孰优孰劣，不言自明，表现出比较视域下的冷静与客观。他指出，"近世中国哲学之不振，其原因虽繁，然古书之难解，未始非其一端也。"而"异日昌大吾国固有之哲学者，必在深通西洋哲学之人，无疑也。"因此提出"研究西洋哲学之必要"[③]的观点，表现出宽阔的中西文化相比较、相汇通、相融合的情怀。

据佛雏校辑《王国维哲学美学论文辑佚》统计，从 1901 年到 1907 年，王国维共发表评介、评述西方哲学家的论文 20 篇。分别为：《汗德之哲学说》

---

① 王国维：《哲学辨惑》，见《王国维哲学美学论文辑佚》，佛雏校辑，华东师范大学出版社，1993 年版，第 4 页。

② 王国维：《哲学辨惑》，见《王国维哲学美学论文辑佚》，佛雏校辑，华东师范大学出版社，1993 年版，第 5 页。

③ 王国维：《哲学辨惑》，见《王国维哲学美学论文辑佚》，佛雏校辑，华东师范大学出版社，1993 年版，第 5—6 页。

《汗德之知识论》《汗德之伦理学及宗教论》《叔本华像赞》《尼采氏之教育观》《脱尔斯泰伯爵之近世科学评》《希腊圣人苏格拉底传》《希腊大哲学家柏拉图传》《希腊大哲学家雅里大德勒传》《培根小传》《英国哲学大家霍布士传》《英国教育大家洛克传》《英国哲学大家休蒙传》《荷兰哲学大家斯披洛若传》《法国教育大家卢骚传》《汗德之事实及其著书》《德国哲学大家汗德传》《德国哲学大家叔本华传》《德国文化大改革家尼采传》《近代英国哲学大家斯宾塞传》。短短数年间，就将如此众多的西方哲学家及其学术成就引进国门，呈现在渴求域外信息的国人面前，令人目不暇接，眼界大开。可以断定，"晚清时期，在引进'西学'方面（主要就社会科学言）所作的贡献，除严复、梁启超外，恐怕没人能跟王国维（1877—1927）相比。"①

　　关于汗德（今译康德）。王国维从宏观的视野出发，指出康德的地位之所以"超绝于众"，就在于其哲学上的贡献不仅"包容启蒙时期哲学之思想"，还有"哲学之新问题及新方法"。王国维又从"比较"的基点切入，指出康德既"夙修伏尔夫 Wolff 之形而上学，及德国之通俗哲学，又潜心于休蒙 Hume 之经验论，卢骚 Rousseau 之自然论。"②除此之外，英国科学家牛顿的自然哲学，英国心理学中的分析论，法国启蒙时期的自由论，以及英国哲学家的理神论思想，也在康德的哲学思想中有所体现。这种宏观的视野，比较的思维，与法国人所创立和提倡的"影响研究"理论及其实践在一定程度上有吻合之处。

　　王国维对康德之"知识论"的理解，是建立在"比较—渊源"的认知视野的。他认为"汗德之知识论，乃近世唯名论之结论也。"但是，这一结论是如何得出的呢？王国维认为首先源自"伏尔夫派之素朴实在论"。后来发现这种"纯粹理性"上的"推论及概念，不能决定实物之存在及其因果之关系，"

---

　　① 王国维：《哲学辨惑》，见《王国维哲学美学论文辑佚》，佛雏校辑，华东师范大学出版社，1993 年版，第 400 页。

　　② 王国维：《汗德之哲学说》，见《王国维哲学美学论文辑佚》，佛雏校辑，华东师范大学出版社，1993 年版，第 154 页。

仿佛是空中搭建起来的楼阁，与"实物毫无关系。"于是便把目光转向"求其关系于经验所得之概念中，"虽然"及闻休蒙之说，"又发现休蒙"对实在之概念之形式，如因果律等，非知觉中所固有而由联想而得者，不能证实其与实在有何关系，"于是便转向"拉衣白尼志之本有观念论，及神之预定调和说，以解'思想与实在之关系'之问题。"① 在连续的追根溯源的论证中，我们清晰地看到了"伏尔夫—休蒙—拉衣白尼志"这条渊源的线索，这与法国人所创立的"比较文学—影响研究—渊源学"理论同曲同工。

王国维从历史和文化的时空的角度评析尼采，指出"十九世纪之思潮，以画一为尊，以平等为贵，拘繁缛之末节，泥虚饰之惯习，"使得"元气屏息，天才凋落，殆将举世界与人类化为一索然无味之木石。"而尼采则"攘臂而起，大声疾呼，欲破坏现代之文明而倡一最斩新，最活泼，最合自然之新文化，以振荡世人，以摇撼学界。"在"狂人"和"恶魔"等毁誉声中，"借斩新之熟语，与流丽之文章，发表奇拔无匹之哲学思想。故世人或目之为哲学家，或指之为文学家。"因为尼采其"著想之高，实不愧为思索家；"其"文笔之美，亦不失为艺术家，""今日欧洲之文艺学术，下至人民生活，无不略受影响于尼氏。"② 这种从跨文化的视角出发，在跨学科的视野中对一位哲学家所做的"哲学与文学"的论述，与日后美国人所创立的"比较文学——跨学科研究"不谋而合。

关于古希腊的三大哲学家，王国维赞苏格拉底既"尝说天地万物之善美，与人间身体之构造，而推论造物主宰，"又"非欲攻事物之深奥，而窥宇宙之神秘"，不但开了柏拉图和亚里斯多德之先声，也为"希腊哲学之祖"。③ 称柏拉图："幼年受教完善，颇究心于体育。其体术之精，至能与褒的俄斯及地

---

① 王国维：《汗德之知识论》，见《王国维哲学美学论文辑佚》，佛雏校辑，华东师范大学出版社，1993 年版，第 157 页。

② 王国维：《尼采氏之教育观》，见《王国维哲学美学论文辑佚》，佛雏校辑，华东师范大学出版社，1993 年版，第 174—175 页。

③ 王国维：《希腊圣人苏格拉底传》，见《王国维哲学美学论文辑佚》，佛雏校辑，华东师范大学出版社，1993 年版，第 196 页。

峡之擅长游戏者相争竞。"不但如此，他还致力于"诗歌、音乐、修辞术"的
"潜心研究。"① 借他人之口言亚里斯多德"学问之特色，在其学殖之该博，判
断之独立，观察之锐敏，思辨之阔大，议论之齐整，古今学者中殆无与之比
肩者。"② 他欣赏培根的随笔"字字精炼，语语圆熟，条理整然不紊，在在可称
之为散文之诗。"③ 惊叹霍布士"年十四，既〔即〕能以奥里毕德之诗译为拉丁
韵文，见者称叹，不能辨为童年之作也。"④ 折服斯披洛若"所入微薄，赖俭
约自奉，仅免冻馁，居恒蔽衣粝食，见者弗能辨其为学子也。……为学专精，
尝三月不外出，寝食俱于书室。"⑤ 有感卢梭的著作"皆着想奇拔，善剔抉当时
弊根所在。"而卢梭的思想又"浸灌人心，直有劲风靡草、怒涛决堤之概。"⑥
钦佩叔本华"常好希腊拉丁等古典，与印度哲学，及一切文学之书。且好读
原文，必原文不能接者，始手译文。"⑦

　　王国维关于西方哲学的著述，虽没有长篇大论，却内含了对西方哲学的
深刻理解。其中，既有对哲学大家生平的介绍，也有对哲学大家哲学著述的
介绍；既有对哲学大家哲学思想的论述，也有对哲学大家历史贡献的评析。
对比较文学而言，最为可贵的就是王国维在对西方哲学家的介绍、论述和评
析的过程中，始终未忘从文学的角度对哲学家的文学造诣、文学修养以及在

　　① 王国维：《希腊大哲学家柏拉图传》，见《王国维哲学美学论文辑佚》，佛雏校辑，华
东师范大学出版社，1993 年版，第 199 页。

　　② 王国维：《希腊大哲学家雅里大德勒传》，见《王国维哲学美学论文辑佚》，佛雏校
辑，华东师范大学出版社，1993 年版，第 206 页。

　　③ 王国维：《培根小传》，见《王国维哲学美学论文辑佚》，佛雏校辑，华东师范大学出
版社，1993 年版，第 211 页。

　　④ 王国维：《英国哲学大家霍布士传》，见《王国维哲学美学论文辑佚》，佛雏校辑，华
东师范大学出版社，1993 年版，第 213—214 页。

　　⑤ 王国维：《荷兰哲学大家斯披洛若传》，见《王国维哲学美学论文辑佚》，佛雏校辑，
华东师范大学出版社，1993 年版，第 224—225 页。

　　⑥ 王国维：《法国教育大家卢骚传》，见《王国维哲学美学论文辑佚》，佛雏校辑，华东
师范大学出版社，1993 年版，第 227 页。

　　⑦ 王国维：《德国哲学大家叔本华传》，见《王国维哲学美学论文辑佚》，佛雏校辑，华
东师范大学出版社，1993 年版，第 237 页。

哲学著作中所体现的文学性进行了简明且中肯的阐述。尤其可贵的是，王国维在引介西方哲学家的时候，时时站在比较的文化时空中，用自己的切身理解，对西方哲学家进行了比较视域中的解读，显现出一位先驱者的视野和胸襟。

二、从西方哲学到西方文学

诚如中国比较文学以对域外文学的译介拉起帷幕一样，王国维的比较文学之旅也始于对西方文学的关注，进而从关注递进为翻译，从翻译递进至介绍。据佛雏校辑《王国维哲学美学论文辑佚》统计，从 1901 到 1907 年王国维共撰写并发表了《莎士比传》《英国大诗人白衣龙小传》《英国小说家斯提逢孙传》《德国文豪格代希尔列尔合传》《格代之家庭》《戏剧大家海别尔》和《脱尔斯泰传》等研究分析介绍西方作家及其作品的文章。"这在我国近代文学史上，大约也是介绍西方大文学家最早的一批文献。"[①]

莎士比即莎士比亚，为英国文艺复兴时期最伟大的诗人、戏剧家，也是欧洲文艺复兴运动的顶峰级人物。王国维称赞莎士比亚"学识之博大，足以其所通之诸国语证之。"不但指出他与当时很多文坛名士和权门贵绅交游时"不独为诸人所尊敬，且为诸人所深爱，"而且借后人之口赞莎士比亚"彼才既跌宕，又思想深微，想像浓郁，辞藻温文，更助以敏妙之笔，于是其文遂如长江大河，一泻千里，不可抑制。"[②] 从莎学的意义上讲，这也是中国近代学术界对莎士比亚其人、其作、其风进行评介的最早文字之一了。

与当时学界在西方文学的译介中，以"译"为主，以"介"为辅的做法不同的是，王国维的译介更多地倾向于"介绍"，甚至深入研究后所得出的"评论"。如论及莎士比亚第一时期的创作时，王国维认为那时的莎士比亚还

---

① 佛雏：《〈王国维哲学美学论文辑佚〉序言》，见《王国维哲学美学论文辑佚》，华东师范大学出版社，1993 年版，第 25 页。

② 王国维：《莎士比传》，见《王国维哲学美学论文辑佚》，佛雏校辑，华东师范大学出版社，1993 年版，第 279—280 页。

很年轻，刚刚走上戏剧创作的道路，但"进步极速，实令人可惊。"但那一时期的创作"多主翻案改作，纯以轻妙胜。"加之"作者尚未谙世故"，所以其剧作"与实际隔膜，偏于理想，而不甚自然。"进入第二时期的时候，莎士比亚"渐谙世故，知人情，其想象亦届实际。"那一阶段的历史剧"大抵雄浑劲拔也。"到了第二时期的尾声，莎士比亚因自身的生活屡遭不幸，失儿丧父。于是便将"胸中所郁，尽泄诸文字中，始离人生表面，而一探人生之究竟。"所以那时的作品"均沉痛悲激。"莎士比亚创作的后期，诗人"大有所悟，其胸襟更阔大而沉著。于是一面与世相接，一面超然世外。"这种超脱的情怀使莎氏后期的创作"均诲人以养成坚忍不拔之精神，以保持心之平和，见人之过误则宽容之，恕宥之；于己之过误，则严责之，悔改之，更向圆满之境界中而精进不怠。"[1] 这种对莎士比亚创作的分期，以及对每一创作时期特征的阐述，与 100 多年后学界的理解和认识别无二致。

王国维对莎士比亚的研究，既有对其品格的论述，也有对其创作的阐释；既有对其作品的微观分析，也有对其剧作的宏观审视。他认为："莎氏之一切著作，无一不可作如是观也。彼略读莎氏著作者，岂能知莎氏乎？盖莎氏之文字，愈咀嚼，则其味愈深，愈觉其幽微玄妙。……愈求之，愈觉深广。"所以，王国维才称莎士比亚为"第二之自然"和"第二之造物"。[2]

白衣龙即英国大诗人拜伦。王国维在回顾其生平与创作后，认为拜伦是一个"纯粹之抒情诗人"，不但"胸襟甚狭，无忍耐力自制力，"而且"每有所愤，辄将其所郁之于心者泄之于诗。"但是，拜伦又绝非"文弱诗人，"而是一个热血汉子。因为他"既不慊于世，于是厌世怨世，继之以詈世；"因而便招来社会的报复，"于是愈激愈怒，愈怒愈激，以一身与世界战。"虽然"强于情者，为主观诗人之常态，"但"若是之甚者，"非拜伦莫属。究其原

① 王国维：《莎士比传》，见《王国维哲学美学论文辑佚》，佛雏校辑，华东师范大学出版社，1993 年版，第 281 页。

② 王国维：《莎士比传》，见《王国维哲学美学论文辑佚》，佛雏校辑，华东师范大学出版社，1993 年版，第 284—285 页。

因，就在于拜伦所处的环境，"欲笑不能，乃化为哭，欲哭不得，乃变为怒，"结果"愈怒愈滥，愈滥愈甚，"此乃诗人"强情过甚之所至也。"通过以上分析，王国维认为拜伦"与世之冲突非理想与实在之冲突，乃己意与世习之冲突。"而诗人作品中的人物，"无论何人，皆同一性格，不能出其阅历之范围者也。"[①]虽然对拜伦的这些评述已有一个多世纪的历史，但百余年过后，对我们从家庭、出身、环境、教养等领域客观地认识拜伦，了解拜伦，研究拜伦的诗作及其人物，仍有一定的启发意义。

斯提逢孙即英国小说家史蒂文生，在对他的评述中，王国维倾注了很多情感。首先，他赞美史蒂文生的行文"极奇拔，极巧妙，极清新，诚独创之才，不许他人模效者也。"因为史蒂文生"最重文体，不轻下笔，篇中无一朦胧之句，下笔必雄浑华丽，字字生动，读之未有不击节者。"这里，王国维将评述的视野转向比较，指出"自来作家惟恐其书之枯燥无味，必藉言情之事实，绮靡之文句，以挑拨读者之热情。斯氏不然，其文之动人也，全由其文章自然势力使然。"所以，他一旦下笔，就"能深入人间之胸奥，故其文字不独外形之美，且能穷人生真相，以唤起读者之同情，正如深夜中蜡炬之光，可照彻目前只万象也。"[②]

在对浪漫主义流派的论述中，王国维进一步拓宽了比较的视野。关于自然主义，他认为法国作家左拉"虽以自然派小说家名，其实则亦罗曼奇克之一派也。"因为左拉"不外以人间本来之性情，为劣等之欲望，故欲描出之，而写现社会之类型人物，至非现代社会之性格，则不写之，故仍非真实之自然派也。"而史蒂文生之"个人趣味，实以罗曼奇克为主义，而将追求之保持之故也。"从浪漫主义文学的发展脉络看，王国维认为史蒂文生"实十九世纪罗曼派之骁将，近代自然派之所以隆盛者，皆彼之功也。"从血脉考证

---

① 王国维：《英国大诗人白衣龙小传》，见《王国维哲学美学论文辑佚》，佛雏校辑，华东师范大学出版社，1993 年版，第 288—289 页。

② 王国维：《英国小说家斯提逢孙传》，见《王国维哲学美学论文辑佚》，佛雏校辑，华东师范大学出版社，1993 年版，第 293 页。

看，史蒂文生"虽传斯科特之脉，然较彼仍有更上一步者……其性格之描写，为所享近代写实派影响之心理分析之笔。"①这种从因果关系的分析中考察文学血脉的阐释，与当时欧洲已经萌芽而生的比较文学法国学派及其理论方法不谋而合。

格代即德国大诗人歌德，希尔列尔即德国另一位大诗人席勒。两位诗人在亲密的合作中建立了深厚的友谊，也以合作期间的文学创作开创了 18 世纪德国文学的辉煌，成为德国乃至欧洲文学史上的佳话。对此，王国维在文中赞叹曰："十八世纪中叶，有二伟人降生于德意志文坛，能使四海之内，千秋之后，想象其风采，诵读其文章，若万里攒簇，璀璨之光逼射于眼帘，又若众浪搏击，砰訇之声震荡于耳际。"②这两位文坛上的伟人就是享誉欧洲的歌德与席勒。

虽然两位同族作家的比较不在比较文学的范畴之中，但比较的思维却在文中举目皆是。换言之，王国维对歌德与席勒的评介，是在一种全方位的比较中完成的，且字里行间充满了诗意，充满激情，充满了赞美。如："格代一生，以平和与幸福连锁之，如高山之木，虽枝叶挫折而其根蟠结坚固。匪风雨之能移；希尔列尔一生，以痛苦与危险环绕之，如深潭之水，虽波面澄莹，而其下则澎湃奔腾，任蛟龙之相斗。"又如："格代，诗之大者也？如春回大地，冶万象于洪炉。读其诗者，恍见飞仙弄剑，天马脱衔。希尔列尔，诗之高者也！如身在高峰，等五洲于一点。读其诗者，但觉苍海龙吟，碧山猿啸。论其博大清超，希不如格；论其沈痛豪放，格不如希。"再如："格代，感情的之人也，以抒情之作冠乎古今；希尔列尔，意志的之人也，以悲愤之篇鸣于宇宙。格代贵自然，希尔列尔重理想。格代长于咏女子之衷情，希尔列尔善于写男子之性格。格代则世界的，希尔列尔则国民的。格代之诗，诗人之

---

① 王国维：《英国小说家斯提逢孙传》，见《王国维哲学美学论文辑佚》，佛雏校辑，华东师范大学出版社，1993 年版，第 296—297 页。

② 王国维：《德国文豪格代希尔列尔合传》，见《王国维哲学美学论文辑佚》，佛雏校辑，华东师范大学出版社，1993 年版，第 299 页。

诗也。希尔列尔之诗，预言者之诗也。"这其中，关于歌德是世界的，席勒是国民的之结论，表现出王国维宽广的世界文学的视野。而"世界文学"一说恰恰最早出自歌德之口，又恰恰是比较文学诞生的前奏曲。王国维在赞叹德国文坛的两大伟人的同时，将感叹的目光转向东方："嗟嗟！瓦摩尔之山，千载苍苍！莱茵河之水，终古洋洋！惟二子之灵常往来其间，与星贝〔月〕争光！胡为乎，文豪不诞生于我东邦！"①比较文学的意识跃然纸上。

王国维对西方文学的评介，建立在对西方文学史、西方作家的生平及其作品深入研究的基础之上。因此，他的作家传略，不仅是生平事迹的叙述，不仅是创作年谱的罗列，而是对影响作家创作因素的研究，对作品风格技巧的研究，以及在具体的研究中所流露出来的环球视野和自觉的比较意识。从比较文学的角度而言，重要的不是作家作品本身，而是蕴含其中的比较所带来的启迪和思考。倘若放在当下，或为常态。但100多年前就有如此睿智的目光和思维，实弥足珍贵。

三、《红楼梦评论》的"阐发"尝试

20世纪70年代，有海外华人学者撰文说："过去20余年来，旨在用西方文学批评的观念和范畴阐释传统的中国文学的运动取得了越来越大的势头，这样一种趋势预示在比较文学中将会出现某些令人振奋的发展。……应当指出，运用某些西方的批评观念和范畴来研究中国文学，原则上是适宜的，这正如古典文学学者采用现代文学技巧与方法来研究古代文学的材料一样。"②日后，既有中国台湾学者提出"运用西方的批评方法来研究中国古典文学和现代文学"的主张，也有中国台湾学者撰文曰："利用西方有系统的文学批评来

---

① 王国维：《德国文豪格代希尔列尔合传》，见《王国维哲学美学论文辑佚》，佛雏校辑，华东师范大学出版社，1993年版，第300—301页。

② 余国藩：《中西文学关系的问题与前景》，转引自陈惇、刘象愚：《比较文学概论》，北京师范大学出版社，2000年版，第136页。

阐发中国文学及中国文学理论，我们可命之为'阐发法'。"①

20 世纪 80 年代，中国大陆学者在对"阐发法"的不足之处提出置疑的同时，提出了"双向阐发"的主张："阐发研究决不是单向的，而应该是双向的，即相互的。如果认定只能用一个民族的文学理论和模式去阐释另一个民族的文学或理论，就如同影响研究中只承认一个民族的文学对外民族文学产生过影响，而这个民族文学不曾受过他民族文学的影响一样偏颇。这在理论上是站不住脚的。……阐发研究决不是仅仅用西方的理论来阐发中国的文学，或者仅仅用中国的模式去解释西方的文学，而应该是两种或多种民族的文学互相阐发、互相印证。"②

借助"阐发研究"的视角审视王国维，发现他不但较早地受到西方哲学和美学思想的影响，而且还是运用西方的美学理论阐释中国文学的第一人。他写于 1904 年的《〈红楼梦〉评论》，就是这种用西方的科学方法，在与西方文学的比较中，对《红楼梦》这部中国古代文学经典进行悲剧美学和伦理美学意义上的论述与研究的第一次尝试，也是被后人称为"阐发研究"之"以西阐中"的经典案例。"在会通中西文化的基础上为中国文学批评开创了全新的道路，提供了完全不同于以往文学批评的模式。"③

王国维说："人有恒言曰'饮食男女，人之大欲存恶。'然人七日不食则死，一日不再食则饥饿。若男女之欲，则于一人之生活上，宁有害无利者也，而吾人之欲之也如此，何哉？吾人自少壮以后，其过半之光阴，过半之事业。所计画、所勤勤者为何事？"他又说："人苟能解此问题，则于人生之知识，思过半矣。而蚩蚩者乃日用而不知，岂不可哀也欤！"因此，他认为："其自哲学上解此问题者，则二千年间，仅有叔本华之《男女之爱之形而上学》耳。诗歌、小说之描写此事者，通古今东西，殆不能悉数，然能解决之者鲜矣。"

① 古添洪：《中西比较文学：范畴、方法、精神的初探》，见《比较文学论文选》，中国社会科学院文学所编选，第 43 页。

② 陈惇、刘象愚：《比较文学概论》，北京师范大学出版社，2000 年版，第 136 页。

③ 乐黛云、王向远：《比较文学研究》，福建人民出版社，2006 年版，第 30 页。

至于《红楼梦》一书，非彼提出此问题，又解决之者也。"[1]王国维就这样通过人之"欲"的问题的提出，推出能从哲学上解决"欲"之问题的德国哲学家叔本华及其著作，进而引出中国古典文学名著《红楼梦》，从而将《〈红楼梦〉评论》的视角自觉地拉进比较文学的领地中，引领到"阐发研究"之"以西阐中"的轨道上来。

自古以来，人们对悲剧就有着不同的理解和认识。那么，叔本华心中的悲剧又具有什么内涵呢？他觉得"悲剧的真正意义是一种深刻的认识，认识到悲剧主角所赎的不是他个人特有的罪，而是原罪，亦即生存本身之罪。"[2]王国维在《〈红楼梦〉评论》中，引述了叔本华所划分的三种悲剧类型："由叔本华之说，悲剧之中又有三种之别：第一种之悲剧，由极恶之人，极其所有之能力以交构之者。第二种，由于盲目的运命者。第三种之悲剧，由于剧中之人物之位置及关系而不得不然者；非必有蛇蝎之性质与意外之变故也，但由普通之人物、普通之境遇，逼之不得不如是；彼等明知其害，交施之而交受之，各加以力而各不任其咎。"[3]就是说第一种悲剧是由恶人造成灾祸的人为悲剧，第二种悲剧是由无形之中的力量和主宰所酿成的命运悲剧，第三种悲剧是由于人生本身无法避免的因素如人与人之间的关系、人与人性格上的行为与差异、人们的利益与愿望难以实现等所导致的悲剧。较之前两种悲剧，第三种悲剧尽管没有邪恶势力和命运从中作怪，却比前两种悲剧更加惨烈。《红楼梦》正属于第三种悲剧，是彻头彻尾的悲剧、悲剧中的悲剧。因为"除主人公不计外，凡此书中之人有与生活之欲相关系者，无不与苦痛相始终。……夫此数人者，曷尝无生活之欲，曷尝无苦痛？而书中既不写其生活之欲，则其苦痛自不得而写之；足以见二者如骖之靳，而永远的正义无往不

---

① 王国维：《〈红楼梦〉评论》，见《三大师谈〈红楼梦〉》，上海三联书店，2007年版，第14页。

② （德）叔本华：《作为意志和表象的世界》，石冲白译，商务印书馆，1982年版，第352页。

③ 王国维：《〈红楼梦〉评论》，见《三大师谈〈红楼梦〉》，上海三联书店，2007年版，第24页。

逞其权力也。"①

　　在《〈红楼梦〉评论》中，王国维还依据西方美学理论，指出"美之为物有二种：一曰优美，二曰壮美。"②那么何为"优美"，何为"壮美"呢？王国维认为："苟一物焉，与吾人无利害之关系，而吾人之观之也，不观其关系，而但观其物；或吾人之心中，无丝毫生活之欲存，而其观物也，不视为与我有关系之物，而但观为外物：则今之所观者，非昔之所观者也。此时吾心宁静之状态，名之曰优美。"然而，"若此物大不利于吾人，而吾人生活之意志为之破裂，因之意志遁去，而知力得为独立之作用，以深观其物，吾人谓此物曰壮美，而谓其感情曰壮美之情。"③在此基础上，王国维通过对《红楼梦》中人物的悲剧命运的分析，得出了"此书中壮美之部分，较多于优美之部分"④的结论。与此同时，王国维还把德国大诗人歌德的《浮士德》与《红楼梦》进行了比较，指出："夫欧洲近世之文学中，所以推格代之《法斯德》（今译《浮士德》）为第一者，以其描写博士法斯德之苦痛，及其解脱之途径，最为精切故也。若《红楼梦》之写宝玉，又岂有以异于彼乎？……且法斯德之苦痛，天才之苦痛；宝玉之苦痛，人人所有之苦痛也。"⑤

　　关于《〈红楼梦〉评论》的意义，100多年来学界已经给予了高度的评价。这里仅从比较文学的角度出发，选用一学者的文字佐证其对比较文学的影响：

　　　　这篇评论，有严整的理论框架，全文纲举目张，有严正的逻辑

---

①　王国维：《〈红楼梦〉评论》，见《三大师谈〈红楼梦〉》，上海三联书店，2007年版，第22页。

②　王国维：《〈红楼梦〉评论》，见《三大师谈〈红楼梦〉》，上海三联书店，2007年版，第8页。

③　王国维：《〈红楼梦〉评论》，见《三大师谈〈红楼梦〉》，上海三联书店，2007年版，第8—10页。

④　王国维：《〈红楼梦〉评论》，见《三大师谈〈红楼梦〉》，上海三联书店，2007年版，第25页。

⑤　王国维：《〈红楼梦〉评论》，见《三大师谈〈红楼梦〉》，上海三联书店，2007年版，第20页。

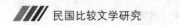

结构。他注意从哲学、美学、伦理学等不同角度去评论《红楼梦》，在审视作品的时候，既注意到将它与中国历史上的叙事作品加以对比，以阐明它在历史上发展中的地位，又能注意到将它与世界上的同类作品加以比较，以确定它的世界地位。①

第二节　鲁迅的"别求新声于异邦"

有学者在谈到鲁迅对中国比较文学的贡献时说："鲁迅是中国的比较文学之父。这不仅因为他有着宏富精深的比较文学理论与多彩多姿的比较文学研究实践，……还在于他是一位'努力运输些切实的精神食粮'——译介外国文学的伟大先行者。"这种"与世界文学、世界文化如此广泛的接触，使得鲁迅具有世界性成为了可能。"②关于鲁迅的翻译实践，已在先前的章节中论及，故不多言。这里所要阐述的是，鲁迅在走向世界，具有世界性的过程中，对域外文学理论的接受。正是这种接受，使其在 20 世纪初的中国文学中走在了前列。

一、"从那里面，看见了被压迫者的善良的灵魂"

鲁迅的世界文学视野是一点点由内及外开启的。作为生长在这块黄土地上的一员，鲁迅与生于斯、长于斯的炎黄子孙一样，都是在中国传统文化的气氛中，在中国本土文学的熏陶中成长起来的。与其他中国比较文学大家一样，鲁迅也是在深深扎根于中国文学土壤的基础上，迈出走向世界的第一步的。而这一步的迈出，就得力于那个时期风气渐开的"比较"视野，得力于

---

① 刘恒：《王国维评传》，百花洲文艺出版社，2010 年版，第 50—51 页。

② 王吉鹏、李春林：《鲁迅世界性的探索——鲁迅与外国文化比较研究史》，辽宁人民出版社，1999 年版，第 10、11 页。

鲁迅经过痛苦的思考和比较的实践，深深认识到糟粕和陈腐在制约着中国文化和中国文学的手脚，认识到"古文化之禅助着后来，也束缚着后来。"①进而将关注的目光转向域外。

开启鲁迅走向世界的钥匙是 19 世纪英国生物学家赫胥黎的《天演论》。这部英文原名为 Evolution and Ethics and other Essays（应译为《进化论与伦理学》）的著作经翻译家严复之手介绍到国内后，产生了未曾料及的社会反响。尤其是该书所宣扬的"物竞天择，适者生存"的思想，"联系甲午战争后国家危亡的状况，向国人发出了与天争胜、图强保种的呐喊，"②对中国当时的知识界产生了具有颠覆意义的影响，也包括正在苦苦寻求域外之音的鲁迅。

在《朝花夕拾·琐记》一文中，鲁迅清晰地记载了那个时刻的心路历程：

> 看新书的风气便流行起来，我也知道了中国有一部书叫《天演论》。星期日跑到城南去买了来，白纸石印的一厚本，价五百文正。翻开一看，是写得很好的字，开首便道：
>
> "赫胥黎独处一室之中，在英伦之南，背山而面野，槛处诸境，历历如在机下。乃悬想二千年前，当罗马大将凯彻未到时，此间有何景物？计惟有天造草昧……"
>
> 哦！原来世界上竟还有一个赫胥黎坐在书房里那么想，而且想得那么新鲜？一口气读下去，"物竞""天择"也出来了，苏格拉第，柏拉图也出来了，斯多噶也出来了。学堂里又设立了一个阅报处，《时务报》不待言，还有《译学汇编》，那书面上的张廉卿一流的四个字，就蓝得很可爱。③

---

① 鲁迅：《且介亭杂文二集〈全国木刻联合展览会专辑·序〉》，见《鲁迅全集》第 6 卷，人民文学出版社，1982 年版，第 339 页。

② 《百度百科·天演论》，http://baike.so.com/doc/5512187-5747948.html。

③ 鲁迅：《朝花夕拾·琐记》，见《鲁迅全集》第 2 卷，人民文学出版社，1981 年版，第 295—296 页。

虽然赫胥黎不是文学家，却为鲁迅打开了睁眼看世界的门窗。尽管柏拉图是哲学家，但他在《理想国》中却畅谈了很多关于文学和艺术的观点。即便亚理斯多德也是哲学家，却以其文艺理论著作《诗学》为后世欧洲文学的创作和发展定下了基调，其文学贡献不可小视。至于《译学汇编》中所刊出18世纪法国哲学家卢梭的《民约论》和孟德斯鸠的《万法精神》（今译《法意》）等，虽不是文学著作，但这两位哲学家也身兼文学家的要职，对鲁迅同样产生着思想与文学的双重影响。

其实，在鲁迅开启走向世界大门之时，林纾翻译的外国小说已有百余种。虽然林纾"不谙原文，系经别人口述，而以古文笔法写出，"但林纾的译作"出版之后，鲁迅每本必读。"[1] 因此，鲁迅不但早在南京求学时就已经读到了林纾翻译的英国侦探小说家柯南道尔的《福尔摩斯侦探案》和法国作家小仲马的《巴黎茶花女遗事》等作品，而且远赴日本的弘文学院留学时，"已经购有不少的日本文书籍，藏在书桌抽屉内，如拜伦的诗，尼采的传，希腊神话，罗马神话等等。"[2] 已经对外国文学开始了广泛的接触。对此，鲁迅曾这样回忆："我们曾在梁启超所办的《时务报》上，看见了《福尔摩斯包探案》的变幻，又在《新小说》上，看见了焦士威奴（Jules Verne）所做的号称科学小说的《海底旅行》之类的新奇。后来林琴南大译英国哈葛德（H. Rider Haggard）的小说了，我们又看见了伦敦小姐之缠绵和非洲野蛮之古怪。"[3]

俄罗斯文学的译介，开阔了鲁迅的视野，也成为他向外汲取营养的重要源泉。除了当时引起读者共鸣的《俄国戏曲集》和《俄国文学研究》外，还有大批俄国作家进入到鲁迅的阅读视野之中："我们虽然从安特莱夫（L. Andreev）的作品里遇到了恐怖，阿尔志跋绥夫（M. Artsybashev）的作品里看见了绝望和荒唐，但也从珂罗连珂（V. Korolenko）学得了宽宏，从戈理基

---

① 许寿裳：《亡友鲁迅印象记》，上海文化出版社，2006年版，第16页。

② 许寿裳：《亡友鲁迅印象记》，上海文化出版社，2006年版，第11页。

③ 鲁迅：《南腔北调集·祝中俄文字之交》，见《鲁迅全集》第4卷，人民文学出版社，1981年版，第459页。

（Maxim Gorky）感受了反抗。"在那之后，屠格涅夫的小说《父与子》和托尔斯泰的小说《战争与和平》也落户中国，引起了"读者大众的共鸣和热爱。"①而苏联文学中的经典作品如革拉特珂夫的小说《水泥》，法捷耶夫的小说《毁灭》以及绥拉菲莫维奇的小说《铁流》等也被译介到中国，并且"大踏步跨到读者大众的怀里去，给——知道了变革，战斗，建设的辛苦和成功。"②

鲁迅是在环宇和"比较"的视域中审视俄国文学的。他认为"十五年前，被西欧的所谓文明国人看作半开化的俄国，那文学，在世界文坛上，是胜利的；十五年以来，被帝国主义者看作恶魔的苏联，那文学，在世界文坛上，是胜利的。这里的所谓'胜利'，是说，以它的内容和技术的杰出，而得到广大的读者，并且给予了读者许多有益的东西。它在中国，也没有出于这例子之外。……那时——十九世纪末——的俄国文学，尤其是陀思妥夫斯基和托尔斯泰的作品，已经很影响了德国文学，但这和中国无关。"③

通过与俄国文学的接触和对俄国文学的阅读，鲁迅认识到"俄国文学是我们的导师和朋友。"在俄国文学中，他不但"看见了被压迫者的善良的灵魂，的心酸，的挣扎；"而且"还和四十年代的作品一同燃起希望，和六十年代的作品一同感到悲哀。"他认为，对俄罗斯文学的发现，"不亚于古人的发见了火的可以照暗夜，煮东西。"④因此，他不仅赞同、祝贺中俄文学的相互交流，而且觉得中国的"读者大众，在朦胧中，早知道这伟大肥沃的'黑土'里，要长出什么东西来，"并且亲见这块土地上长出了"忍受、呻吟、挣扎、

---

① 鲁迅：《南腔北调集·祝中俄文字之交》，见《鲁迅全集》第 4 卷，人民文学出版社，1981 年版，第 461 页。

② 鲁迅：《南腔北调集·祝中俄文字之交》，见《鲁迅全集》第 4 卷，人民文学出版社，1981 年版，第 462 页。

③ 鲁迅：《南腔北调集·祝中俄文字之交》，见《鲁迅全集》第 4 卷，人民文学出版社，1981 年版，第 459—460 页。

④ 鲁迅：《南腔北调集·祝中俄文字之交》，见《鲁迅全集》第 4 卷，人民文学出版社，1981 年版，第 460 页。

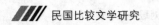

反抗、战斗、变革、战斗、建设、战斗、成功。"① 在鲁迅日后的文学创作中，俄罗斯文学的影响举足轻重。

二、"是故将生存两间，角逐列国是务，其首在立人"

毋容置疑，鲁迅是以一个"写实主义者"的身份现身于中国文坛的。在"为人生而艺术"的追求中，他号召作家们敢于"取下假面，真诚地，深入地，大胆地看取人生并且写出他的血和肉"，主张在充分暴露国民性弱点的基础上，通过具体的人物形象，深入他们的内心，挖掘他们灵魂深处的本质，做一个"人的灵魂的伟大的审问者，"② 进而"画出这样沉默的国民的魂灵来。"③ 他反对任何"为艺术而艺术"的思想，提倡文学创作的功利性和社会性，提倡通过文学表现社会、揭露社会和批判社会，表现出与传统截然不同的文学观念。因为"没有冲破一切传统思想和手法的闯将，中国是不会有真的新文艺的"。④

然而，在鲁迅走向世界文学，拥抱世界的起步阶段，首先获取启迪，并引发广泛兴趣的却是在欧洲 19 世纪文坛上带着呐喊而来的浪漫主义。鲁迅早期对域外文学的接触，对域外文学的接受，对域外文学思潮的引介，均与浪漫主义有着不可切割的关联。对青年时期的鲁迅产生重大影响的也多为浪漫主义的思想家、批评家和文学家。鲁迅早期发表的介绍外国文学的文章，其内容也以浪漫主义为主。《文化偏至论》就是"对西方浪漫主义思想学说的介

---

① 鲁迅：《南腔北调集·祝中俄文字之交》，见《鲁迅全集》第 4 卷，人民文学出版社，1981 年版，第 462 页。

② 鲁迅：《集外集·〈穷人〉小引》，见《鲁迅全集》第 7 卷，人民文学出版社，1981 年版，第 104 页。

③ 鲁迅：《俄文译本〈阿 Q 正传〉序及著者自序传略》，见《鲁迅全集》第 7 卷，人民文学出版社，1996 年版，第 82 页。

④ 鲁迅：《坟·论睁了眼看》，见《鲁迅全集》第 1 卷，人民文学出版社，1981 年版，第 241 页。

绍"①之力作，在鲁迅走向世界的征途中具有重要意义。

浪漫主义是 18 世纪末到 19 世纪初流行于西方的一股文艺思潮。在欧洲文学史上，浪漫主义是启蒙理想破灭和法国大革命后的动荡局势所引发的不满和失望在文学上的反映。受歌德的《少年维特的烦恼》和卢梭的《新爱洛依斯》等浪漫主义先驱者作品的启迪，以及感伤主义文学的浸润，浪漫主义在政治上反对封建制度，在艺术上与古典主义势不两立，表现出强烈的叛逆精神。

在浪漫主义的基本特征中，强烈的主观性是最突出、最本质的特征。诚如黑格尔所言："浪漫型艺术的真正内容是绝对的内心生活，相应的形式是精神的主体性，亦即主体对自己的独立自由的认识。"②而当批判现实主义取代了浪漫主义在文坛上的主导地位，并在 19 世纪末期向自然主义转化的时候，并未消逝的浪漫主义也在发生蜕变。尤其是当易卜生等一大批现实主义作家为观众呈现出令人惊讶的带有象征主义色彩的戏剧的时候，人们方才清醒地发现，浪漫主义并没有销声匿迹，而是在新的历史条件下找到了新的存在形式。作为浪漫主义最本质的特征——主观性，不是减弱了，而是增强了；不是淡化了，而是浓烈了。所不同的是，这一时期的浪漫主义已经由纷繁的外部世界转向人物的内心世界，与人的自我意识的觉醒紧密地联系在一起，成为人的自我认识的变化在文学上的新表现。这一带有强烈的"个性主义"的"共同的思想基础，"③恰恰被刚刚踏足世界文学门槛的鲁迅所捕捉。

鲁迅认为："盖自法朗西大革命以来，平等自由，为凡事首，继而普通教育及国民教育，无不基是以遍施。久浴文化，则渐悟人类之尊严；既知自我，则顿识个性之价值；加以往之习惯坠地，崇信荡摇，则其自觉之精神，自一转而之极端之主我。且社会民主之倾向，势亦大张，凡个人者，即社会之一

① 曾逸主编：《走向世界文学——中国现代作家与外国文学》，湖南文艺出版社，1986 年版，第 83 页。

② （德）黑格尔：《美学》第一卷，朱光潜译，商务印书馆，1979 年版，第 276 页。

③ 曾逸主编：《走向世界文学——中国现代作家与外国文学》，湖南文艺出版社，1986 年版，第 83 页。

分子，夷隆实陷，是为指归，使天下人人归于一致，社会之内，荡无高卑。此其为理想诚美矣。"①1789 年法国大革命是以"自由、平等、博爱"为宗旨的欧洲启蒙运动的收关之作，也是欧洲浪漫主义思潮的开端之始。早在启蒙运动风起云涌之时，就诞生过带有强烈的个性主义情感色彩的小说——卢梭的《新爱洛依丝》和歌德的《少年维特的烦恼》等主观性极强的文学作品。借助法国大革命的东风，在浪漫主义成燎原之势的大潮中，孕育了雪莱、拜伦、济慈、缪塞、雨果、普希金等一大批大喊大叫走上文坛并引领风骚的天才诗人，一时间成为欧洲文学的主流。

鲁迅与世界文学相拥时，浪漫主义正处蜕变期，早期的激情与狂热、光荣与梦想已成往昔，对内心情感、内心世界的重视与以自我意识的觉醒相同步的"向内转"的一道，使浪漫主义在新的条件下找到了新的载体，也为鲁迅提供了不同于传统浪漫主义的目标。德国哲学家、唯我论者斯蒂纳、德国哲学家、唯意志论者叔本华、丹麦哲学家、坚论人的主观存在为唯一实在的克尔凯郭尔等"个性主义者"出现在他的视野中："德人斯契纳尔（M. Stirner）乃先以极端之个人主义现于世。谓真之进步，在于己之足下。人必发挥自性，而脱观念世界之执持。惟此自性，即造物主。惟有此我，本属自由；……意盖谓凡一个人，其思想行为，必以己为中枢，亦以己为终极：即立我性为绝对之自由者也。至勖宾霍尔（A. Schopenhauer），则自既以兀傲刚愎有名，言行奇觚，为世希有；又见夫盲瞽鄙倍之众，充塞两间，乃视之与至劣之动物并等，愈益主我扬己而尊天才也。至丹麦哲人契开迦尔（S. Kierkegaard）则愤发疾呼，谓惟发挥个性，为至高之道德，而顾瞻他事，胥无益焉。"②

在此基础上，鲁迅对当时欧洲文坛上的两位风云人物赞美有加。一个是挪威剧作家易卜生，一位是德国哲学家尼采。鲁迅赞易卜生"见于文界，瑰

---

① 鲁迅：《坟·文化偏至论》，见《鲁迅全集》第 1 卷，人民文学出版社，1981 年版，第 50 页。

② 鲁迅：《坟·文化偏至论》，见《鲁迅全集》第 1 卷，人民文学出版社，1981 年版，第 51 页。

才卓识，以契开迦尔之诠释者称。"称其"所著书，往往反社会民主之倾向，精力旁注，则无间习惯信仰道德，苟有拘于虚而偏至者，无不加之抵排。更睹近世人生，每托平等之名，实乃愈趋于恶浊，庸凡凉薄，日益以深，顽愚之道行，伪诈之势逞，而气宇品性，卓尔不群之士，乃反穷于草莽，辱于泥涂，个性之尊严，人类之价值，将咸归于无有，则常为慷慨激昂而不能自已也。"尤其是易卜生的《人民公敌》，"谓有人宝守真理，不阿世媚俗，而不见容于人群，狡狯之徒，乃巍然独为众愚领袖，借多陵寡，植党自私，于是战斗以兴，而其书亦止：社会之象，宛然具于是焉。"① 敬仰之情溢于言表。关于尼采，鲁迅称其为"个人主义之至雄桀者矣，希望所寄，惟在大士天才；而以愚民为本位，则恶之不殊蛇蝎。"赞其"意盖谓治任多数，则社会元气，一旦可瘳，不若用庸众为牺牲，以冀一二天才之出世，递天才出而社会之活动亦以萌，即所谓超人之说，尝震惊欧洲之思想界者也。"②

　　鲁迅是从横向比较的视域中看待中西文化的发展的。他认为中国的周秦时代，正值欧洲的希腊和罗马文化的辉煌时期，"艺文思想，灿然客观。"然而，由于"道路之艰，波涛之恶，交通梗塞，未能择其善者以为师资。"从而错失了一次与西方文化交流与对话的客观时机。他还认为，中国由于"屹然出中央而无校雠，则其益自尊大，"虽然"宝自有而傲睨万物，固人情所宜然，"但由于没有可以比较的对象，"则宴安日久，苓落以胎，迫拶不来，上征亦辍，使人荼，使人屯，其极为见善而不思式。"致使"后有学于殊域者，近不知中国之情，远复不察欧美之实，"只能"以所拾尘芥，罗列人前。"③

　　鲁迅还从人格的意义的角度，在比较中阐释了叔本华、尼采与易卜生的的不同："勘宾霍尔所张主，则以内省诸己，豁然贯通，因曰意力为世界之本

　　① 鲁迅：《坟·文化偏至论》，见《鲁迅全集》第1卷，人民文学出版社，1981年版，第51—52页。

　　② 鲁迅：《坟·文化偏至论》，见《鲁迅全集》第1卷，人民文学出版社，1981年版，第52页。

　　③ 鲁迅：《坟·文化偏至论》，见《鲁迅全集》第1卷，人民文学出版社，1981年版，第44、45页。

体也；尼佉之所希冀，则意力绝世，几近神明之超人也；伊勃生之所描写，则以更革为生命，多力善斗，即近万众不慑之强者也。"[1] 这种跨越国界的比较性论述，这种将三位哲学、文学名人置于比较视角下的精彩论述，至今仍不乏启迪意义。

应当指出的是，鲁迅对浪漫主义之主观倾向的论述，始终建立在对物质主义的悖逆之中。他认为，欧洲对物质的崇拜在 19 世纪成大潮之势，"递夫十九世纪后叶，而其弊果益昭，诸凡事物，无不质化，灵明日以亏蚀，旨趣流于平庸，人惟客观之物质世界是趋，而主观之内面精神，乃舍置不一省。重其外，放其内，取其质，遗其神，林林众生，物欲来蔽，社会憔悴，进步以停，于是一切诈伪罪恶，蔑弗乘之而萌，使性灵之光，愈益就于黯淡：十九世纪文明一面之通弊，盖如此矣。"[2] 因此，如果有识之士真的要为中国的未来负责，就应当"掊物质而张灵明，任个人而排众数。"[3] 只有振奋了人的精神，才有国家振兴之可能。而振兴国家的首要就是人的振兴，就是对人的关注，对人性的关注，对人生的关注。至此，鲁迅方才提出"是故将生存两间，角逐列国是务，其首在立人，人立而后凡事举。"[4] 从而将以"主观性"和"个性主义"为主旨的浪漫主义的思想内涵和盘托出。

三、"别求新声于异邦"

1907 年的日本，26 岁的鲁迅在东京完成了他第一篇评介外国浪漫主义诗

---

① 鲁迅：《坟·文化偏至论》，见《鲁迅全集》第 1 卷，人民文学出版社，1981 年版，第 54—55 页。

② 鲁迅：《坟·文化偏至论》，见《鲁迅全集》第 1 卷，人民文学出版社，1981 年版，第 53 页。

③ 鲁迅：《坟·文化偏至论》，见《鲁迅全集》第 1 卷，人民文学出版社，1981 年版，第 46 页。

④ 鲁迅：《坟·文化偏至论》，见《鲁迅全集》第 1 卷，人民文学出版社，1981 年版，第 57 页。

人的长篇论文《摩罗诗力说》。年轻的鲁迅或许没有意识到，这篇用文言文写就的长文，会成为中国比较文学整装待发的号角，会是"中国第一篇比较文学论文"。① 它不仅是"我国'五四'运动前思想界启蒙时期的辉煌巨作，"还是"揭露和批判封建意识形态的檄文，"亦是"我国第一部倡导浪漫主义的纲领性的文献。"② 对此，有学者认为：如果我们要研究一下鲁迅如何运用古为今用、洋为中用的原则，对旧传统、旧文化所进行的深刻批判，就要读一读《摩罗诗力说》。如果我们要了解 19 世纪初期欧洲浪漫主义思潮，以及鲁迅为什么要以该思潮为武器，与旧制度、旧王朝进行斗争，也要读一读《摩罗诗力说》。③

鲁迅是从全球视野的角度出发开始他的世界性探索的。他指出："人有读古国文化史者，循代而下，至于卷末，必凄以有所觉，如脱春温而入于秋肃，勾萌绝朕，枯槁在前，吾无以名，姑谓之萧条而止。"因此，"凡负令誉于史初，开文化之曙色，而今日转为影国者，无不如斯。"④ 如印度，如希伯来，如伊朗，如埃及，如意大利等，不是"文事亦共零夷，至大之声，渐不生于彼国民之灵府，流转异域，如亡人也，"⑤ 就是《哀歌》而下，无赓响矣。"不是"中道废弛，有如断绠，灿烂于古，萧瑟于今，"就是"暮气之作，每不自知，自用而愚，污如死海。"⑥ 因为"顾瞻人间，新声争起，无不以殊特雄丽之言，

① 王吉鹏、李春林：《鲁迅世界性的探索——鲁迅与外国文化比较研究史》，辽宁人民出版社，1999 年版，第 10 页。

② 赵瑞蕻：《鲁迅〈摩罗诗力说〉注释·今译·解说》前言，见赵瑞蕻《鲁迅〈摩罗诗力说〉注释·今译·解说》，天津人民出版社，1982 年版，第 3 页。

③ 赵瑞蕻：《鲁迅〈摩罗诗力说〉注释·今译·解说》前言，见赵瑞蕻《鲁迅〈摩罗诗力说〉注释·今译·解说》，天津人民出版社，1982 年版，第 1—2 页。

④ 鲁迅：《坟·摩罗诗力说》，见《鲁迅全集》第 1 卷，人民文学出版社，1981 年版，第 63 页。

⑤ 鲁迅：《坟·摩罗诗力说》，见《鲁迅全集》第 1 卷，人民文学出版社，1981 年版，第 63 页。

⑥ 鲁迅：《坟·摩罗诗力说》，见《鲁迅全集》第 1 卷，人民文学出版社，1981 年版，第 64 页。

自振其精神而绍介其伟美于世界。"①

那么，如何才能将本族古老的文明发扬光大，使其焕发青春呢？鲁迅认为，既要知己，亦要知彼，要在比较中求生存，在比较中求思维，在比较中求发展。即"意者欲扬宗邦之真大，首在审己，亦必知人，比较既周，爰生自觉。"由彼此的比较才能产生自觉，"自觉之声发，每响必中于人心，清晰昭明，不同凡响。"鲁迅认为，达到"不同凡响"的第一步就是"别求新声于异邦"，②而"新声之别，不可究详；至力足以振人，且语之较有深趣者，实莫如摩罗诗派。"③从而将这篇战斗檄文的写作宗旨昭然天下。

所谓"摩罗诗派"指的是18世纪末和19世纪初欧洲浪漫主义诗人。"摩罗诗派"也叫"恶魔诗派"，是19世纪初英国消极浪漫主义诗人骚赛在攻击谩骂以拜伦和雪莱为代表的积极浪漫主义诗人时的用语，他在文章中称拜伦是"诗歌中的恶魔派"。而鲁迅却反其道而行之，从这些被诬蔑为"恶魔"的诗人身上看到了强烈的反叛精神和时代意义。鲁迅指出："今则举一切诗人中，凡立意在反抗，指归在动作，而为世所不甚愉悦者悉人之，为传其言行思维，流别影响，始宗主裴伦，终以摩迦（匈牙利）文士。"鲁迅赞他们"凡是群人，外状至异，各禀自国之特色，发为光华；而要其大归，则趣于一：大都不为顺世和乐之音，动吭一呼，闻者兴起，争天拒俗，而精神复深感后世人心，绵延至于无已。"④

鲁迅用两节的篇幅介绍英国浪漫主义诗人拜伦，既介绍了这位天才诗人的生平，也介绍了诗人的创作，《恰尔德·哈洛尔德游记》《异教徒》《阿比杜

① 鲁迅：《坟·摩罗诗力说》，见《鲁迅全集》第1卷，人民文学出版社，1981年版，第64—65页。

② 鲁迅：《坟·摩罗诗力说》，见《鲁迅全集》第1卷，人民文学出版社，1981年版，第65页。

③ 鲁迅：《坟·摩罗诗力说》，见《鲁迅全集》第1卷，人民文学出版社，1981年版，第65—66页。

④ 鲁迅：《坟·摩罗诗力说》，见《鲁迅全集》第1卷，人民文学出版社，1981年版，第66页。

斯的新娘》《异教徒》《海盗》《莱拉》《唐璜》《曼弗雷德》《该隐》等名篇都在鲁迅的学术视野当中。

关于拜伦笔下的人物性格，鲁迅深刻指出："凡所描绘，皆禀种种思，具种种行，或以不平而厌世，远离人群，宁与天地为侪偶，如哈洛尔特；或厌世至极，乃希灭亡，如曼弗列特；或被人天之楚毒，至于刻骨，乃咸希破坏，以复仇雠，如康拉德与卢希飞勒；或弃斥德义，蹇视淫游，以嘲弄社会，聊快其意，如堂祥。其非然者，则尊侠尚义，扶弱者而平不平，颠仆有力之蠢愚，虽获罪于全群无惧，……"①

关于拜伦的心灵世界，鲁迅尤加赞赏："所遇常抗，所向必动，贵力而尚强，尊己而好战，其战复不如野兽，为独立自由人道也，此已略言之前分矣。故其平生，如狂涛如厉风，举一切伪饰陋习，悉与荡涤，瞻顾前后，素所不知；精神郁勃，莫可制抑，力战而毙，亦必自救其精神；不克厥敌，战则不止。而复率真行诚，无所讳掩，谓世之毁誉褒贬是非善恶，皆缘习俗而非诚，因悉措而不理也。"②

关于拜伦性格上的矛盾，鲁迅也给予了客观的评价：他"自尊而怜人之为奴，制人而援人之独立，无惧于狂涛而大做于乘马，好战崇力，遇敌无所宽假，而于累囚之苦，有同情焉。意者摩罗为性，有如此乎？且此亦不独摩罗为然，凡为伟人，大率如是。"③

关于拜伦的地位与影响，鲁迅袒露出可贵的比较文学情怀："故凡一字一辞，无不即其人呼吸精神之形现，中于人心，神弦立应，其力之曼衍于欧土，例不能别求之英诗人中；仅司各德所为说部，差足与相伦比而已。若问其力奈何？则意太利希腊二国，已如上述，可毋赘言。此他西班牙德意志诸邦，

① 鲁迅：《坟·摩罗诗力说》，见《鲁迅全集》第1卷，人民文学出版社，1981年版，第79页。

② 鲁迅：《坟·摩罗诗力说》，见《鲁迅全集》第1卷，人民文学出版社，1981年版，第81—82页。

③ 鲁迅：《坟·摩罗诗力说》，见《鲁迅全集》第1卷，人民文学出版社，1981年版，第82页。

亦悉蒙其影响。次复入斯拉夫族而新其精神，流泽之长，莫可阐述。"①

　　鲁迅也用较长的篇幅介绍了英国浪漫主义诗人雪莱。在详细介绍了雪莱的诗歌创作成就后，鲁迅对雪莱作出了中肯的评价："况修黎者，神思之人，求索而无止期，猛进而不退转，浅人之所观察，殊莫可得其渊深。若能真识其人，将见品性之卓，出于云间，热诚勃然，无可沮遏，自趁其神思而奔神思之乡；此其为乡，则爰有美之本体。……复以妙音，喻一切未觉，使知人类曼衍之大故，暨人生价值之所存，扬同情之精神，而张其上征渴仰之思想，使怀大希以奋进，与时劫同其无穷。"②

　　关于雪莱与自然的关系，鲁迅用诗意文字做了精彩论述："修黎幼时，素亲天物，尝曰，吾幼即爱山河林壑之幽寂，游戏于断崖绝壁之为危险，吾伴侣也。考其生平，诚如自述。方在稚齿，已盘桓于密林幽谷之中，晨瞻晓日，夕观繁星，俯则瞰大都中人事之盛衰，或思前此压制抗拒之陈迹；而芜城古邑，或破屋中贫人啼饥号寒之状，亦时复历历入其目中。其神思之澡雪，既至异于常人，则旷观天然，自感神閟，凡万汇之当其前，皆若有情而至可念也。故心弦之动，自与天籁合调，发为抒情之什，品悉至神，莫可方物。"③赞美之词，溢于言表。

　　在《摩罗诗力说》中，鲁迅还介绍了19世纪两位俄罗斯浪漫主义诗人普希金和莱蒙托夫。在对两位天才诗人的生平与创作进行论述后，鲁迅再度用比较文学的理论诠释了拜伦与他们的因与果、源与流的关系。鲁迅指出："此二人之于裴伦，同汲其流，而复殊别。普式庚在厌世主义之外形，来尔孟多夫则直在消极之观念。故普式庚终服帝力，入于平和，而来尔孟多夫则奋战

---

　　① 鲁迅：《坟·摩罗诗力说》，见《鲁迅全集》第1卷，人民文学出版社，1981年版，第82—83页。

　　② 鲁迅：《坟·摩罗诗力说》，见《鲁迅全集》第1卷，人民文学出版社，1981年版，第85页。

　　③ 鲁迅：《坟·摩罗诗力说》，见《鲁迅全集》第1卷，人民文学出版社，1981年版，第86页。

力拒，不稍退转。"①

　　应当指出的是，比较的情怀一直充盈在《摩罗诗力说》的始终，比较的意识也自觉地充盈在鲁迅"别求新声于异邦"的历程中。在介绍波兰诗人密茨凯维支时，鲁迅说他与普希金"同本裴伦"；②在介绍匈牙利诗人裴多菲时，鲁迅说他在性情上与拜伦和雪莱十分相似。即便在论述拜伦对社会的反抗时，鲁迅亦用剧作家易卜生及其《人民公敌》比较之。然而，更为可贵的是，鲁迅在全方位地介绍了拜伦、雪莱、普希金、莱蒙托夫、密茨凯维支、斯洛伐斯基、克拉辛斯基、裴多菲等浪漫主义诗人，提及了密尔顿、歌德、彭斯、济慈、爱伦德、柯尔纳、果戈理等诗人、作家和思想家的过程中，在同中国诗人的比较中不但既肯定了屈原"放言无惮，为前人所不敢言"的斗争精神，又批评了屈原的作品"多芳菲凄恻之音，而反抗挑战，则终其篇而未能见，感动后世，为力非强，"③进而高声发出质问性的呐喊："今索诸中国，为精神界之战士者安在？有作至诚之声，致吾人于善美刚健者乎？有作温煦之声，援吾人出于荒寒者乎？"④流露出"别求新声于异邦"的强烈愿望。

　　必须指出的是，鲁迅所言的"别求新声于异邦"，既不是对"异邦"之声的乞讨，也不是对"异邦"之声"不管三七二十一"的"拿来"，而是在"拿来"的过程中"占有，挑选。"凡为振兴我族文化，弘扬我族之精神者，便"拿来"，否则便扬弃。那些来自域外的文明、文化和文学，"我们要或使用，或存放，或毁灭。"要"沉着，勇猛，有辨别。"因为"没有拿来的，人不能

　　① 鲁迅：《坟·摩罗诗力说》，见《鲁迅全集》第1卷，人民文学出版社，1981年版，第91页。

　　② 鲁迅：《坟·摩罗诗力说》，见《鲁迅全集》第1卷，人民文学出版社，1981年版，第94页。

　　③ 鲁迅：《坟·摩罗诗力说》，见《鲁迅全集》第1卷，人民文学出版社，1981年版，第69页。

　　④ 鲁迅：《坟·摩罗诗力说》，见《鲁迅全集》第1卷，人民文学出版社，1981年版，第100页。

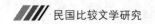

自成为新人，没有拿来的，文艺不能自成为新文艺。"① 以 "别求新声于异邦" 为宗旨的 "拿来主义"，是 20 世纪初中国文学走向世界的号角，是中国文学与世界对话的一项基本原则，是刚刚起步的中国比较文学发出的 "真的猛士" 之音。

第三节　茅盾对西方文艺思潮的引进

20 世纪中国文学对世界文学的接受，离不开清末民初的先行者们对外国文学作品的批量译介，也离不开世纪初始的创新者们对外国文艺思潮的全面引进。在这个过程中，茅盾站在中西文化的边缘，在对中西文学的全面审视中，对欧洲文学的发展，对欧洲文艺思潮的演变，对欧洲经典作家和经典作品等，进行了近乎全方位的评介。为中国文学了解世界，中国文学走向世界，做出了具有里程碑意义的贡献。

一、"每一次生产手段的转变，……就跟来了文艺潮流的变革。"

从 1924 年到 1930 年，茅盾连续发表了 4 篇从宏观视野介绍西方文学的长篇评论，开启了引进西方文艺思潮的历程。这 4 篇评论是：《欧洲大战与文学》（1924）《骑士文学 ABC》（1929）《西洋文学通论》（1930）和《希腊文学 ABC》（1930）。

《欧洲大战与文学》问世之际，正值第一次世界大战结束 10 周年之时。10 年光阴荏苒，弹指一挥间，战争的炮火与硝烟 "离我们似乎更远了；几乎灭绝人类的可怖的大战只成为渐就模糊的旧梦，现在这老欧洲正在庆幸伤痍的平复，光荣的欧洲踏过了血泊回到原来的地方了，" 虽然 "巴尔干依旧是世

---

① 鲁迅：《且介亭杂文·拿来主义》，见《鲁迅全集》第 6 卷，人民文学出版社，1981 年版，第 39—40 页。

界的火药库，地中海沿岸的外交风涛依旧那样险恶；虽然地图上小小地换了些色彩，但是如同没有那次大战一样，老调子又在唱，历史又复演了。"① 所以，他觉得有必要从文学的角度回顾那场战争，以便为"大战爆发后各国思想家文学家的态度"② 做一梳理。循着这思路，大战中欧洲各国作家的表现及其作品的意义就逐一勾勒在我们的眼前。

欧洲文学的史册上，以战争为主题的文学从古希腊文学起一直延续到当今。有人类就有战争，有战争就有灾难，有灾难就有对战争进行反思的文学。国人所接受的西方文学，反战文学一直占据着主旋律的位置。然而，面对屠戮与浩劫的世界大战，并非每个作家都有清醒的头脑，都能站到反战的阵营当中，却有为数不少的人物"在此次大战的狂飙下，在发疯的爱国主义的威胁下，……惊慌失措，改变了常态。"许多德国作家甚至忘记了曾经鼓吹的和平与仁爱，反而鼓励人们走上战场，"变成了嗜血的战神。"③ 其中不乏霍普特曼和托马斯·曼这样大名鼎鼎的名家。茅盾指责他们"忘记了平日讴歌的人类，民众，乃至艺术上的信仰"④ 而堕落成为威廉帝国的党徒与忠臣。而在战争的狂热中，法国作家不但对战争"一力赞助"，而且"帮助了本国的帝国主义"⑤，"替帝国主义鼓吹爱国。"⑥ 在茅盾所列举的赞助战争的作家的行列中，还有意大利著名诗人邓南遮、英国老作家吉普林和威尔斯以及美国作家厄普顿·辛克莱等。茅盾从宏观的角度，在比较的视野中，将鼓吹战争的作家分为三类：（1）中了爱国主义的狂热，失去常态的作家，如德国、法国和比利时。（2）打着拥护和平的旗号，实则主战的作家，如英国和美国。（3）少数已经看到战争本质的作家。

---

① 茅盾：《欧洲大战与文学·自序》，见《茅盾全集》第29卷，黄山书社，2014年版，第3页。

② 茅盾：《欧洲大战与文学》，见《茅盾全集》第29卷，黄山书社，2014年版，第7页。

③ 茅盾：《欧洲大战与文学》，见《茅盾全集》第29卷，黄山书社，2014年版，第8页。

④ 茅盾：《欧洲大战与文学》，见《茅盾全集》第29卷，黄山书社，2014年版，第10页。

⑤ 茅盾：《欧洲大战与文学》，见《茅盾全集》第29卷，黄山书社，2014年版，第11页。

⑥ 茅盾：《欧洲大战与文学》，见《茅盾全集》第29卷，黄山书社，2014年版，第13页。

如前所言，有战争就有对战争的思考，反战文学从来也没有远离作家的创作视野。在反战作家的行列中，茅盾首推德国作家黑塞，赞扬这位老作家"从战争开始时，他就超然不屈，反对破坏欧洲文化的战争，……请求全欧洲的文艺家和思想家合力来救济尚可挽救的一点儿和平，不要再用他们的笔去加入破坏欧洲的将来。"①在茅盾所列举的反战作家的名字中，我们还看到了法国大作家罗曼·罗兰的身影。从战争爆发直至结束，他撰写了大量文章，"希望交战国都平心静气地想一想，救护这将被毁坏的欧洲文明。"②并"请求欧洲的知识阶级精神独立起来，共同救济将毁灭的欧洲文化。"③茅盾所高度赞扬的另一位反战人士是法国作家巴比塞。他在长篇小说《火线》中，"不但描写战争的恐怖，兵士对于战争的厌恶，并且还指出兵士们并不了解此次大战的目的，不知道替什么人什么事送了性命。"④在英国的反战文学中，茅盾介绍了老作家萧伯纳，赞扬他在一个剧本中"很巧妙地讥刺此次战争。"⑤而在有着反战文学光荣传统的俄国，"近代的俄国作家几乎全是反对战争的。"⑥在热情介绍欧美反战文学的过程中，茅盾还通过各国反战文学的比较，得出了属于比较文学的宝贵结论，指出"大战期中所产的英美文学里，难得看见恶骂对方的赞助战争的作品，也难得看见痛揭战争罪恶与兵士心理像巴比塞和修松等人的作品；似乎德法的战争文学，不论是反对的赞成的，都是在热情的顶点做的，而英美的却是反省后的作品。"⑦

从比较文学的角度上言，《欧洲大战与文学》与其说是对第一次世界大战文学历程的回顾，不如说是对比较文学——平行研究——主题学——战争主题的可喜尝试。尽管那时平行研究还没有产生，主题学研究更是二战后才有

---

① 茅盾：《欧洲大战与文学》，见《茅盾全集》第29卷，黄山书社，2014年版，第18页。
② 茅盾：《欧洲大战与文学》，见《茅盾全集》第29卷，黄山书社，2014年版，第22页。
③ 茅盾：《欧洲大战与文学》，见《茅盾全集》第29卷，黄山书社，2014年版，第23页。
④ 茅盾：《欧洲大战与文学》，见《茅盾全集》第29卷，黄山书社，2014年版，第24页。
⑤ 茅盾：《欧洲大战与文学》，见《茅盾全集》第29卷，黄山书社，2014年版，第30页。
⑥ 茅盾：《欧洲大战与文学》，见《茅盾全集》第29卷，黄山书社，2014年版，第33页。
⑦ 茅盾：《欧洲大战与文学》，见《茅盾全集》第29卷，黄山书社，2014年版，第30页。

的事情，但茅盾还是以一位走向世界文学的创新者的姿态，在迎接扑面而来的外国文学思潮的同时，下意识地拿起比较文学的武器，先人一步地将比较的意识融入自己的文学实践当中。这也印证了笔者曾经说过的一句话："在西方，首先破土的是'比较文学'的名称，然后才有比较文学的研究实践。在中国，首先破土的是比较文学的研究实践，而后才是'比较文学'名称的引进。中西比较文学，从诞生的那一刻起，就深深地打上了不同学术文化的鲜明烙印。"①

茅盾对西方文艺思潮的正式引进，始于《西洋文学通论》。确切地说，这是一部西方文学简史。他认为："自从蒸汽机关发明了以后，人类生活的各方面以加速转变，文艺亦就跟着加速转变，每一次生产手段的转变，跟来了社会组织的变化，再就跟来了文艺潮流的变革。"② 在《西洋文学通论》中，茅盾以文艺思潮为经，以文学发展历程为纬，经纬结合地将古希腊罗马文学至 20 世纪初期的西方文学风貌全方位地介绍给中国读者。20 世纪乃至 21 世纪国内关于西方文学史的研究著作和教科书，基本循着茅盾在《西洋文学通论》中所建构的框架延续下来，其影响之深远，不言自明。

从思潮的角度而言，欧洲文学史上的第一大思潮便是文艺复兴。茅盾写道："历史不会永久是那样单调的。意大利半岛和莱茵河两岸早像春蕈似的钻出一些'自由都市'。新兴手工业者和商人一步一步地强迫他们的'爵爷'们放弃了世袭的神圣权利。这些'新贵族阶级'自有他们的观念意识，需要些便利着他们自己的文艺作品。他们讨厌那权力太大的神圣教皇，正和他们讨厌那些封建地主诸侯一样。他们要求古代希腊那样的政制；他们只希望做'自由市民'，权力的支配者；他们不愿自己上面还有什么神圣不可侵犯的实力者，却愿意在他们脚下有一群奴隶；总而言之，希望像希腊古代的自由民那样快活地生活。于是关于古代希腊的一切的爱好，是复活了。"③ 这股以复兴

————————

① 王福和：《大学比较文学》，浙江大学出版社，2008 年版，第 218 页。

② 茅盾：《西洋文学通论》，见《茅盾全集》第 29 卷，黄山书社，2014 年版，第 204 页。

③ 茅盾：《西洋文学通论》，见《茅盾全集》第 29 卷，黄山书社，2014 年版，第 200 页。

古代文化为使命、实则为创造本阶级新文化造势、日后席卷欧洲大陆、且对整个欧洲的历史进程产生巨大影响的思潮，便是文艺复兴。

欧洲文学史上的第二个影响较大的文艺思潮是占据 17 世纪主流地位的古典主义。何谓古典主义？茅盾认为"最粗浅的说法便是：模仿古代希腊、罗马的文学，务以近'古'为事。更详细地说，便是注重了形式上的技巧，所谓匀整，统一，明晰。而这'匀整，统一，明晰'却又仅仅在希腊罗马的'古典'作品中去寻求一定的规律。所以严格地说来，'古典主义'不能算是一种理论，也不是一种运动。"① 在此基础上，茅盾对古典主义的特征进行了总结：（1）必须有贵重的思想和华美的修辞。（2）内容和形式必须统一、完美、庄严、匀整。茅盾对古典主义的总体评价是："这只是冷的智的文学，没有热烈的情绪，不许奔放的想象。并且又只是供贵族娱乐，描写着贵族的文学。"② 表现出冷静心胸，客观的视野。

在茅盾的理解中，没有日后出现在文学史著作和教材上的"启蒙主义"。他认为古典主义在 18 世纪的法国达到全盛时期后，被德国和英国兴起的浪漫主义送进了坟墓。他认为，"浪漫主义（Romanticism）是对于古典主义的反抗，是相应着资产阶级德谟克拉西而起的一种文艺上的运动。……浪漫主义不能以固定的形式及横厉无前的气概，冲击了全欧洲的文坛。"③ 他所总结出来的浪漫主义的两大特色，也成为日后国人著作和教材中不可或缺的重点：（1）自我主义的个性解放。（2）避免平凡而力求瑰丽。值得一提的是，茅盾站在比较文学的高度，对古典主义和浪漫主义两大思潮进行了颇具启发意义的总结：

> 古典主义是因袭的，保守的，抱定了希腊，罗马的古典作品，视为不可或移的典则；浪漫主义则尊重自由，要打破那些束缚个人

① 茅盾：《西洋文学通论》，见《茅盾全集》第 29 卷，黄山书社，2014 年版，第 27—278 页。

② 茅盾：《西洋文学通论》，见《茅盾全集》第 29 卷，黄山书社，2014 年版，第 281 页。

③ 茅盾：《西洋文学通论》，见《茅盾全集》第 29 卷，黄山书社，2014 年版，第 290 页。

自由的典则。古典主义专事摹拟，一拟，再拟，三拟，专在古人的范围内跌筋斗，浪漫主义就是要打破这摹拟，而专尊重独创。古典主义重文字上的雕琢修饰，专心于外形的技巧，流成为内容的空浮不切实；浪漫主义则注重内容，打破那形式的桎梏。古典主义是冷的智的，浪漫主义则为热情的理想的。[①]

　　茅盾视野中的西方文艺思潮，没有"现实主义"，只有"写实主义"，或曰他将写实主义和自然主义混在了一起。而像巴尔扎克这样日后文学史上公认的现实主义巨匠，也被他划归到浪漫主义的行列之中。他所理解的自然主义的产生，始于 1856 年法国作家福楼拜的长篇小说《包法利夫人》。而福楼拜恰恰是现实主义大家，《包法利夫人》亦是当之无愧的现实主义作品。茅盾通过福楼拜与浪漫主义在创作态度、创作题材、人生态度、描写方法和写作技巧的比较后，将福楼拜视为"自然主义（Naturalism）的先驱，"[②] 将左拉视为"完全把近代的科学方法应用在文艺上"[③] 的自然主义文学的"建立者和实行者，"[④] 将挪威现实主义剧作家易卜生视为"自然主义戏曲的先驱，"[⑤] 乃至英国现实主义大家狄更斯和哈代、俄国现实主义大家果戈理、冈察洛夫、屠格涅夫、托尔斯泰和契诃夫等，都归入自然主义的阵营之中。在对"自然"与"写实"的理解上，表现出与后人的差异，进而导致了对自然主义的偏重，对现实主义的弱化，甚至忽略。

　　19 世纪末至 20 世纪初，欧洲文坛出现了多元化的倾向，涌现出许多新的思潮。这些全新的信息也没有脱离茅盾的视野。在《西洋文学通论》，他近乎与欧洲文学的发展相同步地向中国的读者介绍了象征主义、未来主义、表现

---

① 茅盾：《西洋文学通论》，见《茅盾全集》第 29 卷，黄山书社，2014 年版，第 290—291 页。

② 茅盾：《西洋文学通论》，见《茅盾全集》第 29 卷，黄山书社，2014 年版，第 334 页。

③ 茅盾：《西洋文学通论》，见《茅盾全集》第 29 卷，黄山书社，2014 年版，第 334 页。

④ 茅盾：《西洋文学通论》，见《茅盾全集》第 29 卷，黄山书社，2014 年版，第 345 页。

⑤ 茅盾：《西洋文学通论》，见《茅盾全集》第 29 卷，黄山书社，2014 年版，第 348 页。

主义等日后被誉为"现代主义"的文艺思潮，以及在苏维埃俄国出现的、带有"清新雄健的调子"①的写实主义，表现出超前的文学视野和与时代同步的探索精神，为世纪初的中国文学走向世界注入新鲜的血液。

如前所言，《西洋文学通论》既是一部欧洲文学简史，亦是一部欧洲近代文艺思潮史。茅盾在以点带面地从远古走来，对欧洲文学史、欧洲文艺思潮史进行梳理的时候，不仅用比较的思维，比较的视野回顾历史，思考历史，而且在比较中介绍，在比较中评析，在比较中回顾，在比较中反思，为在走向世界文学的道路上起步不久的中国文学输送来宝贵的域外营养，输进第一手的文学信息。

二、"为要从头研究欧洲文学的发展，故而……研究希腊神话。"

如果说《西洋文学通论》是一部欧洲文学简史的话，那么《希腊文学ABC》就是一本希腊文学简史。有了欧洲文学发展历程的基础，茅盾便将关注与介绍的视野转向了国别文学史的领域。而只要研究欧洲文学，必须跨越的一道门槛就是希腊文学。只有通晓了希腊文学，方能理清欧洲文学发展的源流。希腊，是欧洲文明、欧洲文化、欧洲文学的发源地。

茅盾认为，"说到古代的希腊文学，总不能忘记了雅典（Athens）这个都市。这是雅典，照耀了西洋文化史的第一页。……所有古希腊的文学杰作，伟大的建筑雕刻绘画，至今成为世界文艺之瓌宝者，都产生于此时此地。"②在对古希腊历史的简洁回眸中，茅盾自觉地在比较文学——影响研究——流传学的视野中得出结论："后来的罗马民族虽说是全部接受了希腊的文化，然而实际上渗入了罗马人骨髓中者，只是后期的希腊哲学的斯都阿学派（Stoic）和伊壁鸠鲁学派（Epicureans）；这在希腊那些神的老信仰在罗马人心中死灭了以

---

① 茅盾：《西洋文学通论》，见《茅盾全集》第 29 卷，黄山书社，2014 年版，第 416 页。

② 茅盾：《希腊文学 ABC》，见《茅盾全集》第 29 卷，黄山书社，2014 年版，第 449—450 页。

后，几乎成为罗马人的宗教信仰。"①

　　茅盾对古希腊文学的发展历史，进行了三个时期的梳理：（1）早期，主要成就为诗歌、荷马史诗、挽歌、墓志铭、讽刺诗和抒情诗等。（2）黄金时期，主要成就为戏剧、演说、历史、哲学等。（3）后期，希腊文学走向衰落。客观而言，这种分期足足影响了20世纪国内几乎所有的教科书。很多较有影响或小有影响甚至未见影响的教材，文学史等撰著，都延续了这种发展历程的划分方法。

　　关于荷马，茅盾认为荷马是"希腊第一诗人，且为最伟大的诗人。"②关于荷马史诗，茅盾认为《伊利亚特》"是一篇伦理动机的故事，"《奥德赛》则是"一篇人格发展的故事。"《伊利亚特》的时间只有数天，口吻为第三人称。《奥德赛》则是十年冒险的记录，口吻为第一人称。《伊利亚特》的风格是悲壮的，《奥德赛》的情调是优美的，但两者"都充满着强者的活力，没有一些感伤的调子。"③两者都有命运的基调，参战各方的战士们无不在命运，在神的掌控之中。此外，抛却神话和超自然的想象后，两者的"根本精神是写实的。"④关于荷马史诗的地位和影响，茅盾认为，"荷马的史诗，一方成为希腊文学的基础，另一方也成为希腊史诗的中心点。"自荷马史诗起，希腊出现了一大批职业诗人，他们"继续地努力要承接荷马的衣钵，……专以歌唱荷马的诗或是制作'荷马式'的诗为事，"⑤形成了连环诗人的群体。

　　关于女诗人萨福，茅盾认为在当时的希腊文坛名声很高，是"一群女诗人中间的领袖"⑥，有"第十缪斯"的美称，乃至于有不读完她的诗，死不瞑目的传说。而萨福的诗作则"美丽优雅，处处表现了她的温暖而多感的心灵。"⑦

①　茅盾：《希腊文学 ABC》，见《茅盾全集》第 29 卷，黄山书社，2014 年版，第 453 页。
②　茅盾：《希腊文学 ABC》，见《茅盾全集》第 29 卷，黄山书社，2014 年版，第 457 页。
③　茅盾：《希腊文学 ABC》，见《茅盾全集》第 29 卷，黄山书社，2014 年版，第 459 页。
④　茅盾：《希腊文学 ABC》，见《茅盾全集》第 29 卷，黄山书社，2014 年版，第 460 页。
⑤　茅盾：《希腊文学 ABC》，见《茅盾全集》第 29 卷，黄山书社，2014 年版，第 460 页。
⑥　茅盾：《希腊文学 ABC》，见《茅盾全集》第 29 卷，黄山书社，2014 年版，第 469 页。
⑦　茅盾：《希腊文学 ABC》，见《茅盾全集》第 29 卷，黄山书社，2014 年版，第 469 页。

关于另一位著名诗人品达，茅盾称其"以作诗制乐为终身事业，……各式的合唱诗，品达无不擅长，"①其中以《胜者颂》最具代表意义，"希腊的神话就这样经过了诗人的藻饰而变为裔皇典丽。"②

在介绍希腊诗人的过程中，茅盾依旧从比较的视角出发，用比较的视野阐释自己理解。他指出："在荷马的史诗里，我们看见了那种要谛察要想象的活泼泼地然而多少有几分幼稚的心意，又在荷马史诗的人生评价不是什么人为的道德教条的，而是直感的；但在品达却是努力要找出道德制裁的真实的标准来，这观念的转变，必须经过了无数智哲及诗人的努力而始能到达。"③尽管这种比较还不属今日之比较文学的正规范畴，但对于我们客观了解和掌握古希腊文学不无裨益。

茅盾将这一时期出现的记载希腊神话的文学称为"奥菲司文学"，认为正是在"奥菲司派的神话的记载中，我们看到了天地创造的故事。"看到了当时的人们对酒神狄俄尼索斯的崇拜，以及在酒神那里的精神寄托。看到了关于宙斯家族的庞大系统以及由此衍生的神的故事。在这些故事中，"表现着对幽禁的灵魂的苦痛，解放的步骤，以及如何渐升高而臻于至善至美。"④

在中国的文化传统中，文史哲不分家，西方的文化中，也有这个传统。在《希腊文学 ABC》中，茅盾将目光转向"那些在古代希腊文学史中也算是必不可缺略的希腊哲学和历史"，因为"在古代希腊（也正和我们中国古代相像），哲学和历史也还不是学术文和应用文，而是说理或记事的文艺作品。"⑤既表现出与中国文化相比较的横向视野，也表现出文学与哲学、与历史相比较的跨学科视野。在这一方面，茅盾尤其推崇古希腊的历史之父、享有"希腊历史的荷马"美誉的希罗多德，指出他的历史著作不仅像史诗，而且文字

① 茅盾：《希腊文学 ABC》，见《茅盾全集》第 29 卷，黄山书社，2014 年版，第 473 页。
② 茅盾：《希腊文学 ABC》，见《茅盾全集》第 29 卷，黄山书社，2014 年版，第 473 页。
③ 茅盾：《希腊文学 ABC》，见《茅盾全集》第 29 卷，黄山书社，2014 年版，第 473 页。
④ 茅盾：《希腊文学 ABC》，见《茅盾全集》第 29 卷，黄山书社，2014 年版，第 475 页。
⑤ 茅盾：《希腊文学 ABC》，见《茅盾全集》第 29 卷，黄山书社，2014 年版，第 475—476 页。

也流畅美丽，作为"文学作品看时，……可以说是希腊古代散文的杰作。"正因为此，茅盾才称希罗多德为"神学家、诗人，同时又是历史学家。"①

希腊文学在雅典时代达到黄金时期，一种新的文学体裁——戏剧，也随着雅典城邦在政治、经济、军事和文化的繁荣而诞生。对此，茅盾依旧运用比较的视野，对戏剧与史诗的相异进行了颇具启发意义的比较：

> 戏曲是表现"动作"的，不像史诗那样只有叙述，而是在观众面前将人生实演出来的。史诗的作者好像是把他所叙述的古事作为静的东西而咨嗟咏叹，时常意识到他自己和故事之间相隔有十万八千里；戏曲的作者却是将全身心沉浸于人生，好像他所表现的故事就是他亲身经历过似的。戏曲所包含所发展的人生事故是用了别的文艺的部门所不能达到的力量和深刻的。②

关于悲剧之父埃斯库罗斯，茅盾称他为马拉松大战时"希腊军的英雄"、希腊市民"最爱好的一位作家"。③称他的剧本《被缚的普罗米修斯》中的普罗米修斯是"人类的救主，使人类从统治着世界的暴力下解放出来。"他"为理想而宁忍受异常的痛苦，是一个勇敢的灵魂之英雄的抗争。"④称他的作品"虽然取用了荷马的故事，却推这些故事更向前，而使接近于人间。"⑤关于希腊悲剧的第二位大家索福克勒斯，茅盾认为他打破了埃斯库罗斯"三部曲"的传统，在悲剧艺术上有了比埃斯库罗斯更大的进步，并将他的悲剧《俄狄浦斯王》誉为"希腊悲剧的典型的杰作。"⑥他认为，在古希腊人心中，每个

---

① 茅盾：《希腊文学 ABC》，见《茅盾全集》第 29 卷，黄山书社，2014 年版，第 481 页。

② 茅盾：《希腊文学 ABC》，见《茅盾全集》第 29 卷，黄山书社，2014 年版，第 486 页。

③ 茅盾：《希腊文学 ABC》，见《茅盾全集》第 29 卷，黄山书社，2014 年版，第 491、493 页。

④ 茅盾：《希腊文学 ABC》，见《茅盾全集》第 29 卷，黄山书社，2014 年版，第 492 页。

⑤ 茅盾：《希腊文学 ABC》，见《茅盾全集》第 29 卷，黄山书社，2014 年版，第 493 页。

⑥ 茅盾：《希腊文学 ABC》，见《茅盾全集》第 29 卷，黄山书社，2014 年版，第 494 页。

人都在无法逃避的命运的掌控之中。这种命运观集中地体现在《俄狄浦斯王》中，使人们感受到人类的伟大与幸福的不稳定性，随时都可能被颠覆的可能性。命运的残忍与人类的渺小，迫使人类不得不接受命运的安排而不得反抗。关于第三个悲剧诗人欧里庇得斯，茅盾认为他是在关于"神，宗教，以及人间关系等等的意见上，"是希腊作家中最"现代的"一个。① 就是说，在戏剧艺术的运用上，他既是近代的，又是写实的，亦是浪漫的。这种风格集中体现在他的悲剧《美狄亚》中。这部恋爱悲剧，把恋爱"作为悲剧的主题"，既使我们"了解人类的心，"也了解了"妇女的心。"②

关于希腊喜剧，茅盾认为，与悲剧得到国家的补助和提倡不同，喜剧在"民间自然发展，间或由好事之富人补助，意在诙谐讽刺，以及宣泄情绪，所以常常讽刺到公的或私的恶德丑行，甚至讥及神、制度、政治家、哲学家、诗人、市民及雅典的妇女。"③ 具有鲜明的时代感和现实主义的批判倾向。关于喜剧之父阿里斯托芬，茅盾称之为"老喜剧之中坚，"④ 既是一个对当时雅典政治的不满者，又是一个反战主义者。与此同时，以狄摩西尼为代表的散文、以修昔底德为代表的历史和以苏格拉底、柏拉图及亚里斯多德为代表的哲学等也进入到茅盾的视野之中，并给予了重点的关注。称狄摩西尼的演说"以最动人的声诉"和"直攻听众的心的感情的声诉"，"激起群众的狂热。"⑤ 认为修昔底德的历史"可以视为历史剧。"⑥ 称虽然苏格拉底没有留下著作，"可是希腊人的知识很受了他的哲学的影响，希腊所产生的最伟大的文学天才都因和他交际而受到了益处。"⑦ 称柏拉图是"苏格拉底弟子中间唯一的

---

① 茅盾：《希腊文学ABC》，见《茅盾全集》第29卷，黄山书社，2014年版，第496页。
② 茅盾：《希腊文学ABC》，见《茅盾全集》第29卷，黄山书社，2014年版，第498—499页。
③ 茅盾：《希腊文学ABC》，见《茅盾全集》第29卷，黄山书社，2014年版，第501页。
④ 茅盾：《希腊文学ABC》，见《茅盾全集》第29卷，黄山书社，2014年版，第501页。
⑤ 茅盾：《希腊文学ABC》，见《茅盾全集》第29卷，黄山书社，2014年版，第508页。
⑥ 茅盾：《希腊文学ABC》，见《茅盾全集》第29卷，黄山书社，2014年版，第508页。
⑦ 茅盾：《希腊文学ABC》，见《茅盾全集》第29卷，黄山书社，2014年版，第509页。

能够代表苏格拉底全部思想之一人。"① 称亚里斯多德的《诗学》"是世界第一部文艺批评。"②

客观而言,《希腊文学 ABC》实则为"古希腊文学 ABC",因为茅盾所介绍的均为古希腊而非现代希腊文学的历史。在这部"古希腊文学简史"中,茅盾在纵向的线索中将古希腊文学的全部风貌尽收眼底,给人一种清晰的脉络感。与此同时,他又在横向的视野中,不时在比较的思维中对古希腊文学的思潮、现象、作家、作品等进行比较意义的诠释。而将哲学、历史、演说等"非文学体裁"纳入文学简史中,则表现了难能可贵的跨学科视野。对处于起步阶段的民国比较文学而言,他所迈出每一步都举足轻重。

茅盾在介绍欧洲文艺思潮和古希腊文学的过程中,关注的视角始终没有离开希腊神话。这期间,他不但编译了十余篇希腊神话作品,还撰写了有关希腊神话的研究文章。古希腊是欧洲文学的发源地,而希腊神话既是希腊艺术的武库,也是希腊文学的土壤。日后产生在希腊的荷马史诗、抒情诗,以及悲剧等,"都以神话和传说为题材,"③ 都从神话和传说中汲取营养。因此,对古希腊文学的介绍,在这个意义上就是对希腊神话的介绍。以神话为题材的希腊文学作品,在这个意义上讲就是神话的变种。故茅盾才言:"为要从头研究欧洲文学的发展,故而研究希腊的两大史诗;又因两大史诗实即希腊神话之艺术化,故而又研究希腊神话。"④ 而茅盾撰写的有关神话的论文,则是比较文学的宝贵遗产。

三、"对欧洲文学及其发展有一个初步而又正确的认识"

从 20 年代初到 40 年代中期,茅盾在 20 世纪前半叶用 20 余年的时光连

① 茅盾:《希腊文学 ABC》,见《茅盾全集》第 29 卷,黄山书社,2014 年版,第 510 页。

② 茅盾:《希腊文学 ABC》,见《茅盾全集》第 29 卷,黄山书社,2014 年版,第 513 页。

③ 杨周翰等主编:《欧洲文学史》(上),人民文学出版社,1979 年版,第 19 页。

④ 茅盾:《〈神话研究〉序》,见《茅盾全集》第 28 卷,黄山书社,2014 年版,第 578 页。

续发表了有关外国文学的评论、作家作品介绍、译者注、前言、短评、序跋和讲话计 530 余篇，有关外国文艺的小词典 151 条，外国文学小词典 7 条，外国近代剧作家传 35 条、近代俄国作家传 30 条，现代世界文学家传略 39 条，现代德奥文学家传略 5 条，对所能掌握的欧洲文学、欧洲作家、文艺思潮等进行了全方位的覆盖、梳理和评析。所涉及到的国家有希腊、意大利、西班牙、俄国、英国、法国、德国、波兰、挪威、以色列、巴西、美国、瑞士、印度、丹麦、奥地利、日本、爱尔兰、瑞典、捷克、罗马尼亚、荷兰、匈牙利、塞尔维亚、澳大利亚、保加利亚、斯洛伐克、冰岛、芬兰、古巴、智利、阿根廷、加拿大、比利时、埃及、波斯。所涉及到的作家有荷马、但丁、薄伽丘、塞万提斯、雨果、托尔斯泰、莎士比亚、弥尔顿、莫里哀、笛福、菲尔丁、卢梭、歌德、席勒、司各特、拜伦、大仲马、莱蒙托夫、显克微支、狄更斯、果戈理、陀思妥耶夫斯基、契诃夫、福楼拜、左拉、莫泊桑、易卜生、王尔德、罗曼·罗兰、萧伯纳、泰戈尔、巴比塞、高尔基、惠特曼、威尔斯、邓南遮、布洛克、伐佐夫、曼斯菲尔德、赫尔岑、法郎士、霍普特曼、尼采、安德烈夫、梅特林克、浦宁、普希金、辛克莱等欧美文学大家，旁及南美、澳洲及部分亚洲作家。所涉及到的作品有荷马史诗、《神曲》《十日谈》《堂吉诃德》《悲惨世界》《战争与和平》《哈姆莱特》《失乐园》《鲁滨孙漂流记》《新爱洛依丝》《浮士德》《欧那尼》《当代英雄》《父与子》《复活》《罪与罚》《三姐妹》《包法利夫人》《娜娜》《一生》《玩偶之家》《莎乐美》《华伦夫人的职业》《樱桃园》等欧洲文坛一流名作。所涉及到的文学思潮有人文主义、古典主义、启蒙主义、感伤主义、浪漫主义、现实主义、自然主义、表现主义、未来主义、达达主义等统领了欧洲文学发展历程的流派。可以说，如此全覆盖地介绍欧洲文学，在茅盾之前是不曾有过的尝试。

茅盾日后说："三十年代的上海出版界，曾一度竞相出版外国古典文艺名著，为适应读者的需要，有的书店和杂志社就约我撰写介绍外国名作家及其作品的文章。当时我考虑，青年们，尤其是中学生，正是求知欲旺盛的时候，需要引导他们对欧洲文学及其发展有一个初步而又正确的认识，免得他们在茫茫的书海中迷失了方向。"① 于是就有了《世界文学名著讲话》《汉译西洋文学名著》《海外文坛消息》《文艺小辞典》《文学小词典》《近代剧作家传》《近代俄国文学家三十人合传》《现代世界文学者略传》《现代德奥文学者略传》《六个欧洲文学家》《现代文艺杂志》《近代文学面面观》等大批量的介绍性文章，以及相关学术信息。

从比较文学的角度上，茅盾是从但丁与屈原、《神曲》与《离骚》的比较中开始介绍但丁及其《神曲》的："《神曲》比《离骚》规模大得多，……《离骚》跟它比起来，似乎渺小得多了。但是，倘使我们不仅以《离骚》而以屈原的全部著作跟《神曲》比拟，那么，我们会看见这东西两大诗人中间有不少有趣味的类似。"于是，茅盾便调动起自己的比较思维，在比较的视域中，对但丁与屈原、《神曲》与《离骚》进行了时至今日依旧具有启发意义的横向比较：

> 《神曲》是"梦的故事"，而《离骚》和《九章》也是"神游"的故事。《神曲》开头的文豹、狮子，和牝狼是象征或隐喻的，《离骚》等篇的椒兰凤鸩也是隐喻。《神曲》托毗亚德里采为天堂之向导，……《离骚》也托言求"有娀之佚女"。《神曲》包罗了中世纪的社会的政治的现象，交织着中世纪之哲学的和科学的思想；屈原在他的一气发了一百八十九个疑问的《天问》内，也颇有包举一切——从传说到屈原那时的社会政治，从哲学以至自然现象的解释，等等古代文化的气概。②

在对东西方两位里程碑意义的大诗人及其里程碑意义的作品进行了相似或类似的平行比较后，茅盾亦敏锐地觉察到两位大诗人在探索民族复兴道路

---

① 茅盾：《〈世界文学名著杂谈〉序》，见《茅盾全集》第 30 卷，黄山书社，2014 年版，第 503 页。

② 茅盾：《神曲》，见《茅盾全集》第 30 卷，黄山书社，2014 年版，第 86—87 页。

过程中的差异。即但丁"是站在自己的立场肯定地批判了一切，而屈原则是皇皇然求索。"①

在对欧洲文学的全覆盖介绍中，茅盾的比较视野，在比较中求全貌的脚步并非偶然之举，也并未止步于此。关于意大利文艺复兴的另一杰出代表——薄伽丘及其《十日谈》，茅盾不仅称其为"空前的巨著，"而且进而称其为"无论在体裁方面或是在题材方面，"《十日谈》都是"欧洲文艺史上以前所未有的巨著。"②不但"把散文的文艺表现力提高了一阶段，并且开始了'小说'的纪元。"③于是，茅盾便抛开技巧上的窠臼，高屋建瓴地从思想内容和时代的关系上，继续着比较视野上的诠释：

> 《神曲》是"梦的故事"，是象征的，幻想的，两眼向着天上的，而《十日谈》则是现实的描写，人间丑恶诈伪的剥露，是注视着活人的社会的；而且，《神曲》是中世纪贵族文化之"回光返照"，而《十日谈》则是代替了贵族文化的新兴工商业"市民"文化之"第一道光线。"《神曲》是没落的贵族文化的总结束而带着新兴"市民"文化之烙印的，《十日谈》则是完全属于"市民"文化的。④

在将《神曲》与《十日谈》进行了本民族文学范畴的比较后，茅盾又将比较的视野跨越于民族文学之外，从源与流的视角拉伸了《十日谈》对后世欧洲文学的影响，指出几百年后的法国作家巴尔扎克文学大厦《人间喜剧》，虽然"比《十日谈》要规模阔大得多，然而又何尝不能说是《十日谈》的计划的扩展——或者换句话说是十九世纪的长成而且强壮的'市民'社会所能产生的《十日谈》？"使读者在比较的阅读中，不仅了解了薄伽丘，而且由此

---

① 茅盾：《神曲》，见《茅盾全集》第30卷，黄山书社，2014年版，第87页。
② 茅盾：《十日谈》，见《茅盾全集》第30卷，黄山书社，2014年版，第131页。
③ 茅盾：《十日谈》，见《茅盾全集》第30卷，黄山书社，2014年版，第148页。
④ 茅盾：《十日谈》，见《茅盾全集》第30卷，黄山书社，2014年版，第132—133页。

拓展了阅读的长度与宽度，将其延伸到几百年后的法国，延伸到巴尔扎克。

欧洲浪漫主义的胜利和古典主义的终结，是以1830年雨果的浪漫剧《欧那尼》的成功上演为标志的。也正是由于《欧那尼》的上演成功，将古典主义送进了坟墓，雨果也由此而成为法国浪漫主义运动的领袖。对此，茅盾认为，"在《欧那尼》出世以前，浪漫主义文学的火花早已在欧洲其他国家里爆开。"① 如英国的湖畔派诗人，如英国的拜伦、济慈和雪莱，如18世纪末和19世纪初在德国爆发的浪漫主义运动。然而，"古典主义和浪漫主义的'决斗'，却是《欧那尼》引起，而且判定了胜负；浪漫主义向古典主义的'冲锋号'，全法国的人都听得了这号声的，是《欧那尼》！浪漫主义的正式取古典主义而代之，成为一般人都知道的一大'事件'，也是《欧那尼》！文艺上新旧思潮的递代，从没有像《欧那尼》那样闹哄哄地用'决斗'的形式上来，而且成为街头巷尾一般人争论的'事件'。"② 这种对欧洲文学史上浪漫主义运动的诠释，对古典主义和浪漫主义两大思潮的生死搏杀，对雨果在法国及其欧洲浪漫主义运动中的地位和贡献的肯定，影响了国内整个20世纪外国文学界的认知，直到当下，其影响仍未消退。

19世纪欧洲现实主义文学的顶峰，是以俄国大文豪托尔斯泰的创作为标志的。而托尔斯泰奉献给欧洲文坛的第一大巨著，就是长达100多万字，出场人物596个的《战争与和平》。茅盾指出：在这部长篇巨著中，"十九世纪初十年的俄国的政治事件和社会现象几乎网罗无遗，然而贯穿这一切的线索就是'对拿破仑的战争'。这一战事，因了各色人等之生活的不同，……而呈现了各种强弱不同的影响。"因此，他认为，《战争与和平》具有"以前的历史小说所没有的价值！"这价值首先体现在小说的主角身上。作品中虽然出现了拿破仑、沙皇以及俄国统帅库图佐夫等历史人物，但他们绝非主角。真正的主角是在战争中成长起来的一代贵族青年。"他们在战乱的十年中间，在惨痛的经验中形成了他们的'宇宙观'和'人生观'。他们的生活互相交错，成

---

① 茅盾：《雨果和〈哀史〉》，见《茅盾全集》第30卷，黄山书社，2014年版，第212页。
② 茅盾：《雨果和〈哀史〉》，见《茅盾全集》第30卷，黄山书社，2014年版，第212页。

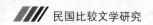

为书中最动人的部分。……就这一点看来,《战争与和平》是十九世纪初十年的一些典型的俄国贵族青年的艺术的传记,是描写了整整'一代新人'的生长与发展的。"[①] 这一代贵族青年的杰出代表就是小说中几个探索型人物——安德烈·保尔康斯基、彼埃尔·别素号夫和娜达莎·罗斯托娃。他们在战争中的成长,在战争中的探索,在战争中的追求,构成了小说的主线。

茅盾对欧洲文学的全覆盖介绍,其文章的规模大小不一,长短不一。既有对作家作品的详尽分析,也有对作家作品的简洁概说。长篇评论中包含有大量的学术信息、文献信息,短篇评论简洁中包含有即时的要闻信息。无论长短与否、大小与否,对 20 世纪上半叶正在走向世界的中国文学而言,都是宝贵的学术资料。其中最为难能可贵的是,茅盾在对欧洲文学史上的部分文学大师及其作品的介绍中,自觉地运用了比较文学的理论、手段和方法,在纵向的发展中添加了横向的思维。这种自觉的、下意识的比较,正是中国比较文学即便今日的中国比较文学也应予以借鉴和汲取的。

---

① 茅盾:《战争与和平》,见《茅盾全集》第 30 卷,黄山书社,2014 年版,第 260—261 页。

第三章
对域外文学创作的借鉴

1827 年，德国大诗人歌德在一次谈话中指出："我愈来愈深信，诗是人类的共同财产。……民族文学在现代算不了很大的一回事，世界文学的时代已快来临了。"① 值得回味的是，1827 年 1 月 31 日那天，歌德是在同好友畅谈中国文学的过程中，是在将中国文学同英国作家理查生、法国诗人贝朗瑞和他本人的作品进行了"比较"后，才将"世界文学"的设想公诸于世的。

如今，20 世纪已在身后。愿意也罢，不愿意也罢；同意也罢，不同意也罢，20 世纪是世界文学的世纪，20 世纪是中国文学在"世界"的坐标上寻找自我的世纪，20 世纪是中国文学全面借鉴域外文学的影响，将世界文学的养分融入自身肌体的世纪，已是不争的历史。从这个角度上看，我们"惟有以二十世纪的世界性文学交流为背景，才可能勾勒出中国现代文学的先驱者们的历史形象，才可能追溯到他们的思想、情感、信念、胆略和理想的源泉。"②

---

① （德）《歌德谈话录》，朱光潜译，人民文学出版社，1980 年版，第 113 页。

② 曾逸主编：《走向世界文学：中国现代作家与外国文学》，湖南文艺出版社，1986 年版，第 43 页。

第一节　为表现人生而做

在世界文学的长河中，涌动过很多文艺思潮，影响较大且深远的不外乎现实主义、浪漫主义和现代主义三大浪潮。当 20 世纪的晨曦透过云雾照射到华夏大地的时候，中国作家们便以超前的思维和敏锐的视角，借助"五四"新文化运动的东风，勇敢地接受了来自域外的新思潮、新理论、新文学。现实主义就是在这一时期被引进、介绍到中国的。

在西方文学中，现实主义文学远远早于"现实主义"的名称。古希腊、罗马文学、中世纪但丁的《神曲》、文艺复兴时期的人文主义文学、17 世纪莫里哀的喜剧、18 世纪的启蒙文学等为后世的欧洲留下了一行行清晰的现实主义的脚印。及至 19 世纪中叶，随着资本主义关系的确立和巩固，随着冷静务实成为时代的风气，随着残酷现实下理性王国梦想的破灭，随着自然科学成就的影响使精确细微成为文学创作的准则，越来越多的作家开始放弃浪漫的遐想，转而清醒地面对现实。司汤达借用同胞圣瑞尔的话，强调小说是反映现实的一面镜子；[1] 巴尔扎克则宣称，"我动手写的著作，它的篇幅将等于一部历史。"[2] 这场发端于法国的文学运动，日后演绎成席卷全欧的现实主义文学浪潮，成为 19 世纪欧洲文坛成果最丰富、影响最深远的文学现象。

然而，在司汤达和巴尔扎克等笑傲文坛时，虽然"他们实际上是运用了这种创作方法，"[3] 却并未给自己佩上"现实主义"的标签。"现实主义"一词最早出现在 19 世纪 50 年代的绘画领域。当时，两位农民出身的画家的作品被学院派一伙用"现实主义"加以嘲讽。为表示抗议，他们自办画展，并以"现实主义"命名。"现实主义"一词由此开始流行并最终进入文学界，成为

---

① 见（法）司汤达：《红与黑》，罗玉君译，上海译文出版社，1979 年版，第 103 页。圣瑞尔是法国 17 世纪史学家和文学家。他的原话为："小说，原来是生命旅途中的一面镜子。"

② （法）巴尔扎克：《人间喜剧·前言》，陈占元译，见《文艺理论译丛》第 2 期，人民文学出版社，1957 年版，第 9 页。

③ 柳鸣九主编：《法国文学史》中册，人民文学出版社，1981 年版，第 71 页。

对司汤达、巴尔扎克、狄更斯、托尔斯泰等文学大师及其文学现象的总概括。

"现实主义"被输入到中国文坛时，最初的称谓应当是"写实主义"。1915年，陈独秀在《今日之教育方针》一文中说："现实世界之内有事功，现实世界之外无希望。惟其尊现实也，则人治兴焉，迷信斩焉：此近世欧洲之时代精神也。此精神磅礴无所不至：见之伦理道德，为乐利主义；见之政治者，为最大多数幸福主义；见之哲学者，曰经验论，曰唯物论；见之宗教者，曰无神论；见之文学美术者，曰写实主义，曰自然主义。一切思想行为，莫不植根于现实生活之上。"[1] 同年，陈独秀在《现代欧洲文艺史谭》一文中说："欧洲文艺思想之变迁，由古典主义（Classicalism）一变而为理想主义（Romanticism），……文学艺术，亦顺此潮流，由理想主义，再变而为写实主义（Realism），更进而为自然主义（Naturalism）。"[2] 日后，陈独秀在与胡适的通信中再度提到"吾国文艺犹在古典主义理想主义时代，今后当趋向写实主义。"[3]

"我国第一篇系统介绍西方写实主义文艺思潮的论文"[4] 出自胡愈之笔下。1920年，胡愈之在《近代文学上的写实主义》一文中指出：

> 近几十年内的欧洲文艺思潮，总要算是写实主义最占优势了。……我们中国现在科学思想已渐渐萌芽，将来文艺思想，也必得经过写实主义的时期，才可望正规的发展。[5]

---

[1]　任建树、张统模、吴信忠编：《陈独秀著作选》第1卷，上海人民出版社，1993年版，第143页。

[2]　任建树、张统模、吴信忠编：《陈独秀著作选》第1卷，上海人民出版社，1993年版，第156页。

[3]　胡适：《寄陈独秀》，见陈寿立编：《中国现代文学运动史料摘编》（上册），北京出版社，1985年版，第4页。

[4]　马良春、张大明主编：《中国现代文学思潮史》上册，北京十月文艺出版社，1995年版，第149页。

[5]　胡愈之：《近代文学上的写实主义》，见《胡愈之文集》第1卷，生活·读书·新知三联书店，1996年版，第48、49页。

在文章中，胡愈之通过写实主义与浪漫主义两大文学现象的比较，将写实主义称为"新文艺"，而将浪漫主义称作"旧文艺"，认为新文艺重理智，旧文艺重情感；新文艺重现实，旧文艺重理想；新文艺求真，旧文艺求美；新文艺以人生为目的，旧文艺以艺术为目的；新文艺态度客观，旧文艺态度主观；新文艺描写日常生活琐事，旧文艺描写惊心骇目事迹。[①] 在此基础上，他还总结出写实主义的三大特征：科学化；长于丑恶描写；注重人生问题。[②]

在引进和介绍写实主义的过程中，茅盾做出了较大的贡献。早在 1919年，他就开始向中国读者介绍英国剧作家肖伯纳和俄国大文豪托尔斯泰。1920 年，他在《现在文学家的责任是什么？》一文中指出："文学是为表现人生而做的。文学家所欲表现的人生，决不是一家一人的人生，乃是一社会一民族的人生。"像胡愈之一样，茅盾也将浪漫主义称为"旧"，将"写实主义"称为"新"。认为"旧文学家的著作，是一个人'寄慨写意'的，是出于作者一时的'感想'的，新文学家刚巧相反；旧文学家是主观的，是为己的，是限于一阶级的，新文学家刚巧相反；旧文学家的著作，也许是为名的，是追附古人的，新文学家刚巧相反；还有旧文学家是有了文学上的研究就可以动动笔的，新文学家却非研究过伦理学、心理学（社会心理学）、社会学的不办。"[③] 在这篇文章中，茅盾向中国读者介绍了挪威的易卜生、俄国的赫尔岑和托尔斯泰、法国的罗曼·罗兰和英国的萧伯纳等以表现人生为己任的作家，并极力呼吁"现在文学家的责任是在将西洋的东西一毫不变动的介绍过来。"[④]

同一年，茅盾在《〈小说新潮栏〉宣言》中不但提及了"写实主义"一

---

① 胡愈之：《近代文学上的写实主义》，见《胡愈之文集》第 1 卷，生活·读书·新知三联书店，1996 年版，第 51 页。

② 胡愈之：《近代文学上的写实主义》，见《胡愈之文集》第 1 卷，生活·读书·新知三联书店，1996 年版，第 57 页。

③ 茅盾：《现在文学家的责任是什么？》，见《茅盾选集》第 5 卷，四川文艺出版社，1985 年版，第 3—4 页。

④ 茅盾：《现在文学家的责任是什么？》，见《茅盾选集》第 5 卷，四川文艺出版社，1985 年版，第 5 页。

词，而且还列举了一大批欧洲著名作家的名单。除了我们上面所提到过的易卜生、赫尔岑、托尔斯泰和萧伯纳外，名单上还有法国的左拉和莫泊桑、俄国的果戈理、契诃夫、屠格涅夫和陀思妥耶夫斯基、波兰的显克微支和英国的高尔斯华绥等被称为"写实主义"的作家。茅盾指出"中国现在要介绍新派小说，应该先从写实派、自然派介绍起。……我们并不想仅求保守旧的而不求进步，我们是想把旧的做研究材料，提出他的特质，和西洋文学的特质结合，另创一种自有的新文学出来。"①1921 年，茅盾在《〈小说月报〉改革宣言》中再次指出："就国内文学界情形言之，则写实主义之真精神与写实主义之真杰作实未尝有其一二，故同人以为写实主义在今日尚有切实介绍之必要，……"② 除了上述两篇文章外，茅盾还在其他著述中继续阐释自己的"写实主义"思想，介绍西方的"写实主义"作家。在一篇文章中，他称挪威作家般生为挪威"写实主义文学的前驱。"③ 在另一篇文章中，他称波兰作家显克微支为"写实主义的冲锋人"。④ 在又一篇文章中，他将西班牙作家伊本纳兹称为"西班牙近代写实文学的代表"。⑤

应当指出的是，茅盾等后来成为文学研究会骨干的成员是将"写实主义"与兴起于 19 世纪后期的"自然主义"放在一起予以理解的。虽然"写实主义"与"自然主义"有所不同，但依旧有着扯不断的渊源，很多日后被评论家纳入"自然主义"阵营的作家，如左拉和莫泊桑等，其很多优秀作品无不蕴含着深刻的现实主义思想，闪耀着现实主义的光辉。而左拉本人就集 19 世纪后

---

① 茅盾：《〈小说新潮栏〉宣言》，见《茅盾选集》第 5 卷，四川文艺出版社，1985 年版，第 7 页。

② 茅盾：《〈小说月报〉改革宣言》，见《茅盾选集》第 5 卷，四川文艺出版社，1985 年版，第 21 页。

③ 茅盾：《脑威写实主义前驱般生》，见《茅盾全集》第 32 卷，人民文学出版社，2001 年版，第 235 页。

④ 茅盾：《波兰近代文学泰斗显克微支》，见《茅盾全集》第 32 卷，人民文学出版社，2001 年版，第 259 页。

⑤ 茅盾：《西班牙写实文学的代表伊本纳兹》，见《茅盾全集》第 32 卷，人民文学出版社，2001 年版，第 281 页。

半期法国最重要的现实主义作家和自然主义文学的主要倡导者二职于一身。[①]

1915 年，陈独秀在《今日之教育方针》一文中提及"现实主义"一词：

> 古之所谓理想的道德的黄金时代，已无价值可言。……现实主义，诚今世贫弱国民教育之第一方针矣。[②]

1921 年，胡愈之在所撰写的《近代法国文学概观》一文中再次提及"现实主义"一词：

> 一八三〇年以后，是法国浪漫主义文学的全盛时代，到了后来，理想派渐渐的衰退，现实主义盛起来了，……[③]

但是，"现实主义"一词从开始出现到真正得到中国文坛的承认，并且被广泛采用，却大约经历了 10 多年的光景。1933 年，周扬在《文学的真实性》一文中指出："文学，和科学，哲学一样，是客观现实的反映和认识，所不同的，只是文学是通过具体的形象去达到客观的真实的。文学的真实，就不外是存在于现实中的客观的真实之表现，……从文学的方法上讲，这是现实主义的方法。"[④]一般认为，从那时起，"现实主义"开始取代"写实主义"，并且一直被延用至今。

在对现实主义的接受中，鲁迅的思考是全方位的。通过对中国传统文

---

① 张英伦：《左拉》，见《外国名作家传》（中），中国社会科学出版社，1979 年版，第 679 页。

② 任建树、张统模、吴信忠编：《陈独秀著作选》第 1 卷，上海人民出版社，1993 年版，第 143 页。

③ 胡愈之：《近代法国文学概观》，见《胡愈之文集》第 1 卷，生活·读书·新知三联书店，1996 年版，第 157 页。

④ 周扬：《文学的真实性》，见《周扬文集》第 1 卷，人民文学出版社，1984 年版，第 58—59 页。

学与西方文学的比较，基于自己的创作实践，鲁迅在《〈呐喊〉自序》《再论雷峰塔的倒掉》《论睁了眼看》《俄文译本〈阿Q正传〉序及著者自叙传略》《〈阿Q正传〉的成因》《文艺与政治的歧途》等杂文、序跋和书信中，通过对文学的真实性和典型性等方面的认识，集中阐述了他的现实主义文学思想。

从现实主义的真实性原则出发，鲁迅对当时文学界所存在的"瞒和骗"的现象提出了尖锐的批评。他认为："文艺是国民精神所发的光，同时也是引导国民精神的前途的灯火。"[①] 但是，由于"中国人向来因为不敢正视人生，只好瞒和骗，由此也生出瞒和骗的文艺来，由这文艺，更令中国人更深地陷入瞒和骗的大泽中，甚而至于已经自己不觉得。"[②] 有感于世界的变化，世界文学的发展，鲁迅在文中大声疾呼，号召作家们在自己的创作中要敢于"取下假面，真诚地，深入地，大胆地看取人生并且写出他的血和肉来"，并认为中国文学"早就应该有一片崭新的文场，早就应该有几个凶猛的闯将！"[③] 从现实主义的揭露性出发，鲁迅还主张在充分暴露国民性弱点的基础上，通过具体的人物形象，深入他们的内心，挖掘出他们灵魂深处的本质，做一个"人的灵魂的伟大的审问者"。[④] 从现实主义的批判性出发，鲁迅强烈反对任何"为艺术而艺术"的思想，大力提倡文学创作的功利性和社会性，提倡通过文学表现社会、揭露社会和批判社会，表现出与传统文学截然不同的文学观念。因为"没有冲破一切传统思想和手法的闯将，中国是不会有真的新文艺的"。[⑤]

来自西方的现实主义文学思想，经过胡愈之、茅盾、周作人、鲁迅、周

---

① 鲁迅：《论睁了眼看》，见《鲁迅全集》第1卷，人民文学出版社，1981年版，第240页。

② 鲁迅：《论睁了眼看》，见《鲁迅全集》第1卷，人民文学出版社，1981年版，第240—241页。

③ 鲁迅：《论睁了眼看》，见《鲁迅全集》第1卷，人民文学出版社，1981年版，第241页。

④ 鲁迅：《集外集·〈穷人〉小引》，见《鲁迅全集》第7卷，人民文学出版社，1981年版，第104页。

⑤ 鲁迅：《论睁了眼看》，见《鲁迅全集》第1卷，人民文学出版社，1981年版，第241页。

扬等作家和理论家的诠释，在经历了"人的文学"—"为人生而艺术"—"写实主义"—"现实主义"—抨击"瞒和骗的文学"—勾画"国民的魂灵"等发展阶段和创作实践后，逐渐地被民国时期的中国文学界所理解、所认识、所接受，并且在 20 世纪的中国文学的创作中得到了充分的繁荣和发展。

当我们用比较文学的影响理论回眸 20 世纪中国文学之时，就会发现，20 世纪初是中国文学的传统方向发生根本性变革的世纪，是中国文学在"五四"新文化运动的震撼性洗礼中发展繁荣的世纪，是中国文学吐故纳新，改头换面的世纪。世界文学的氛围，为中国文学的改革营造了难得的外部环境，世界文学的影响为中国文学的复兴提供了丰富的营养。而 20 世纪初的小说创作则在民国文学中占据了一席重要的地位。

如前所述，西方文学的现实主义思潮经过古希腊文学、人文主义文学和启蒙文学的漫长历程后，正式诞生于 1830 年。以反映社会的广阔性、表现生活的真实性、暴露黑暗的批判性和塑造人物的典型性而著称的这场文学运动，被冠以"批判现实主义"而在西方文坛产生了经久的艺术魅力。从 20 世纪浙江作家走向世界的脚步上看，现实主义的影响显然是第一位的。

鲁迅是 20 世纪中国文学走向世界先行者。在鲁迅的文学创作中，俄罗斯文学的影响占据了较大的比重。鲁迅认为"俄国的文学，从尼古拉斯二世时候以来，就是'为人生'的，无论它的主意是在探究，或在解决，或者坠入神秘，沦于颓唐，而其主流还是一个：为人生。"而这样一种"为人生"的思想在 20 世纪的中国文学中引起了强烈的共鸣，因此一些"为被压迫者而呼号的作家"就接受了俄罗斯文学的影响，"陀思妥夫斯基，都介涅夫，契河夫，托尔斯泰之名，渐渐出现于文字上，并且陆续翻译了他们的一些作品。"① 而鲁迅在文中所列举的上述名字均为 19 世纪俄罗斯文学最具艺术魅力的现实主义大作家。于是，就在这种以俄罗斯文学为目标，广泛地引进和介绍俄罗斯文学的高潮中，鲁迅逐渐地将自己的艺术视野扩展到欧洲的其他国家和地区，接受并最终确立了自己的现实主义创作思想，推动了中国现实主义文学的发展。

---

① 鲁迅：《〈竖琴〉前记》，《鲁迅全集》第 4 卷，人民文学出版社，1982 年版，第 432 页。

《狂人日记》是鲁迅创作的第一部白话小说，被评论界视为中国现代文学的开山作品。它在中国现代文学史上的"不可磨灭的地位，它博大的历史内涵、伟大的思想意义，以及艺术上的独创性"等都不容置疑地被学术界所一致认可。但鲁迅这部划时代的杰作，又恰恰是俄罗斯现实主义文学直接影响的结果。虽然"我们以'世界文学'的眼光来看，"《狂人日记》的"某些独创就不能算独创了，"因为鲁迅在《狂人日记》中"所采用的体裁和'视点'，果戈理在一八三五就已经使用过了。"① 即便从果戈理的《狂人日记》中脱胎而出，鲁迅的同名小说虽然不那么精致，在体裁的模仿上也无大的改进，但仅仅就日记体本身而言就是"对中国传统章回体的一个重大突破，使人耳目为之一新，"因此，"这模仿的功劳是不可磨灭的。"②

　　《狂人日记》之后，鲁迅又在其伟大的作品《阿Q正传》中，以"杂取种种人，合成一个"的现实主义的典型化原则成功地塑造了一个可以展示"现代的我们国人的灵魂"的不朽形象——阿Q。使这个杰出的艺术典型不仅走出了国门，走向了世界，而且成为"堪与哈姆莱特、唐·吉诃德、奥勃洛摩夫等世界艺术典型比肩的不朽的艺术形象。阿Q这一富于现代批判意识和文化反思的审美价值的人物典型的创造，表现了对中国传统文学思想的重大突破，沟通了与欧洲现实主义文学思潮的联系，使中国文学第一次与世界文学进行平等对话。"③

　　由鲁迅所奠基的现实主义文学，在同时期其他作家的笔下得到了进一步的发展。

　　以作家、文学批评家和翻译家的身份活跃于中国文坛的茅盾，是在对西方现实主义文学的译介中，在广泛地接触和阅读了西方文学各种流派的作家

---

　　①　罗以明：《鲁迅的〈狂人日记〉对果戈理同名小说的模仿》，见智量主编：《比较文学三百篇》，上海文艺出版社，1990年版，第369页。

　　②　罗以明：《鲁迅的〈狂人日记〉对果戈理同名小说的模仿》，见智量主编：《比较文学三百篇》，上海文艺出版社，1990年版，第369页。

　　③　马良春、张大明主编：《中国现代文学思潮史》上册，北京十月文艺出版社，1995年版，第166页。

和作品的基础上，最终选择了以表现人生为宗旨的现实主义的。法国、俄国、英国以及东欧和北欧的现实主义文学都在他的视野之中，其中以法国现实主义作家巴尔扎克和俄国现实主义作家托尔斯泰对他的影响最为显著。由于茅盾在博采众长的过程中潜移默化地接受了西方现实主义文学的影响，这影响又潜移默化地渗透到他的作品之中，因此，非要硬性地、或牵强地指明茅盾的哪一部作品明显地受到了哪一个国家的哪位作家的影响，往往是无功而返的。但是，当我们阅读他的不朽之作《子夜》《蚀》《林家铺子》《腐蚀》和《春蚕》等作品时，又无时无刻不感觉到作家那种敏锐的现实主义目光，广阔的生活视野，宏大的艺术构思，对人生百态的冷静而客观的剖析，以及对人物形象和心理活动的精细刻画，就会不知不觉地感受到茅盾与"欧洲批判现实主义大师们的创作……有神似之处。"①

"在所有中国作家之中，我可能是最受西方文学影响的一个。"②巴金（1904—2005）在走向世界文学的道路上，对其影响最深的莫过于"为人生"的现实主义文学。虽然他用几个月就阅读了左拉的自然主义文学大厦《卢贡——马卡尔家族》，虽然他崇拜这位自然主义文学大师的人格，但是真正对其产生决定性影响的却是占据了19世纪欧洲文学主流地位的批判现实主义文学，以及当时活跃在文坛的现实主义大师。他说："我读过好些批判的现实主义的作品，里面有不少传世的佳作或不朽的巨著，作者暴露了资本主义社会的阴暗的现实，对不合理的人剥削人的制度提出了强烈的抗议，这些都是值得我佩服的。我知道他们写出了真实，我知道那样的社会，那样的制度一定会灭亡。"③而在巴金所接触，所喜爱的西方作家中，不乏托尔斯泰、陀思妥耶夫斯基、普希金、屠格涅夫、莫泊桑、契诃夫、高尔基和托马斯·曼等现实主义大师的名字。他对这些现实主义巨匠的喜爱，远远超过但丁、莎士比亚

---

① 叶子铭：《茅盾：创造新时代的文学》，见曾逸主编：《走向世界文学——中国现代作家与外国文学》，湖南文艺出版社，1986年版，第132页。

② 巴金：《答法国〈世界报〉记者问》，见《巴金专集》（1），江苏人民出版社，1981年版，第84页。

③ 巴金：《谈〈秋〉》，见《巴金专集》（1），江苏人民出版社，1981年版，第424页。

和歌德等欧洲文坛上名声显赫的文豪。他认为现实主义作家的作品"一字一句都是从实际生活里来的。那些作家把笔当作武器，替他的同胞讲话，不仅诉苦，伸冤，而且提出控诉，攻击敌人。那些生活里充满了苦难，仇恨和斗争，不仅是一个人的苦难和仇恨，而且是全体人民的，或者整个民族的。那些作家有苦要倾诉，有冤要控诉，他们应当成为人民或民族的代言人。"①

正是在西方现实主义文学的影响下，巴金不但把心交给了读者，而且把生活视为创作的源泉，并宣称"我所有的作品都是从生活里来的。"②与此同时，巴金也毫不掩饰自己小说中的外国文学渊源，他曾说："在托尔斯泰的作品之中，主要是《复活》——我的《家》受它影响很深。"③他的不朽之作《家》，不但清晰地显现出托尔斯泰影响的踪迹，而且成为巴金"从不成熟到成熟的重大标志之一。"④他还说："我学习短篇小说，屠格涅夫便是我的一位老师。……我那些早期讲故事的短篇小说很可能是受到屠格涅夫启发写成的。"⑤于是，我们便在两位不同时代、不同民族的现实主义大家的作品中找到了相同的艺术特征："他们都没有预先想到小说的结构，他们塑造人物的方法都是让人物自己来行动，并拖着作家的笔往前走；他们都是用许多场面的连续来组成故事；他们都注重挖掘人的心灵，特别是少女的心灵；他们都不喜欢离奇的情节；他们同样缺少宏伟的场面，背景差不多总在一间屋子里；他们都喜欢塑造一些具有哈姆雷特气质的优柔寡断的性格，这些人往往带有

---

① 巴金：《谈我的短篇小说》，见《巴金专集》(1)，江苏人民出版社，1981年版，第443页。

② 巴金：《谈我的短篇小说》，见《巴金专集》(1)，江苏人民出版社，1981年版，第446页。

③ 巴金：《答法国〈世界报〉记者问》，见《巴金专集》(1)，江苏人民出版社，1981年版，第80页。

④ 汪应果：《巴金：心在燃烧》，见曾逸主编：《走向世界文学——中国现代作家与外国文学》，湖南文艺出版社，1986年版，第267页。

⑤ 巴金：《谈我的短篇小说》，见《巴金专集》(1)，江苏人民出版社，1981年版，第448、450页。

'多余人'的特点；……"①巴金不到 20 岁的时候就接触到了契诃夫的作品，觉得"契诃夫不仅写得多，而且他写得深，而且他写得真实。他留下来的是：19 世纪最后二十年的俄国社会的缩图。"②正基于此，他坦承："我是一个契诃夫的热爱者。……我走过了长远的路才来到这里。"虽然契诃夫所描写的是俄国社会的现实，但是"他笔下出现的人物也常常在我们中国社会出现。"③于是，我们便在"与契诃夫的《第六病室》直接对应"④的《第四病室》里找到了契诃夫的影子，看到了在一间能够容纳 24 张病床的、"可以说是当时中国社会的缩影"的外科病房里，居住着患有胆囊炎、骨折、阑尾炎、眼病、跌伤和梅毒等疾病的患者。看到了他们有的在手术后的病痛中挣扎，有的在病痛的折磨下死去。看到了简陋的病房环境，病人手术前后的心理变化。看到了患者和医护之间的复杂关系。看到了亲情的淡漠和死神的悄无声息。看到了作家既"写出了在那个设备简陋的医院里病人的生活与痛苦，同时也写出了病人的希望。"⑤

"设若我始终在国内，我不会成了个小说家——虽然也是第一百二十等的小说家。"⑥循着老舍（1899—1966）的自述找寻老舍的创作轨迹，会不无惊讶地发现这位给人留下"纯民族传统作家的印象"的文学大家，其全部的创作生涯"差不多四分之一的时间是在欧美度过的，几乎三分之一的长篇小说写

---

① 汪应果：《巴金：心在燃烧》，见曾毅主编：《走向世界文学——中国现代作家与外国文学》，湖南文艺出版社，1986 年版，第 270 页。

② 巴金：《我们还需要契诃夫》，见《简洁与天才孪生——巴金谈契诃夫》，东方出版社，2009 年版，第 6 页。

③ 巴金：《我们还需要契诃夫》，见《简洁与天才孪生——巴金谈契诃夫》，东方出版社，2009 年版，第 8 页。

④ 汪应果：《巴金：心在燃烧》，见曾毅主编：《走向世界文学——中国现代作家与外国文学》，湖南文艺出版社，1986 年版，第 273 页。

⑤ 《巴金文集》第 8 卷，人民文学出版社，2000 年版，第 414 页。

⑥ 老舍：《我的创作经验》，见《老舍文集》第 15 卷，人民文学出版社，1990 年版，第 291 页。

就于异域。"① 换言之，如果不出国，老舍不会走上文学创作的道路。如果没有外国文学的影响，老舍不会成为作家。然而，并非所有的外国文学都能成为老舍创作的源泉，并非所有的外国作家的作品都能激发老舍的创作灵感。在走向世界的文学道路上，当时年仅20几岁的老舍依旧经历了一段艰苦的探寻属于自己文学道路的历程。

关于古希腊的荷马史诗《伊利亚特》，他才读到一半，其"忍耐已经用到极点，而想把它扔得远远的，永不再与它谋面。"② 关于古希腊三大悲剧诗人，他认为"是世界文学史中罕见的天才，"但"高不可及。"③ 他耐着性子阅读了希罗多德、色诺芬、修昔底德的作品，但没有找到对自己有用的东西，"读他们，几乎象读列国演义，读过便全忘掉。"④ 接触古罗马的作品时，他"更感到气闷。"尽管"罗马的雄辩的散文是值得一读的，……可是，它们并不能给我们灵感。"⑤ 在中世纪文学的阅读中，他接触了北欧、英国、法国的史诗，看过后都不感兴趣，觉得"它们粗糙，杂乱，它们的确是一些花木，但是没经过园丁的整理培修。"⑥ 他一边写着《老张的哲学》，一边抱着字典阅读莎士比亚的《哈姆莱特》，不但没有什么收获，反而觉得是在"白费时间。"⑦ 阅读歌德的《浮士德》，使他"非常的苦闷，"因为从这部"人人认为不朽之作的"诗剧中，他"丝毫没有得到好处。"⑧ 他不喜欢浪漫主义的作品，认为这类作品"往失之荒唐与夸大。"⑨ 因而认定"在我的作品里，我可能永远不会浪漫。"⑩

——————

①　宋永毅：《老舍：纯民族传统作家——审美错觉》，见曾毅主编：《走向世界文学——中国现代作家与外国文学》，湖南文艺出版社，1986年版，第185页。

②　老舍：《写与读》，见《老舍文集》第15卷，人民文学出版社，1990年版，第542页。

③　老舍：《写与读》，见《老舍文集》第15卷，人民文学出版社，1990年版，第542页。

④　老舍：《写与读》，见《老舍文集》第15卷，人民文学出版社，1990年版，第543页。

⑤　老舍：《写与读》，见《老舍文集》第15卷，人民文学出版社，1990年版，第543页。

⑥　老舍：《写与读》，见《老舍文集》第15卷，人民文学出版社，1990年版，第543页。

⑦　老舍：《写与读》，见《老舍文集》第15卷，人民文学出版社，1990年版，第541页。

⑧　老舍：《写与读》，见《老舍文集》第15卷，人民文学出版社，1990年版，第541页。

⑨　老舍：《写与读》，见《老舍文集》第15卷，人民文学出版社，1990年版，第544页。

⑩　老舍：《写与读》，见《老舍文集》第15卷，人民文学出版社，1990年版，第545页。

就在忍耐、沉闷、无助的寻找中，他发现以反映现实生活，抨击社会罪恶的、古希腊喜剧之父阿里斯托芬的喜剧"更合我的胃口。"① 发现自己成了"但丁迷，"发现"读了《神曲》，我明白了何谓伟大的文艺。……明白了文艺的真正的深度。"② 发现"文艺复兴时期的作品永远给人以灵感。"③ 发现"我有一点点天赋的幽默之感，又搭上我是贫寒出身，所以我会由世态人情中看出那可怜又可笑的地方来。"④ 及至接触到英国作家威尔斯、康拉德、梅瑞狄斯和法国作家福楼拜、莫泊桑，直到被这些作家"拿去了我很多的时间，"以至于"在这一年多的时间中，我昼夜的读小说，好像是落在小说阵里，"他才真正找到了属于自己的创作道路："大体上，我喜欢近代小说的写实的态度，与尖刻的笔调。这态度与笔调告诉我，小说已成为社会的指导者，人生的教科书；他们不只供给消遣，而是用引人入胜的方法作某一事理的宣传。"⑤

于是，他便拿起相机，"到处照像，"⑥ 到处"取光选景，"将"浮在记忆上的那些有色彩的人与事都随手取来。"⑦ 于是，他刚刚阅读了英国作家狄更斯的小说《尼古拉斯·尼柯尔贝》和《匹克威克外传》后，便决定"不取中国小说的形式，"而"大胆放野"、"管它什么形式"⑧ 地写出《老张的哲学》。于是，他在阅读更合自己胃口的古希腊阿里斯托芬的喜剧时，"开始写《赵子

① 老舍：《写与读》，见《老舍文集》第15卷，人民文学出版社，1990年版，第542页。

② 老舍：《写与读》，见《老舍文集》第15卷，人民文学出版社，1990年版，第543—544页。

③ 老舍：《写与读》，见《老舍文集》第15卷，人民文学出版社，1990年版，第544页。

④ 老舍：《写与读》，见《老舍文集》第15卷，人民文学出版社，1990年版，第545页。

⑤ 老舍：《写与读》，见《老舍文集》第15卷，人民文学出版社，1990年版，第547页。

⑥ 关于"照像"一说，法国作家大仲马曾有经典文字形象描述他与儿子小仲马在创作上的不同，也一语道破了浪漫主义与现实主义的差异："我从我的梦想中汲取题材；我的儿子从现实中汲取题材。我闭着眼睛写作；他睁着眼睛写作。我绘画；他照像。"——笔者注。

⑦ 老舍：《我怎样写〈老张的哲学〉》，见《老舍文集》第15卷，人民文学出版社，1990年版，第166页。

⑧ 老舍：《我怎样写〈老张的哲学〉》，见《老舍文集》第15卷，人民文学出版社，1990年版，第165页。

曰》——一本开玩笑的小说。"① 于是，我们看到了老舍在接受外国文学的影响的同时"找到了东西方艺术的适度平衡和美的和谐。"看到了"西方作家的影响已经深潜于他笔下人物的精神气质和通篇的艺术氛围里，而皮相地望去仿佛完全是纯民族传统的光泽。"② 阿里斯托芬的影响、但丁的影响、斯威夫特的影响、狄更斯的影响、萨克雷的影响、陀思妥耶夫斯基的影响、契诃夫的影响等，已经不留痕迹地熔铸在他的京味小说中，他对写实艺术的追求中。

在中国现代戏剧发展史上，曹禺（1910—1996）是西方戏剧的最大受益者。在曹禺的艺术血管中，首先流淌的当属挪威戏剧大师易卜生的血液。这位影响了德国的霍普特曼、英国的肖伯纳、瑞典的斯特林堡和美国的奥尼尔的"欧洲现代戏剧之父"，"大概他生前也未曾料到，他的影响会从靠近北极的斯堪的纳维亚半岛，越过挪威海，越过欧洲大陆而进入东方，进入古老的中国，"③ 并熏陶出一位享誉 20 世纪中国话剧舞台的艺术大师。

曹禺说："中学时代，我就读遍了易卜生的剧作。我为他的剧作谨严的结构，朴素而精练的语言，以及他对资本主义社会现实所发出的锐利的疑问所吸引。"④ 曹禺还说："外国剧作家对我的创作影响较多的，头一个是易卜生。"他"小时候写过很多诗，后来写现实问题剧。我们中国读者接触易卜生大都是他现实主义的这一部分作品。"⑤ 曹禺又说："从我读鲁迅、郭沫若的作品，受他们的影响，从他们又到易卜生，……易卜生的戏剧技巧，的确给我打开了一个新的境界。"⑥

在上述文字渊源中，曹禺除了提到自己年轻时就读过易卜生的剧本外，重点提到了易卜生对他的影响，如易卜生剧作"谨严的结构，朴素而精练的

① 老舍：《写与读》，见《老舍文集》第 15 卷，人民文学出版社，1990 年版，第 542 页。

② 宋永毅：《老舍：纯民族传统作家——审美错觉》，见曾毅主编：《走向世界文学——中国现代作家与外国文学》，湖南文艺出版社，1986 年版，第 190 页。

③ 田本相：《曹禺传》，北京十月文艺出版社，1988 年版，第 102 页。

④ 曹禺：《纪念易卜生诞辰一百五十周年》，见《人民日报》，1978 年 3 月 21 日。

⑤ 曹禺：《和剧作家们谈读书和写作》，见《剧本》，1982 年 10 月号，第 4 页。

⑥ 田本相：《曹禺传》，北京十月文艺出版社，1988 年版，第 101—102 页。

语言"等，正是易卜生的这些戏剧技巧，给他"打开了一个新的境界"。从曹禺的笔述中，我们清晰地发现，易卜生对他的影响，与其说是思想的，不如说是艺术的；与其说是语言的，不如说是结构的。正是在这位戏剧大师"谨严"的戏剧结构的影响下，曹禺才可能在 23 岁那年就以其不朽的悲剧《雷雨》拉开了戏剧生涯的帷幕。

在易卜生的戏剧中，《群鬼》被认为是希腊悲剧以来使用"追溯式"结构"第一部完成的作品，"① 对《雷雨》的影响也最大。《雷雨》与《群鬼》都保留了古典主义"三一律"特征，在时间、地点和情节方面均表现出较为完整的一致性。在此基础上，两剧的"追溯式"结构又显得十分地相像。《群鬼》选择故事接近尾声的地方开始剧情，然后回顾过去的主要事件。为了不使以往的戏索然无味，作者并不在第一幕里交代一切，而是在全剧进行中的适当机会，在观众迫切需要了解过去的情形时，才对这些过去的戏加以自然穿插，这样就使过去的戏和现在的戏交织在一起，使剧本在一天的时间和有限的场景内，展现了 20 多年来的生活图景。既扩大了作品反映社会生活的容量，又加强了戏剧结构的紧凑性和集中性。

在《雷雨》中，曹禺也从戏剧激变的中心入手，把 30 年的矛盾放在一天之内来解决。当大幕拉开的时候，周公馆已经是危机四伏，周鲁两家 30 年的恩恩怨怨都在将这一天暴露无疑。虽然看起来与《群鬼》十分相似，但决非简单意义上的模仿。因为在"过去的戏剧"与"现在的戏剧"的表现上，《群鬼》的重点是揭示过去，而《雷雨》则既把"现在的戏剧"作为全剧戏剧动作的中心，又使其与"过去的戏剧"紧密相连，用前者不断推动后者向前发展，从而把戏剧的几组重要的冲突交织重合到一起，在历史与现实的"追溯"与"激变"中，揭示人物复杂的心理，展示人物复杂的关系，完成人物最终的归宿。由此可见，《雷雨》对《群鬼》已不仅是一次模仿，而是一次创造性的"移植"。正是这可贵的"移植"才使《雷雨》同中国的社会生活融为了一体，成为中国现代戏剧的典范。

---

① 陈西滢：《易卜生的戏剧艺术》，见《文哲季刊》，1930 年第 1 卷第 1 期。

如果从时间的先后来看，曹禺接触契诃夫的作品显然晚于易卜生。但如果以接受影响的深浅来衡量的话，那么契诃夫对曹禺的影响则决不逊色于易卜生。1936 年，曹禺在《〈日出〉跋》中写道："我记起几年前着了迷，沉醉于契诃夫深邃艰深的艺术里，一颗沉重的心怎样为他的戏感动着。读毕了《三姊妹》，我阖上眼，眼前展开那一幅秋天的忧郁，……在这出伟大的戏里没有一点张牙舞爪的穿插，走进走出，是活人，有灵魂的活人，不见一段惊心动魄的场面。结构很平淡，剧情人物也没有什么起伏生展，却那样抓牢了我的魂魄，我几乎停住了气息，一直昏迷在那悲哀的氛围里。我想再拜一个伟大的老师，低首下气地做个低劣的学徒。"①

契诃夫是俄国批判现实主义文学的最后一位作家，在短短 40 余年的艺术生涯中，不但以其独具魅力的短篇小说跻身于世界短篇小说巨匠的行列，而且以独具艺术魅力的剧作将现实主义的戏剧发展到了极致。其戏剧最独特的地方就在于他把尖锐的外在冲突进行了内在化的处理。这种潜伏的内心冲突和内在的戏剧性使他笔下的软弱主人公没有同庸俗的环境及邪恶的势力进入直接的正面冲突之中，而只是在内心怀着不可能实现的梦想，苦闷地渴望着，孤独地寻求着。这就形成了"平淡中的深邃"的戏剧风格。这种风格当然也影响了曹禺《北京人》的创作。在该剧中，曹禺成功地借鉴了《三姊妹》的手法，将戏剧的冲突深深地藏于人物的内心之中，而外在的一切都似乎平静而安详，从而达到一种震撼性的艺术感染力。

看罢契诃夫戏剧，我们会时刻感觉到身处浓郁的诗的意境之中。他的《樱桃园》在艺术上的主要特点就是"从头到尾都充满着抒情味。"②大自然的清新气息，迷人的日落美景，琴弦的绷断所产生的神秘感应，由远及近的砍伐声，像一首哀乐伴随着人们的忧郁、烦躁、叹息、流泪、不安和痛楚，向人们诉说着往日的情怀，宣告着新生活脚步的到来。在契诃夫剧作这种诗一般氛围熏陶下，《北京人》也充满着诗的场景，诗的气氛：在北方秋高气爽的

---

① 《曹禺论创作》，上海文艺出版社，1986 年版，第 38 页。

② 高尔基：《俄国文学史》下卷，作家出版社，1962 年版，第 1192 页。

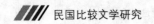

日子里，鸽哨声、单轮水车的"吱扭"声、酸梅汤的叫卖声，点缀着恬淡清幽的环境；《秋声赋》和《钗头凤》的吟诵声透露出惆怅哀伤的心绪；而西风的呼啸声、夜半时分的更锣声以及深巷老人那"硬面硬馍"的叫卖声，又烘托出肃杀悲凉的气氛，使人沉迷其中，流连忘返。

总之，在新文化运动的积极参与者和实践者的共同努力之下，发端于西方的现实主义文学途经译介落户到中国，被新文化运动的先行者，将西方现实主义文学的养分融入到自己的小说创作之中，并使其在这个过程中本土化，进而成为 20 世纪中国文学的新鲜血液。

第二节　冒险者、破坏者、前驱者

浪漫主义是 18 世纪末到 19 世纪初流行于西方的一股文艺思潮。

在欧洲文学史上，浪漫主义是启蒙理想破灭和法国大革命后的动荡局势所引发的不满和失望在文学上的反映。受歌德的《少年维特的烦恼》和卢梭的《新爱洛依斯》等浪漫主义先驱者作品的启迪，以及感伤主义文学的浸润，浪漫主义在政治上反对封建制度，在艺术上与古典主义势不两立，表现出强烈的叛逆精神。尽管从时间上看，浪漫主义在欧洲文坛来去匆匆，只有几十年的光景，与现实主义的深入性和持久性相比，有着很大的距离，但是，这股以强烈的主观性和抒情性为主要特征的文学浪潮，却在西方文学史上产生了巨大而深远的影响。日后在欧洲文坛大放异彩的很多被称为现实主义的作家，最初都是从浪漫主义起步而走上文学创作之路的。

如同现实主义一样，浪漫主义也是在 20 世纪初漂洋过海，经一代先驱者的努力，落户到中国文学的土壤之上的。在中国文学对浪漫主义的接受中，鲁迅、郁达夫、郭沫若走在了前列。

1907 年，鲁迅在东京完成了他第一篇评介外国浪漫主义诗人的长篇论文《摩罗诗力说》，首次向国人全面介绍了西方的浪漫主义作家和作品。文章通过对19世纪初期欧洲浪漫主义诗人与中国诗人的比较，发出了"别求新声于异邦"的呐喊。

在《摩罗诗力说》中，鲁迅指出：

> 意者欲扬宗邦之真大，首在审己，亦必知人，比较既周，爰生自觉。自觉之声发，每响必中于人心，清晰昭明，不同凡响。非然者，口舌一结，众语俱沦，沉默之来，倍于前此。盖魂意方梦，何能有言？即震于外缘，强自扬厉，不惟不大，徒增愧耳。故曰国民精神之发扬，与世界识见之广博有所属。

> 今且置古事不道，别求新声于异邦，而其因即动于怀古。新声之别，不可究详；至力足以振人，且语之较有深趣者，实莫如摩罗诗派。①

那么，什么是鲁迅所言的"摩罗诗派"呢？说白了，就是18世纪末和19世纪初的一批欧洲浪漫主义诗人。"摩罗诗派"也叫"恶魔诗派"，是英国浪漫主义诗人骚赛在攻击谩骂拜伦和雪莱等浪漫主义诗人时所使用的贬义用语。他在文章中称拜伦是"诗歌中的恶魔派"，而鲁迅却反其道而行之，从这些被诬蔑为"恶魔"的诗人身上看到了强烈的反叛精神和时代意义，并勇敢地宣称："恶魔者，说真理者也。"② 鲁迅指出："摩罗之言，假自天竺，此云天魔，欧人谓之撒但，人本以目裴伦。③ 今则举一切诗人中，凡立意在反抗，指归在动作，而为世所不甚愉悦者悉入之，为传其言行思惟，流别影响，始宗主裴伦，终以摩迦（匈牙利）文士。"④ 鲁迅认为，虽然这些诗人"外状至异，各禀自国之特色"，但他们"大都不为顺世和乐之音，动吭一呼，闻者兴起，争天

---

① 《鲁迅全集》第1卷，人民文学出版社，1981年版，第65—66页。
② 《鲁迅全集》第1卷，人民文学出版社，1981年版，第82页。
③ 裴伦（1788—1824），19世纪英国诗人。现在普遍翻译为拜伦。——作者注。
④ 《鲁迅全集》第1卷，人民文学出版社，1981年版，第66页。

拒俗，而精神复深感后世人心，绵延至于无已。"①

正是基于这样一个出发点，鲁迅在《摩罗诗力说》中先后介绍了拜伦、雪莱、普希金、莱蒙托夫、密茨凯维支、斯洛瓦斯基、克拉辛斯基、裴多菲共 8 位浪漫主义诗人。另外，弥尔顿、歌德、彭斯、济慈、爱伦德、柯尔纳、果戈理等诗人、作家和思想家也出现在这篇文章当中。在一一介绍了这些"摩罗诗人"、"国民诗人"、"报复诗人"、"爱国诗人"和"异族压迫之下的时候的诗人"及其作品的同时，鲁迅热情赞扬他们"品性言行思惟，虽以种族有殊，外缘多别，因现种种状，而实统于一宗：无不刚健不挠，抱诚守真，不取媚于群，以随顺旧俗；发为雄声，以起其国人之新生，而大其国于天下。"②

在所介绍的"摩罗诗人"中，鲁迅歌颂拜伦的自由和反抗精神，称拜伦"如狂涛如厉风，举一切伪饰陋习，悉与荡涤，瞻顾前后，素所不知。"③赞美雪莱的对正义、自由和真理的追求，称雪莱为"精神界之战士。"④称颂拜伦与雪莱"转战反抗，""其力如巨涛，直薄旧社会之柱石。"⑤此外，鲁迅还称"俄自有普式庚⑥，文界始独立。"⑦叹莱蒙托夫"奋战力拒，不稍退转。"⑧在此基础上，鲁迅还分析了拜伦对欧洲其他浪漫主义诗人的影响，认为"余波流衍，入俄则起国民诗人普式庚，至波阑⑨则作报复诗人密克威支⑩，入匈加利⑪则觉爱国诗人裴彖飞⑫；其他宗徒，不胜具道。"⑬并高度评价裴多菲"所作率纵言

---

① 《鲁迅全集》第 1 卷，人民文学出版社，1981 年版，第 66 页。

② 《鲁迅全集》第 1 卷，人民文学出版社，1981 年版，第 98—99 页。

③ 《鲁迅全集》第 1 卷，人民文学出版社，1981 年版，第 81 页。

④ 《鲁迅全集》第 1 卷，人民文学出版社，1981 年版，第 84 页。

⑤ 《鲁迅全集》第 1 卷，人民文学出版社，1981 年版，第 99 页。

⑥ 普式庚（1799—1837），19 世纪俄国诗人。现在普遍译为普希金。——作者注

⑦ 《鲁迅全集》第 1 卷，人民文学出版社，1981 年版，第 89 页。

⑧ 《鲁迅全集》第 1 卷，人民文学出版社，1981 年版，第 91 页。

⑨ 波阑：东欧国家名。现在通常译为波兰——作者注。

⑩ 密克威支（1798—1855）：19 世纪波兰诗人。现在普遍译为密茨凯维支——作者注。

⑪ 匈加利：东欧国家名。现在通常译为匈牙利。——作者注。

⑫ 裴彖飞（1823—1849）：19 世纪匈牙利诗人。现在普遍译为裴多菲。——作者注。

⑬ 《鲁迅全集》第 1 卷，人民文学出版社，1981 年版，第 99 页。

自由，诞放激烈。"①

　　《摩罗诗力说》既是鲁迅第一篇，也是中国第一篇以较大规模和篇幅，系统介绍和引进西方浪漫主义文学的文章，对西方浪漫主义在中国的广泛传播，对20世纪中国文学浪漫主义思潮的形成和发展，对于中国作家走向世界，都起到了不可低估的作用。时至一个多世纪后的今天，《摩罗诗力说》影响犹在，魅力犹在，对于我们研究中国作家对浪漫主义的接受以及浪漫主义对中国小说创作的影响，仍然具有不可或缺的指导意义和启迪意义。

　　一切诚如鲁迅所言，他所介绍的欧洲浪漫主义诗人，均"立意在反抗"。在浪漫主义思潮中，由于作家的情怀不同，对人生的理解不同，因而形成了不同的流派。同为对现实不满，有人就怀念过去，把理想寄托在逝去的岁月中；有人则憧憬远方，将理想寄托在未来的希望中。同为对现状感到失望，有人就逃避现实，在对往昔的留恋中打发日子；有人则勇敢地面对现实，试图通过对现实的反抗和破坏，建设一个理想的新世界。这两种不同的艺术追求和人生感悟，便催生了欧洲浪漫主义文学运动的两大阵营，后人将前者称为消极浪漫主义，将后者称为积极浪漫主义。从鲁迅的《摩罗诗力说》中可以看到，他选择的显然是以反抗为宗旨的积极浪漫主义。而这一选择，也在郁达夫（1896—1945）的文学实践中得到了回应。

　　如果说鲁迅接受浪漫主义的主要成就是《摩罗诗力说》的话，那么郁达夫接受浪漫主义的主要载体就是与文学研究会同一年成立的创造社。作为创造社的主力成员，郁达夫在接受了俄国作家屠格涅夫、日本私小说和德国作家施笃姆影响的同时，发表了《怎样叫做世纪末文学思潮？》《文学概说》《五四文学运动之历史的意义》《艺术与国家》等一系列文章，不但向中国文学界广泛介绍了西方的浪漫主义文学，而且深刻阐述了自己对浪漫主义的独特理解：

　　　　青年期的生活力的暴涨，每有不受理知的或意志的制御之势。

───────────

①《鲁迅全集》第1卷，人民文学出版社，1981年版，第98页。

所以过去的荣华，当然不能满足他的梦想，就是目前的现实，也觉得丑陋难堪。他所期望的，只是未来的理想。这理想的实现，由生活力旺盛的青年看来，原甚易易。所以他对于过去，取的是遗忘的态度，对于现在，取的是破坏的态度，对于将来，取的是猛进的态度。这一种倾向的内容，大抵是情热的、空想的、传奇的、破坏的。这一种倾向在文学上的表现，就是浪漫主义（romanticism）。[①]

浪漫主义文学最为突出的一个特征就是强烈的主观性，既发现自我、抒发自我、表现自我、强调自我。为了表达对现实的强烈不满，浪漫主义作家们往往将精神生活看得高于一切，把精神世界作为自己孤寂灵魂的避难所，因而在艺术创作中就把主观情感的宣泄和对作家个人主观世界的感受放在了首要的位置上。郁达夫则强调："五四运动，在文学上促生的新意义，是自我的发见。……自我发见之后，文学的范围就扩大，文学的内容和思想，自然也就丰富起来了。北欧的伊孛生，[②]中欧的尼采，美国的霍脱曼，[③]俄国的十九世纪诸作家的作品，在这时候，方在中国下了根，结了实。"[④]这与西方浪漫主义者的文学主张几乎如出一辙。

在欧洲文学史上，浪漫主义是作为古典主义的掘墓人而登上文坛的。对古典主义的否定，对传统僵化的文学模式的反动，对新的文学艺术形式的大胆追求，使浪漫主义一经诞生，便以偶像的破坏者大喊大叫出现在欧洲舞台上。郁达夫指出："真正的艺术家，是非忠于艺术冲动的人不可的。若有阻碍这艺术的冲动，不能使它完全表现的时候，不问在前头的是几千年传来的道

---

① 郁达夫：《文学概说》，见《郁达夫全集》第5卷，浙江文艺出版社，1992年版，第362—363页。

② 伊孛生（1828—1906）：挪威19世纪剧作家。现在普遍翻译为易卜生。——作者注。

③ 霍脱曼（1819—1892）：美国19世纪浪漫主义诗人。现在普遍翻译为惠特曼。——作者注。

④ 郁达夫：《五四文学运动之历史的意义》，见《郁达夫全集》第6卷，浙江文艺出版社，1992年版，第89页。

德，或几万人遵守的法则，艺术家应该勇往直前，一一打破，才能说尽了他的天职。所以人家说：艺术家是灵魂的冒险者，是偶像的破坏者，是开路的前驱者。"① 这又与西方浪漫主义的文学气势同曲同工。

对大自然的歌颂，对都市文明的鞭挞是西方浪漫主义文学的又一特征。由于对现实感到失望，由于对城市文明感到厌倦，浪漫主义作家们纷纷响应卢梭的"回到自然"的口号，倾情描摹大自然的秀丽风光，试图用大自然的美抵制都市文明的丑。郁达夫指出："艺术的价值，完全在一真字上，是古今中外一例通称的。无论是文学，美术，或音乐，当堕入衰运，流于淫靡的时期，对此下一棒喝的就是'归向自然'，'回到天真'上去的一个标语。大凡艺术品，都是自然的再现。把捉自然，将自然再现出来，是艺术家的本分。"② 这与西方浪漫主义作家的追求完全吻合。

在《〈创造日〉宣言》中，郁达夫宣称：

> 我们想以纯粹的学理和严正的言论来批评文艺政治经济，我们更想以唯真唯美的精神来创作文学和介绍文学。……我们这一栏是世界人类共有的田园，无论何人，只须有真诚的精神和美善的心意，都可以自由来开垦。③

在郁达夫的浪漫主义世界中，与西方作家在个人情感上最为接近的就是法国 18 世纪启蒙作家、享有"浪漫主义先驱"美誉的卢梭（又译卢骚）。郁达夫不但撰写过《卢骚的思想和他的创作》《卢骚传》和《关于卢骚》等文章，还翻译过卢梭的《一个孤独漫步者的沉思》。

---

① 郁达夫：《文学概说》，见《郁达夫全集》第 5 卷，浙江文艺出版社，1992 年版，第 348 页。

② 郁达夫：《艺术与国家》，见《郁达夫全集》第 5 卷，浙江文艺出版社，1992 年版，第 64 页。

③ 郁达夫：《〈创造日〉宣言》，见《郁达夫全集》第 5 卷，浙江文艺出版社，1992 年版，第 73—74 页。

在《卢骚的思想和他的创作》一文中，郁达夫写道：

> 卢骚的创作，在估量卢骚的伟大上，本不十分重要，因为他在
> 思想上，已经集了众人的大成，掀起了惊天的波浪，立下了庄严远
> 大的金字塔了。但他在文学上，也促成了浪漫运动，开发了自然的
> 美，留下了一个文学史上怎么也掩没不下去的影响。①

在《卢骚传》的结尾处，郁达夫写道：

> 真理的战士，自然的骄子，从此长逝了。虽则法国大革命之后，
> 把他的主张来实行，把他的死灰来祭奠，然而一生的不遇，却弄得
> 他死因都不能明白。
> ……他的精神，到现在还没有死，他的影响，笼罩下了浪漫运
> 动的全部，……②

卢梭的文学旅途为后人留下了很多佳作，其中不乏《新爱洛依丝》《爱弥
儿》《忏悔录》等精品。那么，这位饱经被侮辱与被损害的一生，且充满感伤
情怀的天才作家究竟在哪些地方，或曰哪部作品影响了郁达夫的精神气质及
其文学实践呢？

也是在《卢骚的思想和他的创作》这篇文章，郁达夫写道：

> 以雄伟的文字，和特创的作风，像这样赤裸裸的将自己的恶德
> 丑行暴露出来的作品，的确是如他在头一章里所说的一样，实在是

---

① 郁达夫：《卢骚的思想和他的创作》，见《郁达夫全集》第 5 卷，浙江文艺出版社，
1992 年版，第 430 页。
② 郁达夫：《卢骚传》，见《郁达夫全集》第 5 卷，浙江文艺出版社，1992 年版，第
453 页。

空前绝后的大计划。尤其是前六卷的牧歌式的描写和自然界的观察，使人读了，没有一个不会被他所迷，也没有一个不会和他起共感的悲欢的。①

这部使郁达夫着迷的、令他情不自禁地与卢梭共感悲欢的作品就是《忏悔录》。换言之，是《忏悔录》影响了郁达夫，影响了郁达夫的小说创作。而正是接受了《忏悔录》的影响后所创作的小说，才为郁达夫赢得了"中国的卢骚"②的桂冠。因为大胆地袒露心扉、尽情抒发个人情感、用优美的文笔描摹大自然等特征，并非属于卢梭一人，而是欧洲浪漫主义作家共有的艺术追求。而只有在阅读了卢梭的《忏悔录》再走进郁达夫的小说世界后，我们方可寻觅到卢梭的影响痕迹。

《忏悔录》是卢梭的一部自传体作品，是卢梭后期创作的一部杰作。多少年来，这部洋溢着感伤情怀的自传之所以被称为"文学史上的一部奇书"，主要归功于它的"坦率和真诚达到了令人想象不到的程度。"③在悲惨的晚年生活中，在残酷的迫害下，在敌人的四面进攻下，在谴责、诋毁和中伤的层层包围下，卢梭将一生的心酸集于笔端，开篇就宣称"要把一个人的真实面目赤裸裸地揭露在世人面前，"而这个人就是他自己。为此，他大声地向周围的伪善和黑暗发出挑战：

> 不管末日审判的号角什么时候吹响，我都敢拿着这本书走到至高无上的审判者面前，果敢地大声说："请看！这就是我所做过的，这就是我所想过的，我当时就是那样的人。……我既没有隐瞒丝毫

---

① 郁达夫：《卢骚的思想和他的创作》，见《郁达夫全集》第5卷，浙江文艺出版社，1992年版，第432页。

② 静闻：《忆达夫先生》，见《郁达夫研究资料》（上），王自立、陈子善编，天津人民出版社，1982年版，第164页。

③ 柳鸣九：《忏悔录·译本序》，见卢梭：《忏悔录》第1部，《译本序》第14页，人民文学出版社，1980年版。

坏事，也没有增添任何好事；……当时我是什么样的人，我就写成什么样的人：当时我是卑鄙龌龊的，就写我的卑鄙龌龊；当时我是善良忠厚、道德高尚的，就写我的善良忠厚和道德高尚。万能的上帝啊！……请你把无数的众生叫到我跟前来！让他们听听我的忏悔，……然后，让他们每一个人在您的宝座面前，同样真诚地披露自己的心灵，看看有谁敢于对您说：'我比这个人好！'" [1]

正是出于这种坦率和真诚，卢梭在《忏悔录》中将自己一生最为隐秘的心灵世界统统公诸于世：他的家庭，他的出身，他的父母，他的出生，他的成长，他的早熟，他的青春期，他学徒时染上的贪婪、隐瞒、作假、撒谎和偷窃等恶习，乃至对华伦夫人的复杂情感等不加任何掩饰地袒露在众人眼前。应当说，没有一定的勇气，没有敢于解剖自己的自知之明，是没有人有胆量这么做的。因此卢梭才宣称这是"一项既无先例、将来也不会有人仿效的艰巨工作。" [2]

卢梭在《忏悔录》这部自传体作品中所表现出来的大胆和率真，在郁达夫的创作得到了积极的响应。"他以卢梭《忏悔录》式的率真敞裸胸襟，心灵之河决堤而追，任意东西。" [3] 尽管作家曾提醒过读者，他小说中的人物事迹，都是虚拟的，请大家不要误会，[4] 但读者们依旧从他的小说中，从其笔下的人物命运中清晰地看到了郁达夫的身影。《沉沦》中"他"的孤独症，在日本女人面前的羞涩和自卑，对异性之爱的渴求，以及手淫和嫖妓等，都被毫无遮拦地暴露出来。这种对"青年忧郁病的解剖"，对那代人苦闷的描写，以及对"性的要求与灵肉的冲突" [5] 的展示，无一不激荡着卢梭的回音。如果说《忏

---

① （法）卢梭：《忏悔录》第 1 部，黎星译，人民文学出版社，1980 年版，第 1—2 页。

② （法）卢梭：《忏悔录》第 1 部，黎星译，人民文学出版社，1980 年版，第 1 页。

③ 王嘉良主编：《浙江 20 世纪文学史》，中国社会科学出版社，2000 年版，第 197 页。

④ 郁达夫：《迟桂花·作者附注》，见《郁达夫集》小说卷，花城出版社，2003 年版，第 462 页。

⑤ 郁达夫：《〈沉沦〉自序》，见《郁达夫全集》第 5 卷，浙江文艺出版社，1992 年版，第 20 页。

悔录》仅仅是一部自传的话，那么郁达夫的小说则几乎都是他的"自叙传"；如果说卢梭仅仅通过《忏悔录》一部作品把一个真实的自我大白于天下的话，那么郁达夫则在包括《沉沦》《南迁》《青烟》《茫茫夜》《茑萝行》《烟影》等多部小说中将自己内心底处最隐秘的东西袒露给世人。

作为一个充满了感伤主义情怀和主张"返回自然"的作家，卢梭在《忏悔录》中，一边叙述自己的人生旅程，一边将他的人生脚步所到之处的自然风光尽收眼底。这一切，都深深地感染了、影响了郁达夫。他赞叹道：

> 自然的描写，凡是他所经过的地方，乡村、深林、田园、草舍、溪流、湖泊、山路、深渊、绝壑，甚而至于朝日、斜阳、行云、飞鸟、花草，等等，凡可以增加自然的美，表现自然的意的东西，在《忏悔录》里没有一处不写到，大自然的秘密，差不多被他阐发尽了。他的留给后世的文学上的最大的影响，也可以说就是在这自然发见的一点上。①

谈起对大自然景物的描摹，出生和成长于锦绣江南大地的郁达夫非但毫不逊色，而且驾轻就熟。他不但从小就迷恋家乡的湖光山色，而且每每在抑郁孤独之时，便向大自然寻求安慰，将大自然作为自己心灵上避风的港湾。《沉沦》中的"他"躲在大自然的怀抱中，仰望苍穹，不禁自言自语："这里就是你的避难所。……只有这大自然，这终古常新的苍空皎月，这晚夏的微风，这初秋的清气，还是你的朋友，还是你的慈母，还是你的情人，……你就在这大自然的怀抱里，这纯朴的乡间终老了吧。"②

读罢郁达夫的小说，我们会每每发现他的笔下，不乏秀丽的自然风光。这其中，既有"涌了半弓明月，浮着万叠银波，不声不响，在浓淡相间的两

---

① 郁达夫：《卢骚的思想和他的创作》，见《郁达夫全集》第5卷，浙江文艺出版社，1992年版，第432—433页。

② 郁达夫：《沉沦》，见《郁达夫集》小说卷，花城出版社，2003年版，第18页。

岸山中，往东流去的"① 富春江，也有"具有南欧海岸的性质，能使旅客忘记他是身在异乡"② 的日本海滨；既有"春秋雨霁，绿水粼粼"③ 的北京护城河，也有"四面的同蜂衙似的嘈杂的人声、脚步声、车铃声"④ 的上海街道；既有充盈着"清凉触鼻的绿色草气"⑤ 的杭州龙井狮峰，又有"洒满了那一块空地，把世界的物体都净化了"⑥ 的银灰色的月光。这种将人物的脚步和命运融为一体的自然景物的描写，既有卢梭影响的踪迹，也有郁达夫将卢梭"返回自然"的思想进行本土化的实践。

郁达夫的浪漫主义文学思想和文学实践，与郭沫若和成仿吾构成了支撑创造社的"一尊圆鼎的三只脚"，⑦ 无论对浪漫主义在中国文坛的广泛传播，还是对中国浪漫主义理论的建构，抑或是对 20 世纪中国浪漫主义文学思潮的形成和发展等，都发挥了巨大的作用。而郁达夫的小说则"从一个独特的角度对人类的精神世界作了深度开掘，记载下了'五四'时代人性觉醒的历史。他的浪漫抒情的风格直接影响了一个时期的小说创作，开创了小说艺术的一个流派，其余波至今犹在。"⑧

在中国文学对浪漫主义的接受中，郭沫若一直同郁达夫并肩作战。如果说郁达夫直言"艺术家是灵魂的冒险者，是偶像的破坏者，是开路的前驱者"的话，那么郭沫若则宣称自己既"崇拜偶像破坏者"，同时又是个"偶像破坏者"，因为他"崇拜生""崇拜死""崇拜光明""崇拜黑夜""崇拜力""崇拜

---

① 郁达夫：《怀乡病者》，见《郁达夫集》小说卷，花城出版社，2003 年版，第 128 页。

② 郁达夫：《南迁》，见《郁达夫集》小说卷，花城出版社，2003 年版，第 53 页。

③ 郁达夫：《薄奠》，见《郁达夫集》小说卷，花城出版社，2003 年版，第 209 页。

④ 郁达夫：《春风沉醉的晚上》，见《郁达夫集》小说卷，花城出版社，2003 年版，第 189 页。

⑤ 郁达夫：《迟桂花》，见《郁达夫集》小说卷，花城出版社，2003 年版，第 451 页。

⑥ 郁达夫：《银灰色的死》，见《郁达夫集》小说卷，花城出版社，2003 年版，第 13 页。

⑦ 郭沫若在《创造十年续篇》一文中说："达夫、仿吾和我，在撑持初期创造社的时候，本如像一尊圆鼎的三只脚。"见《郭沫若全集·文学编》，第 12 卷，人民文学出版社，1992 年版，第 213 页。

⑧ 王嘉良主编：《浙江 20 世纪文学史》，中国社会科学出版社，2000 年版，第 200 页。

血""崇拜炸弹""崇拜悲哀""崇拜破坏"。①

　　如果说郁达夫积极回应卢梭"返回自然"的口号,认为"大凡艺术品,都是自然的再现。把捉自然,将自然再现出来,是艺术家的本分"的话,那么郭沫若则认为"诗的生成,如象自然物的生存一般,不当参以丝毫的矫揉造作。"②意即"生潮中,死浪上/淘上又淘下/浮来又浮往/生而死,死而葬/是个永恒的大洋/是个起伏的波浪/是个有光辉的生长/我驾起时辰机杼/替'造化'制造件有生命的衣裳。"③

　　如果说浪漫主义最为突出的一个特征就是强烈的主观性,既发现自我、抒发自我、表现自我、强调自我的话,郭沫若则强调诗是"心中的诗意诗境底纯真的表现,"是"命泉中流出来的 Strain,心琴上弹出来的 Melody,"是"生底颤动,灵底喊叫,"是"人类底欢乐底源泉,陶醉底美酿,慰安底天国。"④

　　　　诗人底心境譬如一湾清澄的海水,没有风的时候,便静止着如
　　　　像一张明镜,宇宙万汇底印象都涵映着在里面;一有风的时候,便
　　　　要翻波涌浪起来,宇宙万汇底印象都活动着在里面。这风便是所谓
　　　　直觉,灵感(Inspiration),这起了的波浪便是高张着的情调。这活
　　　　动着的印象便是徂徕着的想象。这些东西,我想来便是诗底本体,
　　　　只要把他写了出来的时候,他就体相兼备。大波大浪的洪涛便成为
　　　　"雄浑"的诗,便成为屈子底《离骚》,蔡文姬底《胡笳十八拍》,李
　　　　杜底歌行,但丁(Dante)底《神曲》,弥尔顿(Milton)底《乐园》,
　　　　歌德底《浮士德》;小波小浪的涟漪便成为"冲淡"的诗,便成为周
　　　　代底《国风》,王维底绝诗,日本古诗人西行上人与芭蕉翁底歌句,

----

　　①　郭沫若《女神·我是个偶像崇拜者》,见《郭沫若选集》(一),人民文学出版社,2004 年版,第 76 页。

　　②　《郭沫若致宗白华函》,见《三叶集》,安徽教育出版社,2000 年版,第 36 页。

　　③　郭沫若译歌德《浮士德》诗,见郭沫若《论诗(通讯)》,《郭沫若研究资料》(上),知识产权出版社,2010 年版,第 111 页。

　　④　《郭沫若致宗白华函》,见《三叶集》,安徽教育出版社,2000 年版,第 10 页。

泰戈尔底《新月》。①

如果说在欧洲文坛上，浪漫主义是以对古典主义的否定，对传统僵化的文学模式的反动，对新的文学艺术形式的大胆追求，而大喊大叫出现在欧洲舞台上的话，那么郭沫若则以传统的反叛者，新诗的追求者的姿态一阵见血地指出："我国的民族，原来是极自由极优美的民族。可惜束缚在几千年来礼教的桎梏之下，简直成了一头死象的木乃伊了。可怜！可怜！可怜我最古的优美的平民文学，也早变成了化石。我要向这化石中吹嘘些生命进去，我想把这木乃伊的死象甦活转来……"②为此，他发誓要反抗"不以个性为根底的既成道德，"反抗"否定人生的一切既成宗教，"反抗"藩篱人生的一切不合理的畛域，"反抗"由上种种所派生出的文学上的情趣，"反抗"盛荣那种情趣的奴隶根性的文学。"③

如果说浪漫主义以对大自然的歌颂，对都市文明的鞭挞作为自己的又一显著特征的话，那么郭沫若则提出"我们宜不染于污泥，隐遁山林，与自然为友而为人生之逃遁者；不则彻底奋斗，做个纠纠的人生之战士与丑恶的社会交绥。"为此，他认为"黄河与扬子江系自然暗示我们的两篇伟大的杰作。……黄河扬子江一样的文学，"才是"我们所提出的标语（Motto）。"④进而表现出与西方浪漫主义相同的精神情趣，相同的精神追求，相同的创作信念。

---

① 《郭沫若致宗白华函》，见《三叶集》，安徽教育出版社，2000 年版，第 11 页。

② 郭沫若：《卷耳集·序》，见《郭沫若研究资料》（上），知识产权出版社，2010 年版，第 126—127 页。

③ 郭沫若：《我们的文学新运动》，见《文艺论集续集》，人民文学出版社，1979 年版，第 3 页。

④ 郭沫若：《我们的文学新运动》，见《文艺论集续集》，人民文学出版社，1979 年版，第 2—3 页。

郭沫若是以"开阔的精神视野"①走向世界，拥抱外国文学的。当他东渡日本，胸怀理想，立志学医，走科学救国之路，为国家做一点实际的贡献时，文学却一直是心中的一个结。"哪怕是在人体解剖实验室里，他的创作欲望也会不时袭来。"②而当时的社会现实也促使他最终意识到"医生至多不过是医治少数患者肉体上的疾病，要使祖国早日觉醒，站起来斗争，无论如何，必须创立新文学。"③于是，他便放弃了医学，直面广阔的文学天地，并且"不期然而然地与欧美文学发生了关系，"便在"不期然而然"中"接近了太戈尔、雪莱、莎士比亚、海涅、歌德、席勒，更间接地和北欧文学、法国文学、俄国文学，都得到接近的机会。这些便在我的文学基底上种下了根，因而不知不觉地便发出了枝干来，终竟把无法长成的医学嫩芽掩盖了。"④值得一提的是，郭沫若所接触到的外国作家，多位享誉文坛的大诗人，且多位成就卓著的浪漫主义大诗人，如雪莱、海涅、泰戈尔，以及与浪漫主义有着无法割舍的情缘的大诗人，如歌德、席勒。而莎士比亚的诗作，则从未也不缺少浪漫主义的光泽。

郭沫若是从当时英文的课外读物上，读到泰戈尔的《新月集》的。而恰恰是这不经意的阅读，使他和泰戈尔的诗"结了不解缘。"于是，他不但如饥似渴在泰戈尔的诗里面"感受着诗美以上的欢悦，"而且由于"嗜好了太戈尔"而受到了这位具有浪漫主义风格的印度大诗人的影响，因此才有了"作诗的欲望，"⑤才诞生了在泰戈尔的影响下所创作的《新月与白云》《死的诱惑》

---

①　刘纳：《郭沫若：心灵向世界洞开》，见曾毅主编：《走向世界文学——中国现代作家与外国文学》，湖南文艺出版社，1986 年版，第 328 页。

②　魏红珊：《郭沫若》，四川人民出版社，2002 年版，第 32 页。

③　《郭沫若出逃日本，六十年朋友谈秘史》，转引自魏红珊：《郭沫若》，四川人民出版社，2002 年版，第 32 页。

④　郭沫若：《我的学生时代》，见《沫若文集》（七），人民文学出版社，1958 年版，第 12 页。

⑤　郭沫若：《我的作诗的经过》，见《沫若文集》（十一），人民文学出版社，1959 年版，第 140 页。

《别离》《维奴司》和《牧羊哀话》。

郭沫若是无意间与美国浪漫主义大诗人惠特曼的《草叶集》相遇的。一经相遇，他不但觉得"惠特曼的那种把一切的旧套摆脱干净了的诗风和五四时代的暴飚突进的精神十分合拍，"而且自己也"彻底地为他那雄浑的豪放的宏朗的调子所动荡。"求索的欲望，创作的激情，加之惠特曼影响的强烈，便催生了《立在地球边上的怒号》《地球，我的母亲》《匪徒颂》《晨安》《凤凰涅槃》《天狗》《心灯》《炉中煤》《巨炮的教训》等回响着惠特曼之音的"男性的粗暴的诗，"在晨光熹微的 20 世纪中国诗坛"辟出了一个新纪录。"①

郭沫若是德国大诗人、欧洲浪漫主义的先驱歌德的书信体小说《少年维特之烦恼》的翻译者。之所以翻译歌德的作品，是因为"于歌德思想有种种共鸣之点，"这种思想上的共鸣体现在歌德的"主情主义"，体现在歌德的"泛神论思想，"体现在歌德"对于自然的赞美，"体现在歌德"对于原始生活的景仰，"体现在歌德"对于小儿的尊崇。"② 就在这种强烈的共鸣中，郭沫若用自己的感伤情怀，翻译了歌德的这部感伤之作，并发出了"扛举德意志文艺勃兴之职命于两肩的青年歌德，有如朝日初生，光熊熊而气沸沸，高唱决胜之歌，以趋循其天定的轨辙，……一跃而成为欧罗巴十八世纪的宠儿"③ 的溢美之词。

郭沫若是英国浪漫主义诗人雪莱的积极崇拜者，将雪莱视为自己"最敬爱的诗人中之一个，"称雪莱是"自然的宠子，"是"革命思想的健儿，"说雪莱的诗"便是他的生命，"而雪莱的生命"便是一首绝妙的好诗，……一个伟大的未成品，"喻"雪莱的诗心如象一架钢琴，大扣之则大鸣。小扣之则小

---

① 郭沫若：《我的作诗的经过》，见《沫若文集》（十一），人民文学出版社，1959 年版，第 143 页。

② 郭沫若：《〈少年维特之烦恼〉序引》，见《郭沫若全集》文学编·第 15 卷，人民文学出版社，1990 年版，第 310—314 页。

③ 郭沫若：《〈少年维特之烦恼〉序引》，见《郭沫若全集》文学编·第 15 卷，人民文学出版社，1990 年版，第 316 页。

鸣。……有时雄浑偶悦，突兀排空；……有时幽抑清冲，如泣如诉。"①基于对雪莱这位"真正的诗人"的敬仰，郭沫若遵循"要使我成为雪莱"和"要使雪莱成为我自己"的宗旨开始翻译雪莱的诗作，进而在与雪莱的艺术血脉相交织的过程中，"感听得"雪莱的心声，与雪莱共鸣，进而与雪莱"结婚"，与雪莱"合而为一了。"因此，郭沫若便将雪莱的诗看做"如象我自己的诗，"而翻译雪莱的诗，则犹如"自己在创作一样。"②这一点，我们已经在郭译的雪莱诗中深深感受到了。

郭沫若曾坦言自己的创作道路上"还有一位影响着我的诗人是德国的海涅。"与泰戈尔的诗相比，他觉得海涅的诗不但"表示着丰富的人间性，"而且"更要近乎自然。"③正是在海涅的影响下，郭沫若完成了《Venus》《别离》等诗作，并且在这些诗作中留下了海涅爱情诗中的"既明朗、自然，又掺杂着忧悒、哀伤的独特风韵。"④

郭沫若是敞开胸襟全方位拥抱世界文学的，在他的文学生命中不乏俄国文学、德国文学、英国文学、印度文学、波斯文学、美国文学的基因，不乏莎士比亚、歌德、泰戈尔、惠特曼、雪莱、海涅等大诗人的血脉，不乏司各特、屠格涅夫、左拉、莫泊桑等文学大师的营养。然而，真正在与外国文学的接触中撞出火花、撞出回音的，还是充满想象、充满激情、充满异域情调、充满个性色彩的浪漫主义。"在郭沫若作品中，仿效性与个性那样生动地结合在一起。在对外国作品的仿效里，注入着郭沫若自己的向往。他需要从外国作家那里找到创作的突破口，同时，他的作品，被他自己的激情包裹着，那

---

① 郭沫若：《〈雪莱的诗〉小引》，见《郭沫若集外序跋集》，四川人民出版社，1983年版，第215页。

② 郭沫若：《〈雪莱的诗〉小引》，见《郭沫若集外序跋集》，四川人民出版社，1983年版，第216页。

③ 郭沫若：《我的作诗的经过》，见《沫若文集》（十一），人民文学出版社，1959年版，第141页。

④ 刘纳：《郭沫若：心灵向世界洞开》，见曾毅主编：《走向世界文学——中国现代作家与外国文学》，湖南文艺出版社，1986年版，第330页。

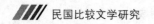

里有他的人格和他的生命。我们能够感到《女神》中的一些作品与惠特曼的、歌德的、泰戈尔的诗歌形式相近，精神相通，却决不至于把它们混淆。郭沫若特有的才情和气魄，都在作品中留下了鲜明的烙印，极易被人认出。"[①]

第三节　追求"向内转"的艺术

20世纪的世界文学，如同这个世纪的政坛一样，呈"多元化"格局。曾经主宰过西方文坛主流地位的现实主义虽然一息尚存，但早已风光不再。而大喊大叫如匆匆过客般消逝在19世纪上半叶文坛的浪漫主义，则经过改头换面之后，于19世纪末，20世纪初以象征主义的身份再度出山。继象征主义之后，意识流小说、未来主义、表现主义、超现实主义、存在主义、新小说派、荒诞派戏剧、垮掉的一代、黑色幽默等文艺思潮如雨后春笋般涌现，以眼花缭乱的画面和令人目不暇接的速度更迭交替，走马灯一样短暂地统领着特定时期的文学风骚。面对着形形色色的无主流文学、非理性文学、"向内转"的文学、扭曲变形的文学和反传统的文学现象，学者们习惯于将二战前的思潮称为现代主义文学，而将二战后的思潮称为后现代主义文学。

在西方现代主义文学中，象征主义是产生最早，影响最大的诗歌流派。象征主义的主要成就是诗歌，其次是戏剧。象征主义以否定现实世界，追求内心世界的真实，强调用间接的象征来表现人的精神世界而著称。前期象征主义诞生于19世纪后期的法国，后期象征主义则在20世纪初由法国波及到英国、德国、比利时和俄罗斯，在当时的西方文坛红极一时。

象征主义在上个世纪初来到中国，最早是以"表象主义"的译名而落户的。1920年，茅盾在《表象主义戏曲》一文中指出："用象征比喻的方法来

---

① 刘纳：《郭沫若：心灵向世界洞开》，见曾毅主编：《走向世界文学——中国现代作家与外国文学》，湖南文艺出版社，1986年版，第338—339页。

描写说明，便叫做表象主义。"①同一年，他还在《我们现在可以提倡表象主义的文学么？》一文中指出："表象主义（symbolism）的文学，在中国是一向没有的。"在这篇文章中，他既肯定了写实主义的功绩，认为"写实主义对于恶社会的腐败根极力抨击，是一种有实力的革命文学，表象主义办不到这层，所以应该提倡写实，不是表象。"又指出了写实主义的不足之处，认为"写实文学的缺点，使人心灰，使人失望，而且太刺戟人的感情，精神上太无调剂，……"正因为"现在的社会人心的迷溺，不是一味药所可医好，我们该并时走几条路，所以表象该提倡了。"况且"新浪漫派的声势日盛，他们的确有可以指人到正路，使人不失望的能力。我们定要走这条路的。……表象主义是承接写实之后，到新浪漫的一个过程，所以我们不得不先提倡。"②从那时起，象征主义便以"表象主义"之名出现在中国的文坛上，并"标志着作为一种文学思潮和文学运动概念的'象征主义'在中国传播过程的开始。"③

　　在这个过程中，茅盾不但发表了10余篇介绍象征主义的文章，还翻译了很多象征主义的作品。如比利时象征主义剧作家梅特林克的《丁泰琪之死》和《室内》，集现实主义、自然主义和象征主义等于一身的瑞典作家斯特林堡的《情敌》，爱尔兰象征主义作家叶芝的《沙漏》，美国象征主义诗人爱伦·坡的《心声》等作品。与此同时，茅盾又将意大利戏剧家邓南遮，俄国作家安德列夫、布洛克，德国剧作家霍普特曼及其作品介绍到中国。此外，他还与郑振铎共同合作，在《小说月报》上全面介绍了法国象征主义文学的代表马拉美、魏尔伦等诗人。虽然有学者认为茅盾的"第一部短篇小说集《野蔷薇》……其中的五个短篇几乎就可以说是象征主义之作，……这种写法在《子夜》中也有所体现，"④但他对象征义落户中国的主要贡献，还是文学翻译。

---

　　① 茅盾：《表象主义戏曲》，见《茅盾全集》第32卷，人民文学出版社，2001年版，第110页。

　　② 茅盾：《我们可以提倡表象主义文学么？》，见丁尔纲等编：《茅盾论文学艺术》，郑州大学出版社，1979年版，第90—91页。

　　③ 吴晓东：《象征主义与中国现代文学》，安徽教育出版社，2000年版，第61页。

　　④ 周景雷：《茅盾与中国现代文学》，中国社会科学出版社，2004年版，第342页。

鲁迅对象征主义的引进和介绍也主要体现在译介上。早在 1907 年，他就翻译了俄罗斯作家安德列夫的两篇小说《默》和《谩》。1921 年，他又翻译了安德列夫的另一部小说《黯淡的烟霭里》。鲁迅指出："安特来夫的创作里，又都含着严肃的现实性以及深刻和纤细，使象征印象主义与写实主义相调和。俄国作家中，没有一个人能够如他的创作一般，消融了内面世界与外面表现之差，而现出灵肉一致的境地。"①

在介绍俄罗斯另一位象征主义诗人勃洛克时，鲁迅认为："象征派诗人中，收获最多的就只有勃洛克"了，"从一九〇四年发表了最初的象征诗集《美的女人之歌》起，勃洛克便被称为现代都会诗人的第一人了。他之为都会诗人的特色，是在用空想，即诗底幻想的眼，照见都会中的日常生活，将那朦胧的印象，加以象征化。将精气吹入所描写的事象里，使它苏生；也就是在庸俗的生活，尘嚣的市街中，发见诗歌底要索。所以勃洛克所擅长者，是在取卑俗，热闹，杂沓的材料，造成一篇神秘底写实的诗歌。"在高度评价了勃洛克的同时，鲁迅不无悲哀地指出："中国没有这样的都会诗人。我们有馆阁诗人，山林诗人，花月诗人……；没有都会诗人。"②

在对象征主义的译介中，鲁迅的最大贡献是翻译了日本学者厨川白村的著作《苦闷的象征》。这本被认为是"弗洛伊德学说、柏格森的哲学与象征主义理论的混合品"③的著作，主旨非常分明，"用作者自己的话来说，就是'生命力受了压抑而生的苦闷懊恼乃是文艺的根底，而其表现法乃是广义的象征主义。'"④

鲁迅指出：

① 鲁迅：《〈黯澹的烟霭里〉译者附记》，《鲁迅全集》第 10 卷，人民出版社，1981 年版，第 185 页。

② 鲁迅：《十二个·后记》，《鲁迅全集》第 7 卷，人民文学出版社，1981 年版，第 299 页。

③ 吴晓东：《象征主义与中国现代文学》，安徽教育出版社，2000 年版，第 105 页。

④ 鲁迅：《苦闷的象征·引言》，《鲁迅全集》第 10 卷，人民文学出版社，1981 年版，第 232 页。

作者据伯格森一流的哲学，以进行不息的生命力为人类生活的根本，又从弗罗特一流的科学，寻出生命力的根柢来，即用以解释文艺，——尤其是文学。然与旧说又小有不同，伯格森以未来为不可测，作者则以诗人为先知，弗罗特归生命力的根柢于性欲，作者则云即其力的突进和跳跃。这在目下同类的群书中，殆可以说，既异于科学家似的专断和哲学家似的玄虚，而且也并无一般文学论者的繁碎。作者自己就很有独创力的，于是此书也就成为一种创作，而对于文艺，即多有独到的见地和深切的会心。①

鲁迅之于象征主义的文学实践，表现在"《狂人日记》作为新文学的开山之作，一开始就奠定了在写实的基础上融合象征诗艺的创作道路，《呐喊》《彷徨》以及后来的《故事新编》中的一些小说进一步拓展了这一条路径。"②从《药》《故乡》《明天》等追求主题含义的象征，到《狂人日记》《长明灯》《白光》《示众》《补天》等追求艺术形式的象征，鲁迅的小说创作在象征主义的影响下走过了一条不断成熟、不断丰富、不断深化的道路。

1921年，郭沫若在《儿童文学之管见》一文中说："我看过梅特林克的《青鸟》、浩普特曼的《沈钟》（Hauptmann's "Der versunkene Clock"）。此种形式的作品，前年九月间在《时事新报·学灯》上我曾发表过一篇《黎明》，是我最初的一个小小的尝试，……。"③梅特林克（1862—1949），是比利时剧作家，诺贝尔文学奖获得者，象征主义戏剧的代表作家。《青鸟》是他的代表作，作品用梦幻的手法，通过两个孩子寻找象征幸福的青鸟的过程，表达了"只有甘愿把幸福给别人，自己才会得到幸福"④的主题思想。浩普特曼今译霍

① 鲁迅：《苦闷的象征·引言》，《鲁迅全集》第10卷，人民文学出版社，1981年版，第232页。

② 吴晓东：《象征主义与中国现代文学》，安徽教育出版社，2000年版，第1页。

③ 郭沫若：《儿童文学之管见》，见郭沫若著《文艺论集》，人民文学出版社，1979年版，第158页。

④ 《中国大百科全书·外国文学卷》Ⅰ，中国大百科全书出版社，1982年版，第688页。

普特曼（1862—1949），德国剧作家，早期从事自然主义戏剧创作，后期从事象征主义戏剧创作，《沈钟》，今译《沉钟》是霍普特曼的一部象征主义童话剧。郭沫若的文字至少传递了两条信息：（1）他很早就接触到西方象征主义的作家和作品。（2）儿童歌剧《黎明》是他对象征主义戏剧创作的"小小尝试"。换言之，他不但接受了象征主义思潮的影响，还在象征主义的影响下从事过象征主义文学创作的实践。不仅如此，我们从《凤凰涅槃》《女神之再生》《天狗》和《炉中煤》等诗作中，均能觅到象征主义的影响的痕迹。有学者言："郭沫若把象征手法与浪漫主义创作方法结合起来，创造了中国文学中从未有过的奇绝壮美的意境。"[①]

中国对象征主义的接受是从对梅特林克和霍普特曼的评介拉起帷幕的。从 1915 年起至 40 年代止，陈独秀、茅盾、田汉、郑振铎、傅东华、周作人、废名、俞平伯、朱维基、卞之琳、戴望舒、梁宗岱、曹葆华、朱光潜、陈廞竹、冯至、袁水拍、杨周翰、袁可嘉等思想家、翻译家、小说家、剧作家、诗人和批评家纷纷加入到译介象征主义的队伍中来。在他们的努力下，安德列夫、勃洛克、叶芝、马拉美、魏尔伦、韩波、波德莱尔、瓦雷里、庞德、布莱克、里尔克、艾略特等象征主义作家和作品不但落户中国文学的土壤，而且在落户的过程中深深影响了中国文学，成为 20 世纪初期中国文学不可多得的养分。进而使"象征主义在中国的传播和影响鲜明地体现出一种综合性的特征。几乎在每一个重要的中国作家身后都拖着一长串西方文学家的身影。戴望舒有韩波、罗特亥阿蒙、耶麦、福尔、高克多、雷拂尔第、许拜维艾尔和爱吕阿尔；何其芳有伟里耶、巴罗哈、阿左林、纪德、梅特林克、T·S·艾略特和陀思妥耶夫斯基；卞之琳有则有波德莱尔、T·S·艾略特、叶芝、里尔克、瓦雷里和魏尔伦。尽管这些西方作家的具体影响有程度上的差别，但是单一的影响已经不存在了。"[②]

---

① 刘纳：《郭沫若：心灵向世界洞开》，见曾毅主编：《走向世界文学——中国现代作家与外国文学》，湖南文艺出版社，1986 年版，第 331 页。

② 吴晓东：《象征主义与中国现代文学》，安徽教育出版社，2000 年版，第 80 页。

表现主义是 20 世纪初兴起于西方的、继象征主义之后影响较大的文学思潮。表现主义高举"艺术是表现，不是再现"的反叛旗帜，以变化突兀的情节，夸张的色彩和形体以及大篇幅的内心独白等手法，极力表现人的主观感受，揭示人物的内心世界。与象征主义不同的是，表现主义的主要成就是戏剧，其次是小说。美国剧作家奥尼尔和捷克剧作家恰佩克等是表现主义戏剧的代表，而奥地利作家卡夫卡则代表了表现主义小说的最高水平。

　　1923 年，郁达夫发表了《文学上的阶级斗争》。在文章中，他既介绍了表现主义的基本概况，又对发端于德国的表现主义文学做出了简洁而精辟的评价。他指出："德国是表现主义的发祥之地，德国表现派的文学家，对社会的反抗的热烈，实际上想把现时存在的社会的一点一滴都倒翻过来的热情，我们在无论何人的作品里都可以看得出来。"① 鲁迅不但翻译了日本学者片山孤村的《表现主义》和山岸光宣的《表现主义的诸相》，还翻译出版了日本作家武者小路实笃创作的表现剧《一个青年的梦》。此外，茅盾也发表了《青年德意志——从表现主义到无产阶级文艺》和《西洋文学通论》等文章，从不同的角度对表现主义进行了介绍。

　　茅盾认为：

　　　　表现主义是欧洲大战后处于绝望的……知识阶级要求出路之心理的表现，……

　　　　表现主义是积极的，主动的；他们认为：我们人的意识不是单单吸收外来的印象而已，我们的意识内还藏有重要的自我，所以一定要溶化了这外来的印象，依自我的要求，改造为新东西。所以表现主义就是处在绝望中的人的热剌剌地努力要创造的精神。②

---

　　① 郁达夫：《文学上的阶级斗争》，见《郁达夫全集》第 5 卷，浙江文艺出版社，1992 年版，第 50 页。

　　② 茅盾：《西洋文学通论》，见《茅盾全集》第 29 卷，人民文学出版社，2001 年版，第 370、358 页。

如同西方现代主义思潮来去匆匆一样，表现主义在中国也经历了一段不算长的历程。在经过 20 世纪 20 年代较大规模的引进和译介之后，在时代环境、社会思潮、文艺整体发展趋势以及自身原因的影响下，表现主义思潮开始逐渐消退，并且在 40 年代消失在中国文坛。

表现主义进入中国后，最先在中国文学创作中产生影响的是鲁迅。而在鲁迅的小说中，最早体现出表现主义精神的是《狂人日记》。作为 20 世纪中国文学的开山之作，《狂人日记》的归属十分复杂。从现实主义的创作原则上审视，《狂人日记》当属现实主义的杰作；从象征主义的审美追求去评价，《狂人日记》的象征色彩又十分鲜明；从表现主义的立场去解读，人们所得出的又是另外一种结论。因为在《狂人日记》中，"鲁迅通过变形、夸张、精神分析等方法所要表现的'不是现实，而是精神'。而这种总体特征更接近表现主义而不是一般现实主义"，"是一种现实真实与心理真实的自然融合。这也是表现主义文艺最重要的追求目标。"而"《狂人日记》在创作方法上，不单是现实主义精神与象征主义手法的结合，更是表现主义的自然体现。"[①] 作为表现主义的《狂人日记》就是这样以比现实主义更加深刻的心理揭示，比象征主义更加强烈的神秘色彩，通过内涵丰富的忧愤和深广震撼了人们的心灵。《狂人日记》后，鲁迅在《阿 Q 正传》《白光》《风波》《故事新编》和《长明灯》等小说中，继续进行着表现主义的文学实践。

据史料记载，20 世纪 30 年代，施蛰存（1905—2003）主编了一个名叫《现代》的刊物。其内容正如它的刊名一样，不但团结了穆时英和杜衡等作家，而且形成了一个以现代派艺术为宗旨的中国现代派作家群。在这个群体中，除了穆时英和杜衡外，还有刘呐欧等人。"这是西方现代主义文学深入中国的文学土壤后滋生出来的一个相当成熟的小说流派，在当时曾笼统地被称为是'新感觉派'。"[②] 其实，这个称呼并没有得到这个群体成员的一致认

---

① 徐行言、程金城：《表现主义与 20 世纪中国文学》，安徽教育出版社，2000 年版，第 106 页。

② 王嘉良主编：《浙江 20 世纪文学史》，中国社会科学出版社，2000 年版，第 211 页。

可，作为领军人物的施蛰存就对"新感觉派"的称呼十分反感，认为自己并"不明白西洋或日本的新感觉主义是什么样的东西"，但是一些"夸张的批评，直到今天，使我还顶着一个新感觉主义者的头衔。我想，这是不十分确实的。"①究其原因，就在于"新感觉派"一词囊括不了这个群体的小说艺术。因为他们的创作，"在小说观念与小说形式上大胆而积极的实验，丰富了中国现代小说形态，拓展了小说的表达空间。"②其实质不仅仅在于"新感觉派"，而在于"不过是应用了一些 Freudism 的心理小说而已。"③

弗洛伊德是奥地利心理医生，西方现代心理学的开创者。他的精神分析学说与詹姆斯的假说以及柏格森的直觉主义哲学一道构筑了 20 世纪前半期西方现代小说的基础，推动了"意识流小说"在西方的繁荣和发展，使其成为西方现代主义文学一道迷人的风景线。"心理小说"就是"意识流小说"，在这个行列中，有法国的普鲁斯特、爱尔兰的乔伊斯、英国的伍尔夫和美国的福克纳等经典大师。而他们的《追忆逝水年华》《尤利西斯》《达罗威夫人》和《喧哗与骚动》等则是"意识流小说"的经典作品。

在民国作家中，很早就有人尝试"意识流小说"的创作。有学者认为，徐志摩在"小说创作里可能是最早引进意识流手法，"他的小说《轮盘》，就有"一点维吉妮亚·伍尔孚意识流小说的味道。"而"林徽因发表的短篇小说《九十九度中》更显得有意学维吉妮亚·伍尔孚而更为成功。"④然而，真正将弗洛伊德的心理小说艺术付诸实践，且取得大面积丰收的还是施蛰存。而真正对施蛰存产生影响的并非意识流小说的大师，而是在这个创作领域内很少

①　施蛰存：《我的创作生活之历程》，见陈子善、徐如麟编选：《施蛰存七十年文选》，上海文艺出版社，1996 年版，第 57 页。

②　王嘉良主编：《浙江 20 世纪文学史》，中国社会科学出版社，2000 年版，第 212 页。

③　施蛰存：《我的创作生活之历程》，见陈子善、徐如麟编选：《施蛰存七十年文选》，上海文艺出版社，1996 年版，第 57 页。

④　卞之琳：《〈徐志摩选集〉序》，见邵华强编：《徐志摩研究资料》，陕西人民出版社，1988 年版，第 481 页。

有人问津的奥地利作家施尼茨勒[①]：

> 我最早受影响的是奥地利的显尼志勒，……[②] 看了显尼志勒的小
> 说后，我便加重对小说人物心理的描写。后来才知道，心理治疗方
> 法在当时是很时髦的，我便去看佛洛伊德的书。
>
> 当时英国的艾里斯出了一部"Psychology of Sex"（《性心理学》），
> 四大本的书，对佛洛伊德的理论来个大总结和发展，文学上的例子
> 举了不少。我也看了这套书。所以当时心理学上有了这新的方法，
> 文艺创作上已经有人在受影响，我也是其中一个。[③]

由于施尼茨勒的作品"着重细致的性格刻划和心理分析，带有自然主义
的倾向，"并且在作品中"使用追忆与回顾、憧憬与想象来表现人物的内心世
界，"[④] 因而使其成为第一个将这种艺术手法引入德语文学的作家。作为一名医
生，施尼茨勒曾在很长时期内从事精神病研究和对病人的心理治疗工作，不
但很早就与同在一座城市的弗洛伊德结为挚友，"并且把心理分析方法运用于
文学创作，被称为弗洛伊德在文学上的'双影人'"。[⑤]

从接受和影响的角度上看，施尼茨勒显然是施蛰存的直接影响者。而从
接受和影响的范围上看，影响施蛰存的既不是施尼茨勒的戏剧，也不是施尼茨
勒全部的小说，而是运用意识流手法，以刻画人物心理见长的心理分析小说：

> 二十年代末我读了奥地利心理分析小说家显尼志勒的许多作品，

---

① 施蛰存将其翻译为显尼志勒，这里采用目前通用的译法：施尼茨勒，以下同。

② 施蛰存：《沙上的脚迹》，辽宁教育出版社，1995 年版，第 175 页。

③ 施蛰存：《沙上的脚迹》，辽宁教育出版社，1995 年版，第 175—176 页。

④ 杨源：《相思的苦酒·译者序》，见施尼茨勒：《相思的苦酒》，北方妇女儿童出版社，
1988 年版。

⑤ 赵登荣：《施尼茨勒》，见《中国大百科全书·外国文学》Ⅱ，中国大百科全书出版
社，1982 年版，第 923 页。

我心向往之，加紧了对这类小说的涉猎和勘察，不但翻译这些小说，还努力将心理分析移植到自己的作品中去，……①

读了显尼志勒的小说，译了五六种后，便学会了他的创作方法；然后再看到弗洛伊德和艾里斯的书，并由此认识到人的思维过程是多层次的。②

纵观施蛰存的十年创作之路，我们发现他的几个作品集：《上元灯》《将军的头》《梅雨之夕》《善女人行品》《小珍集》等并非都是心理分析之作，并非都是施尼茨勒一方影响之结果，或仅仅为外国文学影响之结果。事实正如他本人所言："五个小说集，各自代表了我的一个方向。《上元灯》里的大多数作品，都显现了一些浮浅的感慨，题材虽然都是社会现实，但刻划得并不深。《将军的头》忽然倾向于写历史故事，而且学会了一些弗罗伊德的心理分析方法。这条路子，当时给人以新颖的感觉，但是我知道，它是走不长久的。果然，写到《石秀》，就自己感到技穷力竭，翻不出新花招来了。于是我接下去写了《梅雨之夕》和《善女人行品》，把心理分析方法运用于社会现实，剖析各种人物的思想与行动。这一时期的小说，我自以为把心理分析、意识流、蒙太尼（montagne）等各种新兴的创作方法，纳入了现实主义的轨道。……《小珍集》可以说是我回到正统现实主义创作方法的成果。"③

就是说，在施蛰存历时十年创作的小说中，真正属于"心理分析小说"或曰"意识流"小说的只有《梅雨之夕》和《善女人行品》两个作品集中的22部作品。在这22个短篇中，与施尼茨勒意识流小说的代表作《古斯特少尉》最为接近的是《在巴黎大戏院》、《魔道》和《四喜子的生意》。这几个短篇的共同之处，就是自始至终都是由主人公的内心独白统领了小说的整个故

---

① 施蛰存：《关于"现代派"一席谈》，见《北山散文集》一，华东师范大学出版社，2001 年版，第 678 页。

② 林祥主编：《世纪老人的话——施蛰存卷》，辽宁教育出版社，2003 年版，第 163 页。

③ 施蛰存：《中国现代作家选集·施蛰存卷》序，见《北山散文集》二，华东师范大学出版社，2001 年版，第 1288—1289 页。

事情节，用人物的心理流程建构了作品的艺术框架，应当是施蛰存最具心理分析特征的作品。此外，他在《梅雨之夕》《在巴黎大戏院》《魔道》《鸠摩罗什》《将军的头》和《石秀》中，将"性压抑，性转移，性升华，性歧变"等"性心理的变态"和"性意识的潜流"，"很正经很严肃，不含任何色情的成分"①地表现出来，使来自西方的创作手法在本土化过程中获得了新的生命力，被学术界誉为'中国现代派的鼻祖'"。②

除施蛰存外，被称为"中国的新感觉派的圣手"的穆时英也在《上海的狐步舞》《夜总会的五个人》《白金的女体塑像》等心理分析小说中，运用意识流的手法触及光怪陆离的人生，展示人物隐秘的心理活动，表现人物复杂的内心世界，显示了对现代派艺术的执着追求。在中国现代心理小说的队伍中，"学过心理学的"③徐訏也是一位不容忽视的作家。他在《旧神》和《精神病患者的悲歌》等作品中，用所学到的心理学知识，对不同人物的不同心理进行了深入的刻画，以其"现代主义浪漫化、通俗化的成功尝试"，成为"孤岛"文学的一个奇迹。④

虽然笔者用"现实主义—浪漫主义—现代主义"三大文艺思潮，以"走向世界"为风向标，对民国时期的小说创作进行了大致的梳理，但文学创作本身就不是用一种"主义"能够确认下来的复杂过程。当外来的文学落户本土的时候，已处落后之势的中国文学便既迫不及待又饥不择食地接受了对方，在一种"拿来主义"的狂热中，已无法顾及"主义"的名分。鲁迅也好，郁达夫也罢；茅盾也好，郭沫若也罢；巴金也好，老舍也罢；曹禺也好，施蛰存也罢，面对他们的文学创作，任何试图用一种单一的"主义"将其人为地圈定其中都将是徒劳的。

---

① 马良春、张大明主编：《中国现代文学思潮史》下册，北京十月文艺出版社，1995年版，第947页。

② 陈文华：《道德文章是吾师——怀念恩师施蛰存先生》，见《夏日最后一朵玫瑰——记忆施蛰存》，陈子善主编，上海书局出版社，2008年版，第103页。

③ 马良春、张大明主编：《中国现代文学思潮史》下册，北京十月文艺出版社，1995年版，第972页。

④ 王嘉良主编：《浙江20世纪文学史》，中国社会科学出版社，2000年版，第227页。

第四章
对中外文学现象的探索

　　民国时期的比较文学领域，除了涌现出一大批学贯中西的翻译家、理论家和文学家外，还涌现出一大批学贯中西的学者。他们身处不同的学术领域，怀有不同的学术情怀，从事不同的学术研究，追寻不同的学术目标，却不约而同地站在中外文化与中外文学的边缘，自觉地在比较的视角中洞察着中外文化交流中的沧桑巨变，在比较的思维中实践着自己的学术梦想。他们对中外文学现象的不倦探索，以及在探索中取得的业绩，经时光的检验与岁月的沉淀，已成为中国比较文学最宝贵的精神财富。

第一节　陈寅恪对影响研究的解读及渊源学实践

　　陈寅恪（1890—1969）进入比较文学领域的时间，基本上与国际比较文学学科理论的确立、成熟和发展相同步。以影响研究为己任的法国学派，不但以实证主义的特色引领国际比较文学的潮流，而且涌现出如巴登斯贝格、梵·第根等领袖级人物。尤其是梵·第根的纲领性著作《比较文学论》的出版，一举奠定了法国学派的理论基础。日后影响于国际比较文学领域的"流传学"、"渊源学"和"媒介学"理论，借助"放送者"、"接受者"和"传递者"的称谓，使法国学派所倡导的"影响研究"大放异彩。这一切，自然不会脱离身处中外文学潮头的陈寅恪的视野。

陈寅恪是从比较语言学的角度出发，在对语言源流的探索中步入比较文学领域的。他认为，世界上每个民族的语言，每个语言所属的语系，都有它们各自的特性。即"甲种语言，有甲种特殊现相，故有甲种文法。乙种语言，有乙种特殊现相，故有乙种文法。"即便是同一语系中的西欧近代语言，如英、法、德等，也出现了"英文名词有三格，德文名词则有四格。法文名词有男女二性，德文名词则有男女中三性"①等差异。而由语言上的"特殊现相"所形成的特殊规律，则由影响这种现相和这种规律的源流所致。陈寅恪指出："欧洲受基督教之影响至深，昔日欧人往往以希伯来语言为世界语言之始祖，而自附其语言于希伯来语之支流末裔。迄乎近世，比较语言之学兴，旧日谬误之观念得以革除。因其能取同系语言，如梵语波斯语等，互相比较研究，于是系内各个语言之特性逐渐发见。印欧系语言学，遂有今日之发达。"②为了了解与确定一种语言的特征及其性质，就必须要走"综合分析，互相比较"这条路。而"所与互相比较者，又必须属于同系中大同而小异之语言。盖不如此，则不独不能确定，且常错认其特性之所在，而成一非驴非马，穿凿附会之混沌怪物。"因为只有在同系语言中，"先假定其同出一源，以演绎递变隔离分化之关系，"才能"各自成为大同而小异之语言。"这里，陈寅恪不但尤其强调"分析之，综合之，于纵贯之方面，剖别其源流，于横通之方面，比较其差异"的重要性，还着重指出历史观念在比较语言学中的分量，严肃提醒"从事比较语言之学，必具一历史观念，而具有历史观念者，必不能认贼作父，自乱其宗统。"③

---

① 陈寅恪：《与刘叔雅论国文试题书》，见《金明馆丛稿二编》，生活·读书·新知三联书店，2001年版，第250—251页。

② 陈寅恪：《与刘叔雅论国文试题书》，见《金明馆丛稿二编》，生活·读书·新知三联书店，2001年版，第251页。

③ 陈寅恪：《与刘叔雅论国文试题书》，见《金明馆丛稿二编》，生活·读书·新知三联书店，2001年版，第251页。

在此基础上，陈寅恪将视角转向文学，转向比较文学，转向自己对比较文学之影响研究的解读：

> 今日中国文学系之中外文学比较一类之课程言，亦只能就白乐天等在中国及日本之文学上，或佛教故事在印度及中国文学上之影响及演变等问题，互相比较研究，方符合比较研究之真谛。①

虽然陈寅恪所论及的只为"佛教故事在印度及中国文学上之影响及演变"这一个领域，对影响研究的本质而言，却具有放之四海而皆准的推广意义。即只有研究各民族文学之间的相互影响及演变等问题，并加以相互比较与研究，才是真正意义上的比较文学。这种对比较文学之真谛的透彻理解，放置今日，依旧没有失去其与时俱进的价值。

非但如此，陈寅恪还对影响研究的方法提出了严格的要求，即"必须具有历史演变及系统异同之观念。否则古今中外，人天龙鬼，无一不可取以相与比较。荷马可比屈原，孔子可比歌德，穿凿附会，怪诞百出，莫可追诘，更无所谓研究之可言矣。"②

关于陈寅恪对中国比较文学的贡献，已有学者从学科理论、学术实践、研究方法和双向阐释等方面做了较为全面而详尽的总结和梳理。笔者认为，陈先生留下的最宝贵的成果莫过于他在影响研究之渊源学领域的研究实践。正是这些今日看起来不那么宏谈阔论、洋洋洒洒，却扎扎实实的微观之作，为如何从事比较文学研究建立了标杆，树立了楷模。

渊源学理论是由法国学者创立的。梵·第根认为："思想、主题和艺术形式之从一国文学到另一个文学的过渡，是照着种种形态而通过去的。这一次，

---

① 陈寅恪：《与刘叔雅论国文试题书》，见《金明馆丛稿二编》，生活·读书·新知三联书店，2001 年版，第 252 页。

② 陈寅恪：《与刘叔雅论国文试题书》，见《金明馆丛稿二编》，生活·读书·新知三联书店，2001 年版，第 252 页。

我们已不复置身于出发点上，却置身于到达点上了。这时所提出的问题便是如此：某一作者的这个思想，这个主题，这个作风，这个艺术形式是从哪里来的？这是'源流'的探讨，它主要是在于从接受者出发去找寻放送者。……我们给这种研究定名为'源流学'。"①

这里所言的"源流学"Crénologie，中译为"源流"，也有人称为"源泉学"。日后，学者们为了词义上的解释和理解上的便利，采用了比较文学界比较流行和便于接受的说法——"渊源学"。

> 所谓渊源学，指的是在"放送者—传递者—接受者"这条路线上，从"接受者"的立场出发，对一位作家、一部作品、一种文体、一个思潮、一种文学现象或一个民族的文学在思想、艺术、主题、题材等方面所受外国文学影响的根源进行的研究。

关于中国小说的源流，陈寅恪认为，那些以"显扬感应，劝奖流通"为主题的"灭罪冥报传之作"，无论是"远讬法句譬喻经之体裁，"还是"近启太上感应篇之注释，"都为"佛教经典之附庸。"所以，虽然中国是"小说文学之大国，"虽然中国小说"号称富于长篇巨制，然一察其内容结构，往往为数种感应冥报传记杂糅而成。"倘若文学研究"能取此类果报文学详稽而广证之，或亦可为治中国小说史者之一助欤。"② 既指出了中国小说的源流，又指出了比较研究的价值所在。

关于中国小说的源流，陈寅恪还认为，"自佛教流传中土后，印度神话故事亦随之输入。"其证据是"近年发现之敦煌卷子中，如维摩诘经文殊问疾品演义诸书，益知宋代说经，与近世禅词章回体小说等，多出于一源，而佛教

---

① （法）梵·第根：《比较文学论》，戴望舒译，吉林出版集团有限责任公司，2010年版，第113页。

② 陈寅恪：《忏悔灭罪金光明经冥报传跋》，见《金明馆丛稿二编》，生活·读书·新知三联书店，2001年版，第291—292页。

经典之体裁与后来小说文学，盖有直接联系。"此外，"贤愚经者，本当时昙学等八僧听讲之笔记也。今检其内容，乃一杂集印度故事之书。"为此，他得出结论，"当日中央亚细亚说经，例引故事以阐经义。此风盖遵源于天竺，后渐及于东方。故今大藏中法句譬喻经等之体制，实印度人解释佛典之正宗。"遗憾的是，这样一种脉络清晰的源流，"昔日吾国之治文学史者，所未尝留意者也。"因此，"若能溯其本源，析其成分，则可以窥见时代之风气，批评作者之技能，于治小说文学史者傥亦一助欤？"[①] 在深入理清源流的基础上，再次指出比较研究的价值所在。

关于鸠摩罗什译大庄严经论叁第壹伍故事，陈寅恪认为难陀王所说的故事中，"一为顶生王升天姻缘，见于康僧会译六度集经肆第肆拾故事、涅槃经盛行品、中阿含经壹壹王相应品四洲经、元魏吉迦夜昙曜共译之付法藏姻缘传壹、鸠摩罗什译仁王般若波萝蜜经下卷、不空译仁王护国般若波萝蜜经护国品、法炬译顶生王故事经、昙无谶译文陀竭王经、施护译顶生王因缘经及贤愚经壹叁等。梵文 Divyāvadāna 第壹柒篇亦载之，盖印度最流行故事之一也。"[②] 为此，他还节录贤愚经壹叁顶生王缘品第陆肆的文字加以佐证，展现出严谨的学术情怀。

关于孙悟空大闹天宫的故事，他认为见于"印度最著名之纪事诗罗摩廷传第陆编，工巧猿名 Nala 者，造桥渡海，直抵楞伽。此猿猴故事也。盖此二故事本不相关涉，殆因讲说大庄严经论时，此二故事适相连接，讲说者有意或无意之间，并合闹天宫故事与猿猴故事为一，遂成猿猴闹天宫故事。……此西遊记孙行者大闹天宫故事之起源也。"[③]

关于猪八戒高老庄招亲的故事，陈寅恪通过考证认为此故事经历了一个

　　① 陈寅恪：《西遊记玄奘弟子故事之演变》，见《金明馆丛稿二编》，生活·读书·新知三联书店，2001 年版，第 217—218 页。

　　② 陈寅恪：《西遊记玄奘弟子故事之演变》，见《金明馆丛稿二编》，生活·读书·新知三联书店，2001 年版，第 218 页。

　　③ 陈寅恪：《西遊记玄奘弟子故事之演变》，见《金明馆丛稿二编》，生活·读书·新知三联书店，2001 年版，第 219—220 页。

传说中不断改良的过程。虽然此故事"必非全出中国人臆撰，而印度又无猪豕招亲之故事，"但"观此上述故事，则知居猪坎窟中，须发蓬长，衣裙破垢，惊犯宫女者，牛卧苾刍也。变为大猪，从窟走出，代受杀害者，则窟边旧住之天神也。牛卧苾刍虽非猪身，而居猪坎窟中。天神又变为猪以代之，出光王因持弓乘马以逐之，可知此故事中之出光王，即以牛卧苾刍为猪。此故事复经后来之讲说，憍闪毗国之憍，以音相同之故，变为高家庄之高。惊犯宫女，以事相类似之故，变为招亲。辗转代易，宾主混淆。指牛卧为猪精，尤觉可笑。然故事文学之演变，其意义往往由严正而趋于滑稽，由教训而变为讥讽，故观其与前此原文之相异，即知其为后来作者之改良。"由此，他得出结论，"此西游记猪八戒高家庄招亲故事之起源也。"[1]

关于沙和尚与流沙河的故事，他通过慈恩法师传壹所记载的故事认为，"此传所载，世人习知，即西游记流沙河沙和尚故事之起源也。"[2]

经过对孙悟空、猪八戒和沙和尚三者之起源的梳理，陈寅恪"推得故事演变"的"公例"：

> 一曰：仅就一故事之内容，而稍变易之，其事实成分殊简单，其演变程序为纵贯式。如果有玄奘度流沙河逢诸恶鬼之旧说，略加傅会，遂成流沙河沙和尚故事之例是也。

> 二曰：虽仅就一故事之内容变易之，而其事实成分不似前者之简单，但其演变程序尚为纵贯式。如牛卧苾刍之惊犯宫女，天神之化为大猪。此二人二事，虽互有关系，然其人其事，固有分别，乃接合之，使为一人一事，遂成猪八戒高家庄招亲故事之例是也。

> 三曰：有二故事，其内容本觉无关涉，以偶然之机会，混合为

---

① 陈寅恪：《西游记玄奘弟子故事之演变》，见《金明馆丛稿二编》，生活·读书·新知三联书店，2001年版，第221页。

② 陈寅恪：《西游记玄奘弟子故事之演变》，见《金明馆丛稿二编》，生活·读书·新知三联书店，2001年版，第222页。

一。其事实成分，因之而复杂。其演变程序，则为横通式。如顶生
王升天争帝释之位，与工巧猿助罗摩造桥渡海，本为各自分别之二
故事，而混合为一。遂成孙行者大闹天宫故事之例是也。①

至此，一条中国小说《西游记》所受印度文学影响之渊源的路线图就被
清晰地勾画出来，一段中国文学所受印度文学影响以及中印文学与中印文化
的交流史就通过微观的文本实证以小见大地呈现出来。

关于曹冲称象的源流，陈寅恪认为："陈承祚著三国志，下笔谨严。裴世
期为之注，颇采小说故事以补之，转失原书去取之意，后人多议之者。实则
三国志本文往往有佛教故事，杂糅附益于其间，特迹象隐晦，不易发觉其为
外国输入者耳。"② 为查证古代史料之真伪，他先后在"魏志贰拾邓哀王冲传"
和"叶水心适习学记言贰柒"中发现了论及此事的文字，但"皆未得其出
处。"③ 直至在"考北魏吉迦夜共昙曜译杂宝藏经"时，才找到了真正的渊源：

天神又问，此大白象有几斤？而群臣共议，无能知者。亦募国
内，复不能知。大臣问父，父言，置象船上，著大池中，画水齐船，
深浅几许，即以此船量石著中，水没齐画，则知斤两。即以此智以
答天神。④

之所以会出现这种鱼龙混杂、真伪难辨、渊源难寻的局面，陈寅恪认

---

① 陈寅恪：《西游记玄奘弟子故事之演变》，见《金明馆丛稿二编》，生活·读书·新知
三联书店，2001 年版，第 222 页。

② 陈寅恪：《三国志曹冲华佗传与佛教故事》，见《寒柳堂集》，生活·读书·新知三联
书店，2001 年版，第 176 页。

③ 陈寅恪：《三国志曹冲华佗传与佛教故事》，见《寒柳堂集》，生活·读书·新知三联
书店，2001 年版，第 176—177 页。

④ 陈寅恪：《三国志曹冲华佗传与佛教故事》，见《寒柳堂集》，生活·读书·新知三联
书店，2001 年版，第 177 页。

为："杂宝藏经虽为北魏时所译，然其书乃杂采诸经而成，故其所载诸国缘，多见于支那先后译出之佛典中。如卷捌之难陀王与那伽斯那共论缘与那先比丘问经之关系，即其一例。因知卷壹之弃老国缘亦当别有同一内容之经典，译出在先，或虽经译出，而书籍亡逸，无可徵考。或虽未译出，而此故事仅凭口述，亦得辗转流传至于中土，遂附会为仓舒之事，以见其智。但象为南方之兽，非曹氏境内所能有，不得不取其事与孙权贡献事混成一谈，以文饰之，此比较民俗文学之通例也。"①

关于神医华佗的源流，在"三国志贰玖魏书贰玖华佗传"和"杭大宗世骏三国志补注肆引叶梦得玉涧杂书"中都记载。陈寅恪认为，"夫华佗之为历史上真实人物，自不容不信。然断肠破腹，数日即差，揆以学术进化之史迹，当时恐难臻此。其有神话色彩，似无可疑。"于是，他便"检天竺语"，发现"agada"乃药之意。"旧译为'阿伽陀'或'阿羯陀'，为内典中所习见之语。'华'字古音，据瑞典人高本汉字典为 rwa，日本汉音亦读'华'为'か'。则华佗二字古音与'gada'适相应，其淆去'阿'字者，犹'阿罗汉'仅称'罗汉'之比。盖元化固华氏子，其本名为旉而非佗，当时民间比附印度神话故事，因称为'华佗'，实以'药神'目之。此魏志后汉书所记元化之字，所以与其一名之旉相应合之故也。"②

语言合语音的考证后，他经过对相关文献的进一步研究后发现，有关华佗金刀破头、金刀破腹、洗涤五脏，劈脑出虫等神奇记载，皆为"外来之神话，附益於本国之史实也。"他指出："若慧皎高僧传之耆域，则于晋惠帝之末年，经扶南交广襄阳至于洛阳，复取道流沙而返天竺（见高僧传玖）。然据捺女耆域因缘等佛典，则耆域为佛同时人，若其来游中土，亦当在春秋之世，而非典午之时，斯盖直取外国神话之人物，不经比附事实或变易名字之程序，

---

① 陈寅恪：《三国志曹冲华佗传与佛教故事》，见《寒柳堂集》，生活·读书·新知三联书店，2001 年版，第 177 页。

② 陈寅恪：《三国志曹冲华佗传与佛教故事》，见《寒柳堂集》，生活·读书·新知三联书店，2001 年版，第 179 页。

而竟以为本国历史之人物，则较华佗传所记，更有不同矣。"①

在梳理了曹冲与华佗故事的渊源后，陈寅恪得出结论："三国志曹冲华佗二传，皆有佛教故事，辗转因袭杂糅附会于其间，然巨象非中原当日之兽，华佗为五天外国之音，其变迁之迹象犹未尽亡，故得赖之以推寻史料之源本。夫三国志之成书，上距佛教入中土之时，犹不甚久，而印度神话传播已若是之广，社会所受之影响已若是之深，遂至以承祚之精识，犹不能别择真伪，而并笔之于书。"②

笔者对陈寅恪渊源学研究的实践，多取其原作原文原字原说，未作任何转述与转说。一是其原说已经确切表达其意，无需二度阐释。二是只有把原说呈现出来，方见先生治学之原貌。陈寅恪对影响研究的解读及其渊源学的实践，是民国时期比较文学的宝贵遗产。尤其是他关于佛教文学对中国文学影响的渊源学研究，用严谨的治学态度，扎实的治学精神，细致的文本考究，掷地有声的研究结论等，都为起步时期的中国比较文学开一代良风。文本是文学的载体，离开了文本的文学研究，就失掉了文学研究的本源。只有深入文本，甘于微观，方能在长期乃至寂寞的研究过程中取得有说服力的成果。这一点，陈寅恪当之无愧。

第二节　朱光潜的文类学范例

关于朱光潜（1897—1986）与比较文学，有学者曾做如下评述：一方面，他于 20 世纪 40 年代出版的著作《诗论》，"在相当广的程度上系统讨论了中西诗歌及诗歌理论的异同特点，是我国比较文学发展史上一部具有开创意义

---

① 陈寅恪：《三国志曹冲华佗传与佛教故事》，见《寒柳堂集》，生活·读书·新知三联书店，2001 年版，第 180 页。

② 陈寅恪：《三国志曹冲华佗传与佛教故事》，见《寒柳堂集》，生活·读书·新知三联书店，2001 年版，第 181 页。

的'比较诗学'杰作。……对不少比较文学课题发前人所未发，作出了自己独到的开掘。"一方面，他又"从未在任何撰述中提倡过比较文学，也从未将自己的任何著作和文章看作比较文学论著，他甚至绝少使用'比较文学'这个词，对比较文学始终保持着高度缄默的态度。"①

这种看似矛盾的情状或许恰恰是民国时期比较文学工作者治学风采的共同体现。即不纠缠于定义之类的名分之争，也不善于在宏观大论上做空泛文章，更不急于拿自己的成果抢占山头，而是扎扎实实、埋头文本，用实实在在的研究成果发声。从这个角度上看，后人冠之的"中国比较文学的重要奠基人"②、"中国比较文学事业的开拓者之一"③，以及中国"现代比较美学和比较文学的拓荒者之一"④等头衔名至所归。因为他用实实在在的成果佐证了自己是"实实在在的中国现代比较文学的先驱。"⑤

尽管朱光潜没有留下一部以"比较文学"命名的理论著作，但比较文学的意识却贯穿于他卷帙浩繁的著述之中。尽管朱光潜在诸多的著作和文章中都有关于比较文学的阐释，但真正被他本人看中、被学界视为"朱光潜的比较文学代表性作品"⑥的却是发表于20世纪30年代的《中西诗在情趣上的比较》和《长篇诗在中国何以不发达》。这两篇文章，与其说是诗学的，不如说是文类的。与其说是比较诗学的，不如说是文类学之"文学体裁研究"和"缺类研究"的，是朱光潜载入中国比较文学史册的文类学研究的范例。

---

① 钱念孙：《比较文学消亡论——从朱光潜对比较文学的看法谈起》，见《文学评论》，1990年第3期，第96页。

② 乐黛云：《朱光潜对中国比较文学的贡献》，见《社会科学》，2010年第2期，第163页。

③ 杨周翰、乐黛云主编：《中国比较文学年鉴：1986》，北京大学出版社，1987年版，第406页。

④ 文宣：《我国现代美学的奠基者——朱光潜》，见《光明日报》，2001年4月3日。

⑤ 钟名诚：《朱光潜比较研究的原则》，见《一路风景的博客》，2011-11-12。http://blog.sina.com.cn/xzzmc

⑥ 张辉：《朱光潜的〈诗论〉》，见乐黛云、陈惇主编《中外比较文学名著导读》，浙江大学出版社，2006年版，第88页。

如果从字面上解释的话，"文类"其实就是我们常说的文学的"类型"。如果用中国人最容易接受的话语来解释的话，"文类"其实就是在文学鉴赏中经常遇到的文学的"体裁"，在中国古代又称为"文体"。时至当代，中外理论界在文学类型的划分上已无大的差别。因为所有的文学创作，无论是中国的，还是外国的，都不可能超出"小说、诗歌、戏剧、散文"这几种体裁的范畴。

任何一个作家在进行文学创作的时候，都要自觉或不自觉，有意识或无意识地选择一定的文学类型来构思自己的文学作品，或小说、或诗歌、或戏剧、或散文。文学既是一条交流互动的河，也是一条平行发展的路。在这条平行发展的路途上，不同国家和民族的文学，不仅会出现相同的主题，还会出现相似的文类。在传统的文学鉴赏中，阅读者的目光一般都停留在"国别"的范畴之内，对文类的关注也大多局限在一个国家或一个民族的范畴。倘若跨出了国家和民族的界限，从另一个视角反观不同国家和民族的"文学类型"时，就步入到比较文学的领域之中。朱光潜的《中西诗在情趣上的比较》就是一篇研究中西诗歌这一"文体"的优秀成果。

在文类的领域中，诗歌是一个体积庞大的文体。为此，朱光潜将研究的视角集中于"情趣"一个聚焦点上，以"人伦""自然""宗教与哲学"为切入点，对中西诗歌在"情趣上"的"有趣的同点和异点，"进行"参观互较，"进行"有趣味的研究。"因为"诗的情趣随时随地而异，各民族各时代的诗都各有它的特色。"①

虽然朱光潜以"同点和异点"作为开篇的宗旨，但他却是以鲜明的差异性直奔比较对象的。换言之，对差异性的直言不讳，构成了全篇的主旋律，主导了全篇的研究基调。这恰恰是被日后学界提出的"平行研究"中最为宝贵，也是最不易突破的难点之一。

关于人伦，朱光潜认为"西方关于人伦的诗大半以恋爱为中心。中国诗

---

① 朱光潜：《中西诗在情趣上的比较》，见《朱光潜集》，花城出版社，2009年版，第145页。

言爱情的虽然很多，但是没有让爱情把其他人伦抹煞。"这是因为"朋友的交情和君臣的恩谊在西方诗中不甚重要，而在中国诗中则几与爱情占同等位置。"倘若把中国古代诗人的这些诗作排除在外，他们的伟大，"他们诗的精华便已剥丧大半。"①从而开门见山地就把中西诗歌在人伦上的差异和盘托出：西方人重爱情，中国人重友情。西方诗人中虽有歌德与席勒、华兹华斯与柯勒律治、拜伦与雪莱、魏尔伦与兰波等友谊佳话，但其"叙友朋乐趣的诗却极少。"而由于社会文化与伦理思想的差异，爱情在古时的中国"没有现代中国人所想的那样重要，"这就导致了"中国叙人伦的诗，通盘计算，关于友朋交谊的比关于男女恋爱的还要多。"②

朱光潜从个人与国家、妇女地位和恋爱观三个方面分析了中诗重友情，西诗重爱情的缘由。在个人与国家的关系上，西方社会的表层基础是国家，深层基础却是个人。这种强烈的个人主义倾向使得西方人将爱情置于生命的顶层，而往往将友情忽略。中国社会的表层是家庭，骨子里却"侧重兼善主义。"这使得"他们朝夕所接触的不是妇女而是同僚与文字友。"③在女性的社会地位上，由骑士制度衍生的骑士精神深深影响到西方人的行为科学，其结果是女性有较高的地位，较完备的教育，有与男性比肩的情趣与学识。而中国由于深受儒家思想的影响，女性一般处于较低的地位上，三从四德的纲常伦纪，使女性无法取得与男性同等的志趣。在恋爱的观念上，"西方人重视恋爱，有'恋爱至上'的标语。中国人重视婚姻而轻视恋爱，真正的恋爱往往见于'桑间濮上'。"因此，西方诗人追求爱情是为了实现人生，中国诗人追求爱情是为了消遣人生。④

---

① 朱光潜：《中西诗在情趣上的比较》，见《朱光潜集》，花城出版社，2009 年版，第145 页。

② 朱光潜：《中西诗在情趣上的比较》，见《朱光潜集》，花城出版社，2009 年版，第146 页。

③ 朱光潜：《中西诗在情趣上的比较》，见《朱光潜集》，花城出版社，2009 年版，第146—147 页。

④ 朱光潜：《中西诗在情趣上的比较》，见《朱光潜集》，花城出版社，2009 年版，第147 页。

为了深入剖析中西诗在爱情表达上的差异，朱光潜在列举了中西诗歌的文本案例后得出了"西诗以直率胜，中诗以委婉胜；西诗以深刻胜，中诗以微妙胜；西诗以铺陈胜，中诗以简隽胜"①的精彩结论。

关于自然，朱光潜认为中西方的自然诗，有着同爱情诗一样的差异性，如在委婉、微妙、直率、铺陈等方面各领风骚。但犹如艺术美有刚柔之分一样，自然美也有刚性与柔性两种表现："刚性美如高山、大海、狂风、暴雨、沉寂的夜和无垠的沙漠，柔性美如清风皓月、暗香疏影、青螺似的山光和媚眼似的湖水。"②倘用刚柔之美比较中西诗歌，便可发现"西诗偏于刚，而中诗偏于柔。西方诗人所爱好的自然是大海，是狂风暴雨，是峭崖荒谷，是日景；中国诗人所爱好的自然是明溪疏柳，是微风细雨，是湖光山色，是月景。"③

为了进一步挖掘中西方诗人对待自然的差异，朱光潜从感官主义、情趣的契合及泛神主义三个方面分析了"诗人对于自然的爱好。"认为多数中国诗人对待自然的态度属于第二种，而多数西方诗人则属于第三种，即"把大自然全体看作神灵的表现，在其中看出不可思议的妙谛，觉得超于人而时时在支配人的力量。"并指出这恰恰是中国诗人很少达到的境界。④为此，他列举中国诗人陶渊明的《饮酒》和英国诗人华兹华斯的《听滩寺》对自然的感应，经比较后得出结论："中国诗人在自然中只能听见到自然，西方诗人在自然中往往能见出一种神秘的巨大的力量。"⑤关于哲学和宗教，是朱光潜着墨最多的地方，也是他对"中国诗人何以在爱情中只能见到爱情，在自然中只能见到

① 朱光潜:《中西诗在情趣上的比较》，见《朱光潜集》，花城出版社，2009年版，第147—148页。

② 朱光潜:《中西诗在情趣上的比较》，见《朱光潜集》，花城出版社，2009年版，第148页。

③ 朱光潜:《中西诗在情趣上的比较》，见《朱光潜集》，花城出版社，2009年版，第149页。

④ 朱光潜:《中西诗在情趣上的比较》，见《朱光潜集》，花城出版社，2009年版，第149页。

⑤ 朱光潜:《中西诗在情趣上的比较》，见《朱光潜集》，花城出版社，2009年版，第150页。

自然，而不能有深一层的彻悟"① 之问的回答。究其缘由，他认为只能"归咎于哲学思想的平易和宗教情操的淡薄。"他指出："诗虽不是讨论哲学和宣传宗教的工具，但是它的后面如果没有宗教和哲学，就不易达到深广的境界。"②在西方文学史上，每一个重大文艺思潮的背后都有哲学作其坚强后盾。如人文主义与人文主义文学，唯理主义与古典主义文学，唯物主义与启蒙主义文学，德国唯心主义、法国空想社会主义与浪漫主义文学，法国的空想社会主义、德国的古典哲学、英国政治经济学、马克思主义哲学、唯物主义等与现实主义文学，实证主义、泰纳的"决定论"③ 与自然主义文学，直觉主义、弗洛伊德主义与象征主义和唯美主义文学，马克思主义与无产阶级文学，非理性主义哲学、现代心理学与西方现代主义文学等。从某种意义上讲，正是以这些形形色色的哲学思想为基础，西方文学才得以发扬光大，西方的文坛才得以掀起一浪又一浪的文学高潮，西方的文学才得以在一浪又一浪的文学高潮中不断地走向辉煌。在西方文学的发展征途中，哲学的贡献功不可没。

对此，朱光潜也有精彩的论述：

> 诗好比一株花，哲学和宗教好比土壤，土壤不肥沃，根就不能深，花就不能茂。西方诗比中国诗深广，就因为它有较深广的哲学和宗教在培养它的根干。没有柏拉图和斯宾洛莎就没有歌德、华兹华斯和雪莱诸人所表现的理想主义和泛神主义；没有宗教就没有希腊的悲剧、但丁的《神曲》和弥尔顿的《失乐园》。④

---

① 朱光潜：《中西诗在情趣上的比较》，见《朱光潜集》，花城出版社，2009 年版，第 150 页。

② 朱光潜：《中西诗在情趣上的比较》，见《朱光潜集》，花城出版社，2009 年版，第 150 页。

③ 法国哲学家、美学家、文学史家泰纳提出"环境、时代和种族"是决定物质和精神文明的三大要素。

④ 朱光潜：《中西诗在情趣上的比较》，见《朱光潜集》，花城出版社，2009 年版，第 150 页。

相比之下，他认为中国诗歌的哲学与宗教土壤略显贫瘠。虽然在"荒瘦的土壤中居然现出奇葩异彩，固然是一种可惊喜的成绩，但是比较西方诗，终嫌美中有不足。"① 虽然中国也产生过老庄哲学，并且对中国诗人有深刻的影响，但由于"哲学思想平易，所以无法在冲突中寻出调和，不能造成一个可以寄托心灵的理想世界。"还由于"宗教情操淡薄，所以缺乏'坚持的努力'，苟安于现世而无心在理想世界求寄托，求安慰。"从而导致了中国诗歌中无法产生但丁的《神曲》、弥尔顿的《失乐园》以及歌德的《浮士德》那样的里程碑意义的大作，而"只能产生《远游》、《咏怀诗》和《古风》一些简单零碎的短诗。"② 虽然中国诗歌也深受佛教的影响，但朱光潜认为"受佛教影响的中国诗大半只有'禅趣'而无'佛理'。"这在谢灵运、王维和苏轼的诗作中表现得最具代表性。在他看来，"佛理"才是"真正的佛家哲学，"而"禅趣"则只是"和尚们静坐山寺参悟佛理的趣味。"③ 所以，"佛教只扩大了中国诗的情趣的根底，并没有扩大它的哲理的根底。中国诗的哲理的根底始终不外儒道两家。佛学为外来哲学，所以能合中国诗人口胃者正因其与道家言在表面上有若干类似。……与深邃的哲理和有宗教性的热烈的企求都不相容。中国诗达到幽美的境界而没有达到伟大的境界，也正由于此。"④

朱光潜站在中西文化的边缘，注视着中西文化背景下的中西诗歌在情趣上的异同，理性地分析中西诗歌在爱情，在自然，在哲学与宗教上的不同情怀，客观地评析中西诗歌在上述领域的差异。没有夜郎自大，没有妄自菲薄，表现了一个学贯中西的文化学者应有的胸襟。诚如他本人所言："我爱中国

① 朱光潜：《中西诗在情趣上的比较》，见《朱光潜集》，花城出版社，2009 年版，第 150—151 页。

② 朱光潜：《中西诗在情趣上的比较》，见《朱光潜集》，花城出版社，2009 年版，第 155 页。

③ 朱光潜：《中西诗在情趣上的比较》，见《朱光潜集》，花城出版社，2009 年版，第 156 页。

④ 朱光潜：《中西诗在情趣上的比较》，见《朱光潜集》，花城出版社，2009 年版，第 157—158 页。

诗，我觉得在神韵微妙格调高雅方面往往非西诗所能及，但是说到深广伟大，我终无法为它护短。"①

缺类研究也是文类学的范畴之一。缺类的表现是：一个国家或民族的文学中所具有的文类，另一个国家或民族的文学中没有；一个国家和民族的文学中所具有的文类，虽然在另一个国家和民族的文学中存在，但其表现的形式和内在的实质却存在着巨大的差异。

史诗是西方文学最早出现的文学体裁。荷马史诗《伊利亚特》和《奥德赛》开了西方文学史诗体裁的先河。罗马诗人维吉尔的《伊尼德》开了欧洲文学史上文人史诗的先河。中世纪的欧洲，产生了英格兰的《贝奥武甫》、法国的《罗兰之歌》、德国的《尼伯龙根之歌》、芬兰的《卡列瓦拉》、西班牙的《熙德》和俄罗斯的《伊戈尔远征记》。古代的印度，也产生了《摩诃婆罗多》和《罗摩衍那》两大史诗。

然而，当我们站在史诗的角度上反观中国文学的时候，发现"欧洲文学所有重要的文类，都可以在中国文学中找得到，只有史诗例外。"②尽管我们有藏族史诗《格萨尔王》、蒙古族史诗《江格尔》、彝族史诗《梅葛》、纳西族史诗《创世纪》及柯尔克孜族史诗《玛纳斯》等，却没有一个是汉民族的！"为什么汉民族文学没有自己的史诗？"朱光潜的《长篇诗在中国何以不发达》作出了回答。

其一，哲学思想的平易和宗教情操的浅薄。他认为："西方史诗都发源于神话。神话是原始民族思想和信仰的具体化，史诗则又为神话的艺术化。"而中国的神话时代在商周时期就已结束。"神话时代是民族的婴儿时代，"而中国却"老早就把婴儿时代的思想信仰丢开，脚踏实地的过成人的生活。"③史诗

---

① 朱光潜:《中西诗在情趣上的比较》,见《朱光潜集》,花城出版社,2009 年版,第 151 页。

② 转引自陈惇、孙景尧、谢天振主编:《比较文学》,高等教育出版社,1997 年版,第 99 页。

③ 朱光潜:《长篇诗在中国何以不发达》,见《朱光潜集》,花城出版社,2009 年版,第 160 页。

没能得到发展就不值得大惊小怪了。

其二，西方民族性好动，理想的人物是英雄；中国民族性好静，理想的人物是圣人。不同的人生理想决定了不同的作品主角。英语中"主角"与"英雄"共用一个名词，从而决定了其史诗中的主角"必定为慷慨激昂的英雄，才能发出激烈紧张的动作。"相比之下，中国"无为而治"思想下的"圣人最不适宜于作史诗和悲剧的主角，因为他们根本就少动作"。[1]

其三，文艺上的主客观因素。朱光潜认为，"西方民族属于外倾类，中国民族属于内倾类，"反映在诗歌创作上，则"西方文学偏重客观，以史诗悲剧擅长，中国文学偏重主观，以抒情短章擅长。"正是由于偏重主观所导致的客观想象的不发达，使中国诗人描写的仙境与西方诗人描写的天国相比出现明显的不足，所以"客观的想象贫乏是长篇诗在中国不发达的一个大原因。"[2]

其四，史诗和抒情诗的侧重点因素。朱光潜认为，史诗体裁决定其是长篇作品，抒情诗体裁决定其不能过长。而中国诗偏重抒情，"所以长篇诗在中国不发达。"但是，"长篇诗的缺乏并非中国文学的弱点，也许还可以说是中国人艺术趣味比较精纯的证据。"因为，"一切诗都是抒情的，"史诗也是抒情诗的一种，虽然"抒情诗都不能长，"但"长篇诗不必全体是诗。"[3]

其五，社会发展状况的因素。朱光潜认为，欧洲的史诗有希腊做模仿的蓝本，但时至近代已经由诗演化为散文，而散文恰恰是中国古代文学发展最早的文体之一。即西方可以用来做史诗的材料，中国则早就用散文来表达了。"由于史诗的时代在当时本已过去，而前此又无史诗可为蓝本，"[4]故中国的长

---

① 朱光潜：《长篇诗在中国何以不发达》，见《朱光潜集》，花城出版社，2009年版，第162页。

② 朱光潜：《长篇诗在中国何以不发达》，见《朱光潜集》，花城出版社，2009年版，第162页。

③ 朱光潜：《长篇诗在中国何以不发达》，见《朱光潜集》，花城出版社，2009年版，第163页。

④ 朱光潜：《长篇诗在中国何以不发达》，见《朱光潜集》，花城出版社，2009年版，第164页。

篇诗没有发展起来。

对长篇诗在中国何以不发达原因的探讨，并没有模糊朱光潜冷静客观和比较分析的目光。因为长篇诗在中国不发达的原因，既"起于中国民族的弱点，"也"起于中国民族的优点。"[1] 各个国家、各个民族，均有在本土文化的土壤上选择本土文学发展道路的权利。朱光潜的著述，谈文本又似乎不仅仅谈文本，看似没有玄奥的空篇大论却处处渗透着深刻的理论，实为治学范例。

第三节 陈铨的流传学研究

法国学者梵·第根在《比较文学论》中，曾经用"放送者"、"接受者"和"传递者"的称谓，形象地为自己的理论建构命名：

> 在一切场合之中，我们可以第一去考察那穿过文学疆界的经过路线底起点：作家，著作，思想。这便是人们所谓"放送者"。其次是到达点：某一作家，某一作品或某一页，某一思想或某一情感。这便是人们所谓"接受者"。可是那经过路线往往是由一个媒介者沟通的：个人或集团，原文的翻译或模仿。这便是人们所谓"传递者"。[2]

梵·第根所言的"放送者"、"接受者"和"传递者"，构成了影响研究的三大要素，奠定了影响研究的理论基础，进而形成了时至今日依旧为广大比较文学工作者所认可、所广泛使用的"流传学"、"渊源学"和"媒介学"，成为影响研究最基本的范畴。

---

① 朱光潜：《长篇诗在中国何以不发达》，见《朱光潜集》，花城出版社，2009 年版，第164 页。

② （法）梵·第根：《比较文学论》，戴望舒译，吉林出版集团有限责任公司，2010 年版，第39 页。

梵·第根认为："一位作家在外国的影响之研究，是和他的评价或他的'际遇'之研究，有着那么密切的关系，竟至这两者往往是不可能分开的。我们可以把这一类的研究称为'誉舆学'，因为这是事关一位作家或许多作家的声名，以及别人对于他们的意见的。"①

这里所言的"誉舆学"Doxologie 源自希腊文，中文译成"舆论"或"名誉"。日后，学者们为了词义上的解释和理解上的便利，采用了比较文学界比较流行和便于接受的说法——"流传学"。

所谓流传学，指的是在"放送者—传递者—接受者"这条路线上，从"放送者"的立场出发，对一位作家、一部作品、一种文体、一个思潮、一种文学现象或一个民族的文学在域外的声誉、成就和影响所进行的研究。

倘若我们运用梵·第根所创立的流传学理论回眸民国学者的理论著述和研究成果的话，发现陈铨（1903—1969）于 1936 年出版的《中德文学研究》，是"一部专门研究中国文学从 1763 年（即《中国详志》出版）以来二百年间，在德国的翻译、介绍，及对德国文学影响情况的专著。"在这本著作中，陈铨"用大量详实的德文材料，说明中国文学被译成德文及在德国的传播情况。……这样详实、具体地研究中国文学与德国文学相互关系的研究专著，近代以来，实在不多。"因此，"《中德文学研究》在这方面有开创性贡献。"②

梵·第根的《比较文学论》出版于 1931 年，译成中文于 1937 年。陈铨的《中德文学研究》出版于 1936 年。无论他接触过梵·第根的比较文学理论与否，其学术视野、学术思维已经与当时国际上最前卫的比较文学理论相同步。因此，《中德文学研究》被看做"中国比较文学史上第一部有关影响的专著，"③

---

① （法）梵·第根：《比较文学论》，戴望舒译，商务印书馆，1937 年版，第 136 页。

② 杨扬：《出版说明》，见陈铨著《中德文学研究》，辽宁教育出版社，1997 年版。

③ 刘昱君：《在文化与文学交流中"平等对话"——陈铨的〈中德文学研究〉评析》，见《时代文学》，2009 年 10 月 15 日，第 217 页。

也是中国比较文学史上第一部影响研究之流传学研究的著作。由于至今已有70余年的历史，故被称为"一部'年逾古稀'的中国比较文学名著，"①陈铨也由此被誉为"中德比较文学研究的开创者。"②

《中德文学研究》是陈铨的博士论文，原名为《德国文献中的中国纯文学》。读罢全书，感觉原名包含了两方面的含义：（1）这是一部从文献的角度考察中国文学在德国流传现状的著述。（2）考察的焦点是"纯文学"。陈铨认为："中国文学，可分为广义的与狭义的两种：广义的中国文学，包括经史子集戏曲小说歌谣等，狭义的中国文学，仅仅指小说戏剧抒情诗三项。"而"狭义的中国文学，就是'纯文学'。"他的这部著作所研究的，"就是中国的纯文学对于德国文学的影响。换言之，就是中国的小说戏剧抒情诗，对于德国小说戏剧抒情诗的影响。"③进而开篇就为研究的对象和研究的范畴定下了基调。

关于外来文学对本土文学的影响，陈铨认为要经过三个阶段："第一是翻译时期，第二是仿效时期，第三是创造时期。"在考查了中国文学输入德国的现状后，他认为中德文学尽管已经有了200多年的接触，但"始终没有超过翻译的时期。"④因此，不但译者本人对中国文学没有彻底的了解，就连天才的作家也无法在错误的、漏洞百出的译作中获取对中国文学的正确认识。究其原因，就在于"中国的文学材料太丰富，内容太复杂，就是一个本国的学者也还要经过许多年的工作，才能找出一个清楚源流线索。……对一个欧洲的学者要求当然更不能够苛刻。"而他的使命就是"说明中国纯文学对德国文学影响的程序，"站在中国文学史的立场上"判断德国翻译和仿效作品的价值。"⑤

---

① 卫茂平：《一部"年逾古稀"的中国比较文学名著——陈铨〈中德文学研究〉评述》，见《中国比较文学》，2006年第3期，第173页。

② 焦海龙：《中德比较文学研究的开创者——陈铨》，见《西南农业大学学报（社会科学版）》，2009年第6期，第209页。

③ 陈铨：《中德文学研究》，辽宁教育出版社，1997年版，第1页。

④ 陈铨：《中德文学研究》，辽宁教育出版社，1997年版，第2页。

⑤ 陈铨：《中德文学研究》，辽宁教育出版社，1997年版，第4页。

陈铨经考证后发现，"欧洲第一个对于中国纯文学起首有相当认识的人"①是白尔塞。1761 年他用英文翻译了中国小说《好逑传》。1766 年一位署名 M 人的将其转译成法文。同年，一名叫慕尔的德国人将其转译成德文。虽然白尔塞在序文里发表了很多关于中国文化和中国文学的见解，但陈铨认为白尔塞的观察只是一种知识的观察，"而不是一种智慧的观察。"因为，他只"看得见中国精神的形式，而没有看见中国精神的内容。"他觉得"只有德国最伟大的诗人，凭他的天才，才算达到了这种地步。"这位伟大的天才就是歌德，只有歌德才能"超出一切国家政治种族的界限，直接去达到世界人类共同的基础。"②

陈铨关于歌德与中国小说关系的研究，是在歌德与爱克曼的谈话中发现的。歌德说：

> 中国人在思想、行为和情感方面几乎和我们一样，使我们很快就感到他们是我们的同类人，只是在他们那里一切都比我们这里更明朗，更纯洁，也更合乎道德。在他们那里，一切都是可以理解的，平易近人的，没有强烈的情欲和飞腾动荡的诗兴，因此和我写的《赫尔曼与窦绿苔》以及英国理查生写的小说有很多类似的地方。他们还有一个特点，人和大自然是生活在一起的。你经常听到金鱼在池子里跳跃，鸟儿在枝头歌唱不停，白天总是阳光灿烂，夜晚也总是月白风清。③

对比较文学而言，1827 年 1 月 31 日，是一个值得纪念的日子。就是在那天的谈话中，歌德谈到了中国小说，虽然他认为中国有成千上万这类的作品，但依旧自觉地把自己的作品、英国人理查生的作品及法国人贝朗瑞的作品拿来比较，并且在比较的过程中提出了"世界文学"的著名畅想：

---

① 陈铨：《中德文学研究》，辽宁教育出版社，1997 年版，第 7 页。
② 陈铨：《中德文学研究》，辽宁教育出版社，1997 年版，第 10 页。
③ 《歌德谈话录》，朱光潜译，人民文学出版社，1978 年版，第 112 页。

我愈来愈深信，诗是人类的共同财产。……民族文学在现代算不了很大的一回事，世界文学的时代已快来临了。现在每个人都应该出力促使它早日来临。①

正是在世界文学畅想的鼓舞下，他指出"对其它一切文学我们都应只用历史眼光去看。碰到好的作品，只要它还有可取之处，就把它吸收过来。"②

了解了歌德的世界文学胸怀后，与白尔塞的差异自然就进入到陈铨的视野之中。同样面对中国小说，"白尔塞讲的是形式；歌德讲的是内容，白尔塞懂得原书的技术；歌德懂得原书的精神；白尔塞发现了原书作者艺术的纤巧，歌德寻出原书作者在文化里边的意义。"③精彩的评述放置今日，依旧没有失去其应有的学术价值。正因为歌德读懂了中国小说的精神，以及蕴含在中国小说里的文化意义，陈铨才觉得歌德对于自己读过的中国小说，"有直觉了解的能力，"因为"他从行间字里认清了作者的灵魂，他仿佛亲身感受了孔子世界里的空气。"④

陈铨关于中国历史小说对德国文学影响的研究，是从德国人对中国小说的翻译以及对译本价值的评判入手的。他认为，《水浒传》是"一部在德国文学发生过影响的中国历史小说。"⑤最早的零碎翻译"遗漏得很多，完全失掉了原书本来的面目。"⑥至 1904 年客尔因的《鲁达上山始末记》才有了鲁达的完整故事，但对《水浒传》的理解仍未到位。1927 年，额润斯苔茵的译本《强盗与兵》是根据《水浒传》的部分故事改编成功的德文小说。陈铨指出，"如果客尔因只发现《水浒传》中滑稽的成分，额润斯苔茵却只发现它激烈反抗革命的成分。"加之译者用不高明的手腕颠倒改窜，把《水浒传》这样一部伟大的作品，"一件成

---

① 《歌德谈话录》，朱光潜译，人民文学出版社，1978 年版，第 113 页。
② 《歌德谈话录》，朱光潜译，人民文学出版社，1978 年版，第 114 页。
③ 陈铨：《中德文学研究》，辽宁教育出版社，1997 年版，第 13 页。
④ 陈铨：《中德文学研究》，辽宁教育出版社，1997 年版，第 16 页。
⑤ 陈铨：《中德文学研究》，辽宁教育出版社，1997 年版，第 30 页。
⑥ 陈铨：《中德文学研究》，辽宁教育出版社，1997 年版，第 31 页。

功的美术品打烂以后，想再去创造一件新的，所以结果可怜地完全失败。"①

为了探其缘由，陈铨通过对额润斯苔茵及其诗作的研究后发现，"额润斯苔茵是一个曾经受过深沉刺激的人，他生性又富于激烈的情感，所以他对人类社会国家常常都怀恨攻击。他寂寞悲哀，反对战争，反对政府，反对世界一切，甚至于反对自己。"② 找到译者性格形成的起因后，就不难发现额润斯苔茵为何在《水浒传》译本中的激进情怀。因为他"没有《水浒传》作者那样冷静客观的本事，所以他自己的作品，只是一意地激烈叫喊。"从这个意义上看，"他在《水浒传》里边只看见革命的成分，在改编的时候，只把革命成分，放在小说中间，"③ 就再自然不过了。这种从译者的性格和文学创作的角度出发，延伸至分析译本的特征，评判译本的价值，以此得出令人信服的客观结论的做法，至今依旧有其示范意义。

关于中国神怪小说的翻译，陈铨对只翻译了一半《封神演义》的德国汉文学者格汝柏赞赏有加，认为"格汝柏是一个头脑最清醒的人，他还富于对不同文化的深入了解力，他对于中国哲学宗教文学，常常有惊人的见解。他《封神演义》的翻译，是德国中国学问界里边不朽的工作。"④ 此外，陈铨还对《西游记》《三国演义》《聊斋志异》《金瓶梅》和《红楼梦》的德译本价值进行了有说服力的评说，并且勾勒出中国小说对德国文学的影响路线：

歌德凭他直觉的了解力，是第一个深入中国文化精华的人；从他读过的中国小说里，他发现了孔子哲学影响造成的中国人生观。从此以后，德国的学者文人，都不断地努力去翻译介绍中国的小说，他想打下一个研究中国文化的基础。⑤

---

① 陈铨：《中德文学研究》，辽宁教育出版社，1997年版，第32页。
② 陈铨：《中德文学研究》，辽宁教育出版社，1997年版，第34页。
③ 陈铨：《中德文学研究》，辽宁教育出版社，1997年版，第35页。
④ 陈铨：《中德文学研究》，辽宁教育出版社，1997年版，第37页。
⑤ 陈铨：《中德文学研究》，辽宁教育出版社，1997年版，第47页。

陈铨同时指出，很多中国小说德译本之所以谬误百出，或是由于译者知识能力所限，或是由于对中国文化的理解还停留在表层；或者将中国文学的材料当做表达自己思想的工具，或者未能站在中国文化的立场上了解中国。虽然额润斯苔茵等人的工作已经"朝着进步的方向在努力，"但"德国对中国小说的翻译，还是一场材料同适当表示方法的激烈战争。"①

论及中国戏剧对德国的影响，陈铨认为所面临的最大难题就是对中国戏剧的改编，即"一本改编了的中国戏剧，能否一方面适合于德国剧台的表演，而一方面还能保持原来中国固有的精神。"②这其中，重要的依旧是翻译。因为，"中国戏剧根据的世界观，同欧洲近代的全不相同。"③不过，中国戏剧还是不同程度地影响了德国，影响了德国文学。

歌德曾经在《赵氏孤儿》的影响下萌发创作一部戏剧的灵感。尽管没有最终完成，但中国戏剧对他的影响已经实现。席勒也曾经改编过中国戏，极力要在《图兰朵》中"点染上中国的色彩。"虽然对中国所知甚少，但想要在《图兰朵》中"造成中国的空气，却是非常明白的事实。"④龚彭柏在剧本《神笔》中讲了一位中国诗人的故事，又添加了与中国文化不符的情节与想象。对此，陈铨总结性地指出：

> 歌德、席勒、龚彭柏的改编剧本，同中国戏剧的精神形式都不相合。歌德曾经就中国材料，得了一些主要的动机，但是他的戏剧完全是一本欧洲的戏剧。席勒的《图朗多》是一个亚拉伯罕的神话，同中国戏剧，简直没有关系。……龚彭柏的《神笔》是一种幻想，是一个人文的游戏。作者自己对他自己的作品，就没有认真，我们当然用不着认真去评论它。⑤

---

① 陈铨：《中德文学研究》，辽宁教育出版社，1997年版，第47页。

② 陈铨：《中德文学研究》，辽宁教育出版社，1997年版，第48页。

③ 陈铨：《中德文学研究》，辽宁教育出版社，1997年版，第53页。

④ 陈铨：《中德文学研究》，辽宁教育出版社，1997年版，第59—60、62页。

⑤ 陈铨：《中德文学研究》，辽宁教育出版社，1997年版，第67页。

相比之下，只有克拉朋改编的《灰阑记》继续了"歌德想用中国精神来写德国戏剧的未竟之业，"虽然不算完全成功，总算有相当的成功。"中国的感情，中国的空气，中国人的人生观，有时活现于行间字里。"因此，"德国的戏剧史，一直到现在，还没载得有比克拉朋《灰阑记》改编得更好的中国戏剧。"[①]尽管如此，陈铨仍认为无论是《赵氏孤儿》，还是《灰阑记》，它们虽然对德国文学产生过较大影响，但都不是中国第一流的戏剧。而真正把中国最重要的两个戏剧《西厢记》和《琵琶记》翻译到德国的是洪德生。值得一提的是，尽管洪德生的译诗流利、明白、清楚，却与王实甫华丽的风格，恰恰相反。因此，洪德生呈现给德国读者的，是"一部根本精神改变过了的中国剧本。"[②]这种不是翻译，而是改编的转换，使陈铨认为洪德生的改编本，"是有价值的作品，"是"真正准确精美的翻译。"[③]此外，卫礼贤翻译的关于庄子的戏剧《蝴蝶梦》和《劈棺》也得到了陈铨的认可。

关于中国戏剧对德国文学的影响，陈铨的结论是："改编中国戏剧比较改编中国小说，还更难成功，因为戏剧不单是翻译，还要表演，然而表演在习惯不同的德国舞台上，更十二万分的困难。……歌德根据一些中国材料的动机，想用中国精神来创造一本西洋的戏剧，结果失败。席勒想把他的戏剧，染上中国色彩，也一样地没有成功。龚彭柏的《神笔》，精神与形式同中国都没有关系。只有克拉朋才第一次把一本真正的中国戏剧改编，在德国剧台上获得一般观众的喝彩，但是也就正因为他改编的结果，把剧中国的人物，加上了西洋的精神，他的戏，不是中国戏乃是西洋戏。"[④]

尽管《中德文学研究》开篇就强调自己的使命是"判断德国翻译和仿效作品的价值，"但作为一篇博士论文，一部学术著作，陈铨不但始终没有放弃对译者、对译本的价值评析，还在评析的过程中始终没有放弃作为学术著

---

① 陈铨：《中德文学研究》，辽宁教育出版社，1997年版，第68、71页。

② 陈铨：《中德文学研究》，辽宁教育出版社，1997年版，第78页。

③ 陈铨：《中德文学研究》，辽宁教育出版社，1997年版，第82页。

④ 陈铨：《中德文学研究》，辽宁教育出版社，1997年版，第89页。

作的另一使命——研究。既研究译者的个性，也研究译者的风格；既研究译本的年代，也研究译本的优劣；既研究中德两国的文化，也研究中德两国的文学，并且在中德文学的研究中侧重于中国文学的影响。这种渗透在字里行间的比较意识，使陈铨在中德文学的研究中不时有闪光的智慧和精辟的文字闪现。

在论及王实甫及其《西厢记》时，他写道：

在德国戏剧，通常表现出一种战争的态度。里面事事都是相对的，冲突的，永远不能综合的。中国的戏剧表示出来的，却是一种静观的态度。所以在语言方面，它总是用"栉比"的排列法，来表达最高综合观察的图画。所以抒情成了中国戏剧主要的成分。德国戏剧里面的人物，是活动的个人。他的运命，就是他的战争。他是一种自觉的志愿，与人类上帝挺然相对。他与世界，与你，与我，都处处相反。中国戏剧里面的人，却表示一种被动的生存。他的内心，不是战争的。他让自身与世界相融合；他不进攻；他只等候。他是沉思的；他的象征，不是一把刀，是一张琴。他对人生的根本态度，不是由意志、行动，人格，却是由感受，融合，对宇宙全部的皈依来决定。席勒把世界分为永远不能综合的感觉与理性，赫伯尔把个人与理想，作为悲剧二元主义的基本。王实甫的出发点不是世界现象的二元论，却是世界全部统一的道理。人与自然的势力不是冲突的，是融洽的；他觉得他自己是宇宙万物的一部分，认为依照宇宙万物综理生活，是人类应当持的态度。一个中国人只渴望内心的安静，情理的平衡，灵魂的和谐，消除自我，与大自然融合。这一种基本精神，在中国文学里，无处不发现它的影响，《西厢记》里的抒情诗，给这种精神以最高的表现。①

---

① 陈铨：《中德文学研究》，辽宁教育出版社，1997 年版，第 76—77 页。

陈铨从歌德的日记中寻到了这位大诗人接触中国抒情诗的英译本，并进行重译的踪迹。歌德之所以产生如此的冲动，是因为他感觉到"虽然在这一个奇怪特别的国家有种种的限制，一般人仍然不断地生活，爱恋，吟咏。"[1]然而，一经接触歌德的译诗后，陈铨就发现"歌德的诗，虽然不及汤姆斯对原文那样接近，"但诗中的文学价值却比汤姆斯"高尚十倍。"歌德是诗人，不是学者，也不是从事翻译的专门人士，"他并不想求科学翻译的正确，"他只求"艺术价值的增高。"从这个角度上看，歌德对中国抒情诗的翻译，所要求的是"一种新的创作。"所以，"他的想象力，不能仅仅靠忠实地翻译来满足，它还要藉此机会，创造新的东西。"[2]即经过歌德的重新改编和创作后，将中国的诗歌变成了德国的诗歌，在德国的文学土壤上焕发了新的生命力。通过对歌德所译中国诗歌的分析，陈铨认为"不应该太注意外形相互的影响，而应当考察精神一贯的关系。……要看怎么样中国的精神，同这一位世界诗人的精神，根本相同。"[3]陈铨对歌德翻译实践的评价，以及由此生发的对文学翻译理论的理解，已经先于日后法国学者所提出的"翻译总是一种创造性的背叛……因为它赋予作品一副崭新的面貌，使之能与更广泛的读者进行一次崭新的文学交流，还因为它不仅延长了作品的生命，而且又赋予它第二次生命。"[4]具有宝贵的前瞻意义。

在对雷克特、司乔士等人所译中诗的研究中，陈铨也不乏精彩的比较：

中国诗里边，固然也表示热烈的情感，但是表示的方法，是含蓄的，不是直率的，是温柔的，不是粗暴的，是忠厚的，不是激烈的。西洋人有感情，愿意全说，中国人有感情，往往不愿意说，或者只一半。西洋人有眼泪，喜欢当着人流，中国人有眼泪，喜欢背

---

① 转引自陈铨著《中德文学研究》，辽宁教育出版社，1997年版，第92页。

② 陈铨：《中德文学研究》，辽宁教育出版社，1997年版，第94页。

③ 陈铨：《中德文学研究》，辽宁教育出版社，1997年版，第99页。

④ （法）罗贝尔·埃斯卡皮：《文学社会学》，于沛选编，浙江人民出版社，1987年版，第267—268页。

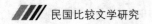

着人流，还有西洋人有眼泪，很自然地向外边流，中国人有眼泪，大部分往往不向外边流，向里边流。几千年以来，中国民族受了孔家哲学的熏陶束缚，现在要叫一位中国人，像一位西洋人那样直率的表情，真是一件不容易的事情。中国抒情诗表现中国人对人生的态度，所以也不像西洋诗那样坦白。如果一位翻译中国诗的德国人，不懂这种心理，他一定不能正确表现原文的意义。①

从博士论文的角度上看，《德国文献中的中国纯文学》是一篇文章。从学术著作的角度上言，《中德文学研究》是一部著作。从影响研究的角度上看，陈铨运用的是实证主义的研究方法。从流行学的角度上言，陈铨通过大量的文献考查了中国文学在德国的传播以及对德国文学的影响。从媒介学的角度上，陈铨在评述译本的过程中，旁及了很多翻译理论和翻译实践。从译介学的角度言，陈铨在翻译理论的研究中，涉及到很多翻译实践中的文化传承问题。实证的、文献的、翻译的、文学的、文化的，影响研究领域的很多实践问题都在有限的篇幅内得到了阐释。因此，《中德文学研究》与其说是流传学的，不如说是媒介学的；与其说是比较文学的，不如说是比较文化的。没有玄奥的空泛大论，只有朴实的文献评判。一篇上世纪 30 年代的文章，一本规模不大的著作，80 年后仍有其生命力、说服力和学术价值，说它是经典之作，一点也不为过。

第四节　梁宗岱的阐发研究及其他

"阐发研究"的出现及学界对"阐发研究"的认识与理解，是 20 世纪后半叶的事情。

---

① 陈铨：《中德文学研究》，辽宁教育出版社，1997 年版，第 125 页。

1973 年，海外学者余国藩在《中西文学关系的问题与前景》一文中指出："过去二十余年来，旨在用西方文学批评的观念和范畴阐释传统的中国文学的运动取得了越来越大的势头，这样一种趋势预示在比较文学中将会出现某些令人振奋的发展。"他认为："运用某些西方的批评观念和范畴来研究中国文学，原则上是适宜的。"①1978 年，中国台湾学者古添洪为这一研究命名："利用西方有系统的文学批评来阐发中国文学及中国文学理论，我们可命之为'阐发法'。"②1988 年，中国大陆学者陈惇、刘象愚提出了"双向阐发"的主张，对"阐发"理论予以完善："阐发研究决不是仅仅用西方的理论来阐发中国的文学，或者仅仅用中国的模式去解释西方的文学，而应该是两种或多种民族的文学互相阐发、互相印证。……作为一种理论和方法，阐发的双向性、相互性是不容忽视的。"③

"阐发研究"不仅是中西诗学的一次质的飞跃和对束缚和局限的历史性突破，也为中西诗学的跨文化阐释和跨文化对话，为寻找中西诗学的共同点，争取到了平等的权利，提供了实现的可能性。即"使中国文论真正介入国际间诗学的交流与对话，找到了中西融汇的最佳突破口，创造了从术语、范畴、观点和理论模式，乃至文论家和论著、时代与文艺思潮流派等多层面、多方向的沟通条件，扫清了中西文论互释与对比的一些障碍，为中西比较诗学开辟了一条前进的道路。"④

当复兴后的中国比较文学为"阐发研究"的理论与方法欣喜不已时，当我们沿时光的隧道回溯民国时期的比较文学研究成果时，会不无惊诧地发现，早在 20 世纪上半叶，已多有学者们在直面西方文学的理论大潮时，开始了用西方的文学理论，或用中国的文学理论"阐释"中西文学的研究实践。尽管那时还未见"阐发研究"一类新潮理论和新潮名词，但那批身处中西方文化

① 转引自陈惇、刘象愚：《比较文学概论》，北京师范大学出版社，1988 年版，第 145 页。

② 转引自陈惇、刘象愚：《比较文学概论》，北京师范大学出版社，1988 年版，第 144 页。

③ 陈惇、刘象愚：《比较文学概论》，北京师范大学出版社，1988 年版，第 146 页。

④ 陈惇、孙景尧、谢天振主编：《比较文学》，高等教育出版社，1997 年版，第 244 页。

大潮之中的、学贯中西的学者们，已经用自己实实在在的研究成果，佐证了"阐发研究"的理论，丰富着"阐发研究"的方法。梁宗岱（1903—1983）就是其中的一员。

日后的中国学者在为比较文学寻找名分时，曾将"比较的自觉意识"和"兼容并包"看做比较文学的特色。当我们翻阅梁宗岱的《诗与真》及《诗与真二集》等著作时，会清晰地感觉到"比较的自觉意识"无时无刻不流淌在字里行间，充盈在诗意般的话语中。

论及法国象征主义诗人瓦雷里的成长之路时，他说："数学是训练他的膂力的弓儿；柏拉图教他深思；达文希①和笛卡儿教他不特深思而且要建造；悲多汶②和瓦格尼教他怎么能使诗情更幽咽更颤动；拉芳登（La Fontaine）、腊莘（Racine）③尤其是马拉美，教他怎么用文字来创作音乐的工具。"瓦雷里"这二十余年的默察与潜思，已在无形中，沉默里，长成了茂草修林了；只待一星之火，便足以造成辉煌的火底大观。"④虽然述说的是诗人成长中的精神营养，呈现的却是梁宗岱宽阔的、跨学科的学术视野和举手投足间的比较的自觉意识。

论及第一流的诗所必须要达到的最高境界时，他说："无论它长如屈子底《离骚》，欧阳修底《秋声赋》，但丁底《神曲》，曹雪芹底《红楼梦》，哥德底《浮士德》，嚣俄⑤底《山妖》（Satyre）或梵希乐⑥底《海墓》⑦与《年轻的命运女神》；或短如陶谢底五古，李白杜甫底歌行，李后主底词，哥德，雪莱，魏尔仑底短歌……因为在《浮士德》里，我们也许可以感到作者着力的追寻，然

---

① 今译达芬奇，意大利画家。——笔者注。

② 今译贝多芬，德国作曲家。——笔者注。

③ 今译拉辛，法国剧作家。——笔者注。

④ 梁宗岱：《保罗·梵乐希先生》，见《梁宗岱文集·Ⅱ·评论卷》，中央编译出版社，2003年版，第15—16页。

⑤ 今译雨果，法国作家。——笔者注。

⑥ 今译瓦雷里，法国诗人。——笔者注。

⑦ 今译《海滨墓园》。——笔者注。

而它所载的正是一颗永久追寻的灵魂底丰富生命；在《年轻的命运女神》里，我们也许可以感到意境与表现底挣扎，然而它所写的正是一个深沉的——超乎文字以上的——智慧（intelligence）在挣扎着求具体的表现。至于陶渊明底‘结庐在人境’，李白底《日出人行》，‘长安一片月’，李后主的‘帘外雨潺潺’，‘春花秋月何时了’，哥德底《流浪者之夜歌》，《弹竖琴者之歌》，雪莱底 *O World*！ *O Life*！ *O Time*！，魏尔仑底《秋歌》，《月光曲》，《白的月色》（当然是指原作）……更是作者底灵指偶然从大宇宙底洪钟敲出来的一声逸响，圆融，浑含，永恒……超神入化了。——这自然是我们底理想。"① 尽管表述的是关于诗的最高境界，展现的却是世界文学的博大情怀，是比较的自觉意识支配下中西诗歌的诗意比较，是对中西诗人诗作了如指掌、游刃有余地俯视与鸟瞰。一封以《论诗》为题写给徐志摩的书信，俨然一篇洋溢着诗情的比较文学论文，一篇立足于作家，扎根于文本的比较文学大作。从而提早印证了日后美国学者的一句话：归根到底，比较文学是比较"文学"。

梁宗岱对比较文学之阐发研究的理论著述，突出表现在他的《象征主义》一文中。这篇力作"以宏观的高度，以中西比较文学的广角，……无形中配合了戴望舒二三十年代之交已届成熟时期的一些诗创作实验，共为中国新诗通向现代化的正道推进了一步。"②《象征主义》所在的《诗与真》和《诗与真二集》问世的年代，"比较文学在我国还极为罕见，实际上从事这方面研究的人士也很少。梁宗岱以诗人的笔墨纵谈古近中外文学，犹如将读者领进了一座浓荫掩映的芳香的森林，……作者在论述古近中外伟大诗人、作家、艺术家的同时，把他自己一颗晶亮的心，也捧现在读者眼前了。"③

象征主义是现代主义文学运动中出现最早影响最大的文学流派，分为前后两个时期。前期象征主义流行于19世纪后半叶的法国，80年代形成高潮，

① 梁宗岱：《论诗》，见《梁宗岱文集·Ⅱ·评论卷》，中央编译出版社，2003年版，第26—27页。

② 卞之琳：《人事固多乖——纪念梁宗岱》，见《新文学史料》，1990年第1期，第27页。

③ 陈敬容：《重读〈诗与真·诗与真二集〉》，见《读书》，1985年第12期，第79—80页。

90 年代走向衰落。第一次世界大战后，后期象征主义应运而生，形成世界性文学潮流。20 世纪 20 年代，后期象征主义达到高潮，40 年代接近尾声。马拉美、魏尔伦、韩波是前期象征主义的代表。瓦雷里、里尔克、叶芝、艾略特代表了后期象征主义的最高水平。象征主义传入中国，对中国现代文学产生了较大影响，也催生了梁宗岱、李金发、戴望舒、冯至等代表中国特色的象征主义诗人。

关于梁宗岱的《诗与真》和《诗与真二集》以及包括其中的《象征主义》的学术价值，该书的《出版说明》上有这样一段文字：

> 作者在这里以其深厚的中国古典文学素养，对西方文学特别是德、法两国文学及其代表人物（如歌德、罗曼·罗兰、梵乐希、韩波等）的创作进行了比较文学上的探讨，他的一些独到见解至今仍有参考价值。[①]

从比较文学之阐发研究的角度上言，梁宗岱在《象征主义》一文中，凭着自己对来自西方的象征主义思潮的理解，用象征主义的诗歌理论，对中外诗人及其诗歌作品，进行了属于阐发意义上的研究。因为他的研究实践在前，而"阐发研究"理论出现在后，故将《象征主义》归入"阐发研究"范畴实为后话。

梁宗岱对象征的解读，是建立在对中国古典文学作品的解析及古代文论的理解之上的。关于什么是象征，他认为与《诗经》里的"兴"十分相似。关于何谓"兴"，他引用了《文心雕龙》"兴者，起也；起情者依微以拟义"进行诠释。指出"象征底微妙，'依微拟义'这几个字颇能道出。当一件外物，譬如，一片自然风景映进我们眼帘的时候，我们猛然感到它和我们当时或喜，或忧，或哀伤，或恬适的心情相仿佛，相逼肖，相会合。我们不摹拟我们底心情而把那片自然风景作传达心情的符号，或者，较准确一点，把我

---

① 《诗与真·诗与真二集·出版说明》，外国文学出版社，1984 年版。

们底心情印上那片风景去，这就是象征。"① 为此，他还引用了瑞士哲学家阿米耶尔的话语、《诗经》里的《采薇》及杜甫的《登高》加以验证。

为了辨析象征与"即景生情，因情生景"的不同，梁宗岱列举了谢灵运《登池上楼》中的"池塘生春草，园柳变鸣禽"和陶渊明《饮酒》中的"采菊东篱下，悠然见南山"两大名句，并引用严沧浪的"谢所以不及陶者，康乐之诗精工，渊明之诗质而自然"加以比较，指出情景间的配合，虽然有"景中有情，情中有景"与"景即是情，情即是景"之分，但"前者以我观物，物固着我底色彩，我亦受物底反映。可是物我之间，依然各存本来的面目。后者是物我或相看既久，或猝然相遇，心凝形释，物我两忘：不知何者为我，何者为物。"因此，谢灵运的作品虽然"不失为一首好诗，"但"严格说来，"陶渊明的诗"才算象征底最高境。"②

至此，梁宗岱不但总结出象征之"融洽或无间"及"含蓄或无限"两大特征，而且对什么是象征作出了充满激情与诗意的回答："所谓象征是藉有形寓无形，藉有限表无限，藉刹那抓住永恒，使我们只在梦中或出神底瞬间瞥见的遥遥的宇宙变成近在咫尺的现实世界，正如一个蓓蕾蕴蓄着炫煜芳菲的春信，一张落叶预奏那弥天漫地的秋声一样。所以它所赋形的，蕴藏的，不是兴味索然的抽象观念，而是丰富，复杂，深邃，真实的灵境。"③ 如同那个时期其他学者的治学精神一样，梁宗岱也从不在空泛的理论上浪费笔墨，而是在诗意般诠释理论的同时，脚踏实地地用文本说话，用文本中的人物形象说话：

———————

①　梁宗岱：《象征主义》，见《梁宗岱文集·Ⅱ·评论卷》，中央编译出版社，2003年版，第63页。

②　梁宗岱：《象征主义》，见《梁宗岱文集·Ⅱ·评论卷》，中央编译出版社，2003年版，第64页。

③　梁宗岱：《象征主义》，见《梁宗岱文集·Ⅱ·评论卷》，中央编译出版社，2003年版，第66—67页。

邓浑（Don Juan）[①]，浮士德（Faust），哈孟雷德（Hamlet）[②]等传说所以为人性伟大的象征，尤其是建筑在这些传说上面的莫里哀，摆轮[③]，哥德，莎士比亚底作品所以为文学史上伟大的象征作品，并不单是因为它们每个象征一种永久的人性……实在因为它们包含作者伟大的灵魂种种内在的印象，因而在我们心灵里激起无数的回声和涟漪，使我们每次开卷的时候，几乎等于走进一个不曾相识的簇新的世界。[④]

除此之外，梁宗岱又将视野转向中国文学，用屈原的《山鬼》和《橘颂》来阐释他对象征主义的理解。他认为，虽然两部作品都是"以物自况，"但《橘颂》是寓意的，《山鬼》却是象征的。因为"前者是限制我们底想像的，后者却激发我们底想像。前者诗人把自己抽象的品性和德行附加在橘树上面，……后者却不然。诗人和山鬼移动于一种灵幻缥缈的氛围中，扑朔迷离。"[⑤]象征本—抽象理论，倘若从理论到理论，必陷入玄奥之窠臼，令人在不解之余敬而远之。然而，经梁宗岱贴近文本的诗意解析，即刻拉近了读者理解的距离，从可望而不及到变得可以解读，可以读懂，可以触摸，使来自远方的异国思潮与中国本土的诗人诗作在比较的视域内融合在一起。以至于无法辨认是用西方的文学理论阐释中国文学，还是用中国的文学阐释西方的理论。这种对边界的淡化应视作阐发研究的升华。

完成了对什么是象征的回答，梁宗岱将视角转向什么是象征之道，即如何创作这种象征的意境。对此，他的回答也十分的简洁："像一切普遍而且基

---

① 今译唐璜。——笔者注。

② 今译哈姆莱特。——笔者注。

③ 今译拜伦。——笔者注。

④ 梁宗岱：《象征主义》，见《梁宗岱文集·Ⅱ·评论卷》，中央编译出版社，2003年版，第67—68页。

⑤ 梁宗岱：《象征主义》，见《梁宗岱文集·Ⅱ·评论卷》，中央编译出版社，2003年版，第68页。

本的真理一样，象征之道也可以一以贯之，曰'契合'而已。"①为此，他列举了法国诗人波德莱尔、中国诗人宋林逋和李白的诗句，对"契合"展开了深刻而诗意的解析：

> 我们开始放弃了动作，放弃了认识，而渐渐沉入一种恍惚非意识，近于空虚的境界，在那里我们底心灵是这般宁静，连我们自身底存在也不自觉了。可是，看呵，恰如春花落尽瓣瓣的红英才能结成累累的果实，我们正因为这放弃而获得更大的生命，因为忘记了自我底存在而获得更真实的存在。……在这难得的真寂顷间，再没有什么阻碍或扰乱我们和世界底密切的，虽然是隐潜的息息相通了：一种超越了灵与肉，梦与醒，生与死，过去与未来的同情韵律在中间充沛流动着。我们内在的真与外界底真调协了，混合了。我们消失，但是与万化冥合了。我们在宇宙里，宇宙也在我们里：宇宙和我们底自我只合成一体，反映着同一的荫影和反应着同一的回声。②

在"契合"的旋律中，梁宗岱的意识在波德莱尔的《人工的乐园》中、在歌德的《流浪者之夜歌》中、在松尾芭蕉隽永的俳句中、在李长吉的《六月》中、在布莱克与瓦雷里的诗行中、在《浮士德》的情怀中、在《神曲》与《恶之花》的天地中恣意徜徉。世界文学的大屏幕被他高高挂起，世界各国的诗人在他的眼前胶片般掠过，世界著名的诗篇在他的心中唱响：波德莱尔的叙述，歌德的感应，松尾芭蕉的禅静，布莱克的深微，瓦雷里的沉郁，《神曲》的极乐，《恶之花》的颤栗，都在他的笔下"契合"。"由于梁宗岱对中国古典诗歌的熟悉和对欧洲诗歌艺术的了解，对中西诗学均浸润深厚，故

---

① 梁宗岱：《象征主义》，见《梁宗岱文集·Ⅱ·评论卷》，中央编译出版社，2003年版，第68页。

② 梁宗岱：《象征主义》，见《梁宗岱文集·Ⅱ·评论卷》，中央编译出版社，2003年版，第72—73页。

能以真正平等的眼光来看待和思考中国的诗歌、艺术等问题，言他人未能言，见解独到。他以比较文学的方式探讨中西文学，……不是泛泛而论，而是深入到所比较的诗人作品中的诗歌意识、韵律结构、表现方式、语言风格之中，从诗的艺术文体进行比较和探讨，在中西比较诗学史的前学科时期拥有不能忽略的地位。"[①] 学者的这段话，应该是对梁宗岱治学风格和学术成就的中肯评价了。

《李白与哥德》是一篇十分经典的比较文学文章。若套用当代比较文学的理论框架，应属平行研究范畴。虽然无从找寻哥德所受李白影响的实证，但丝毫也不影响梁宗岱将两位伟大的抒情诗人在比较的视野内联系在一起。这既源于梁宗岱自觉的比较意识，更源于梁宗岱广袤的中外文学视野。二者的相辅相成，促成了他在中外文学的殿堂里往来穿梭，行走自如。

> 我们泛览中外诗的时候，常常从某个中国诗人联想到某个外国诗人，或从某个外国诗人联想到某个中国诗人，因而在我们心中起了种种的比较——时代，地位，生活，或思想与风格。这比较或许全是主观的，但同时也出于自然而然。屈原与但丁，杜甫与嚣俄[②]，姜白石与马拉美，陶渊明之一方面与白仁斯（R. Burns）[③]，又另一方面与华茨活斯[④]，和哥德底《浮士德》与曹雪芹底《红楼梦》……他们底关系似乎都不止出于一时偶然的幻想。[⑤]

历史上常常有惊人的相似。当我们阅读梁宗岱写于 1934 年的文字的时

---

① 栾慧：《中西比较诗学史上的梁宗岱》，见《四川师范大学学报》，2007 年第 2 期，第 95 页。

② 今译雨果，法国诗人。——笔者注。

③ 今译彭斯，苏格兰诗人。——笔者注。

④ 今译华兹华斯，英国诗人。——笔者注。

⑤ 梁宗岱：《李白与哥德》，见《梁宗岱文集·Ⅱ·评论卷》，中央编译出版社，2003 年版，第 101 页。

候，不禁想起美国学者亨利·雷马克写于 1961 年的文字：

> 纯比较性的题目其实是一个不可穷尽的宝藏，现代学者们几乎还一点也没有碰过，他们似乎忘记了我们这门学科的名字叫"比较文学"，不是"影响文学"。赫尔德与狄德罗、诺瓦利斯与夏多布里昂、缪塞与海涅、巴尔扎克与狄更斯、《白鲸》与《浮士德》、霍桑的《罗杰·马尔文的葬礼》与德罗斯特 – 许尔索夫的《犹太人的山毛榉》、哈代与霍普特曼、阿佐林与阿那托里·法朗士、巴罗哈与斯汤达、哈姆松与约诺、托马斯·曼与纪德，不管他们之间是否有影响或有多大影响，都是卓然可比的。①

相同的学术视野，相同的学术见解，相同的学术思维，梁宗岱的平行研究实践，比这位比较文学美国学派的代表人物整整早了近 30 年。因此，他不仅是"中国现代比较文学重要奠基者之一，"②也应当是国际比较文学发展史上的重要代表人物之一。

李白与歌德就是在"从某个外国诗人联想到某个中国诗人"的过程中进入到梁宗岱的学术视野的："我第一次接触哥德底抒情诗的时候，李白底影像便很鲜明地浮现在我眼前。几年来认识他们底诗越深，越证实我这印象底确切。"究其缘由，就在于"哥德对于抒情诗的基本观念，和我国旧诗是再接近不过的。"③更在于歌德的诗全由现实所兴发，从现实生活中生长。正是在这一点上，歌德与两个民族的诗最为接近。那就是希腊和中国。

关于歌德与希腊，有一种源与流，因与果的血脉联系。因此，歌德对希腊作品的模仿，歌德的诗与希腊诗的继承，是同种文化的传承，不足为奇。

---

① （美）亨利·雷马克：《比较文学的定义和功用》，张隆溪译，见张隆溪选编《比较文学译文集》，北京大学出版社，1982 年版，第 2—3 页。

② 文学武：《梁宗岱与中国比较文学》，见《文艺争鸣》，2013 年第 7 期，第 32 页。

③ 梁宗岱：《李白与哥德》，见《梁宗岱文集·Ⅱ·评论卷》，中央编译出版社，2003 年版，第 101 页。

然而，诗歌中分明的节奏、铿锵的音韵、短促的诗句、深刻的情感及强烈的思想，就未必是"希腊和哥德底抒情诗所专有，"因为"我国旧诗不甘让美的必定不在少数。"他觉得，哥德关于"抒情诗应该是即兴诗"的主张，"我国底旧诗差不多全部都在行。"①

那么，具体到李白与哥德的相似之处又在何处呢？梁宗岱认为，一是艺术手腕，一是宇宙意识。他觉得歌德的诗不但能够将各个时代、各个民族的长短格律诗"操纵自如，"而且还能"随时视情感或思想底方式而创造新的诗体。"而李白的诗则既如王安石所言"豪放飘逸，人固莫及，"也如其本人所言"神行电迈慑慌惚。"②至于宇宙意识，歌德"能够从破碎中看出完整，从缺憾中看出圆满，从矛盾中看出和谐。"在他的心中，纷纭万象只是一体，"一切消逝的"只是永恒底象征。而李白则能"以凌迈卓绝的天才，豪放飘逸的胸怀，乘了庄子底想象的大鹏，……挥斥八极，而与鸿蒙共翱翔。"正是这种直接的、完整的宇宙意识，使他们的诗"常常展示出一个旷邈，深宏，而又单纯的华严宇宙，像一勺水反映出整个星空底天光云彩一样。"③

在比较的视野中，梁宗岱并未在沉浸李白与歌德的相似中而忘却二者的差异：歌德是"多方面的天才，并渊源于史宾努沙底完整和谐的系统，而李白则纯粹是诗人底直觉，根植于庄子底瑰丽灿烁的想象底闪光。"这就导致了歌德的"宇宙意识永远是充满了喜悦，信心与乐观的亚波罗式的宁静。"而李白的宇宙意识则"有时不免渗入多少失望，悲观，与凄惶，"④及幻灭的叹息。

毋容置疑，梁宗岱的比较文学成果全面体现在《诗与真》和《诗与真二

---

① 梁宗岱：《李白与哥德》，见《梁宗岱文集·Ⅱ·评论卷》，中央编译出版社，2003年版，第103页。

② 梁宗岱：《李白与哥德》，见《梁宗岱文集·Ⅱ·评论卷》，中央编译出版社，2003年版，第104页。

③ 梁宗岱：《李白与哥德》，见《梁宗岱文集·Ⅱ·评论卷》，中央编译出版社，2003年版，第105页。

④ 梁宗岱：《李白与哥德》，见《梁宗岱文集·Ⅱ·评论卷》，中央编译出版社，2003年版，第106页。

集》中。《象征主义》与《李白与哥德》只是其中的一隅。前者是梁宗岱对象征主义的阐释，是一种将西方的象征主义思潮本土化的可喜尝试。梁宗岱既用象征主义阐释了中国文学，也用象征主义阐释了西方文学；既用中国古典诗人及其诗作阐释了象征主义，也用西方诗人既诗作阐释了象征主义。倘用当代阐发研究的术语套用，可视为双向阐发的范例。然而，梁宗岱的双向阐发，不是从理论到理论，而是从作家到作家，从文本到文本，从实践到实践，即通过具体的作家和具体的文本，对抽象的象征主义理论做了具象的解读。《李白与哥德》一文，倘用当代比较文学理论的术语套用，叫做平行研究。然而，如同所遵循的一贯治学理念一样，梁宗岱依旧没有陷入空泛的理论术语之中，而依旧是在平行的视野中，在作家与作家、作品与作品的平行比较中，得出真正属于文学，而非玄学的结论。民国时期的学者们，无论是世界文学的视野，还是比较文学的意识，乃至对比较文学理论的探索，都处前沿位置，或引领潮流的。而流淌在字句之中的诗情画意的语言，也为当今玄虚玄奥枯燥晦涩的文字上了一课。什么样的研究才是文学研究？什么风格的文法才是文学研究的文法？梁宗岱作出了最为生动、朴实、具体且可以触摸的回答。

第五节　李健吾的自觉比较意识

中国学者在论及比较文学的学派时认为："以国家为标志的学派之争已经结束，代之而起的将是理论与实践的进一步探讨。"[1] 西方学者也持相同的看法："学派之争是一个历史性的错误，传统认为的法国学派和美国学派已经过时。比较文学研究应以问题的出现为前提，……以问题来确立课题。"[2] 因为"学派在历史上是自然形成的，……所谓法国学派、美国学派的名称是后

---

[1]　陈惇、刘象愚：《比较文学概论》，北京师范大学出版社，1988年版，第63页。

[2]　转引自陈惇、刘象愚：《比较文学概论》，北京师范大学出版社，1988年版，第63页。

来的研究者在总结比较文学的历史发展时加上去的，也就是说，先有法国学者和美国学者各自不同的研究，然后才有'法国学派'和'美国学派'这些命名。"①

其实，民国时期的很多学者都是这样自觉地身体力行的。在法国学派的理论建构刚刚起步，美国学派尚未露头之时，他们之中的很多人或许对比较文学稍有接触，或许对比较文学一无所知，却在中西文化交汇的浪潮中，在学贯中西的文化视野中，自觉地将比较的意识贯穿于自己的学术研究中，贯穿于自己的学术追求中。这种没有名分，不求名分的比较的自觉，成就了 20 世纪前半叶比较文学的辉煌。李健吾（1906—1982）就是比较意识的实践者，贯穿于他文学评论中的自觉的比较意识，是中国比较文学的宝贵遗产。

论及狄更斯的小说《双城记》所涉及的法国大革命题材真实与否时，李健吾指出："《双城记》是一位英国作家假借法国大革命写成的小说。"他把"大革命放在英国，放在他的眉睫下，也许另是一种心情。叙述法国大革命，法国也有一部上乘的作品，更在狄更斯之后，是法郎士的《诸神渴了》。"通过两部取材于相同历史事件的作品的比较，他认为"历史小说是根据史料而成功的艺术品，本身却不是史料，根据也许错误，然而依旧无碍于作品的艺术价值。"② 结论从比较中得出，比较在自觉中形成，寥寥数语，已将论点阐明。

在对"先有批评家而后有创作"、"必须先有好的批评家，而后才有好的创作"以及"创作必须完全接受批评家的指导"等论题的论证中，李健吾尖锐发问："荷马、希腊三大悲剧家、斐尔吉③、但丁、莎士比亚、辣布莱④、塞万提斯、米尔顿、歌德……哪一位大作家，属于第一个条件？或者属于第二？或者第三？"之后，他又将目光转向中国："屈原不是一个大作家？司马迁

---

① 乐黛云等著：《比较文学原理新编》，北京大学出版社，1998 年版，第 59—60 页。

② 李健吾：《从〈双城记〉谈起》，见《李健吾文集》第七卷，北岳文艺出版社，2016 年版，第 16 页。

③ 今译维吉尔，罗马诗人。——笔者注。

④ 今译拉伯雷，法国作家。——笔者注。

不是？李白不是？杜甫不是？曹雪芹不是？可惜当时没有一位批评家指导他们；幸喜他们并不因之辜负后人。"他不但认为欧洲文学史上的一些批评家在文学创作上少有建树，而且认为没有布瓦洛这样的批评家，"拉辛依然会写悲剧，莫里哀依然会写喜剧。他们不能因为没有批评家做朋友就不写，唯其他们非写不可。"[1] 至于《阿Q正传》的鲁迅，《倪焕之》的叶绍钧，《子夜》的茅盾，《家》的巴金，《边城》的沈从文，《莫须有先生传》的废名……这好的创作，全由于好的批评家吗？"[2] 争论的是创作与批评的问题，展现的是世界文学的视野，流露的却是自觉的比较意识。

在评析巴金的小说时，李健吾将法国作家左拉和乔治桑拉进比较的视野中：

> 左拉（E. Zola）对茅盾先生有重大的影响，对巴金先生有相当的影响；但是左拉，受了科学和福楼拜（C. Flaubert）过多的暗示，比较趋重客观的观察，虽说他自己原该成功一位抒情的诗人。巴金先生缺乏左拉客观的方法，但是比左拉还要热情。在这一点上，他又近似乔治桑（George Sand）。乔治桑把她女性的泛爱放进她的作品；她钟爱她创造的人物；她是抒情的，理想的；她要救世，要人人分到她的心。巴金先生同样把自己放进他的小说：他的情绪，他的爱憎，他的思想，他全部的精神生活。
>
> ……
>
> 乔治桑仿佛一个富翁，把她的幸福施舍给她的同类；巴金仿佛一个穷人，要为同类争来等量的幸福。[3]

---

① 李健吾：《现代中国需要的文学批评家》，见《李健吾文集》第7卷，北岳文艺出版社，2016年版，第18、19页。

② 李健吾：《现代中国需要的文学批评家》，见《李健吾文集》第7卷，北岳文艺出版社，2016年版，第20—21页。

③ 李健吾：《爱情三部曲——巴金先生作》，见《李健吾文集》第7卷，北岳文艺出版社，2016年版，第39页。

这段精彩且充满诗意的比较，客观地评述了巴金与左拉、与乔治桑在创作上的异同。法国人所创立的"影响研究"以及后世美国人创立的"平行研究"等，都自觉地表现在他的文字当中。即便那时的李健吾或许不知比较文学为何物，即便那时的平行研究一说尚未问世。

论及沈从文的小说时，李健吾依旧未忘将法国作家司汤达和乔治桑拉进比较的视野中："司汤达（Stendhal）是一个热情人，然而他的智慧（狡猾）知道撒狂，甚至于取消自己。乔治桑是一个热情人，然而博爱为怀，不唯抒情，而且说教。沈从文先生是热情的，然而他不说教；是抒情的，然而更是诗的。（沈从文先生文章的情趣和细致不管写到怎样粗野的生活，能够有力量叫你信服他那玲珑无比的灵魂！）《边城》是一首诗，是二佬唱给翠翠的情歌。《八骏图》是一首绝句，犹如那女教员留在沙滩上神秘的绝句。"① 话语不多，却十分真诚。下笔不多，却字字真切。客观的比较与自觉的意识相交融，加深了对沈从文及其小说的理解与认识。

论及林徽因的短篇小说《九十九度中》时，李健吾深感这是一个"最富有现代性"的作品，深感这是"一个人生的横切面。"因为在这"把一天的形形色色披露在我们的眼前"的"横切面"中，"没有组织，却有组织；没有条理，却有条理；没有故事，却有故事，而且那样多的故事；没有技巧，却处处透露匠心。"深感作家用"狡猾而犀利的笔锋，"引导着读者"跟随饭庄的挑担，走进一个平凡然而熙熙攘攘的世界：有失恋的，有作爱的，有庆寿的，有成亲的，有享福的，有热死的，有索债的，有无聊的……全那样亲切，却又那样平静——我简直要说透明；在这纷繁的头绪里，作者隐隐埋伏下一个比照，而这比照，不替作者宣传，却表示出她人类的同情……我所要问的仅是，她承受了多少现代英国小说的影响。"② 这里所言的英国现代小说就是20

① 李健吾：《〈边城〉——沈从文先生作》，见《李健吾文集》第7卷，北岳文艺出版社，2016年版，第59页。
② 李健吾：《〈九十九度中〉——林徽因女士作》，见《李健吾文集》第7卷，北岳文艺出版社，2016年版，第65—66页。

世纪上半叶曾经风靡欧美文坛的意识流小说。对此，卞之琳也认为"林徽因发表的短篇小说《九十九度中》更显得有意学维吉妮亚·伍尔孚而更为成功。"[①]李健吾对影响研究的敏锐，是一个不具备世界文学胸怀的人所无力企及的。

　　论及萧乾时，李健吾再度勾起对乔治桑、卢梭和沈从文的比较情怀，认为乔治桑的幸福"就是接受人生，即令人生丑恶也罢。然而沈从文先生，不像卢梭，不像乔治桑，在他的忧郁和同情之外，具有深湛的艺术自觉，犹如唐代传奇的作者，用故事的本身来撼动，而自己从不出头露面。这是一串绮丽的碎梦，梦里的男女全属良民。命运更是一阵微风，掀起裙裾飘带，露出水生的本质——守本分者的面目，我是说，忧郁。"[②]中外文学，中外作家，如探囊取物，信手拈来，并且自然地流淌在诗意的文字当中，呈现在比较的自觉的意识里。

　　转向萧乾的小说时，李健吾的感悟又与诗意般的比较情怀糅合在一起。他认为萧乾的小说，"用的虽是简短的篇幅，表现的却是复杂的人生。暗中活动的是母性细心的观察。"这种用儿童的眼睛看世界的写法，"犹如乔治桑，我们得尊敬这神圣的童年，然而和这过时的伟大女性一比，我们的小说家沾着何等沉重的污泥！他并不要飞向蓝天的理想。他用心叙述人世的参差，字里行间不免透出郁积的不平。这种忿慨，正是卢骚在《爱弥儿》（*Émile*）里面反复陈说的正义。"[③]

　　曹禺是民国时期涌现出来的著名剧作家，他的《雷雨》一经问世，便在中国的话剧舞台上引起了巨大反响。然而，曹禺是最为典型的西方戏剧营养的混血儿。在《雷雨》中，清晰地流淌着古希腊戏剧和易卜生戏剧的血液。

————————

　　① 卞之琳：《〈徐志摩选集〉序》，见邵华强编《徐志摩研究资料》，陕西人民出版社，1988年版，第481页。

　　② 李健吾：《篱下集——萧乾先生作》，见《李健吾文集》第7卷，北岳文艺出版社，2016年版，第70页。

　　③ 李健吾：《篱下集——萧乾先生作》，见《李健吾文集》第7卷，北岳文艺出版社，2016年版，第71页。

这一切，自然未能逃脱李健吾的眼睛。他指出："在《雷雨》里面，作者运用（无论他有意或者无意）两个东西，一个是旧的，一个是新的：新的是环境和遗传，一个十九世纪中叶以来的新东西；旧的是命运，一个是古已有之的旧东西。"① 所谓环境和遗传，是欧洲 19 世纪中后期产生的自然主义文学的理论基础。法国文艺理论家泰纳不但用实证主义和遗传学说解释文艺现象，而且提出"种族、环境、时代"决定文艺的思想。自然主义文学理论的奠基人左拉也主张用生物学、遗传学的观点解释人的思想活动，尤其注重人的生理和遗传。所谓命运，就是古希腊悲剧的艺术追求。古希腊悲剧多描写个人的坚强意志和英雄行为与命运的冲突。表现善良的英雄在力量悬殊的斗争中不可避免的毁灭。既歌颂了对命运的反抗，又反映了这种反抗在命运面前的苍白。曹禺的创作深受古希腊悲剧的影响，古希腊悲剧的命运观也不可调和地在他的剧本中显现出来。所以，李健吾才认为在《雷雨》中，"最有力量的一个隐而不见的力量，却是处处令我们感到的一个命运观念。"② 而在题材上深深影响了曹禺之《雷雨》创作的，"一个是希腊尤瑞彼得司（Euripides）③ 的 *Hippolytus*④，一个是法国辣辛（Racine）⑤ 的 *Phèdre*。⑥"⑦ 两出戏都描写了后母与前妻所生儿子的悲剧。1935 年，李健吾就开始了比较文学影响研究的实践，实属难能可贵。

论及萧军的创作时，李健吾想到了法捷耶夫，指出"九一八"事变后的萧军"需要参考，或者提示。鲁迅恰好把一部苏联的杰作译供大家思维。这

---

① 李健吾：《〈雷雨〉——曹禺先生作》，见《李健吾文集》第 7 卷，北岳文艺出版社，2016 年版，第 81 页。

② 李健吾：《〈雷雨〉——曹禺先生作》，见《李健吾文集》第 7 卷，北岳文艺出版社，2016 年版，第 82 页。

③ 今译欧里庇得斯。——笔者注。

④ 《希波吕托斯》，欧里庇得斯的悲剧。——笔者注。

⑤ 今译拉辛。——笔者注。

⑥ 《费德尔》，拉辛的悲剧。——笔者注。

⑦ 李健吾：《〈雷雨〉——曹禺先生作》，见《李健吾文集》第 7 卷，北岳文艺出版社，2016 年版，第 84 页。

是法捷耶夫的《毁灭》。"① 恰恰是这部小说，给了萧军一个榜样。他认为萧军"有经验，有力量，有气概，他少的只是借鉴。"于是，"参照法捷耶夫的主旨和结构，他开始他的《八月的乡村》。"虽然是借鉴，是接受，但"并不减轻《八月的乡村》的重量。"因为"我们没有一分一秒不是生活在影响的交流。影响不是抄袭，而是一种吸引，"萧军"不过从别人的书得到一点启示。"② 这种对影响的阐释，对影响的理解，80余年后仍未有失去其现实意义。当我们亦步亦趋地从西方人那里学步比较文学时，殊不知先驱者已经用自己的实践做了掷地有声的解答。

循着这个思路，李健吾对《八月的乡村》与《毁灭》进行了比较意义上的解读，从风景的运用上看，"在《毁灭》里面是一种友谊，在这里面却是一种无情。"萧军"是一个描写的能手，却时时刻刻出来破坏自己的描写。"而"《毁灭》的作者多了一个胜利的喜悦。"萧军"爱风景，他故乡的风景，不免有所恨恨；在艺术上，因为缺乏一种心理的存在，风景仅仅做到一种衬托，和人物绝少交相影响的美妙的效果。"与之相反的是，"《毁灭》的风景是煦和的，一种病后的补剂，一种永生的缄默的伴侣。"③

吝啬鬼是中外文学作品中的一种独特现象，在中外文学作品中，多有吝啬鬼的形象被作家和剧作家们塑造出来，呈现在舞台上。当比较文学于上世纪70年代末在中国复兴后，关于吝啬鬼形象的比较文学成果多有出现。然而，最早开始吝啬鬼形象比较的，却是李健吾。他在1935年就发表了研究中外文学吝啬鬼形象的论文。他认为，中国最早的，也是最好的吝啬鬼形象，出现在元剧《看钱奴买冤家债主》中。尽管全剧"左不过是那些神鬼报应，没有多大的意味。但是撇开正文，我们未尝不可发现若干成分的真实的

① 李健吾：《〈八月的乡村〉——萧军先生作》，见《李健吾文集》第7卷，北岳文艺出版社，2016年版，第95页。

② 李健吾：《〈八月的乡村〉——萧军先生作》，见《李健吾文集》第7卷，北岳文艺出版社，2016年版，第96页。

③ 李健吾：《〈八月的乡村〉——萧军先生作》，见《李健吾文集》第7卷，北岳文艺出版社，2016年版，第97、98、99页。

杰作，"那就是看钱奴临终前与儿子的对白，指出"这里幻想的奇谲、讽刺的老辣，"只有"莫里哀才配得过。"①

循着对白这条线索，李健吾将关注的目光转向西方文学，认为"第一个在喜剧方面运用守财奴做主旨的，不是莫里哀，而是纪元前三百年罗马喜剧家浦劳塔斯（Plautus）②。"③他的喜剧《一坛黄金》中，吝啬鬼欧克利奥得知那坛黄金被人偷走时的疯狂独白，"透示深沉的心理的生存，呈现情感集中的戏剧的效果。所有从前正反形容吝啬的场面，好比一级一级的梯子，只为最后达到这段疯狂的独语。"④虽然李健吾没有将视角回溯到古希腊新喜剧作家米南德的《古怪人》，因而未能形成这组题材完整的信息链，但就普劳图斯及其《一坛黄金》在欧洲文学史上的地位和影响而言，丝毫未能减弱李健吾对这条线索的追溯，那就是16世纪意大利作家劳恋齐奴模仿《一坛黄金》写成的《阿瑞道孝》，以及16世纪法国作家拉芮外衣对《阿瑞道孝》的改写。经过这两例模仿的中介，才有了莫里哀的《吝啬鬼》中根据普劳图斯的剧本改定后的著名独白。李健吾认为，和普劳图斯的场面相比，"莫里哀不唯更加生动，而且深入原来所有可能的发挥，……原是模仿，然而由于作者创造的天才，这凝成人间最可珍贵的心理的收获，成为一场最有戏剧性的人性的高潮。"对此，他遗憾地指出："惟其缺少身后的人性的波澜，中国戏曲往往难以掀起水天相接的壮观。"⑤

从学科角度上看，《吝啬鬼》应该是李健吾第一篇真正意义上的比较文学

---

① 李健吾：《吝啬鬼》，见《李健吾文集》第7卷，北岳文艺出版社，2016年版，第105页。

② 今译普劳图斯。——笔者注。

③ 李健吾：《吝啬鬼》，见《李健吾文集》第7卷，北岳文艺出版社，2016年版，第106页。

④ 李健吾：《吝啬鬼》，见《李健吾文集》第7卷，北岳文艺出版社，2016年版，第107页。

⑤ 李健吾：《吝啬鬼》，见《李健吾文集》第7卷，北岳文艺出版社，2016年版，第109页。

论文。作者以中西戏剧为经，以吝啬鬼形象为纬，从平行与影响两个角度出发，将中国戏曲和西方戏剧中的吝啬鬼形象集中在"独白"的视角上，进行了实证意义与异同意义上的文本研究，得出了令人信服的结论。

李健吾在论诗的间歇，偶有跨学科的光点闪过。虽说只是短暂的一瞬，却是惊喜的收获。他说："从前我们把感伤当做诗的，如今诗人却在具体地描画。从正面来看，诗人好像雕绘一个故事的片段；然而从各面来看，光影那样匀衬，却唤起你一个完美的想象的世界，在字句以外，在比喻以内，需要细心的体会，经过迷藏一样的捉摸，然后尽你联想的可能，启发你一种永久的诗的情绪。这不仅仅是'言近而旨远'；这更是余音绕梁。言语在这里的功效，初看是陈述，再看是暗示，暗示而且象征。"[①]对诗的理解，对画的感悟，对诗中有画，画中有诗的形象阐释，言简意赅地流露于只言片语中却不乏启迪意义。

论及文艺批评的标准时，李健吾觉得"中外大致相似。"指出托尔斯泰提出的"表现的明洁"与孔子所说的"辞达而已矣"意义相同。托尔斯泰所提倡的"艺术家的真诚"与孔子所言的"情欲信，词欲巧"意义相似。托尔斯泰主张的时代宗教趋势与王充提出的"善"和"真"的标准也相符。至此，他认为"中国古代的文学批评标准和西洋近代的比较起来也并不逊色，可惜的是古人说话因文字的关系常常很简单而难懂，然其意义则很深远。"[②]在比较中求同，在比较中辨异，体现出心态上的冷静，目光上的客观，为中西比较诗学的先声。

论及夏衍的戏剧创作，李健吾追根溯源，言夏衍"从小学习科学，继而埋头于苏联与日本的新现实主义作品，我们从他的短篇小说，若干实地调查的报告，就可以看出它想象的本质。"[③]而在对俄国文学的接触中，"果戈理似

---

① 李健吾：《鱼目集——卞之琳先生作》，见《李健吾文集》第7卷，北岳文艺出版社，2016年版，第117页。

② 李健吾：《文学批评的标准》，见《李健吾文集》第7卷，北岳文艺出版社，2016年版，第156页。

③ 李健吾：《上海屋檐下》，见《李健吾文集》第7卷，北岳文艺出版社，2016年版，第241页。

乎给了他不少启示，而且早已埋下了根芽。"① 正因为"果戈理把日常生活的现实的秘诀给他，"使人们从"他的理论，情感，特别是情感"上，"想到一位和他初少因缘的大作家。"② 这种实证的、从源与流的关系上考察作家作品的研究实践，与当时法国学派倡导的影响研究相比肩。

论及作家笔下的人物与本土文化的关系，李健吾坚定地认为，一位作家首先必须是那个国家的人，其笔下的人物才会"像有人性的人。"他指出，莎士比亚笔下的夏洛克必须先是一个夏洛克，莫里哀笔下的阿巴贡必须先是一个阿巴贡，巴尔扎克笔下的葛朗台必须先是一个葛朗台。这还不够，夏洛克"又必须先是一个十六世纪的来到异族的犹太人，"阿巴贡"又必须先是一个十七世纪的小资产阶级法国人，"葛朗台"又必须先是一个十九世纪初叶的资本社会的"葛朗台。只有这样，他们才会"脱然而出，渺天下于一粟，在艺术上成为永生的悭吝的典型。而中国文学中的林黛玉，"她必须先是林黛玉，又必须再是旧制度旧社会之下的林黛玉，"才会成为"一个中国妇女的文学典型。"③

李健吾在评析同民国时期作家及其作品时，不仅轻车熟路地将外国作家及其作品拉进比较的视野，而且所下的结论亦十分的坚定且中肯。如曹禺："我们这位诗人，有时候如易卜生般对于社会有认识（《日出》），有时候如契诃夫般追求生命的真髓（《北京人》），敏感而深挚，陷入苦闷的泥潭。"④ 如茅盾："茅盾先生在气质上切近左拉。他们对于时代全有尖锐的感觉，明快的反应。一个有自己的科学观，一个有自己的经济论，然而临到作品里面，他们的雄厚的力量却是来自各自独特的禀赋，一个是诗人的，热情在字句之中泛

---

① 李健吾：《上海屋檐下》，见《李健吾文集》第 7 卷，北岳文艺出版社，2016 年版，第 240 页。

② 李健吾：《上海屋檐下》，见《李健吾文集》第 7 卷，北岳文艺出版社，2016 年版，第 241 页。

③ 李健吾：《读〈中国作家与美国读者〉》，见《李健吾文集》第 7 卷，北岳文艺出版社，2016 年版，第 306、307 页。

④ 李健吾：《清明前后》，见《李健吾文集》第 7 卷，北岳文艺出版社，2016 年版，第 310 页。

滥；一个是法官的，谴责不断在似冷实热的语气之下流露。"① 日后，很多研究曹禺与易卜生、曹禺与契诃夫、茅盾与左拉的中国学者，都是循着这条思路进行的。李健吾的结论功不可没。

比较文学重在比较，比较的苦闷往往不是为什么比较，而是如何比较。对此，李健吾有自己的追求。正是这种极具个性化的追求，使他的文字带有一种散文化的诗意和随意，又含有理性的思考：

> 旺盛的感情不可能等于诗，正如抽象的观念同样不可能等于
> 诗。……写诗用字，不用观念。观念可以使你成为亚里士多德、马
> 克思、爱因斯坦……他们不是诗人。他们有可能成为诗人，假如他
> 们和诗人一样也有诗的语言。我们当然不走玛拉尔麦② 的路子，托尔
> 斯泰老早就指出他和他的诗派的危险，变成极少数人的趣味。诗不
> 是趣味，趣味容易和游戏连在一起。诗永远不是游戏。我不想裁诬
> 象征主义，因为说到临了，文学艺术都有生命的象征的嫌疑，……
> 但是，不直着指出，用文字曲曲折折把事物拟出，因而陷入晦涩的
> 微妙阶段，究竟不是中国这个苗壮的时代所能够允许。象征主义在
> 法国十九世纪是浪漫主义的一种反动，有它的必然性，可不就是任
> 何其他国家的诗人的正常道路。听腻了雨果的呼号。人自然要醉心
> 于玛拉尔麦的琢磨。中国这个时代还嫌雨果太少，玛拉尔麦且慢慢
> 些来吧。③

李健吾的比较文学成果，散见于他的一篇篇文学评论中，散见于这些评论的只言片语中。没有系统的理论，没有长段的大论，只有对作家、作品和

---

① 李健吾：《清明前后》，见《李健吾文集》第 7 卷，北岳文艺出版社，2016 年版，第 311 页。

② 今译马拉美，法国象征主义诗人。——笔者注。

③ 李健吾：《从生命到字，从字到诗》，见《李健吾文集》第 7 卷，北岳文艺出版社，2016 年版，第 361—362 页。

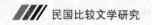

人物的近距离接触，近距离分析和近距离阐释。由于没有规模上的"业绩"，学界少有人将李健吾与中国比较文学联系在一起，相关的成果亦近乎少见。李健吾对比较文学研究的实践，都是在一种自发的状态下，一种比较意识的自觉流淌，一种世界文学情怀中对比较的自然运用，对中外文学现象的自然联想。不是想到了比较才去比较，不是为了比较才去比较，不是为了什么理论的建树才去比较，而是在看到听到中的想到。倘若没有中外文学的扎实基础，倘若没有环宇文学的环宇视野，没有对文本的广泛阅读，这种自发，这种自觉，这种联想，乃至由此而引发的比较是不存在，更是不可能产生的。或许，这才是比较文学的一种境界。

第五章
对不同学科领域的跨越

比较文学领域的"跨学科"理念出现于 20 世纪 60 年代。

1961 年，美国学者雷马克在《比较文学的定义与功用》一文中提出："比较文学是一国文学与另一国或多国文学的比较，是文学与人类其他表现领域的比较。"[①] 在文中，雷马克不但强调了比较文学是"连贯各片较小的地区性文学的环节"，是"把人类创造活动本质上有关而表面上分开的各个领域连结起来的桥梁，"[②] 提出比较文学要"研究文学与其他知识和信仰领域之间的关系"，[③] 还将所言的知识和信仰领域细化为"艺术"、"哲学"、"历史"、"社会科学"、"自然科学"和"宗教"。

中国比较文学的"跨学科"吁求出现于 20 世纪 80 年代。

1987 年，杨周翰在为《超学科比较文学研究》一书所写的序言中指出："按照比较文学的一般定义，它包括两种或两种以上不同国别、不同民族或不同语言的文学的比较研究；它还包括文学和其他学科、其他艺术或其他表现领域之关系的研究。"[④] 他认为，中国比较文学工作者在前一个领域做了大量工

---

① 张隆溪选编：《比较文学译文集》，北京大学出版社，1982 年版，第 1 页。

② 张隆溪选编：《比较文学译文集》，北京大学出版社，1982 年版，第 7 页。

③ 张隆溪选编：《比较文学译文集》，北京大学出版社，1982 年版，第 1 页。

④ 杨周翰：《超学科比较文学研究·序》，见《超学科比较文学研究》，乐黛云、王宁主编，中国社会科学出版社，1989 年版，第 1 页。

作，取得了不小的成绩，而在"跨学科"领域所做的研究不多，有很多的不足。因为面对 20 世纪文学领域出现的很多问题，"仅用传统的影响研究和平行研究方法恐怕难以得出令人满意的结论。"为此他呼吁："我们需要具备一种'跨学科'（interdisciplinary）的研究视野：不仅要跨越国别和语言的界限，而且还要超越学科的界限，在一个更为广阔的文化背景下来考察文学。"①

然而，跨学科理念提出的时间是一回事，何时出现跨学科研究的成果却是另一回事。正如民国时期先有比较文学的研究实践，而后才有比较文学名称与理论的引进一样，早于跨学科一词的出现很多年，已多有学者在自己的领域中开始从事跨学科的研究。这种不贴标签的默默耕耘，这种不打旗号的自发与自觉，是民国时期的学者最为宝贵的精神追求与学术情怀。

第一节　丰子恺对文学与绘画的研究

古时的诗与画，就像古时的诗人与画家一样，并没有今天这样的明确分工。他们往往既是诗人，又是画家；既可赋诗，又能作画。在进行艺术构思和艺术创作时经常是你中有我，我中有你，互通有无。常此以往，诗与画就被人们称为姐妹艺术，文学与绘画也成为孪生姐妹，她们之间扯不断的情缘就这样从古延续至今。

唐人摩诘者王维，融诗人与画家为一身。他的诗是地道的中国诗，他的画是传统的中国画，艺术中的诗与画在他的创作中得到了完美结合。因此方有宋人东坡之"味摩诘之诗，诗中有画；观摩诘之画，画中有诗"②的感慨。也有清人叶燮之"摩诘之诗即画，摩诘之画即诗，……画者，天地无声之诗；

---

① 杨周翰：《超学科比较文学研究·序》，见《超学科比较文学研究》，乐黛云、王宁主编，中国社会科学出版社，1989 年版，第 2 页。

② 《东坡题跋》，人民美术出版社，2008 年版，第 299 页。

诗者，天地无色之画"①的感叹。

今人丰氏者子恺（1898—1975），融作家与画家为一体。他的散文，浸润着绘画的芬芳。他的漫画，充溢着浓浓的诗意。以至于提及他的散文，就无法绕开他的漫画。提及他的漫画，必然联想起他的散文。"对于丰子恺，'漫画'和'随笔'简直就是一对孪生姐妹。"②甚至我们完全可以断言：味子恺之散文，文中有漫画；观子恺之漫画，画中有诗情。

对丰子恺的研究是一个全方位的课题。仅就绘画而言，"可以探索他绘画艺术的文学性，可以寻找宗教思想对他绘画的渗透，可以从他的人生经历探讨其绘画艺术的演变过程，也可以从他在吸收西画经验的同时，却又发出中国画'优胜'的声音，研究他对中西文化融合的态度，等等。"③然而，这里所涉猎的，却是丰子恺对文学与绘画关系的研究。这是丰子恺对比较文学跨学科研究所作出的独特贡献。

丰子恺有言："各种艺术都有通似性。而绘画与文学的通似状态尤为微妙。"正是这种微妙的"通似状态"使他在探究二者的关系时"颇多兴味。"④于是才有了他美术讲话的编辑成册，才有了《绘画与文学》一书的正式出版。是年1934。从学科角度而言，该书中的《文学中的远近法》《文学的写生》及《绘画与文学》，为名副其实的比较文学跨学科研究成果。

一、《文学中的远近法》

如同民国时期的绝大多数学者一样，丰子恺在文中很少高谈阔论，即便

---

① （清）叶燮：《赤霞楼诗集序》，见《中国美学史资料选编》，于民主编，复旦大学出版社，2008年版，第496页。

② 陈星：《丰子恺："知我者，其唯夏目漱石乎？"》，见《走向世界文学——中国现代作家与外国文学》，曾逸主编，湖南文艺出版社，1986年版，第563页。

③ 张斌：《丰子恺诗画·引言》，见《丰子恺诗画》，文化艺术出版社，2007年版，第6页。

④ 丰子恺：《绘画与文学·序言》，见《丰子恺全集·艺术理论艺术杂著卷二》，海豚出版社，2016年版。

涉及到理论时，也往往用朴实直白通俗易懂的文字去表述。如"远近法，或称透视法，英名 perspective。这原是绘画上关于形状描写的一种法则。故学写生画的人必须学习远近法，写实派的画家尤其要讲究远近法。"那么，远近法的具体表象又是什么呢？他进一步详解道："眼前的各种景物，对于我的距离远近不等。一枝花离开我数尺，一间屋离开我数丈，一个山离开我数里。但我要把这些景物描在画纸上时，必须撤去它们的距离，把它们看作没有远近之差的同一平面上的景象，方才可写成绘画。……距离远近一变，大的东西会变成很小，方的东西会变成很扁；位置上下一变，高的东西会变成很低，低的东西会变成很高。……'远近'法这个名称，就是从这个意义上出来的。"①文字很质朴，话语很亲切，阐述很通俗，既讲了理论，又举了实例，即刻拉近了与读者的距离。

然而，作者的目的并非绘画，而是文学，是文学中的远近法。因此，在解决了绘画上的一般性原理后，丰子恺将目光转向了文学，觉得他在阅读古人有关写景的诗词时，"常常发见其中也有远近法存在，不过是无形的。因此想见画家与诗人，对于自然景色作同样的观照。不过画家用形状色彩描写，诗人用言语描写，表现的工技不同而已。"为此，他得出结论："绘画中有远近法，文学中也有远近法。"因为"在一片自然景色之前，未曾着墨的画家，与未曾拈句的诗人，是同样的艺术家。风景画与写景诗，在内容上是同样的艺术品。"②寥寥数语，既表述了在"远近法"这个交叉点上，绘画与文学的同，也指出了绘画与文学的异。即对自然景色的观察，画家与诗人是相同的。面对自然景色，他们都是艺术家，他们的作品都是艺术品。意即画家对自然景物的表现，使用的是色彩和形状。而诗人对自然景物的表现，使用的是言语。一边为诗中有画，画中有诗，一边为画就是画，诗就是诗。文学与绘画

---

① 丰子恺：《文学中的远近法》，见《丰子恺全集·艺术理论艺术杂著卷二》，海豚出版社，2016 年版，第 111 页。

② 丰子恺：《文学中的远近法》，见《丰子恺全集·艺术理论艺术杂著卷二》，海豚出版社，2016 年版，第 111、113 页。

的天然联系以及之间差异就这样被通俗地阐释出来。

应当指出的是，绘画是一种直观的、可视的艺术，尽管画家将三维空间压缩在一维的平面中，但读者还是可以通过自己的视觉对其进行直接的观赏，利用自己的眼睛在第一时间内就可感受到作品的远近空间，感受到作品的美。所谓"绘画所描绘的，是可见的美，"①就是这个道理。而诗歌尽管也可以通过文字向读者展示美好的生活图画，但它带给读者的审美感受却是非直观的。因为那远近的景色并不是读者通过自己的眼睛在第一时间内所能看到的，而是通过自己的想象得来的。就是说，诗歌所描绘的，不是可见到的美，而是一种幻觉的美，一种想象的美。

为了使文学中的远近得以直观地获取，就必须用文本示范，用作品说话。于是，丰子恺就列举了很多中国古典诗歌的案例，以对绘画上的"远近法"做文学上的诠释。他认为，"照远近法之理，'凡物距离愈远，其形愈小'。"这样的描写方法其实诗人们也有运用。如岑参的诗句"旷野看人小／常空共鸟齐／槛外低秦岭／窗中小渭川。"指出，诗的第一句"旷野看人小"恰当地运用了远近法的道理，"仿佛是远近法理论中的说明文句。"②而诗的最后一句"窗中小渭川"，则按照远近法的规律，将磅礴的渭川贴在了窗上，使其成为画框中的一条川流。

为了阐释"凡在视线之上的景物，距离愈远，其在画面的位置愈低"的绘画原理，丰子恺从古诗中选取很多诗句加以佐证。如：孟浩然的"野旷天低树，江清月近人"，沈佺期的"山月临窗近，天河入户低"，范仲淹的"真珠帘卷玉楼空，天淡银河垂地"，苏养直的"波连春渚暮天垂"以及杜牧的"碧松梢外挂青天"等。指出上述诗人的一些句子"在实际上都不合理，但在

① 王长俊：《诗歌与绘画》，见《超学科比较文学研究》，乐黛云、王宁主编，中国社会科学出版社，1989年版，第233页。

② 丰子恺：《文学中的远近法》，见《丰子恺全集·艺术理论艺术杂著卷二》，海豚出版社，2016年版，第114页。

诗中是合乎画理的佳句。"①

为了阐释"凡在视线之下的景物，距离愈远，其在画面的位置愈高"的绘画原理，丰子恺亦选取了一些古诗句用以佐证。如，王之涣的"黄河远上白云间"，李白的"黄河之水天上来"，柳宗元的"回看天际下中流"，李白的"惟见长江天际流"以及岑参的"平沙莽莽黄入天"等。指出："凡河流与沙漠，总是比人眼睛低的东西，即距离愈远则位置愈高的。故王之涣立在黄河上流眺望下流，而用远近法的观照，即见其不在地上平流，而从下面流向上面，一直流到白云之间。反之，李白立在黄河的下流眺望上流，就看见它从天上留下来，好像瀑布。两人易地则皆然——皆是用远近法的观照而眺望黄河的。"②

为了阐释"兼看视线上下（天与地）两方，即见其相'接'，相'连'"，丰子恺选取了苏轼的"接天莲叶无穷碧"，李商隐的"百尺楼高水接天"，刘长卿的"洞庭秋水远连天"，张升的"水浸碧天何处断"，刘一止的"晚云藏寺水黏天"以及苏轼的"无数青山水拍天"等加以佐证。指出："视线上下都有辽阔的景物（天与地）时，两种景物当然在视线上相连接。……实际上，上天对于下方的莲叶或水，无论远到什么地方，始终隔着同样的距离。但用绘画的看法看来，它们分明是在远处相连接的。且诗人所见不止连接而已，连接的状态又有种种，或浸，或黏，或拍。"③

丰子恺认为，"诗人所见的景物，其大小高低与实际的世间完全不同。这不同的来由，全在于'平面化'。"而"平面化"的例子，"在诗词中不胜枚举。"④

---

① 丰子恺:《文学中的远近法》，见《丰子恺全集·艺术理论艺术杂著卷二》，海豚出版社，2016年版，第115页。

② 丰子恺:《文学中的远近法》，见《丰子恺全集·艺术理论艺术杂著卷二》，海豚出版社，2016年版，第115页。

③ 丰子恺:《文学中的远近法》，见《丰子恺全集·艺术理论艺术杂著卷二》，海豚出版社，2016年版，第116页。

④ 丰子恺:《文学中的远近法》，见《丰子恺全集·艺术理论艺术杂著卷二》，海豚出版社，2016年版，第116页。

如描写地上景物的"山中一夜雨，树杪百重泉"（王维），"江上晴楼翠霭开，满脸春水满窗山"（李群玉），"秋景墙头数点山"（刘禹锡），"树里南湖一片明"（张说），"马首山无数"（龚翔磷），"山从人面起，云傍马头生"（李白），"游春人在画中行，万花飞舞春人下"（李叔同）。又如描写日月星辰的"月上柳梢头，人约黄昏后"（朱淑贞），"明月松间照，清泉石上流"（王维），"斜月低于树，远山高过天"（陈翼叔），"落日在帘钩，溪边春事幽"（杜甫），"天回北斗挂西楼"（李白），"云际客帆高挂"（张升），"落霞与孤鹜齐飞"（王勃）。指出："作平面观，距离愈远愈容易，距离愈近愈困难。"诗句中的"树杪百重泉""万花飞舞春人下"等，"都是近距离的平面观，可谓最接近于写生画。"①

二、《文学的写生》

写生乃绘画术语，而丰子恺所言的文学写生则来自他的一次绘画经历，来自从那次经历中所得出的感悟："习画应该读诗"，"习画者的最良的参考"便是"在习画之暇浏览诗词。"因为"自然景物的特点，画笔所不能达出的，诗词往往能强明地说出。"因为"从诗词所受的铭感，比从画所受的更深。"②

丰子恺认为，"文人对于自然的观察，不外取两种态度，即有情化的观察与印象的观察。有情化的观察，就是迁移自己的感情于自然之中，而把自然看作有生命的活物，或同类的人。印象的观察，就是看出对象的特点，而捉住其大体的印象。这与画家的观察、态度完全相同。"③

关于"有情化的描写"，丰子恺认为，"自然有情化，是艺术的观照上很

---

① 丰子恺:《文学中的远近法》，见《丰子恺全集·艺术理论艺术杂著卷二》，海豚出版社，2016 年版，第 118 页。

② 丰子恺:《文学的写生》，见《丰子恺全集·艺术理论艺术杂著卷二》，海豚出版社，2016 年版，第 120、121 页。

③ 丰子恺:《文学的写生》，见《丰子恺全集·艺术理论艺术杂著卷二》，海豚出版社，2016 年版，第 121 页。

重要的一事。画家与诗人的观察自然，都取有情化的态度。"但是，"绘画的自然有情化，只是抽象地表示神气，却不许具体地表示其化物。"相比之下，文学就可以"具体地用言语说出，切实地指示读者，教他联想活物而鉴赏自然。"①为了诠释这一原理，他以花、鸟、月的拟人化为例用以佐证。

首先是花树的拟人化。他认为"花树是植物的精英，表情最为丰富，故最易看作各种人物的表象。"②所以中国古人的很多诗人都用花树来写人。如花树如人，就有李清照的"帘卷西风，人比黄花瘦"，温庭筠的"衰桃一树近前池，似惜容颜镜中老"，秦观的"依旧依旧，人与绿杨俱瘦"，姜夔的"有玉梅几树，背立怨东风"和"篱角黄昏，无言自倚修竹"，陈崿的"微有风来低翠盖，断无人处脱衣红。"又如花树有知，亦有楼颖的"一去姑苏不复返，岸边桃李为谁春"，杜甫的"江头宫殿锁千门，柳绿新蒲为谁绿"，刘禹锡的"炀帝行宫汴水滨，数枝杨柳不胜春"，韦庄的"无情最是台城柳，依旧烟笼十里堤。"再如花树有情，也有元好问的"有情芍药含春泪"，杜甫的"感时花溅泪"，崔护的"桃花依旧笑东风"，李中主的"丁香千结雨中愁"，谢懋的"燕子不归花有恨"，和凝的"晓桃凝露妒啼妆"。用花树喻人，写花树知人，借花树思人，言绘画所不能言，写绘画所不能写，表绘画所不能表。诗歌的写生不但延长了绘画的生命，又赋予其新的生命。

其次是鸟的有情化。他认为"鸟的有情化有关于声音的与关于形态的两方面，前者是绘画所不可能的，惟文学中有之。"③如声音的有情化，就有王维的"兴阑啼鸟缓，坐久落花多"，司马札的"晓莺啼送满宫愁"，吴绮的"鹦鹉嫌寒骂玉笼"，欧阳修的"隔花啼鸟唤行人"。诗人以鸟拟人，把鸟看作人，

---

① 丰子恺：《文学的写生》，见《丰子恺全集·艺术理论艺术杂著卷二》，海豚出版社，2016 年版，第 121、122 页。

② 丰子恺：《文学的写生》，见《丰子恺全集·艺术理论艺术杂著卷二》，海豚出版社，2016 年版，第 122 页。

③ 丰子恺：《文学的写生》，见《丰子恺全集·艺术理论艺术杂著卷二》，海豚出版社，2016 年版，第 123 页。

把鸟声视作人声，正所谓"人愁苦时鸟声亦愁，人兴阑时鸟声便缓。"[①]再如形态的有情化，有杜甫的"沙上凫雏傍母眠"，贺铸的"鹦鹉无言理翠衿"，张文潜的"蝶衣晒粉花枝午"，欧阳炯的"孔雀自怜金翠尾"，汤传楹的"燕子不知愁，衔花故绕楼"，李清照的"眠沙鸥鹭不回头，似也恨人归早。"或以自心推测鸟蝶之心，或以自语假托鸟蝶言说，其形其态均乃绘画不能也。

再次是月的拟人化。他认为"月在夜间出现，其形状色彩又都优美陈静，故诗人对月特别亲近，常引为慰安的伴侣。"[②]有张泌的"多情只有春庭月，犹为离人照落花"，姜夔的"惆怅归来有月知"，李白的"暮征碧山下，山月随人归"，王昌龄的"来时浦口花迎入，采罢江头月送归"，赵仁叔的"蝶来风有致，人去月无聊"，苏轼的"与谁同坐，明月清风我"，李白的"举杯邀明月，对影成三人。"丰子恺还认为，因中国古代有嫦娥奔月的传说，"故月被视为嫦娥，缺月就被视为女人的眉。"[③]如吴文英的"新弯画眉未稳，似含羞低度墙头"，方子云的"宛如待嫁闺中女，知有团圞在后头"等。

结合古典诗词中的诗句，从三个方面对文学的有情化描写进行具体的阐释后，丰子恺的结论是："用自然有情化的态度，从宇宙泛神论的立场观察万物，就在对象中发见生命，而觉得眼前一切都是活物。这不外乎把自己的心移入于万物中，而体验它们的生活。西洋美学者称这样的艺术创作心理为'感情移入'（Einfühlungtheorie），中国画论中称之为'迁想'。"[④]

关于"印象的描写"，丰子恺认为，由于没有画家的线条与色彩等元素，文学家对自然的再现，全凭一双眼睛。因而在描写自然的时候习惯于捕捉其

①　丰子恺：《文学的写生》，见《丰子恺全集·艺术理论艺术杂著卷二》，海豚出版社，2016 年版，第 124 页。

②　丰子恺：《文学的写生》，见《丰子恺全集·艺术理论艺术杂著卷二》，海豚出版社，2016 年版，第 124 页。

③　丰子恺：《文学的写生》，见《丰子恺全集·艺术理论艺术杂著卷二》，海豚出版社，2016 年版，第 125 页。

④　丰子恺：《文学的写生》，见《丰子恺全集·艺术理论艺术杂著卷二》，海豚出版社，2016 年版，第 126 页。

特点，表现其大概的印象，如"柳叶弯眉"，如"樱桃小口"。这种只作大概印象的描写，名之为"印象的描写"。他发现，日本画家在描摹自然的时候，也用了类似的手法。而欧洲的塞尚、马蒂斯等画家，"苦于向来的西洋画的写实描法的沉闷，而惊羡东洋画的清新，便也在油画布上飞舞线条，变化形状，就造成了后期印象派的画风。"他认为，无论是东洋画还是西洋画，均与文学有扯不断的因缘。而"中国的文学与绘画，一向根基于同样的自然观。"① 这也是中国古代的很多人身兼画家与文人于一身的缘由。为此，他从形态和色彩两方面对文学中关于"印象的描写"进行了探究。

首先是"形态的印象描写"，他认为要描写物体的形态，首先要从复杂的物体中找出它的特点来，然后或者描写这个特点，或者找出能够逼真地表现这个印象的比喻。如"篆烟""篆缕""柳絮""榆钱""雨丝""云罗""山屏""雾嶂"等，"都是由印象的观察捉住其物的特点，而想出一种具有同样特点的别物来比拟的。"② 指出李白的"兽形云不一，弓势月初三"、陶潜的"夏云多奇峰"及王适的"不知春色早，疑是弄珠人"等诗句"是最有画意的形态描写。"③ 白居易的"梨花一枝春带雨"，杜牧的"落花犹似坠楼人"，朱彝尊的"一自西施采莲后，越中生女尽如花"，韦庄的"劝我早还家，绿窗人似花"等是"用花来比拟女子"的"最普通"的诗句。④ 而用玉、月、鸟、云等来描写美人的诗句有杜牧的"玉人何处教吹箫"，杜甫的"夫婿轻薄儿，新人美如玉"，韦庄的"炉边人似月，皓腕凝霜雪"，纳兰性德的"画船人似月，细雨落扬花"，史达祖的"翩若惊鸿难定"及李清照的"袅袅婷婷，何样似一

---

① 丰子恺：《文学的写生》，见《丰子恺全集·艺术理论艺术杂著卷二》，海豚出版社，2016 年版，第 126 页。

② 丰子恺：《文学的写生》，见《丰子恺全集·艺术理论艺术杂著卷二》，海豚出版社，2016 年版，第 127 页。

③ 丰子恺：《文学的写生》，见《丰子恺全集·艺术理论艺术杂著卷二》，海豚出版社，2016 年版，第 127 页。

④ 丰子恺：《文学的写生》，见《丰子恺全集·艺术理论艺术杂著卷二》，海豚出版社，2016 年版，第 127 页。

缕轻云"等。指出，"如玉，是描写美人的颜色。如月，是描写美人的丰采。如鸿如云，是描写美人的举动姿势。"①

　　谈及对女子的局部描写，丰子恺觉得最多见的是女子的眉毛与眼睛，其次是脸、嘴、发、腰。指出"秋波"已经成了美人眼睛的别名，而美人的眉毛则有"峨眉""柳叶"等。如"水是眼波横，山是眉峰聚"（苏轼），"眉黛敛秋波，尽湖南山明水秀"（黄庭坚），"淡扫蛾眉朝至尊"（张祜），"芙蓉如面柳如眉"（白居易）。指出"就色彩而论，比柳叶是印象的，比远山则稍近于写实的。就形状而论，比山的是平眉，……比柳叶的是倒垂眉。……可见绘画的印象描写与文学的印象描写相通似。"② 至于用樱桃和花蕊描写美人的口，有李后主的"一曲清歌，暂引樱桃破"和张先的"唇一点小于朱蕊"等。而用柳条来比喻美人腰的则有白居易的"樱桃樊素口，杨柳小蛮腰"等。

　　其次是"色彩的印象描写"。丰子恺认为，"印象派以后的西洋画的色彩，有二特点，即夸大与强烈。这也是所受于东洋画的影响。而东洋画的色彩的夸大与强烈，则于文学的色彩观察同一根基。"③ 因为文学要描写色彩，所能使用的颜料只能是语言。而用语言来描写色彩，只能做大体印象上的涂抹，所以非夸大不可。如"红"："分曹射覆蜡灯红"（李商隐）、"归去休放烛花红"（李后主）；如"红颜"："红颜未老恩先断"（白居易）；如"红妆"："故烧高烛照红妆"（苏轼）；如"绿眉"："眉黛远山绿"（温庭筠）、"垂杨学画蛾眉绿"（王沂孙）；如"金"："摘尽枇杷一树金"（戴复古）、"握手河桥柳如金"（薛绍蕴）；如"楼台"："红楼隔雨相望冷"（李商隐）、"青楼临大路"（曹植）、"春日凝妆上翠楼"（王昌龄）。

　　丰子恺指出，"文学中的色彩描写，除夸大之外，又最常用红与绿的强烈

---

①　丰子恺：《文学的写生》，见《丰子恺全集·艺术理论艺术杂著卷二》，海豚出版社，2016 年版，第 127 页。

②　丰子恺：《文学的写生》，见《丰子恺全集·艺术理论艺术杂著卷二》，海豚出版社，2016 年版，第 128 页。

③　丰子恺：《文学的写生》，见《丰子恺全集·艺术理论艺术杂著卷二》，海豚出版社，2016 年版，第 129 页。

的对比。"① 如："红了樱桃，绿了芭蕉"（蒋捷），"红乍笑，绿长颦，与谁同度可怜春"（姜夔），"黛眉夺将萱草色，红裙妒杀石榴花"（万楚）。他还认为，文学作品在描写草的颜色时，常常将相关的颜色词皆用。如写草的"春草明年绿"（王维）；写苔的"莫遣纷纷点翠苔"（朱淑贞）；写柳的"客舍青青柳色新"（王维）；写荷的"接天莲叶无穷碧"（苏轼）。即便描写水天，也是相关颜色词皆用。如写水的"千里潇湘揉蓝浦"（秦观）；写天的"一行白鹭上青天"（杜甫）等。丰子恺又认为，"某一种色彩分布于画面各处，成为色彩的主调而统御全画面，在绘画技法上成为色彩的'统调'。文学的色彩描写上也用这技法，写出各物的色调相互影响而融合一气的光景。……这种情景，使人联想印象派的绘画。"② 如"芭蕉分绿上窗纱"（杨成斋）、"月光如水水如天"（赵嘏）等。

三、《绘画与文学》

初看文章的题目，会以为是一篇板着面孔的学术论文。然而，作者却从一件往事的回忆谈起。谈到他 20 多岁时在东京街头的旧书摊上买画册，谈到其中的一幅画给他留下的深刻印象，谈到由这幅画所生发的对社会，对人生的感慨。进而谈到"这寥寥数笔的一幅小画，不仅以造形的美感动我的眼，又以诗的意味感动我的心。"③ 进而引出绘画与文学的话题，引出令他难忘的一幅幅画作，之所以能让他深深地感动，是画作中"兼有绘画的效果与文学的效果的原故"，是"这种画不仅描写美的形象，又必在形象中表出一种美的意义，"是画作中"用形象来代替了文学而作诗。"从而使前来欣赏画作的人，

---

① 丰子恺：《文学的写生》，见《丰子恺全集·艺术理论艺术杂著卷二》，海豚出版社，2016 年版，第 131 页。

② 丰子恺：《文学的写生》，见《丰子恺全集·艺术理论艺术杂著卷二》，海豚出版社，2016 年版，第 123 页。

③ 丰子恺：《绘画与文学》，见《丰子恺全集·艺术理论艺术杂著卷二》，海豚出版社，2016 年版，第 135 页。

"不仅用感觉鉴赏其形色的美；看了画题，又可用思想鉴赏其意义的美，觉得滋味更加复杂。"①

丰子恺认为，古今中外各种流派的绘画，与文学都发生过关系。给他印象较深的那几幅画，是绘画与文学的关系最深的。在绘画之中，有一种专门追求形式，追求色彩的绘画，从不涉及题材的意义，与文学也无任何的接触。这种绘画，被称之为"纯粹的绘画"。另一种绘画，除了追求形色的美之外，还内含了题材的社会意义和思想，并与文学有一定的联系。这种绘画，被称之为"文学的绘画"。倘若延伸一些，可以理解为以文学作品为题材而创作的绘画，即借助绘画这个艺术载体所再现的文学。西方的绘画，纯粹者较多，中国的绘画，与文学交涉者较多。从比较文学跨学科研究的角度上看，重点关注的，是丰子恺所论及的"文学的绘画"。

丰子恺指出："在印象派以前，西洋绘画也曾与文学结缘：希腊时代的绘画不传，但看其流传的雕刻，都以神话中的人物为题材，则当时的绘画与神话的关系也可想而知。文艺复兴的绘画，皆以《圣书》中的事迹为题材，如 Leonardo da Vinci 的《最后的晚餐》，Michelangelo 的《最后的审判》，Raphael 的 Madonna 是最显著的例。自此至十八世纪之间的绘画，仿佛都是《圣书》的插画。到了十九世纪，也有牛津会（Oxford Circle）的一班画家盛倡以空想的浪漫的恋爱故事为题材的绘画，风行一时，他们的团体名曰'拉费尔前派'（Pre-Raphaelists），直到自然主义（印象派）时代而熄灭。这是因为牛津会的首领画家是有名的诗人 Rassetti。故'拉费尔前派'的作品，为西洋画中文学与绘画关系最密切的实例。"②

欧洲绘画历史上的很多优秀作品，都验证了丰子恺的论述。

例如，《宙斯和伊俄》是古希腊神话中著名传说。所描写的是人间女子伊

---

① 丰子恺：《绘画与文学》，见《丰子恺全集·艺术理论艺术杂著卷二》，海豚出版社，2016 年版，第 137 页。

② 丰子恺：《绘画与文学》，见《丰子恺全集·艺术理论艺术杂著卷二》，海豚出版社，2016 年版，第 138—139 页。

俄无意间被天王宙斯爱上后遭受天后赫拉的残酷迫害变成小母牛，后来在宙斯的帮助下恢复原形，并成为埃及女王的故事。16 世纪意大利画家柯勒乔的油画《朱庇特与伊俄》就取材于希腊神话的这一传说。画家以色彩上的刻意求工和熟练的色调运用，在 16 世纪的意大利为我们展现了这个"充满着世俗趣味的求爱冒险故事"，不但借助这个"神话中的爱情故事去表现人间男女的柔情蜜意"，① 同时也初露巴洛克画风的端倪。

还如，《欧罗巴》是古希腊神话的又一著名传说。所描写的是天王宙斯爱上了美丽的公主欧罗巴，自己变成一头英俊的牛载着欧罗巴远走他乡并取其为妻，欧洲大陆就此以欧罗巴命名的故事。17 世纪法国画家克洛德·洛兰的风景画《欧罗巴》就取材于希腊神话的这一传说。画家以自然抒情的笔调理想化地展示了欧罗巴被宙斯劫持时的场景。迷人的海湾，空旷的海滩，残留的古堡，远处的风帆，憩息的牧人，乘坐在牛背上的欧罗巴，为这一美丽的传说勾画出如诗如画的浪漫背景，留下了无穷的想象空间。

再如，《俄狄浦斯的故事》是古希腊神话中最著名的传说之一。所描写的是忒拜国王拉伊俄斯和王后伊俄卡斯忒，为躲避儿子杀父娶母的厄运将刚出生的儿子俄狄浦斯丢弃山中，被牧羊人救起转送科任托斯国王抚养成人后，为逃避杀父娶母的命运来到忒拜而陷入命运罗网不能自拔的故事。19 世纪法国画家居斯塔夫·莫罗的画作《俄狄浦斯与斯芬克司》就取材于这一传说。斯芬克司是女妖，俄狄浦斯来到忒拜时，她正在将猜不中谜语的人吃掉。俄狄浦斯赶到后猜中了谜语，解除了瘟疫。他与斯芬克司女妖的斗争是悲剧的转折点。画家一改希腊神话中斯芬克司因失败和羞愧气极而死的结局，让绝望中的女妖来到俄狄浦斯面前请求饶恕而遭到英雄的严词拒绝。莫罗"运用严峻的写实技巧，创造性地画出这个狮身人面怪的综合形象。"在女妖的求情与英雄的无情的强烈对比中，"给神话增添了一层感情色彩。"②

而中国历史上的诗与画，"拆了墙是一家，不拆墙也是一家。诗画要分

---

① 朱伯雄主编：《世界美术名作鉴赏辞典》，浙江文艺出版社，1996 年版，第 266 页。

② 朱伯雄主编：《世界美术名作鉴赏辞典》，浙江文艺出版社，1996 年版，第 619 页。

家，诗画又是一家。"① 丰子恺认为，"画石，画竹，是绘画本领内的艺术，可说是造型美的独立的表现。但中国的画石，画竹，也不能说与文学全无关系，石与竹的画上都题诗，以赞美石的灵秀，竹的清节。则题材的取石与竹，也不无含有意义的美。梅兰竹菊在中国画中称为'四君子'。可知这种自然美的描写，虽是专讲笔墨的造型美术，但在其取材上也含有着文学的分子，……中国画大都多量地含着文学的分子。"② 为此，他列举了《岁寒三友图》《富贵图》《三星图》《天宫图》《八骏图》《八仙图》，指出它们都是"意义与技术并重的绘画。"③ 他还认为，虽然"山水似为纯属自然风景的描写，但中国的山水画也常与文学相关联。"④ 为此，他又列举了《兰亭修禊图》《归去来图》《女史箴图》等画作，以佐证"中国古代的画家，大都是文人，士大夫。其画称为'文人画'。中国绘画与文学的关系之深，于此可见"⑤ 的结论。而他本人的作品《绘画鲁迅小说》则将鲁迅小说中的人物外化于自己的笔墨中，不但"在鲁迅先生的讲话上装一个麦克风，使他的声音扩大，"⑥ 而且用自己杰出的艺术实践生动形象地阐释了文学与绘画的关系，创作了文学与绘画相结合的最佳范例。

丰子恺的这三篇文章，《文学中的远近法》发表于 1930 年，《文学的写生》发表于 1931 年，《绘画与文学》发表于 1934 年，是年成书。1911 年，鲁迅在日本看到法国人洛里哀的《比较文学史》后，在写给许寿裳的信中称

---

① 吴冠中：《画外文思·自序》，见吴冠中《画外文思》，人民文学出版社，2005 年版。

② 丰子恺：《绘画与文学》，见《丰子恺全集·艺术理论艺术杂著卷二》，海豚出版社，2016 年版，第 139 页。

③ 丰子恺：《绘画与文学》，见《丰子恺全集·艺术理论艺术杂著卷二》，海豚出版社，2016 年版，第 139 页。

④ 丰子恺：《绘画与文学》，见《丰子恺全集·艺术理论艺术杂著卷二》，海豚出版社，2016 年版，第 139 页。

⑤ 丰子恺：《绘画与文学》，见《丰子恺全集·艺术理论艺术杂著卷二》，海豚出版社，2016 年版，第 139 页。

⑥ 丰子恺：《〈绘画鲁迅小说〉序言》，见《丰子恺绘画鲁迅小说》，浙江人民出版社，1982 年版。

"法人某之《比较文章史》"①。1919 年，《新中华》杂志连载了日本人木间久雄的著作《新文学概论》，该书介绍了洛里哀《比较文学史》的主要内容。1931年，傅东华将洛里哀的《比较文学史》译成中文出版，使"比较文学"一词正式落户中国并延续至今。其时，"跨学科研究"一词尚未孕育，丰子恺就已经开始了跨学科研究的实践。他是画家，在漫画领域取得了不菲的业绩。他是作家，在散文创作中成果颇丰。画家与作家的双重身份，使他有机会近距离得天独厚地站在绘画与文学两大学科的边缘，透视着两大学科之间的互相交汇，互相影响。因而能在文学创作与漫画创作之余，对文学与绘画进行跨学科的先行探索。就像那个时期很多身处中外文化潮头的学者一样，丰子恺也是在"比较文学"一词尚未落户中国的前提下自觉开始比较文学研究，甚至在远远早于"跨学科"一词尚未出生的前提下开始跨学科研究并取得丰硕成果的。也就在其《绘画与文学》一书问世后两年，毛泽东发表了《中国革命战争的战略问题》一文。虽然谈及的是战争，但是对丰子恺的跨学科研究而言，对那一时期中国比较文学的先驱者而言，无异于精辟的概括：

> 读书是学习，使用也是学习，而且是更重要的学习。从战争学习战争——这是我们的主要方法。没有进学校机会的人，仍然可以学习战争，就是从战争中学习。革命战争是民众的事，常常不是先学好了再干，而是干起来再学习，干就是学习。②

第二节　朱维之对文学与基督教的探索

文学与宗教，是人类最古老的精神生活形式，是先于文字而产生的两种

---

① 《鲁迅全集》第 11 卷，人民文学出版社，2005 年版，第 341 页。

② 毛泽东：《中国革命战争的战略问题》，见《毛泽东选集》第一卷，人民出版社，1991 年版，第 181 页。

截然不同的意识形态。然而，文学与宗教却同土而育，同根而生，犹如一奶同胞的兄弟，"共同起源于人类起源同步产生的原始混沌文化"。① 这种本是同根生的血亲，使文学与宗教互相渗透，互相影响，共同发展，"永远不可能彻底决裂"。②

回眸世界文学历程，会发现这样一些现象：某个宗教的圣典或教义，转换到文学的角度看，竟是经典的文学作品；某个宗教的圣典或经书，转换到文学家的手中，竟成为文学创作的源泉；某个宗教或经文的用语，转换到文学家的笔下，却成为文学创作的意境；某个宗教或教义的观念，转换到文学的构思里，竟成为文学创作的风格。"文学往往是宗教的载体，而宗教的传播过程往往也是文学的展示过程"。③

《基督教与文学》问世于 1941 年，是"国难时期困守孤岛，"一位"功课忙碌的教授业余的产物，是在缺乏参考书的环境中所写成的"、系统研究基督教与文学关系的、"在我国实为空前的第一部著作。"作者"从文学立场的欣赏，表现出信仰的虔诚。"用感人的力量，"引导彷徨在思想歧路的心灵，来拜谒循循善诱的大师。"该书"虽然不是基督教文学的整个领土，却已经是膏腴千里，心目所及，一望无垠了。"④ 这本书的作者就是朱维之（1905—1999）。它的问世，"为中国比较文学研究开辟了跨学科研究的广阔疆域，在比较文学学术史上具有重要意义。"⑤

一、"基督教本身底文学"

"从原始时代以来，艺术和宗教一向是不可分离的。我们现在若要研究古

---

① 马焯荣：《中国宗教文学史·序言》，银河出版社，2002 年版。

② 《艾略特文学论文集》，李赋宁译注，百花洲文艺出版社，1994 年版，第 242 页。

③ 马佳：《十字架下的徘徊》，学林出版社，1995 年版，第 1 页。

④ 刘廷芳：《〈基督教与文学〉序》，见《基督教与文学》，朱维之著，吉林出版集团，2010 年版，第 2、3、4、5 页。

⑤ 乐黛云、王向远：《比较文学研究》，福建人民出版社，2006 年版，第 137 页。

代文学艺术，便不能不涉及古代宗教；研究古代宗教也必须从古代文学艺术里去探求。"①著作的开篇伊始，朱维之就将文学与宗教不可分割的天然联系直面给读者。

"宗教本身便是艺术，因为宗教重在情感和想象，一如艺术。宗教底热诚等于艺术底灵感；宗教底表现也就是艺术底表现。我国歌舞戏曲始于巫风，希腊悲剧始于葡萄神祭礼，中世纪基督教礼仪发达为宗教剧，作为近代剧底张本，明证宗教仪式也是综合艺术的底鼻祖。"②从宗教与文学的互为联系，进入到宗教本体的艺术内涵，明晰了"宗教本身便是艺术"的定位。

"基督教是最美、最艺术的宗教，旧教对于造型艺术，如建筑雕刻、图画等特别发达，新教对于文学、音乐，有特别的贡献，和近代世界艺术关系非常深切。历史上有许多基督教的图画、雕刻、建筑、文学、音乐……都是诚于中而形于外的宗教艺术的表现。"③从文学与宗教的关系入手，到为宗教的艺术内涵定位，从而进入到对基督教与文学艺术关系的阐释，最后归结到托尔斯泰的论断：从基督教学说的基础上产生的艺术，"是真正的艺术。"把基督教作为"与人民群众相同的感情来源"的艺术家，"是真正的艺术家。"④而基督教文学，也是"真正伟大的文学。"⑤

这一部分共包括五章，分别是"耶稣与文学"、"圣经与文学"、"圣歌与文学"、"祈祷与文学"及"说教与文学"，共占去了全书三分之二的篇幅。之所以做这样的安排，朱维之认为主要是"基督教本身底文学……向来为我国

---

① 朱维之：《基督教与文学·导言》，见《基督教与文学》，朱维之著，吉林出版集团，2010年版，第1页。

② 朱维之：《基督教与文学·导言》，见《基督教与文学》，朱维之著，吉林出版集团，2010年版，第1页。

③ 朱维之：《基督教与文学·导言》，见《基督教与文学》，朱维之著，吉林出版集团，2010年版，第1页。

④ （俄）列·托尔斯泰：《艺术论》，见《托尔斯泰论文艺》，熊一丹译，金城出版社，2011年版，第49页。

⑤ 朱维之：《基督教与文学·导言》，见《基督教与文学》，朱维之著，吉林出版集团，2010年版，第2页。

人所忽视者，而实际上又是十分重要的，所以不惮辞费，比较详细些。"[1]

"耶稣与文学"一章，共有三节："诗人耶稣""耶稣底作品""耶稣传与文学"。朱维之指出："一个伟大的宗教家必定带有大诗人的天分，就是有丰富的感情，旺盛的想象力，不凡的言辞，和感人的力量。"倘若用上述标准加以衡量，"释迦和耶稣就是两位亘古未有的，超凡入圣的大诗人。"他认为，对东方人而言，释迦牟尼早已成为灵感的源泉，人们早已从他那里获取了诗的感兴，进入到诗的境界。而对于西方人而言，耶稣亦成为两千年来"无数诗歌底发动机。"[2]

关于"诗人耶稣"的定位，作者综合耶稣传的作者的看法，认为耶稣不仅有诗人的风度，还有诗人的风范。要认识完整的耶稣，一定要认识诗人耶稣。如果缺乏对诗人耶稣的认识，便使对耶稣的认知的完整度上出现缺憾。作者还认为，不但耶稣传的作者们坚持耶稣是诗人，文学史上的很多大诗人也坚信这一看法。如英国大诗人雪莱就"尊崇耶稣为'最是超凡入圣的诗人'，而且是谋求改革社会的诗人。"英国作家王尔德也曾说"基督底地位确是和诗人同列的。"英国诗人布莱克"甚至能认识耶稣是诗底化身，或创造天才底化身。"正所谓"英雄识英雄，惺惺识惺惺。"[3]

朱维之从家族的血统考察了耶稣的诗人血脉，得知耶稣不但是"真正诗人的后裔，"亦是"希伯来古代最大的诗人大卫底子孙，"还是"抒情诗和哲理诗名家所罗门底子孙。"他的母亲玛利亚是"诗人、画家、雕刻家灵感底源泉，"是"富于灵感的伟大的诗人母性。"[4]她在怀孕时随口唱出的不朽名歌，不仅"把她胎里所孕育的儿子变成复兴正义的先知，"也将"富于诗的理想的"[5]胎教赋予了诗人耶稣。他的表兄弟"施洗礼的约翰"，也是"露宿在旷野

---

[1] 朱维之：《基督教与文学·导言》，见《基督教与文学》，朱维之著，吉林出版集团，2010年版，第6页。

[2] 朱维之：《基督教与文学》，吉林出版集团，2010年版，第1页。

[3] 朱维之：《基督教与文学》，吉林出版集团，2010年版，第2页。

[4] 朱维之：《基督教与文学》，吉林出版集团，2010年版，第2页。

[5] 朱维之：《基督教与文学》，吉林出版集团，2010年版，第3页。

中的诗人。"① 在这样一个流淌着诗人血脉的诗人家族中，诗人耶稣的出现就顺理成章了。

朱维之还从所处的环境考察了耶稣的成长条件，认为耶稣成长的自然环境有清幽的景色，有繁茂的无花果，有飘逸的白云。这一切十分有利于"静寄他底遐想，"有利于"诗人修养"的形成。② 在这样一种亲近大自然，亲近万物的氛围中，"新的灵感，像一道清泉，润泽他底干喉，或如一片火焰，从天降落他底心头。"③ 诗一般的福音就这样流水般从他的口中诵出。而所处的国破家亡，异教统治，文化毁损，流离失所的社会环境，也使耶稣"不得不负起'改造环境的诗人'底责任，决心去实现古代先知诗人以赛亚底梦想。"④ 因此，朱维之才得出耶稣是天生的诗人，是诗的化身，具有一切符合诗人之禀赋的结论。

朱维之从"情感"、"思想"、"想象力"、"言语"和"修养"等方面，论述了耶稣之所以成为诗人的主要条件。指出耶稣爱憎分明，爱国，爱人民，爱父母，爱纯洁的孩子，爱善良的渔夫，爱贫穷的伙伴，爱病中的人们，直至为大众献身，是爱的化身。他恨阴险的伪君子，恨虚伪的名流，骂伪善者是毒蛇的种类，骂伪君子是粉饰的坟墓。朱维之认为，爱憎分明"是诗人底素质。诗要真挚的流露，而虚伪的装饰却是诗底大敌。"⑤ 关于思想，朱维之认为耶稣"思想彻底，毫无犹豫。"他虽然"不是什么哲学家，可实际上古来没有一个哲学家能够像他一样伟大。"指出"思想是文学底核心。从来伟大的作品都有它底中心思想。"耶稣的思想具备了一位优秀诗人的品质。而丰富的想象力，出口不凡的言辞，以及文学上的禀赋，都使其具备了一位"天生的诗人"所应具有的"充分的文学修养"和古代文学的"充分的浸润。"⑥

---

① 朱维之：《基督教与文学》，吉林出版集团，2010 年版，第 3 页。
② 朱维之：《基督教与文学》，吉林出版集团，2010 年版，第 5 页。
③ 朱维之：《基督教与文学》，吉林出版集团，2010 年版，第 6 页。
④ 朱维之：《基督教与文学》，吉林出版集团，2010 年版，第 7 页。
⑤ 朱维之：《基督教与文学》，吉林出版集团，2010 年版，第 10 页。
⑥ 朱维之：《基督教与文学》，吉林出版集团，2010 年版，第 13 页。

"耶稣底作品是永远不能磨灭的，因为他底作品是活的文学。"① 这是朱维之所下的断言，也是他对耶稣作品的中肯评价。除了引用《耶稣传》和卢梭的文字加以佐证外，他还认为在耶稣的话语中，不但有诗的精神，还有诗的格调。如："太阳啊，你要停在基遍山阿；月亮啊，你要停在亚雅仑谷。"还如："和智慧人同行的，必得智慧。和愚昧人作伴的，必要吃亏。"再如："听智慧人底责备，强如听愚昧人之歌唱。"在朱维之的心中，"耶稣不但是个诗人，并且是最成功的寓言家或小说家。"他的一些精彩的寓言和故事，不但被看做著名的短篇小说，而且享誉世界文坛，甚至成为"万世不可磨灭的杰作。"②

"圣经与文学"这一章也有三节，分别为"圣经文学底伟大性"、"圣经文学底特质"和"圣经对于后世文学的影响"。关于圣经文学的伟大，朱维之是在一种比较的视域内阐述出来的。如论及文学寿命的长短所具备的条件时，他精彩地写道：

> 从前孔子在齐闻韶，三月不知肉味；汉武帝读了司马相如底《大人赋》，觉得飘飘然有凌云之志；娄江女子俞二娘读《还魂记》，断肠而死等等故事，不胜枚举。就是我们常人每次欣赏伟大的作品到了入神时，也常有这样的感觉。读《离骚》能够和屈原一样泪浪浪而沾襟；读《南华》能觉此身如骑日月，乘风云，上下星辰，飘然行空；《读少陵集》能每饭不忘丧乱中的国难，地方糜烂，人民在流离失所、饥寒交迫中的苦况；读岳武穆《满江红》而能怒发冲冠。《圣经》底感人力量，不减于任何伟大作品，到如今还不知每天有多少人因为《圣经》而恐惧，而安慰，而得能力和勇气。③

---

① 朱维之：《基督教与文学》，吉林出版集团，2010 年版，第 14 页。
② 朱维之：《基督教与文学》，吉林出版集团，2010 年版，第 24 页。
③ 朱维之：《基督教与文学》，吉林出版集团，2010 年版，第 36—37 页。

又如论及文学作品的价值时，除了娱乐、美感、安慰外，朱维之认为"必定要有安慰和提高人生的能力。"因为只有能使每个时代、每个民族的心灵都能得到提升的作品，才是世界的文学、伟大的文学、不朽的文学。他继续精彩地写道：

> 读完雨果底《孤星泪》①时，只觉得自己步行在天空，看见黄金铺满天地，耳朵里听见地球底发动机，在深渊之下不绝地怒鸣。……每当开卷诵读但丁底《神曲》时，便觉得生活满有神底光辉。我们读《圣经》时，更觉得它是我们个人和社会底发动机，它是我们黑暗中的光明，每当人生旅途到了"山重水复疑无路"时，往往因为《圣经》而得到"柳暗花明又一村。"它给我们力量好到人生的战场上去搏斗，为了正义去向恶势力抗争。②

还如论及文学作品的想象力，朱维之认为一部不朽的文学作品，其中的人物形象都是栩栩如生的，不但要呼之欲出，还要给读者一种不可抗拒的力量，使读者觉得这些形象可敬而可畏。有些"历史上的人物虽已骸骨朽坏，却借着不朽的文学作品而得以永远面目如生。"他接着精彩地写道：

> 曹操、关羽、诸葛亮等人，在正史上不见得是怎样主要的人物，但借着《三国演义》却永远地、普遍地活在吾国民族底心目中。说起玄奘法师，许多人觉得生疏；若说是《西游记》里的唐三藏，大家便觉是极亲切的人物了。有时正式传记所给的印象，倒不若史诗、戏剧或小说中所映射的那样深刻。如希腊大政治家彼里克尔斯（Pericles）化身为荷马史诗《伊里亚特》中的亚栖力斯（Achilles），德国俾斯麦化身为歌德《浮士德》中的梅菲斯特

---

① 今译《悲惨世界》。——笔者注。
② 朱维之：《基督教与文学》，吉林出版集团，2010年版，第37页。

（Mephisto pheies）；英国格兰斯顿化身为莎士比亚所创造的哈姆雷特（Hamlet），而永活不死。任何人写的俾斯麦传或格兰斯顿传都不能比《浮士德》和《哈姆雷特》更能给人明显的面影。这就是想象底创造力量使然。①

再如论及与中国文学的比较时，朱维之认为拿中国文学的杰作与《圣经》相比较，难度较大。因为金圣叹所推荐的六大才子书：《庄子》《离骚》《史记》《杜诗》《水浒》和《西厢》，他只看中《离骚》《杜诗》和《水浒》。怀揣比较的情怀。他再次精彩地写道：

> 《离骚》代表古代，《杜诗》代表中世，《水浒》代表近代。……《水浒传》上冠以"忠义"两字，代表勇敢，慷慨或豪爽等德性，略像……希腊史诗《伊里亚特》，因为它描述宋江等一百单八好汉替天行道，为弱者打抱不平，以抗强暴。《离骚》底作者屈原，很像但丁，他作品底大部分也是在流放以后所写的，天才、作风、兴趣等都很相像；不过但丁所信仰的是基督教，由地域走过炼狱，渐渐达到天堂，是喜剧的结束；而屈原所信仰的是巫神，他在天上和人间都找不到美人，结果失败，终于"从彭咸之所居"，汨罗一跳悲剧的幕便落下来了。杜甫底正义感和诗歌的辞藻都有几分像莎翁，两人又同样是无敌的诗人，同样被称为"诗圣"。杜甫所表现的情感和人生经验也是极复杂多变化的，同时又善于表现，所以梁启超又称他为"情圣"。不过他底宗教色彩比莎翁还要浅薄。上述三种中国的杰作，又都不是处理全人生的作品，比较起包罗万象的《圣经》来，自然显得十分简单了。②

---

① 朱维之：《基督教与文学》，吉林出版集团，2010 年版，第 39 页。

② 朱维之：《基督教与文学》，吉林出版集团，2010 年版，第 42 页。

　　朱维之在基督教的视野中，在中外文学的天地中洋洋洒洒地阐述其论点、其思想时，还未忘将融汇在中国文化中的道教、儒教和佛教拉进比较的阐释中。认为道教是闲散人的宗教，重看消极，淡看人世，缺乏积极的情绪；儒教持有积极的态度，但只看重道德的完善，鲜有神的观念，因而少见宗教的想象和热情；佛教充满了想象力，有异想天开的童话和严厉的道德教训，但要求人生的却是无欲或无情，因此更见消极。相比之下，"基督教底《圣经》却不然，它既有积极的情调，又富于宗教的感力。……还有《圣经》中一个最大的字，就是'爱'字，神也爱，人也爱，天国里面充满了爱，温暖的爱，不像'琼楼玉宇，高处不胜寒'的涅槃。"①

　　朱维之认为，希伯来民族的"多难"，磨练出许多伟大的天才及其伟大的成就。如科学界的爱因斯坦，哲学界斯宾诺莎，文学界的海涅，经济学界的马克思，戏剧界的莱因哈特等。《圣经》时代的希伯来人没有机遇在这些领域全面发展，只能把他们的才华浓缩在宗教和文学上，《圣经》就是这两者结合所产生的结晶。其中的《约伯记》不但是"世界上最早的戏剧，"其"结构底雄大，辞藻底富丽，"能与之比肩者只有希腊悲剧《被缚的普罗米修斯》和莎士比亚的《哈姆莱特》。②而"先知诗人"的作品又是《旧约》中最有文学价值的部分。其体裁之抒情诗体、戏剧体、小说体、演说体、小品体，其手法之象征法、比喻法，可谓包罗万象，变幻无穷。

　　关于《圣经》对后世文学的影响，朱维之认为欧美文学主要有两大渊源，一是希腊文学，一是希伯来文学，即学界所言的"两希文学"或"两希文化"。而在"两希"渊源中，"希伯来文学思潮在欧洲文学国土中至少要占有半壁江山。"即《圣经》和希腊史诗、悲剧，同为欧美文学底源泉，好像《国风》和《离骚》为中国文学底渊源一样。后代文学都取汲于它而得滋生化养。"③

---

① 朱维之：《基督教与文学》，吉林出版集团，2010 年版，第 43 页。

② 朱维之：《基督教与文学》，吉林出版集团，2010 年版，第 48 页。

③ 朱维之：《基督教与文学》，吉林出版集团，2010 年版，第 56—57 页。

二、"表现基督教精神的"诗歌与散文

"诗歌散文与基督教"一章含有三节，分别是"抒情诗"、"叙事诗"和"散文"。这是脱离基督教本体的文学性后，对文学与基督教关系的深入且近距离的探索，探索的切入点是文学发展历程中最早出现的文体——诗歌与散文。

朱维之认为，各个国家的抒情诗，都有很多表现宗教热情的诗作，每个高级的宗教都有美妙的抒情诗产生。而关于基督教的抒情诗，则不胜枚举。为此，他列举了以下三个种类：

（1）爱情诗。朱维之认为："在各种爱情诗歌中，最微妙的，莫如把神圣的爱和世俗的爱打成一片的作品。"① 如《旧约》中的《雅歌》，既是民歌，又是牧歌，亦是情歌，犹如中国《楚辞》中的《九歌》。因为《九歌》既是"表现宗教热情的诗歌，同时又是极美丽的情诗。"② 《九歌》"是来自民间的巫歌，"《雅歌》"是民歌，同时又是带有戏剧性的牧歌。"③ 朱维之还认为，但丁是最伟大的基督教诗人，除了不朽的杰作《神曲》外，抒情诗集《新生》歌颂了纯洁的爱、神圣的爱和世俗的爱，把"宗教的情绪和世俗的爱情……混合在一起"，将"柏拉图式的恋爱"与"宗教热情打成一气，得称神圣的爱。"④ 而莎士比亚的十四行诗则用"爱"作为唯一的主题，将精神的爱，理想的爱视为高级的爱，将肉体的爱视为低级的爱，进而形成"高级的爱当存留，低级的该死灭"的爱的哲学。朱维之认为，莎翁的爱的哲学，"近于中世基督教的思想。"⑤

（2）哀悼诗。朱维之觉得一个人在悲哀的时候，往往能够引起人们的同情。而悲哀到失望的时候，就往往能引起宗教的情绪。《旧约》中的《哀歌》就是"一首古代悼歌中的杰作。"⑥ 至于弥尔顿的《雷西达斯》、雪莱的《亚堂

① 朱维之：《基督教与文学》，吉林出版集团，2010 年版，第 203 页。
② 朱维之：《基督教与文学》，吉林出版集团，2010 年版，第 204 页。
③ 朱维之：《基督教与文学》，吉林出版集团，2010 年版，第 205 页。
④ 朱维之：《基督教与文学》，吉林出版集团，2010 年版，第 206 页。
⑤ 朱维之：《基督教与文学》，吉林出版集团，2010 年版，第 207 页。
⑥ 朱维之：《基督教与文学》，吉林出版集团，2010 年版，第 207 页。

耐斯》及丁尼生的《纪念》三首挽诗，则被看做悼亡诗中"稀有的妙品，同时又含有基督教思想或观念。"① 他特别指出弥尔顿的《雷西达斯》与中国《楚辞》中的《招魂》有些相像。而葛雷的《湖畔哀歌》则被看做"哀悼诗中的精英。"朱维之借用他者的文字说："这诗影响欧洲诗艺，从丹麦到意大利，从法兰西到俄罗斯，除拜伦，莎翁某种作品外，英诗中再没有这样广泛地受到外国底赞美和摹拟的了。"②

（3）体验诗。朱维之说这类杂感诗、冥想诗、哲理诗，看起来在抒情诗里没有地位，实则最为难得。《圣经》中的《箴言》等都是这类诗的杰作。除此之外，他列举了邓约翰、赫立克、颇普、布莱克、斯玛特、拉马丁、维尼、雨果、魏兰纳、华兹华斯、骚赛、柯勒律治、雪莱、丁尼生、白朗宁、朗费罗等不同时代的诗人及其作品。指出邓约翰是"稀有的宗教诗人，"③ 他的著名作品是《死底决斗》。赫立克是"宗教抒情小诗的巨匠，"④ 他的《高洁诗集》是优美的基督教诗集。布莱克是诗人兼画家兼雕刻家，他的《猛虎》展现出"一半是宗教的疯狂，一半是遗传"⑤ 的天质。拉马丁是"法国浪漫主义第一诗人，"他的《凝思集》表现了"基督教社会主义底理想与热望。"⑥ 魏兰纳是"法国天主教文学中的一朵奇卉，是十九世纪末天主教文学运动中的首领，"⑦ 华兹华斯是"英国的陶渊明，"他的《永生底暗示颂》代表了哲理诗的最高水准。⑧ 骚赛与柯勒律治是"清词丽句底创造者，"⑨ 雪莱是"无神论的基督徒，"⑩

---

① 朱维之：《基督教与文学》，吉林出版集团，2010 年版，第 208 页。
② 朱维之：《基督教与文学》，吉林出版集团，2010 年版，第 209 页。
③ 朱维之：《基督教与文学》，吉林出版集团，2010 年版，第 210 页。
④ 朱维之：《基督教与文学》，吉林出版集团，2010 年版，第 211 页。
⑤ 朱维之：《基督教与文学》，吉林出版集团，2010 年版，第 212 页。
⑥ 朱维之：《基督教与文学》，吉林出版集团，2010 年版，第 213 页。
⑦ 朱维之：《基督教与文学》，吉林出版集团，2010 年版，第 213—214 页。
⑧ 朱维之：《基督教与文学》，吉林出版集团，2010 年版，第 214 页。
⑨ 朱维之：《基督教与文学》，吉林出版集团，2010 年版，第 215 页。
⑩ 朱维之：《基督教与文学》，吉林出版集团，2010 年版，第 215 页。

丁尼生和白朗宁是"重要的基督教诗人,"[1]朗费罗是美国"以基督教精神作诗的有数人物。"[2]

朱维之还认为,"世界最伟大的叙事诗中,多数是有关于基督教的,所以基督教底叙事诗极为丰富。"[3]虽未见荷马史诗那样宏大的规模叙事,但《创世纪》《出埃及记》《列王记》等,"确有史诗的风趣和格调。"[4]他指出,中世纪是基督教占主导地位的时期,中世纪欧洲文学的主流就是教会文学。因此,中世纪"所有的叙事诗,几乎全部和基督教有关系。"[5]如法国的英雄史诗《罗兰之歌》、德国的英雄史诗《尼伯龙根之歌》等,都是"几乎都基督教化了"的代表作品。而但丁的《神曲》,"其规模底宏大,形式底完整,思想底深湛,想象底丰富,描写底灵动,非但在基督教文学中是空前的,就在古今东西各国作品中也是罕有匹敌的。"[6]朱维之从纵向的视野中,用简史的方式概括了欧洲文学中表现基督教精神的叙事诗。认为塔索的《解放了的耶路撒冷》是"十六世纪意大利最伟大的作品。"[7]斯宾塞的《仙后》是他"全生命所寄托的杰作。"[8]弥尔顿的《失乐园》,将《创世纪》中文字寥寥的故事,"演化为十二卷洋洋大观的叙事诗。"[9]拉马丁的《憧憬》"充满着神秘的天启。"[10]柯勒律治的《老舟子行》在"英文学中被推为最完美的叙事诗。"[11]曼斯菲尔德的《永恒的爱怜》则用基督教的信仰,处理了严肃的人生问题。

朱维之亦认为,全世界优秀的散文中,有很多表现基督教精神的作品。

---

[1]　朱维之:《基督教与文学》,吉林出版集团,2010年版,第215页。

[2]　朱维之:《基督教与文学》,吉林出版集团,2010年版,第216页。

[3]　朱维之:《基督教与文学》,吉林出版集团,2010年版,第216页。

[4]　朱维之:《基督教与文学》,吉林出版集团,2010年版,第216页。

[5]　朱维之:《基督教与文学》,吉林出版集团,2010年版,第217页。

[6]　朱维之:《基督教与文学》,吉林出版集团,2010年版,第220页。

[7]　朱维之:《基督教与文学》,吉林出版集团,2010年版,第221页。

[8]　朱维之:《基督教与文学》,吉林出版集团,2010年版,第221页。

[9]　朱维之:《基督教与文学》,吉林出版集团,2010年版,第222页。

[10]　朱维之:《基督教与文学》,吉林出版集团,2010年版,第223页。

[11]　朱维之:《基督教与文学》,吉林出版集团,2010年版,第225页。

如《旧约》中的《传道书》"以抒情诗的笔法出之，叫人百读不厌，有如吾国《庄子》底文章，把哲学和文学打成一片，使哲学有美丽的外衣，使文学有坚实的核心。"[1] 他同样从纵向的视野出发，在国别的脉络上举出一大批表现基督教精神的作家及其作品。如罗马的奥古斯丁；如德国的马丁·路德；如法国的蒙田、史达尔夫人、夏多布里昂；如英国的培根、兰姆、卡莱尔；如美国的华盛顿·欧文、爱默生、辛克莱；如俄国的托尔斯泰等。指出奥古斯丁将"宗教的经验，人生的秘奥，时代的思潮都荟萃在"[2]《忏悔录》中，从而引发了近代很多文学家的层出不穷的模仿；马丁·路德的散文奠定了德国语言的基础，提高了德意志语的文学；史达尔夫人的《德意志论》"专论德国文学中的宗教热情，对于新教备极推崇"[3]；夏多布里昂的《基督教真谛》"是加特利教文学底法典"[4]；培根是"英国小品文底第一人，"他的《小品文集》奠定了"英国小品文底基础"[5]；兰姆是"小品文史里的莎士比亚，"是"上好的文学家，"也是"上好的基督徒"[6]；卡莱尔是 19 世纪后半叶"伟大的基督教散文作家"[7]；华盛顿·欧文是"美国第一个被外人所尊敬的作家，"他的很多作品与基督教未有直接联系，但"字里行间，却渗透了虔诚的信仰"[8]；托尔斯泰的《宗教论》《人生论》和《艺术论》等文章，"都是宣扬基督教义，而议论惊人的作品。"[9]朱维之在论述欧美散文历程之时，将目光转向东方，转向了中国，指出"中国新文学以散文小品最成功，重要的作家中不乏基督徒作者。"[10]如冰心、如许地山、如张若谷，乃至虽非基督徒，却同情基督教的周作人等。

---

[1] 朱维之：《基督教与文学》，吉林出版集团，2010 年版，第 228 页。

[2] 朱维之：《基督教与文学》，吉林出版集团，2010 年版，第 230 页。

[3] 朱维之：《基督教与文学》，吉林出版集团，2010 年版，第 234 页。

[4] 朱维之：《基督教与文学》，吉林出版集团，2010 年版，第 234 页。

[5] 朱维之：《基督教与文学》，吉林出版集团，2010 年版，第 234 页。

[6] 朱维之：《基督教与文学》，吉林出版集团，2010 年版，第 237 页。

[7] 朱维之：《基督教与文学》，吉林出版集团，2010 年版，第 237 页。

[8] 朱维之：《基督教与文学》，吉林出版集团，2010 年版，第 240—241 页。

[9] 朱维之：《基督教与文学》，吉林出版集团，2010 年版，第 242 页。

[10] 朱维之：《基督教与文学》，吉林出版集团，2010 年版，第 243 页。

三、"不能摆脱基督教"的小说和"起源于宗教的"戏剧

"小说戏剧与基督教"一章共有三节，分别为"小说戏剧之起源与基督教"、"几本有关于基督教的小说"和"几本有关于基督教的戏剧"。虽然古代和中世纪有很多用叙事的方式写成的故事和传说，尽管在《圣经》中已有不少类似小说特点的作品，即便朱维之本人也认为"《圣经》里的小说是最古老的小说，"① 但真正文体意义上的小说还是产生于近代。关于初露小说雏形的作品，朱维之首推英国作家约翰·班杨的《天路历程》，指出它虽说算不上正式的近代小说，却是近代小说形成史上的第一个里程碑。因为里面既有丰富的想象，亦有血肉丰满的人物，还有生动清丽的笔法。同样具备这一特质的，还有另一位英国作家丹尼尔·笛福及其仍为寓言，算不上真正小说的《鲁滨孙漂流记》。而"真正近代小说底创始，"② 当推笛福之后的撒缪尔·理查生和他的作品《帕美拉》。朱维之认为，正是在《帕美拉》的影响下，近代小说才接二连三地问世。这其中就包括菲尔丁的《约瑟·安德鲁传》、卢梭的《新爱洛依丝》和歌德的《少年维特的烦恼》。

关于戏剧的起源，朱维之认为"世界各国底戏剧都起源于宗教。"③ 综合了西方学者的研究成果后的结论也与他的观点相一致："基督教的圣迹剧和道德剧是近代剧底渊源。"④ 为了佐证这一结论，他列举了《雅歌》和《约伯》，指出《雅歌》是"一种半抒情的戏曲。"《约伯》是"一篇雄大的剧曲。"而在人物的性格和背景的配置，与古希腊悲剧家埃斯库罗斯的悲剧《被缚的普罗米修斯》相比后，"表明它是古代最伟大的戏曲之一。"⑤ 希腊之后，罗马产生了"最好的拉丁剧作家"⑥ 普劳图斯。公元 10 世纪，圣迹剧兴起。公元 13 到 16

---

① 朱维之：《基督教与文学》，吉林出版集团，2010 年版，第 245 页。
② 朱维之：《基督教与文学》，吉林出版集团，2010 年版，第 246 页。
③ 朱维之：《基督教与文学》，吉林出版集团，2010 年版，第 248 页。
④ 朱维之：《基督教与文学》，吉林出版集团，2010 年版，第 248 页。
⑤ 朱维之：《基督教与文学》，吉林出版集团，2010 年版，第 249 页。
⑥ 朱维之：《基督教与文学》，吉林出版集团，2010 年版，第 249 页。

世纪达到全盛。文艺复兴后，融宗教浪漫剧和古典剧于一体的近代剧时代开始，克里斯托弗·马洛成为"宗教剧和近代剧底桥梁。"他的代表作《浮士德博士的悲剧》成为"戏剧史上的界碑，"[①]并且奠定了莎士比亚戏剧的基础。

关于基督教与小说，朱维之认为，西方人的生活与基督教有密切的关系，西方人的小说也不能脱离与基督教的这种关系。"歌颂也好，反抗也好，宣传也好，讽刺也好，或多或少总难免和它发生关系。"[②]为了验证自己的这一论点，他以国别为经，以史脉为纬，列举了相当数量的欧美作家及其作品。如英国历史小说之父司各特，指出"他喜欢写浪漫的历史演义小说，但在作品中满有宗教的气氛。"[③]像《艾凡赫》；如狄更斯，指出"他是人道主义的作家，笔下常流露着基督教的思想和感情。"[④]像《雾都孤儿》《老古玩店》《双城记》《艰难时世》《圣诞欢歌》；如萨克雷，指出他的长篇小说《名利场》不过为"漫长天路中的一阶段而已"[⑤]；如乔治·艾略特，指出她的小说，"全部充满着宗教的问题。"[⑥]像《织工马男传》；如威尔斯，指出他的《不灭之火》是"现代的《约伯记》"[⑦]；如夏多布里昂，指出他的《阿达拉》和《勒内》等小说，"是宣传基督教的好作品"[⑧]如拉马丁，指出他的自传体小说《葛莱齐拉》"发着宗教底神秘光芒"[⑨]；如雨果，指出他"虽不是什么牧师主教，但他宣扬基督教正义的力量却比谁都来得大。"[⑩]像《巴黎圣母院》《悲惨世界》《死囚末日记》；如巴尔扎克，指出"他底意识形态仍然是天主教的；"《人间喜剧》的

---

① 朱维之：《基督教与文学》，吉林出版集团，2010 年版，第 253 页。
② 朱维之：《基督教与文学》，吉林出版集团，2010 年版，第 253 页。
③ 朱维之：《基督教与文学》，吉林出版集团，2010 年版，第 254 页。
④ 朱维之：《基督教与文学》，吉林出版集团，2010 年版，第 254 页。
⑤ 朱维之：《基督教与文学》，吉林出版集团，2010 年版，第 256 页。
⑥ 朱维之：《基督教与文学》，吉林出版集团，2010 年版，第 257 页。
⑦ 朱维之：《基督教与文学》，吉林出版集团，2010 年版，第 259 页。
⑧ 朱维之：《基督教与文学》，吉林出版集团，2010 年版，第 260 页。
⑨ 朱维之：《基督教与文学》，吉林出版集团，2010 年版，第 261 页。
⑩ 朱维之：《基督教与文学》，吉林出版集团，2010 年版，第 261 页。

基础"是天主教"①；如福楼拜，指出"他是写实主义者，也无意作基督教的宣传，但他爱好宗教的神秘，憧憬古代圣者底生活。"②像《圣安东的诱惑》；如法郎士，指出"他底小说多写情欲的爱，并且时有讥讽宗教虚伪的微词。"③像《泰绮思》；如罗曼·罗曼，指出他从"父系继承了革命的精神，从母系继承了宗教的信仰，所以他底小说多是革命和宗教底结晶体。"④像《约翰·克里斯多夫》；如托尔斯泰和陀思妥耶夫斯基，指出这两大巨星"是近代基督教文学的光荣。"⑤像《战争与和平》《安娜·卡列尼娜》《复活》《罪与罚》《被侮辱与被损害的》《白痴》；如霍桑，指出"他是清教徒底后裔，善于描写人们灵魂底冒险故事。"⑥像《红字》；如斯托夫人，指出她的《汤姆叔叔的小屋》"是从基督教人类爱出发的小说"⑦。罗列到此，朱维之依旧没有忘记自己的本土文学，指出"我国新小说中完全表彰基督教精神的，到现在为止，还没有一本。"⑧

关于基督教与戏剧，朱维之认为，莎士比亚是中世纪宗教剧之后的、前所未有的天才。后世的欧洲戏剧，"无论你是属于哪一派的，都得从他底作品中求得启示。"⑨朱维之还认为，虽然莎士比亚不是传教的牧师，也不是传教的神甫，"但在他底作品中将《圣经》底教训充分地表现出来。"⑩如《哈姆莱特》，如《麦克白》，如《奥赛罗》，如《罗密欧与朱丽叶》，如《暴风雨》等，他的剧中"充满基督教底思想，由他底人物知道他信上帝，他祈祷，他有纯正的道德观念。"⑪

---

① 朱维之：《基督教与文学》，吉林出版集团，2010 年版，第 263 页。
② 朱维之：《基督教与文学》，吉林出版集团，2010 年版，第 263 页。
③ 朱维之：《基督教与文学》，吉林出版集团，2010 年版，第 264 页。
④ 朱维之：《基督教与文学》，吉林出版集团，2010 年版，第 265 页。
⑤ 朱维之：《基督教与文学》，吉林出版集团，2010 年版，第 267 页。
⑥ 朱维之：《基督教与文学》，吉林出版集团，2010 年版，第 271 页。
⑦ 朱维之：《基督教与文学》，吉林出版集团，2010 年版，第 272 页。
⑧ 朱维之：《基督教与文学》，吉林出版集团，2010 年版，第 274 页。
⑨ 朱维之：《基督教与文学》，吉林出版集团，2010 年版，第 275—276 页。
⑩ 朱维之：《基督教与文学》，吉林出版集团，2010 年版，第 276 页。
⑪ 朱维之：《基督教与文学》，吉林出版集团，2010 年版，第 277 页。

从戏剧成就看，莎士比亚之后的欧美戏剧舞台，虽然远不如小说那样辉煌，但仍有一些戏剧大师的成果闪烁。如清教诗人弥尔顿用《圣经》作题材创作的诗剧《力士参孙》；如拜伦取材于《圣经》的诗剧《该隐》；如神秘诗人叶芝"用爱尔兰民间故事配合基督教信仰写成的诗剧"[①]《如意的国土》；如萧伯纳宗教气氛浓郁的《圣女贞德》；如歌德的天才诗剧《浮士德》；如席勒的表现基督教思想的《华伦斯坦》；如瓦格纳的宗教剧《帕西法尔》和《尼伯龙根的指环》；如莫里哀讽刺宗教伪善的《伪君子》；如罗曼·罗兰的信仰悲剧；如易卜生的社会问题剧；如托尔斯泰宣扬基督教理想的《黑暗的势力》；如"比利时的莎士比亚"[②]梅特林克的圣诞剧《青鸟》；如奥尼尔描写心灵幻灭的《天边外》《琼斯皇》等。

比较文学发展至今日，虽然研究的领域有所扩张，新的学说多有涌现，但"影响研究"、"平行研究"和"跨学科研究"依旧是最基本的研究途径。日后衍生的一些理论和方法，基本上没有脱离这三大途径的理论框架，或曰这三大途径的延伸、拓展和变种。

《基督教与文学》是典型的"跨学科研究"，属这一研究途径之"文学与宗教"系列。研究的内容既有基督教作为文学本体的研究，如"耶稣"，如"圣经"，如"圣歌"，如"祈祷"，如"说教"等，也有基督教影响下的作家与作品的研究，如"诗歌"，如"散文"，如"小说"，如"戏剧"。这样一部全面、完整、系统地研究基督教与文学的成果，时至今日依然鲜见。

《基督教与文学》有典型的"影响研究——渊源学"的内容。如第二章第三节"圣经对于后世文学的影响"，当属这个范畴。如"许多欧美第一流的作品，无论是诗歌、小说、戏剧，或散文，其中密密地交织着《圣经》底引句和典故。"还如"但丁底《神曲》，歌德底《浮士德》，弥尔顿底《失乐园》和《复乐园》，这些世界无匹敌的杰作，都是从《圣经》中汲取主题的，并且行文中间处处遇着《圣经》底典故。"又如"要深切的了解莎士比亚底作品，也

---

① 朱维之：《基督教与文学》，吉林出版集团，2010年版，第279页。

② 朱维之：《基督教与文学》，吉林出版集团，2010年版，第288页。

必须要知道《圣经》。……'没有《圣经》，便没有莎士比亚底作品'。"[①] 再如我们要了解白朗宁的诗，"必须知道《圣经》，因为他引用《圣经》文句和典故极多。"[②] 都是"影响研究——渊源学"的经典结论。

《基督教与文学》还有典型的"影响研究——媒介学"的内容。如第二章第三节"圣经对于后世文学的影响"中对《圣经》翻译的论述，当属这个范畴。如"不但《圣经》底内容影响到后代，给后人取之不尽，用之不竭；就是《圣经》底翻译文字与文体，也曾建立了数国国语文学的根基。……新兴国语文学建立的时代，也就是《圣经》开始被翻译为各国国语的时代。"还如"英译《圣经》奠定英国文学的基础，……《圣经》翻译的英语，便成为全国的标准国语，所有的散文大家都用《圣经》英语写作。"[③] 又如马丁·路德的"德译《圣经》，正和英国钦定本《圣经》一样，作了德国语文底标准，……一手提高了德国国语和文学。"再如"中文《圣经》译本底完成，和英译本一样，是经过许多人底心血和长时期的不断修订而成的。最成功的译本当然要算是官话和合本的新旧约全书。这译本恰好在我国新文学运动底前夕完成，成为新文学运动底先锋。"[④] 都是"影响研究——媒介学"的经典结论。

《基督教与文学》亦有典型的"平行研究"的内容。这一点，在对第二章"圣经与文学"之第一节和第二节的论述中已列举多例。这里，不妨再举一例佐证之：

> 《圣经》文体中已经发现特别和中国文体吻合的，有《哀歌》
> 和《离骚》。这两种文体很有几点相同：第一，两者都是哀楚而壮
> 烈的诗体。第二，主要的特别做法是每句中间有个间歇，表示吞
> 声饮泣时，喉咙被喧住的声容。这在希伯来文学中叫做"气纳体"

①　朱维之：《基督教与文学》，吉林出版集团，2010 年版，第 57 页。
②　朱维之：《基督教与文学》，吉林出版集团，2010 年版，第 58 页。
③　朱维之：《基督教与文学》，吉林出版集团，2010 年版，第 61 页。
④　朱维之：《基督教与文学》，吉林出版集团，2010 年版，第 62 页。

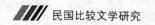

（Kinah），在中国文学里就是"骚体"，"气纳"底意义是"悲哀"，"骚"是忧愁的意思，极为相近。……第三，两者都是亡国时的哀音，作者不是为自己个人底悲哀而发，而是为了国家民族。《哀歌》是耶路撒冷陷落后的作品；屈原作《离骚》和自沉于汨罗的事，都在楚国亡国之后。第四，在悲哀中颇带宗教的情绪。这是中国文学和希伯来文学底一段姻缘。①

这是"平行研究——文类学"研究的示范，也是"平行研究——文学类"研究的经典结论。

必须指出的是，多有人持做"平行研究"易，做"影响研究"难的想法。其实，做"影响研究"只要完成了考证，便离大功告成不远。而倘若没有广阔的世界文学视野，没有广泛阅读文本后的世界文学情怀，没有对文本的深入细致的了解，便不会有站得高看得远的比较视野，便不会有"平行研究"的良性运转。这里，朱维之先生已经树立了一座丰碑，一个楷模，一个不易逾越的范本。

---

① 朱维之：《基督教与文学》，吉林出版集团，2010年版，第66—67页。

参考文献

一、著述

《比较文学论》，（法）梵·第根著，戴望舒译，商务印书馆，1937年版。

《晚清戏曲小说目》，阿英，上海文艺联合出版社，1954年版。

《文艺理论译丛》第2期，人民文学出版社，1957年版。

《沫若文集》（七），人民文学出版社，1958年版。

《沫若文集》（十一），人民文学出版社，1959年版。

《俄国文学史》下卷，高尔基著，作家出版社，1962年版。

《茅盾论文学艺术》，丁尔纲等编，郑州大学出版社，1979年版。

《红与黑》，（法）司汤达著，罗玉君译，上海译文出版社，1979年版。

《外国名作家传》（中），中国社会科学出版社，1979年版。

《文艺论集》，郭若沫著，人民文学出版社，1979年版。

《文艺论集续集》，郭若沫著，人民文学出版社，1979年版。

《美学》第1卷，（德）黑格尔著，朱光潜译，商务印书馆，1979年版。

《歌德谈话录》，朱光潜译，人民文学出版社，1980年版。

《法国文学史》中册，柳鸣九主编，人民文学出版社，1981年版。

《恶之花》，（法）波德莱尔著，王了一译，外国文学出版社，1980年版。

《中国历代文论选》第4册，郭绍虞主编，上海古籍出版社，1980年版。

《忏悔录》第 1 部，（法）卢梭著，黎星译，人民文学出版社，1980 年版。

《巴金专集》（1），江苏人民出版社，1981 年版。

《林纾的翻译》，钱钟书等著，商务印书馆，1981 年版。

《天演论》，（英）赫胥黎著，严复译，商务印书馆，1981 年版。

《黑奴吁天录》，（美）斯土活著，林纾、魏易译，商务印书馆，1981 年版。

《鲁迅全集》第 1、2、4、6、7、10、11 卷，人民文学出版社，1981 年版。

《比较文学译文集》，张隆溪选编，北京大学出版社，1982 年版。

《作为意志和表象的世界》，（德）叔本华著，石冲白译，商务印书馆，1982 年版。

《鲁迅〈摩罗诗力说〉注释·今译·解说》，赵瑞蕻，天津人民出版社，1982 年版。

《林纾研究资料》，薛绥之、张俊才编，福建人民出版社，1982 年版。

《中国大百科全书·外国文学卷》Ⅰ，中国大百科全书出版社，1982 年版。

《郁达夫研究资料》（上），王自立、陈子善编，天津人民出版社，1982 年版。

《马氏文通》，（清）马建忠著，商务印书馆，1983 年版。

《郭沫若集外序跋集》，四川人民出版社，1983 年版。

《周扬文集》第 1 卷，人民文学出版社，1984 年版。

《比较文学导论》，卢康华、孙景尧著，黑龙江人民出版社，1984 年版。

《翻译研究论文集：1894—1948》，外语教学与研究出版社，1984 年版。

《茅盾选集》第 5 卷，四川文艺出版社，1985 年版。

《中国现代文学运动史料摘编》（上册），陈寿立编，北京出版社，1985 年版。

《鲁迅与中外文学遗产》，俞元桂、黎舟、李万钧著，海峡文艺出版社，1985 年版。

《郭沫若研究资料》（上），中国社会科学出版社，1986 年版。

《走向世界文学——中国现代作家与外国文学》，曾逸主编，湖南文艺出版社，1986 年版。

《简明不列颠百科全书》（5），中国大百科全书出版社，1986 年版。

《曹禺论创作》，上海文艺出版社，1986 年版。

《文学社会学》，（法）罗贝尔·埃斯卡皮著，于沛选编，浙江人民出版社，1987 年版。

《中国比较文学年鉴：1986》，杨周翰、乐黛云主编，北京大学出版社，1987 年版。

《曹禺传》，田本相著，北京十月文艺出版社，1988 年版。

《中国翻译家辞典》，中国对外翻译出版公司，1988 年版。

《徐志摩研究资料》，邵华强编，陕西人民出版社，1988 年版。

《超学科比较文学研究》，乐黛云、王宁主编，中国社会科学出版社，1989 年版。

《朱生豪传》，吴洁敏、朱宏达著，上海外语教育出版社，1989 年版。

《二十世纪中国小说理论资料》第 1 卷，陈平原、夏晓红编，北京大学出版社，1989 年版。

《中国翻译文学史稿》，陈玉刚主编，中国对外翻译出版公司。1989 年版。

《郭沫若全集》文学编·第 15 卷，人民文学出版社，1990 年版。

《老舍文集》第 15 卷，人民文学出版社，1990 年版。

《比较文学三百篇》，智量主编，上海文艺出版社，1990 年版。

《毒蛇圈》，周桂笙旧译，伍国庆选编，岳麓书社，1991 年版。

《郁达夫全集》第 5、6 卷，浙江文艺出版社，1992 年版。

《林纾评传》，张俊才著，南开大学出版社，1992 年版。

《中国历代文学作品系列·文论卷》，张正吾、陈铭选注，海峡文艺出版社，1992 年版。

《陈独秀著作选》第 1 卷，任建树、张统模、吴信忠编，上海人民出版社，1993 年版。

《王国维哲学美学论文辑佚》，佛雏校辑，华东师范大学出版社，1993 年版。

《茅盾序跋集》，生活·读书·新知三联书店，1994 年版。

《使西纪程》，（清）郭嵩焘著，辽宁人民出版社，1994 年版。

《盛世危言》，（清）郑观应著，辽宁人民出版社，1994 年版。

《艾略特文学论文集》，李赋宁译注，百花洲文艺出版社，1994 年版。

《十字架下的徘徊》，马佳著，学林出版社，1995年版。

《沙上的脚迹》，施蛰存著，辽宁教育出版社，1995年版。

《中国现代文学思潮史》上册，马良春、张大明主编，北京十月文艺出版社，1995年版。

《世界美术名作鉴赏辞典》，朱伯雄主编，浙江文艺出版社，1996年版。

《施蛰存七十年文选》，陈子善、徐如麟编选，上海文艺出版社，1996年版。

《胡愈之文集》第1卷，生活·读书·新知三联书店，1996年版。

《中国比较文学简史》，徐志啸著，湖北教育出版社，1996年版。

《比较文学》，陈惇、孙景尧、谢天振主编，高等教育出版社，1997年版。

《中德文学研究》，陈铨著，辽宁教育出版社，1997年版。

《静庵文集》，（清）王国维著，辽宁教育出版社，1997年版。

《比较文学原理新编》，乐黛云等著，北京大学出版社，1998年版。

《海国图志》，（清）魏源著，中州古籍出版社，1999年版。

《梁启超全集》第1、2册，北京出版社，1999年版。

《翻译名家研究》，郭著章等著，湖北教育出版社，1999年版。

《鲁迅世界性的探索——鲁迅与外国文化比较研究史》，王吉鹏、李春林著，辽宁人民出版社，1999年版。

《巴金文集》第8卷，人民文学出版社，2000年版。

《浙江20世纪文学史》，王嘉良主编，中国社会科学出版社，2000年版。

《三叶集》，安徽教育出版社，2000年版。

《象征主义与中国现代文学》，吴晓东著，安徽教育出版社，2000年版。

《比较文学概论》，陈惇、刘象愚著，北京师范大学出版社，2000年版。

《表现主义与20世纪中国文学》，徐行言、程金城著，安徽教育出版社，2000年版。

《寒柳堂集》，生活·读书·新知三联书店，2001年版。

《北山散文集》（一），华东师范大学出版社，2001年版。

《金明馆丛稿二编》，生活·读书·新知三联书店，2001年版。

《茅盾全集》第32卷，人民文学出版社，2001年版。

《瀛寰志略》，（清）徐继畲著，上海书店出版社，2001年版。

《日本国志》，（清）黄遵宪著，上海古籍出版社，2001年版。

《徐继畲和他的〈瀛寰志略〉》，殷俊玲著，山西人民出版社，2001年版。

《郭沫若》，魏红珊著，四川人民出版社，2002年版。

《梁宗岱文集·Ⅱ·评论卷》，中央编译出版社，2003年版。

《世纪老人的话——施蛰存卷》，林祥主编，辽宁教育出版社，2003年版。

《黄遵宪集》，天津人民出版社，2003年版。

《郁达夫集》小说卷，花城出版社，2003年版。

《茅盾与中国现代文学》，周景雷著，中国社会科学出版社，2004年版。

《郭沫若选集》（一），人民文学出版社，2004年版。

《中国现代翻译文学史》，谢天振、查明建主编，上海外语教育出版社，2004年版。

《画外文思》，吴冠中著，人民文学出版社，2005年版。

《翻译家鲁迅》，王友贵著，南开大学出版社，2005年版。

《中国近代翻译文学概论》，郭廷礼著，湖北教育出版社，2005年版。

《中国翻译文学史》，孟昭毅、李载道主编，北京大学出版社，2005年版。

《比较文学研究》，乐黛云、王向远著，福建人民出版社，2006年版。

《中外比较文学名著导读》，乐黛云、陈惇主编，浙江大学出版社，2006年版。

《林纾文选》，百花文艺出版社，2006年版。

《亡友鲁迅印象记》，许寿裳著，上海文化出版社，2006年版。

《三大师谈〈红楼梦〉》，上海三联书店，2007年版。

《1898—1949中外文学比较史》，范伯群、朱栋霖主编，江苏教育出版社，2007年版。

《丰子恺诗画》，张斌著，文化艺术出版社，2007年版。

《中国美学史资料选编》，于民主编，复旦大学出版社，2008年版。

《夏日最后一朵玫瑰——记忆施蛰存》，陈子善主编，上海书局出版社，2008年版。

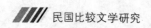

《中国历代文论选·晚清卷》，黄霖、蒋凡主编，周兴陆、魏春吉等编著，上海教育出版社，2008 年版。

《朱光潜集》，花城出版社，2009 年版。

《鲁迅翻译研究》，顾钧著，福建教育出版社，2009 年版。

《鲁迅翻译文学研究》，吴均著，齐鲁书社，2009 年版。

《晚清小说史》，阿英著，江苏文艺出版社，2009 年版。

《二十世纪中国翻译文学史·近代卷》，杨义主编，连燕堂著，百花文艺出版社，2009 年版。

《中国近代小说的兴起》，（美）韩南著，徐侠译，上海教育出版社，2010 年版。

《王国维评传》，刘恒著，百花洲文艺出版，2010 年版。

《郭沫若研究资料》（上），知识产权出版社，2010 年版。

《基督教与文学》，朱维之著，吉林出版集团，2010 年版。

《托尔斯泰论文艺》，熊一丹译，金城出版社，2011 年版。

《比较文学术语汇释》，尹建民主编，北京师范大学出版社，2011 年版。

《王国维文选》，徐洪兴编选，上海远东出版社，2011 年版。

《林纾小说翻译研究》，刘宏照著，上海译文出版社，2011 年版。

《林纾译著经典》（1），上海辞书出版社，2013 年版。

《五十年来中国之文学·论文杂记》，胡适、刘师培著，上海科学技术文献出版社，2014 年版。

《茅盾全集》第 28、29、30 卷，黄山书社，2014 年版。

《李健吾文集》第 7 卷，北岳文艺出版社，2016 年版。

《丰子恺全集·艺术理论艺术杂著卷二》，海豚出版社，2016 年版。

二、文章

《"浮士德"简论》，郭沫若著，《浮士德》（第一部），人民文学出版社，1978 年版。

《第二部译后记》，郭沫若著，《浮士德》（第二部），人民文学出版社，1978 年版。

《纪念易卜生诞辰一百五十周年》，曹禺著，《人民日报》，1978 年 3 月 21 日。

《忏悔录·译本序》，柳鸣九著，《忏悔录》第一部，人民文学出版社，1980 年版。

《和剧作家们谈读书和写作》，曹禺著，《剧本》，1982 年 10 月号。

《重读〈诗与真·诗与真二集〉》，陈敬容著，《读书》，1985 年第 12 期。

《近代睁眼看世又一人——论徐继畬与其〈瀛环志略〉》，吴家勋著，《社会科学》，1986 年第 1 期。

《朱生豪和莎士比亚》，吴洁敏、朱宏达著，《外国文学研究》，1986 年第 2 期。

《最早翻译西方到中国来的当有周桂笙》，林之满著，《社会科学战线》，1987 年第 4 期。

《马建忠与中西文化交流》，李喜所著，《中州学刊》，1987 年第 4 期。

《朱生豪传·引言》，吴洁敏、朱宏达著，上海外语教育出版社，1989 年版。

《人事固多乖——纪念梁宗岱》，卞之琳著，《新文学史料》，1990 年第 1 期。

《比较文学消亡论——从朱光潜对比较文学的看法谈起》，钱念孙著，《文学评论》，1990 年第 3 期。

《中国革命战争的战略问题》，毛泽东著，《毛泽东选集》第一卷，人民出版社，1991 年版。

《从魏源到黄遵宪》，梁通著，《复旦学报》（社会科学版），1993 年第 2 期。

《近代中国发现世界的第一人——徐继畬再论》，王振峰著，《城市研究》，1994 年第 2 期。

《郭嵩焘与〈使西纪程〉》，刘国军著，《求是》，1996 年第 6 期。

《梁启超对中国近代小说革新的贡献——梁启超与晚清"小说界革命"》，钟贤培著，《广东社会科学》，1996 年第 2 期。

《〈少年维特之烦恼〉序引》，郭沫若著，《二十世纪中国小说理论资料》

（第二卷），严家炎编，北京大学出版社，1997 年版。

《马建忠及〈马氏文通〉的开拓创新精神》，亢世勇、刘艳著，《唐都学刊》，1998 年第 4 期。

《朱译莎剧得失谈》，朱骏公著，《中国翻译》，1998 年第 5 期。

《筚路蓝缕，功不可没：郭沫若与德国文学在中国的译介和接受》，杨武能著，《郭沫若学刊》，2000 年第 1 期。

《我国现代美学的奠基者——朱光潜》，文宣著，《光明日报》，2001 年 4 月 3 日。

《中国宗教文学史·序言》，马焯荣著，银河出版社，2002 年版。

《名著还得名译名编》，余中先著，《中华读书报》，2003 年 3 月 12 日。

《一部"年逾古稀"的中国比较文学名著——陈铨〈中德文学研究〉评述》，卫茂平著，《中国比较文学》，2006 年第 3 期。

《中西比较诗学史上的梁宗岱》，栾慧著，《四川师范大学学报》，2007 年第 2 期。

《近代翻译文学之始——蠡勺居士及其〈昕夕闲谈〉》，张政、张卫晴著，《外语教学与研究》，2007 年第 6 期。

《论〈昕夕闲谈〉小序的外来影响》，张和龙著，《中国比较文学》，2008 年第 1 期。

《清末民初时代背景下的周桂笙翻译研究》，魏望东著，《语文学刊》，2008 年第 3 期。

《〈盛世危言〉述略》，苏全有著，《兰台世界》，2008 年第 4 期。

《赞赏、质疑和希望——朱译莎剧的若干剧本》，贺祥麟著，《英语研究》2008 年第 3 期。

《周桂笙与清末侦探小说的本土化》，杨绪容著，《文学评论》，2009 年第 5 期。

《在文化与文学交流中"平等对话"——陈铨的〈中德文学研究〉评析》，刘昱君著，《时代文学》，2009 年 10 月 15 日。

《中德比较文学研究的开创者——陈铨》，焦海龙著，《西南农业大学学报》（社会科学版），2009 年第 6 期。

《朱生豪莎士比亚戏剧的译介思想和成就》，朱宏达、吴洁敏著，《嘉兴学院学报》，2009 年第 5 期。

《朱光潜对中国比较文学的贡献》，乐黛云著，《社会科学》，2010 年第 2 期。

《马建忠翻译思想之文化阐释》，辛红娟、马孝幸著，《南京农业大学学报》（社会科学版），2011 年第 3 期。

《〈本馆附印说部缘起〉：一份独特"出版说明"》，惠萍著，《中国出版》，2013 年第 20 期。

《莎剧译者朱生豪成就探源》，杨秀波著，《海外英语》，2013 年第 15 期。

《梁宗岱与中国比较文学》，文学武著，《文艺争鸣》，2013 年第 7 期。

《朱译莎学浅论》，杨秀波著，《宁夏大学学报》，2014 年第 3 期。

《周桂笙：中国近代翻译史上的先驱者》，禹玲著，《苏州教育学院学报》，2014 年第 4 期。

后　记

好几年没有书出版，自然就没有机会写什么《后记》。

其实，从第一本书呱呱落地始，就一直不清楚《后记》该写什么，也不知道《后记》该怎么写。只觉得按照惯例，一本书的写作结束了，落笔了，苦难的历程终结了，就应该按照别的学者的样子照猫画虎，写点什么。于是，就有了这些前言不搭后语的文字。

没算过一辈子能讲多少句话，只知道绝大多数都是废话。换言之，倘若没有废话作衔接，恐怕就要成为结巴。没算过一辈子能写多少个字，只知道绝不可能字字都是真理，一句顶一万句。就是说，假使不用空洞之词来填补，所谓的文字亦连不成句子。

课题的申报与完成，绝不是一次快乐之旅。无论级别如何，申报者不计其数，申报成功者寥寥无几。无论水平如何，苦苦做题者不计其数，按期完成者寥寥无几。这本《民国比较文学研究》也未能摆脱这个怪圈。屡战屡败后偶然成功的兴奋，如流星闪过，瞬间就被做题的艰难取代。工作中并非只有课题这一件事，同步行进的还有每年必须完成的教学任务、必须发表在一定级别刊物上的文章。在科研课题、教改课题、研究生课题及无尽的考核的轮番挤压下，这个课题就成了无数工作任务和无数大小课题的"之一"。做题时出现的问题，做题时遇到的困难，申报论证时大多想不到，想不全。只有坐下来作"研究"状时，方才顿悟每一段文字的落笔都非易事。

尽管不喜欢使用工科术语中"工程"或"系统工程"之类的文字来描述文科的研究，但《民国比较文学研究》又实实在在是一项挺繁杂、挺丰富、挺不易建设的"工程"。虽然看起来似乎用"比较文学"一语即可概括之，殊不知要牵涉到文学翻译、文学批评、文学创作和文学研究等多个领域，非"比较文学"一词那么容易涵盖。于是，研究的步履便开始蹒跚起来。于是，便一边学，一边做。熟悉的，文字众；生疏的，文字寡。能表述的，生发几句；无力阐释的，让文献自己言说。于是，便在比较文学的旗帜下，在民国这个特定的历史范畴中，中国比较文学在文学翻译、文学批评、文学创作和文学研究领域的先驱者、开拓者、领路者就一位位闪回在眼前，闪回在时光的隧道中，并且在尘封的文字中站立起来，穿越到逐渐清晰起来的视野中。于是，便忘却了单纯做题的尴尬，身不由己地与大师们共舞。欢乐着他们的欢乐，追逐着他们的追逐；思考着他们的思考，幸福着他们的幸福。

无暇知晓他者，只知道自己在20世纪70年代末一个大雪纷飞的下午，从教室逃课出来，大胆闯入学校毗邻的一家高级宾馆。在偷听会议时，第一次偷听到"比较文学"一词起，便在脑海中深深烙下了似乎不可能抹去的印记：比较文学是西人的，是舶来的。及至走上讲台，在数十年的比较文学教学中，也始终秉持着这一观点没有动摇。然而，当借助这个课题的机遇走进民国的历史，走进民国的文学史，走进民国的学术史，乃至走进民国的比较文学史之时，方才在一点点、一滴滴、一步步地接触中惊诧地发现，西人所言说的比较文学理念，国人也有；西人所推崇的比较思维，国人也有；西人所自诩的研究途径，国人也有。民国时期的比较文学，无论从理论上，还是从实践上，非但一点也不比西人逊色，而且在相当多的领域中相比肩，相同步。于是，一边做题一边欢呼，欢呼国学大师们的丰硕果实。于是，一边做一边惭愧，惭愧疏于学习，只将目光盯在域外，而忽略了本土的辉煌。

老实说，自打接触比较文学起，"看不懂"就成了一块心病。看不懂文章，看不懂著作，搞不懂所言之物究竟是不知所云，还是云所不知。渐渐地，形成了一种自卑。总觉得自己的东西太贴近文本，缺少理论而常遭没有学术含量的贬斥。总觉得自己的文字略偏散文化而常被个别刊物拒之门外。然而，当走进民国时期学术大师的文章里、著作中，"看不懂"的心病烟消云散，高谈阔论的口气荡然无存。取而代之的是平和的语气，是紧贴文本的情怀，是诗一样的文字，是将世界文学装进心胸中后的一种从容与自信，是发自内心的自觉的比较，是比较中的冷静与客观，是摒弃功利的钻研与探索，是"多研究些问题，少谈些主义"的示范与表率。于是，读他们的著述就成了一种愉悦，做关于他们的研究就成了一种享受。即便是文言写作，也令古文基础极差的笔者倍感欢欣。虽说时光无法倒流，但真的很垂涎那时纯朴自然不做作的学风，就像一直崇敬的建安风骨。

数年的课题研究写写停停，停停写写，绝大多数都写在烈日炙烤的苦夏。拉紧窗帘，躲进狭小寒酸的书房，在有话则长，无话则短的自我安慰中，在远离了外界干扰的恬静中，将文字的步伐一点点向前推进。有满意的地方，也有不满意的地方，亦有一半是满意，一半是不满意的地方。是是非非，功功过过，都用黑色的印刷符号书写在白色的纸张上，期待读者的激活。有人读，即是书籍。无人读，即是垃圾。自我无法把控的检验都留给了花钱买书的读者。记得一位青瓷大师说过，等待出窑的那一刻，就像在产房外等待妻子生产一样的忐忑。自己写的书就像自己的孩子，因为见证了它一点点孕育出生的过程。无论它多么的不尽人意，但永远都是自己的孩子。

《后记》写到这里，往往轮到说感谢的时候了。思来念去，觉得谢天谢地，不如谢自己。感谢自己在淡出人生舞台前后，在既无压力同时又失去了动力的转折中，还能坚持将其写完，还能将其出版。或许要面对"图什么"的善意质询，或许自己也不知道图什么，或许压根儿就什么也没想。回首身后，所申报成功的所有大大小小的课题，从未放弃过，从未食言过，从来都有始有终。这本《民国比较文学研究》自然也不能例外，何况对其又情有独钟呢？

不知道是不是最后一本书，但肯定将是最后一本"学术"的书。倘若再有书籍问世，定会是另一种模样，另一种风采。那，或许才是真正的最爱。

坊间曾有语自嘲："不说白不说，说了也白说，白说还要说。"再回到开篇时的文字，倘若没有这些不痛不痒、不咸不淡、不伦不类、不温不火的废话，语句将如何连接？对话将如何继续？因此，废话也是生活，也是生命中绝对不能或缺的元素。

不是吗？

2018 年苦夏于西子湖畔